池井戸 潤

『陸王』：書きながら、主人公とともに夢を見ました。

写《陆王》时，我与主人公追逐着同一个梦想。

文治
© wénzhì books

# 陆王

りくおう

[日] 池井户润 著
いけいど じゅん

励立蓉 安素 译

浙江人民出版社

# 目录

主要登场人物

**小钩屋** · · · · · · · · · · · · · · · · · · · · · · · · · · · ·

宫泽纮一　　　社长
富岛玄三　　　董事
安田利充　　　股长
宫泽大地　　　纮一长子

**埼玉中央银行行田分行** · · · · · · · · · · · · · · · · · ·

家长亨　　　　行长
坂本太郎　　　融资经理
大桥浩　　　　融资经理

**大和食品田径队** · · · · · · · · · · · · · · · · · · · · · ·

城户明宏　　　教练

茂木裕人　　　选手
平濑孝夫　　　选手
立原隼斗　　　选手


**亚洲工业田径队**·······················

毛塚直之　　　选手


**亚特兰蒂斯日本分社**·····················

小原贤治　　　营业部部长
村野尊彦　　　跑鞋顾问


有村融　　　　体育用品商店老板
饭山晴之　　　原希尔克鲁公司社长
御园丈治　　　菲利克斯公司社长
橘健介　　　　橘·拉塞尔公司社长

【足袋[1]】

小钩

【地下足袋[2]】

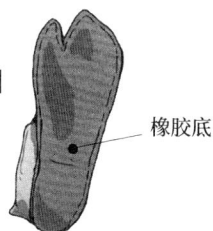

橡胶底

【跑鞋】

鞋面

外底

中底

---

1 足袋：日本传统的袜子。为配合木屐等日本传统鞋类，被设计成了分趾的样式。为方便穿脱，脚后跟处为开口样式，缝有名叫"小钩"的搭扣。

2 地下足袋：由足袋衍生而来的鞋类，为方便室外作业，在足袋底部缝或粘贴一层橡胶。

# 开端

还只是六月，炫目的阳光已经让人恍惚以为进入了闷热的仲夏。大太阳下，一辆卡车奔驰在国道上。宫泽纮一坐在副驾驶座，从刚才开始，他就坐立不安，不时担心地仰望天空。

"没问题的，社长。人家说了有的。"

安田利充手握方向盘，眼睛的余光看到焦急的宫泽，口气轻松地安慰他。安田今年马上就四十岁了，做事不紧不慢，又会照顾人，是年轻员工中的老大哥。

"说不好啊，最近有些人很不靠谱的。"宫泽说，"自己这边是家底都带过去了，结果到了一看，对方却根本就没货。"

"但是，那边的社长不是答应了卖给我们吗？"

"说是这么说。但是，那可是三天前说的话。现在连他会不会来都说不准。"

对疑神疑鬼的宫泽，安田笑着说："没人会和我们抢那种东西的。就算拿走了也卖不了钱，对其他人来说，那就是一文不值的东西啊。"

"是啊，那倒是。"

宫泽仍然放心不下，盯着挡风玻璃前方，焦急地看是不是快到目的地了。

早上九点出头，卡车从埼玉县行田市内出发，一路上不时遇到堵车，现在已经到了宇都宫市内。乡间公路上，稀稀疏疏的农家和农田交替出现，对面终于看到了一个工业基地。

从国道转入县道，又开了大约二十分钟，挡风玻璃前面总算出现了一条"麻雀虽小五脏俱全"的商业街。

"啊，那儿，在那儿。就是那个，社长。"安田一边开车一边指向前方叫道。

这条商业街，与其说是古旧，不如说是萧条。一个招牌出现在眼前，上面有两个菱形重叠的商标。卡车放慢速度，经过一栋看来历史悠久的两层主楼，向左驶入了旁边的小路。

小路尽头是一个广场。围绕着广场，从大路过来，钩形的房屋连绵不断。应该都是百年前的建筑。酷似明治时代小学的建筑，现在阴阴地沉在阳光中，内部一片黯然，看不清楚。

"好了，到了。"

在建筑物的卸货口，卡车倒车停稳，安田关掉了引擎。

宫泽从副驾驶座上下来，试着透过玻璃窗看建筑的内部。

就在三天之前，这里还有十几个工人在里面缝制足袋。现在，工厂里一个人影也没有，灯也暗着。

"怎么了？"跟着下来的安田也往里面看，"不是还在吗？"他咧嘴一笑，竖起了大拇指。

房间里，能看见灰尘在从窗户照进来的阳光里无声地飞舞。地面上铺了地板，脸靠近窗户就有一股油味钻进鼻孔。眼睛习惯以后，微暗的工厂里，一个一个黑色的光亮物体轮廓浮现出来。那是德式多面脚尖缝纫机。

"还在。"宫泽嘴里低声道。

这原本是一百多年前德国开发的用来缝鞋子的缝纫机。随后它们被引进到日本，几经改造，成了供当时日本大量足袋生产厂家缝制足袋的缝纫机，直到现在还在使用，可谓是活化石了。德国的制造厂家早已破产，如果零件坏了，就只能寻找国内现存的同型号缝纫机的零件。

"在是还在，他们会来吗？"

手表指针指向十点四十五分。约定的时间是上午十一点。

墙壁高处，还留着一块生锈的珐琅招牌，大概是昭和初期的，上面写着菱屋足袋。

说起菱屋，业界无人不知，是老牌足袋生产商。大概五天以前，有业界同行联系宫泽说，这家生产商开出的支票已经兑不出了。足袋行业这个圈子本来就小，近邻几个县的社长们都互相认识。宫泽赶紧给社长菊池打电话，没有接通，直到三天前的晚上十点多，总算逮住了菊池，跟他交涉让他转让缝纫机。

不同于停业，要是因为拒付支票而倒闭的话，债权人就会冲过来，把工厂里的东西全都搬走。因此宫泽才忧心忡忡，不过看来是杞人忧天了。

虽说如此，要是在约定的时间菊池没有出现，那也不能算是成功。宫泽心里七上八下地等着，过了五分钟左右，一辆旧型号的皇冠驶了进来。

开车的正是菊池本人。

"哎，真愁人啊。"

一下车，菊池就搔着头发稀疏的后脑勺。

"挺够呛吧？"宫泽说。

"批发商跑了，本来预备到账的钱也飞了。"

菊池眼睛圆睁，似乎要表现自己当时是多么措手不及。

"那可真是灾难。不过还只是第一次吧。"

第二次拒付，银行就会给予处分，禁止交易。菊池的公司还没到那个地步。不过，菊池摇摇头说：

"已经不行了。我也撑不了多久了，不管怎么样，总是要关门的。"

菊池一边打开卸货口对开门的锁，一边说。他"嘿哟"一声用力往两边拉开涂了黑漆的铁门。

安静的室内响起了咕噜咕噜的滚动声，豁然出现的入口内部就像一个黑暗洞窟。

"被我们连累的合作方那边，我都尽快加了利息给他们付清了。银行里还有一点贷款，处理掉这个工厂，总算能补上窟窿。我洗手不干了。"

菊池今年六十五岁。是经营超过一百二十年的菱屋的第四代老板。第一代老板曾经是商工会议所的会长，是相当重要的人物。但这五十年来，行业衰退严重，最终到了破产的地步。

"真可惜。"

"跟不上时代了。"菊池说，"贵公司还不错吧，生意兴隆。"

"怎么可能。"

菊池拉起电闸，开了电灯，安田抢在宫泽前头走近缝纫机。

"一共有十台。"菊池说，"这里有五台，仓库里还有五台。是怕出了故障备用的。我去拿来。"

"谢谢，真是帮了大忙了。——阿安，拜托了。"

宫泽对身后的安田说完，自己回到卡车的货厢里，解开用绳子捆着的一团旧毛毯，铺在货厢里。这时，安田在菊池的帮助下已经搬来了一台缝纫机，放到货厢里。十台缝纫机搬上来花了近一个小时。

"接下来做什么呢？"宫泽一边将二十万日元谢礼递给菊池一边说。

"干什么呢？"菊池盯着远处。

听他的话风，这次幸亏家里的房子没有赔进去，但悠然自在的退休生活也是不可能了。

"你来雇用我吧。"

"开玩笑。"宫泽笑着说，"哪天有空了一起喝一杯。"

他再次滑进卡车的副驾驶座。安田按了一声喇叭，开到大路上。

"怎么样，那些货？"

再次回到刚才的商业街，宫泽用大拇指指指货厢。

"上等货色。"安田说。

听了这句话，宫泽从一大早开始的不安才算消散，他松了一口气。

"好了。"宫泽小声说着，握紧拳头。

这么一来，急需的缝纫机零件有保证了。

"吃了饭再回去吧。"

回到行田，他们走进公司附近那家常去的大众食堂，吃了个晚午饭。

过了繁忙高峰，食客们已经散去，从食堂出来，已经快下午两点了。阳光越来越强烈，宫泽举起手遮住阳光，准备上车，忽然看见小店旁边沟渠里粉红色的花，停下脚步。

"荷花马上就要开了。"

他想着，身体滑进副驾驶座。卡车载着两人，往相隔十分钟路程的小钩屋再次驶去。

第一章　百年招牌

1

从行田市的中心地区稍微往南，水城公园和埼玉古坟公园中间，有小钩屋经营多年的公司总部。

正式员工和兼职人员加起来，一共只有二十七人，规模不大。

创业是在第一次世界大战前夕，一九一三年。百年以来，这家老牌厂商一直在生产足袋。不过，现如今洋装早已经取代和服成为主流，足袋的需求量早已在服饰类产品中垫底，他们也生产节日礼服，但收益甚微。地下足袋有很长时间曾经是他们的收益支柱，如今也被安全鞋取代了，销售收入一直在减少。对社长宫泽来说，刚才所见的菊池的遭遇，并不是完全与己无关。

曾经，行田就是足袋之乡。

那时，足袋对日本人来说是日常用品，这里的足袋制造商鳞次栉比，每年生产八千四百万双足袋，占日本生产足袋总量的八成。但是，随着时代的变迁、服饰的变化，足袋需求量减少，足袋厂家失去坚持下去的能力和欲望，一家接一家被淘汰，到了平成时代，剩下的生产商屈指可数。

这座木造L字形建筑建在从祖上继承的五百坪场地上，正面是事务所和仓库，左侧面是摆放着一台台缝纫机的车间。

员工的平均年龄是五十七岁。要说熟练工，确实是熟练中的熟练，最高年龄七十五岁。缝纫机也老，员工也老。

得知宫泽的卡车回来了，阿玄，也就是富岛玄三，从事务所门里快步迎出来。担任财务经理的富岛今年六十二岁，已经在这里工作了四十余年，资历很老，从前任社长宫泽的父亲那时候起就担任管理工作。

"成色不错，真不愧是菱屋的货。"

解开货厢里的绳子，拿走毛毯，富岛称赞说真不错，然而他脸上似乎有阴云笼罩。

"出什么事了？"

长年相处，一看富岛的脸，宫泽马上就猜到。

"有退货。"

顺着他的视线，宫泽看过去，发现了堆在仓库入口附近的硬纸箱。

"是针检出娄子了。"

宫泽啧啧地咂嘴，正好仓库里走出一个人影，他对人影大声叫道："大地！"

一瞬间，露出不满表情的大地不情愿地走过来。这是宫泽的长子，今年马上二十三岁。从本地的大学毕业后，大地没找到工作，今年四月开始在家里祖传的小钩屋工作。针检，也就是检查产品中是否混入了针，是大地的工作。

"你这家伙，在干什么！"

宫泽劈头盖脸骂着走到跟前来的大地。

"对方给的信息有误，比约定的时间提前来取货，我也没办法啊。"

大地这样辩解。

"等等！"宫泽毫不留情地说，"你这家伙，想得太简单了，总觉得针不大可能会混进来，其实一不留神就有可能混进来。被发现漏掉了针检，我们的脸往哪儿搁！对自己的工作要多上心！"

代替回答的是一声明目张胆的叹气。大概大地想说，我可是没办法才来帮家里干活的。

"哎呀，社长，大德百货这次也说，第二次针检结束以后就可以马上出货了。"

富岛说着，面朝大地，为他辩护："阿大快点去做完针检，我去安排车辆了。"

"阿玄，求求你不要再护着他了。"宫泽心中的怒火还没有平息，"那种态度，不管去哪里，都干不好活。就应该狠狠地教训他一顿。"

"你是说找工作吗？阿大自从跌了跟头，一直打不起精神啊。"

富岛从大地小时候起就很疼爱他，所以对他太过仁慈了。"说实话。他不去别的地方，能够继承小钩屋就好了。啊，真是对不起。"

富岛看了一眼宫泽，伸了伸舌头，在宫泽发话之前对安田说了句："接下来就拜托了。"马上从事务所逃了出去。

儿子无法继承这家公司——宫泽老早就公开这么断言。大地在这里工作，不过是去自己心中理想的公司就职之前的过渡。

这个世界上有许多工作，但不是所有的工作都能让人不断成长。

有些行业在迅速成长，也有些行业在飞速没落。

不管如何乐观地去看——很可惜，但这是事实——足袋制造业属于后者，宫泽这样想。在自己这一代还能够活下去，但是到了大地那一代会怎么样呢？这真是无法想象。现在已经苦恼于销量的锐减。缝纫机的零件都很难找到，孩子就更不可能继承这项事业了。

"社长，有件事情要找你。"

回到社长室，从总是敞开的门后面，富岛露出脸来。

两人移到沙发上，相对而坐，中间隔着茶几。富岛将手里的一沓儿文件推到宫泽那边。是资金筹措表。

"差不多了。"

宫泽戴上老花眼镜，翻看文件。

"大概两千万日元。"富岛说，"这个月底，最迟下个月中，借不到的话就不够了。"

虽然早已不是新闻，但他这么一说，宫泽仍然感到腹部受到重重一击。

"上周我去银行，已经私下跟坂本先生打过招呼了。"

坂本太郎是小钩屋在埼玉中央银行的负责人。

"明天我去。"

虽说工作上麻烦一大堆，但没办法。跟银行打交道是宫泽作为经营者的任务。

## 2

"到下个月底要两千万日元吗？"

坂本一直盯着宫泽拿出来的文件。

这是宫泽最讨厌的瞬间。现在坂本在想什么，有什么顾虑，他完全不知道。就像在X光片前等待医生的宣判一样，有一种忐忑不安的心情。

"今后的业绩预计会怎么样啊？"坂本好久才抬起头问道。

"跟现在持平吧。"宫泽说。

坂本不慌不忙地把一大沓资料放在旁边说：

"给我两周时间吧。"

搞不好就会被当场拒绝——每次来银行借钱，宫泽总是坐立不安，此时他暂且先抚平胸口的不安。

"不过，社长，接下来你准备怎么办？"

坂本的脸前所未有地严肃，宫泽本来准备站起身来，又坐下来，问：

"什么怎么办？"

这里是银行的融资柜台。大概是开业还不久，行里的客人很少。

"照现在这样，小钩屋的业绩会增长吗？"

这个问题宫泽难以回答。

"有一些来自百货店的新的进货。虽说不多。也能够扩大销路……"

"我很明白，你们已经很努力了，但是照时代的趋势，足袋和地下足袋的未来会怎么样呢？足袋这东西不会消失，但也会像某些动物一样，成为濒危物种吧。"

坂本三十出头，还很年轻，但他说话很直爽。两人交往已久，宫泽知道他是个直脾气，因此也并不生气。

"当然需要踏实的营销，不过应该再有一些新的创意，考虑一下公司的未来。"

"你说的创意是指什么？"宫泽搞不清楚坂本的意图，问道。

"新的事业之类的，怎么样呢？继续生产足袋和地下足袋，十年后或是十五年后，还能有跟现在一样的业绩吗？"

宫泽一声低叹，沉默下来。确实，无法想象小钩屋那个时候还能兴旺发达。

"说实话，光靠现在的经营品类恐怕很难，能不能有一点新的创意呢？"

宫泽完全没有心理准备。

不过宫泽的脑子里没有任何的主意。他能想到的只有增加足袋的品类。这种业务算不上是新的事业。

"就算你让我们去想，也没什么好点子啊。"

宫泽抱起胳膊。

"如果这样下去的话，不久就很难融到资金了。"坂本很严肃地说。

"现在虽说是薄利，还算有盈余。但销售额一直在减少，就算降低成本也是有限度的。"

别说是新的事业了，在传统这个借口下，宫泽一直得过且过。生产在传统艺术课和传统节目中使用的足袋，是他的祖传家业。要开发新的事业，宫泽毫无头绪。

在泡沫经济时代，有很多其他的同行因为心思太活络而破产了。于是宫泽更相信还是老老实实生产足袋比较安全。

"这只是一个小小的建议——"看着为难的宫泽，坂本继续说，"说是新的事业，也不是说完全新的领域。还是要跟当地优势结合，自己要有感觉，否则的话太冒险了。尽可能利用现在的技术。对了，小钩屋最大的长处，您觉得是什么？"

坂本又抛出了一个宫泽无法立即回答的问题。

"是什么呢？这种问题我从没有想过。"

坂本苦笑着说："请您好好想一下吧。"

"肯定有的，如果没有，这个百年公司是如何持续下来的呢？"

"那倒是。"

虽说如此，宫泽仍然不清楚。

"但是。如果不知道自己的长处，要开发新的事业很难啊。"

对着有几分沮丧的宫泽，坂本建议道："最好从身边想起。不过，一开始的话，不要限制了自己的可能性。"

"不要太保守了，觉得自己做不到、肯定不行。要想'如果能这样就好了''做这种事就好了'，一开始要放开了去想。"

"放开了啊。"

坂本的话，让宫泽摸不着头脑。"总之我会去想的。"他默默接下坂本的建议，转身离开了。

3

"银行那边怎么样了？"回到事务所，宫泽若有所思地把上衣挂在衣架上，富岛马上来打听消息了。

"总之他们会考虑的，让我们给两周时间。还说，让我们考虑下新的事业。"

语出突然，富岛以为自己听错了，睁圆了眼睛，一脸为难地说：

"银行总是提很多要求啊。"

看他的样子，完全不像会去思考什么新事业的人。富岛是一个一条道走到黑的保守男人。

"我们可是足袋商啊！社长。"富岛说的话正如宫泽所料，"要说长处，那就是坚持到底啊。"

"没错。"宫泽不由得笑出了声，"对方说，你们都干了一百年了，肯定有什么过人之处吧。我自己倒是不清楚。"

"真是搞不清楚啊。"富岛点点头说，"难道是以此为理由才能借给我们钱？是这样打算的吧？"

整天跟银行打交道，难免会有摩擦。

"你和坂本发生什么不愉快了吗？"

"不，那个人啊，是很少见的可靠的人。不过，他毕竟还是银行里的人，肯定是分行行长说了什么。"

行田分行行长家长亨，是一个恨不得把银行招牌挂在鼻尖的势利男子。怎么说呢，他从不把小微企业放在眼里。他们是家地方银行，应该说打交道的大半是小公司。他们靠跟这些公司做买卖才有饭吃，但却总是居高临下、盛气凌人。

"只要日本还有自己的文化，足袋就不会消失。在考虑新的事业、开始这种不靠谱的计划之前，我们还要做很多事呢。"

"那倒也是。"

坂本说的虽然有道理，但公司自有公司的活法。小钩屋靠足袋已经活了一百年。如果是遵循自然规律走向消亡还好，要是因为瞎折腾而将三代守成的家业毁于一旦，那真是无颜见祖先。

"明天，我去一趟东京。"

"哦，是去推销吗？"富岛马上问，然后低头说，"拜托了。"

没办法，公司人少，推销是宫泽的一项重要工作。所以，从百货店到专卖店，他不时要去出差拜访，十分繁忙。

"大订单，拿几个回来哦！"

"就交给我吧。"

他虽然嘴上自信满满，其实这件事没那么简单，这一点他和富岛都心知肚明。


4


梅雨天，天空阴沉沉的，落下来的雨打湿了车的挡风玻璃。今年梅雨季雨不多，但却也迟迟不肯过去。

早上刚过九点，东北车道越靠近东京都的方向越拥挤。最终在外环车道的入口开始大堵车。宫泽按亮了临时停车灯，将插在杯架上的塑料瓶拿出来喝茶。

　　心情不好，不光是因为下雨。

　　昨晚，宫泽因为一点小事和儿子大地大吵了一场。

　　大地提出，要去埼玉市内一家业内知名的电机制造商面试，所以要请假。宫泽训斥他说："没听你说过这件事。我们这边也有人手安排，要去面试早点提出来。"

　　而且，一问才知道，原来大地应聘的是销售岗位。年过二十的儿子做什么工作，父母本不应该插嘴，但儿子要做的工作竟然和他在工学部学的东西完全无关，难道只要能找到个工作就行了吗？宫泽忍不住给他泼冷水。

　　那还是比在现在这个时代还生产足袋的公司工作强一百倍——大地还嘴反击，两人忍无可忍，终于因此吵了起来。

　　"真是的，无可救药。"

　　宫泽一边叹着气一边嘀咕。他忽然想起一件三十年前的事。

　　从当地的大学毕业后，宫泽去了东京的大型百货商店大德百货工作。父亲说，与其马上继承家业，不如先去其他地方锻炼锻炼。于是安排他去了当时已经有生意来往的大德，负责卖场，积累经验。

　　百货店的顾客千人千面。宫泽从小习惯的是足袋厂的世界观，这里完全不一样，给他带来了新的体验。

　　"那时候我工作时在想什么呢？"

　　总之，宫泽只记得自己受到了巨大的冲击。不管怎么说，小钩屋以前从来没有直接面向普通消费者卖东西。

　　后来他想，要是在那个当学徒的时代能学到东西，现在派上用场就好了。不过这也是马后炮了。当然，那时自己还年轻，就算硬要装成行家，也是做不到的。可是，自己一直以来的人生，曾经有过什么真正的挑战吗？

答案是没有。昨天他还对富岛表示同意。

"靠一百年前的缝纫机，现在还能养活自己的公司，哪里还有啊？"

车开始缓缓移动，宫泽自嘲道。无论如何，希望大地过和自己不一样的人生。如果他还留在小钩屋，那就不可能实现了。


"之前给您添了麻烦，真对不起。"宫泽在事务所低头道歉。

负责收购的矢口说："哎，以后当心吧。"并没有太多抱怨，就接受了他的道歉。还是漏掉针检那件事。按照品质管理相当严格的大德百货店的标准，漏掉针检是重大的过失。事态严重的话，说不定会取消交易。幸好负责人是以前就认识的矢口，真是帮了大忙。

宫泽在这里工作的时候，矢口就是跟他亲近的同事之一。现在负责文化服饰部门的进货。

"不过还真是少见，宫泽君那里会漏掉针检。"

宫泽没法开口承认这是儿子犯的错。

"是让新员工帮忙干的，所以……"宫泽含糊其词，"还真是对不起。"他两手撑在膝盖上，坐在椅子上，再次深深低下头。

"哎呀，就这样吧。"矢口的白衬衫袖口挽起，他摆摆手说，"不过，还有一件更麻烦的事情。"他的表情凝重。

宫泽坐直身体。

"实际上，七楼的卖场要改装。和服卖场的面积要减少三成。"

这真是一个坏消息。

大德百货店是小钩屋的主要客户之一。这里的卖场缩小，当然销量也就会减少。特别是总店的卖场是全国规模最大的。卖场缩小，是左右业绩的一件大事。

"我想你也知道。和服产业现在青黄不接，维持现状就已经很困难了。只在变坏，没有好转。在讨论怎样提高卖场单位面积收益的时候，就吃亏了。"

顾客的平均年龄大，这是和服卖场的特点。而且，女性占绝大多数。连大德百货都把和服卖场当作卖场改革的对象，其他的百货商店可想而知。结婚典礼、成人仪式这些典礼上，租借和服也成了主流。之前菱屋这样的老店也破产了，可见形势不容乐观。

"我们要在年底销售战前调整好，最迟十月中旬左右就要完成改装。以后的进货，我们再商量吧。说出这种话，我也很不情愿。"

结束了和矢口的面谈，宫泽只能一边叹着气，一边回到停车场。

他把车开出来，接下来要去的是银座。他要去百货店和专卖店。接着去见涩谷和新宿的客户，但也说不上有什么成果。

最后是池袋的百货店，也落了个空。和卖场负责人分手后，宫泽筋疲力尽地踏上下楼的电梯。他从裤子口袋里掏出手机检查短信。是马上就要上高中三年级的女儿茜发来的信息，上面写着"别忘了哦"，他才想起了那件事情。

女儿托他去买运动鞋。并不是让宫泽去挑选，女儿已经指定了品牌、颜色和尺码。短信上还附上了详细的照片。

宫泽走出供货商出口，又再次进入百货店，走向运动用品卖场旁边的运动鞋卖场。

问过尺码，店员去找鞋子了。宫泽无所事事，打量着卖场。这里和空无一人的和服卖场完全两样。鞋子卖场又华丽人又多。一整面墙展示着鞋子，种类到底有多少呢？每一双都在一万日元左右，贵的还有几万日元的高级货。

同样是穿在脚上的，行业不同，居然有这么大的差别。宫泽一边想一边观察着。他的目光停留在跑鞋鞋架上展示的一双鞋。

"这是什么？"

这双鞋的形状很奇怪。一般来说鞋头都是圆的，但这双鞋却有五只脚趾。大部分鞋子鞋跟部分的垫子很高，而这双鞋的形状却是扁扁的，好像是喜马拉雅山上雪男的脚形的再现。

"您在找跑鞋吗？"

宫泽仔细看那双鞋，年轻的店员对他打招呼。

"这双鞋真有意思。"

"这是伐柏拉姆（Vibram）公司的'五趾鞋'。"店员熟练地报出名字，"如您所见，五个脚趾分开。这样就能比一般的鞋更紧地抓住地面，跑起来更有感觉。外表有点奇怪，但很受欢迎。"

"很受欢迎啊。"

宫泽拿着鞋，仔细打量着。比自己想象的更轻。从某个角度来看，还挺像地下足袋的。

"比起其他鞋，这双鞋穿上以后，跑步时会有一种赤足的感觉。有些人一穿上这双鞋跑步就爱上了。您要试试吗？"

地下足袋受欢迎，其实也是同样的理由。穿上后有一种赤足的感觉，又能抓住地面。不穿也能明白那感觉。地下足袋和足袋是小钩屋的两大主力产品。

"不用了，谢谢。"

他对店员点点头准备离开。刚才的店员拿着运动鞋的盒子回来了。

"成绩太差了。学习之外还干了点什么？"

面对面试官的问题，大地回答说：

"参加了足球俱乐部。虽说是社团活动，但也是很强的队伍。"

"足球啊。"

面试官是一个五十上下、头发花白的男人。旁边还有一个年轻职员，抱着一块记录板死死盯住大地。大地感觉到了一种不管经历多少次都无法习惯的不舒适感。

"那你是那支强队的常规队员吗？"

"不，是守门员候补。"

他能感觉到，面试官迅速失去了兴趣。作为候补队员他也曾出场参赛，刚才应该说自己就是常规队员的，但大地似乎并不擅长利用这些机会。不知该说他是诚实还是笨。他自己也觉得这种性格经常吃亏。

对屡战屡败的大地来说，面试现在只剩下痛苦。确实，他大学时代的成绩并不亮眼，但也不算平均线以下，说起来就是个普通学生。但自己也缺少勇气，对面试中经常出现的满怀恶意的问题，无法反问一句"有什么不满吗？"也许是经验不足，也许是性格问题，不论如何，回击权威都不是一朝一夕能够学会的。

"你是工学部毕业，为什么要做销售呢？"

"懂技术的去做销售，会有优势。"

大地说出了自己准备好的理由。这个问题肯定会被问到。他以为这个回答完美，但对面完全没有反应，只是在记事板上写上了什么，如此而已。

"那么，现在是——"面试官看了一眼递上来的简历说，"这是什么？足袋公司？"

"对，是的。"

"这又是怎么回事？"

"是家里的工厂。"大地回答。

面试官问："那你不用继承家业吗？"这也是大地预料中的。

"那是夕阳产业，没有未来。"

"但是，你不是在那里工作吗？"

"只是找到合适的工作前在那里过渡。也不能一直玩，什么都不干。"

"是啊，足袋厂是够呛。"

男人有点不屑一顾地说道。接着，他又问了两三个无关痛痒的问题，最后扔下这么一句事务性的总结："有缘的话，人事会给你打电话。"面试结束了。

应该说没什么亮眼之处吧。最要紧的是，完全感觉不到面试官对自己有兴趣。笔试也马马虎虎。

应该没戏吧。

出了公司，大地抬头看着雨总算停了的天空，心中扩散开来的失望久久不能驱散。

到现在为止，面试过的公司一共不下五十家。

"难道我真是个一无是处的人吗？"

挑战面试前的精气神儿已经消失得无影无踪，大地拖着沉重的脚步，往车站走去。

# 6

结束了东京的客户拜访，从最近的入口上了高速公路，已经是晚上七点多了。宫泽跟各店的采购都是老交情，谈了很多商业计划。不过，大德百货店的卖场收缩，对他来说还是当头一棒。

长年累积起来的销售渠道，就这么一个一个地渐渐消失。

虽说足袋是文化和传统的一部分，但世间的变化和趋势，却不管不顾地改变着消费者的需求。既然这是时代的潮流，妄图抵抗本身就是不可能成功的。

从拥堵的首都高速进入东北车道，车辆开始流动起来。

外面雨停了。但是，宫泽心中的雨却下个不停。

说起来，大地的面试怎么样了？

宫泽开着车，脑中浮现出无数思考的断片。那是不断涌现的无秩序、意义不明的意识碎片。其中，忽然浮现出来的，是刚才看到的五趾鞋。

抓住地面，赤足一般奔跑——

"这么说来，以前人们就是穿着足袋跑。"

现在已经不用了，不过在宫泽小时候，运动会上穿足袋跑步并不稀奇。这么想的话，跑步和足袋并不是完全扯不到一起。

更进一步说，那个"五趾鞋"，从某种意义上来说，就是足袋，宫泽这么想。"五趾鞋"下面有橡胶底，形状不一样，但其实可以说是地下足袋的跑鞋版。

"要是能紧紧跟上时代，足袋也许也能重获青睐。"

在车里，宫泽一个人自言自语道。

宫泽自己从没将足袋的特点和跑步结合在一起思考，也许是太拘泥于传统和成见了。

由跑步想到五趾鞋，算是抓到了一点头绪。本来宫泽不可能想到这个主意。

本来，宫泽觉得用来跑步的就是一般的跑鞋。要生产出颠覆既成观念的商品，投入市场，需要相当的勇气和决断力。这才算是新的事业。

此时的宫泽想：看来有些创意和思考角度，自己还是可以挑战一下嘛。

见识了跑鞋卖场的盛况，宫泽觉得，市场会有很大的成长性。

如果长得像地下足袋的鞋有人气，反过来，把地下足袋改良成为跑鞋，应该也会有市场。如果是地下足袋的话，他有自信，自己生产出来的不会差。

"能被市场接受吗？这种商品……"

自己的想法似乎太不着调了。虽说听起来很不着调，但仍然有讨论的价值。也许可以收获新的顾客。

刚才所见的鞋子卖场里，要是摆满了小钩屋的地下足袋……想象着这样的情景，他的嘴角也不由得翘起来。

守护传统，不等于被传统套牢。

要突破这层壳，现在正是时候。


回到家里，已经快到夜里九点了。

"孩子们呢？"

家里一片安静，感到有点奇怪的宫泽问妻子美枝子。

"茜去补习学校了，一会儿就会回来。大地说他直接跟朋友去喝酒了。"

"直接？是面试完了直接去的吗？"

宫泽惊讶地问道。美枝子皱起眉头。

"好像不太顺利。"

宫泽坐到餐桌边，拉开美枝子递过来的啤酒罐拉环，把啤酒倒进杯子里。

"这件事，真没办法。我也不能代替他去面试。"

"你去跟他谈谈吧。"

美枝子出乎意料地说。

"我倒不介意，但大地好像不想跟我谈。"

"没有这回事。"美枝子摇摇头，"这事很复杂。我想大地也是希望不被你看扁，才硬撑着。"

"不被我看扁，是什么意思？他不是一直看不上我们的足袋公司吗？"

"其实，那孩子还是很在意小钩屋的。"

宫泽吃了一惊，刚喝了一口啤酒，就抬起头来。

"你说什么？"

"他肯定是很在意。本来他还准备继承家业，但是，你却总是说不给他。所以他才慌忙开始找工作，总有点病急乱投医……"

这种话，还是第一次听到。

"我当然不可能说让他继承家业了。"宫泽简直气晕了，"足袋公司啊，想想看不知道还能活几年，这也是为他好。"

"但是足袋是不会消失的啊。"

"那倒是。"

在这件事上，宫泽自己也矛盾重重。

不管怎么样，维持现状肯定是不行的。

必须想想办法。

此时，回家路上想到的关于跑鞋的创意，伴随着一种必然性，浮现在宫泽脑海中。

# 第二章　塔拉乌马拉族的启示

## 1

"那样的话，也不是没有可能，确实，我们也生产马拉松足袋。"

第二天早上，听了宫泽的主意，富岛在社长室里一边喝茶一边说。"穿着足袋去参加奥运会的人都有。金栗四三[1]就是穿着足袋去跑步的。"

"你知道得还真清楚啊，阿玄。"

富岛出人意料地博学多闻，宫泽也吃了一惊。

宫泽昨天也做了一番调查，金栗四三的确曾经穿着足袋去跑马拉松，那是一九一二年斯德哥尔摩奥运会的时候。

当时的金栗因为长途旅行的劳顿，在比赛中患上了日晒病，最终弃权，没能跑到终点。金栗失去意识后在农家疗养，但是大会总部并不知道，留下的记录是"失踪，下落不明"。

半个世纪以后的一九六七年三月，在纪念庆典上，金栗形式上跑完了全程。留下了奥运会马拉松历史上耗时最长的纪录："五十四年八个月六天，五小时三十二分二十秒三"。纪念仪式上，金栗发表了著名的演讲，说自己"跑到终点前，生了五个孙子"。

"金栗的故事，是因为你爸爸经常提起，我才知道的。"

"爸爸讲这种故事……"

真是意外。小钩屋本来也生产马拉松足袋，但是在父亲那一代取消了这项业务。记得那是在地下足袋的基础上加上前系带。脚尖是两趾，颜色是白色的，介于运动鞋和地下足袋之间。

---

1 金栗四三：日本马拉松运动员、教练、体育教育家，三度参加奥运，在日本长跑界具有相当重要的地位，人称日本的马拉松之父。

"以前生产的那些东西都在哪里呢？能找出来吗？我忘了是什么样的东西，想再看一看。"

富岛脸上现出一副不太起劲的表情。

"马拉松足袋无法成为收益的支柱。如果有可能的话，早就已经实现了，这是时代的潮流。它最终还是败给了运动鞋。"

到现在再去复活马拉松足袋，恐怕也毫无意义，富岛是这样想的。但是说到时代的潮流，潮水的方向是不是又倒流回来了呢？从足袋到运动鞋，然后又回到足袋。五趾鞋就是一个很好的例子。

"也许是这样，还是看看吧。"

宫泽这么说，富岛眯起眼睛，隔着香烟的青雾看着宫泽。

"要生产马拉松足袋吗？"

"有这个可能。这种东西能卖的话，跑步用的地下足袋也应该能卖。"

他在网络上找到并打印出五趾鞋的照片，用手指咚咚敲着照片，指给富岛看。

"现在年轻人的想法真是搞不清楚。"富岛说。

"我不是说阿玄要去考虑这些事情，只是看一看。我也了解了解情况，不会投很多钱进去。这样总行了吧？"

在负责管理财务的富岛看来，额外投入费用是最不值当的。就连宫泽也不准备白白投进去这笔钱。实际上，因为资金不足要去借款的正是宫泽本人。

"光生产足袋的话，不行吗？"

就算这样，富岛仍然一脸不情愿。

"不是不行。老实说只做这个没什么意思。不管怎么说都很无聊。"

他这么一说，富岛马上回答："忍住无聊，坚持一百年，就成了艺术。"真是一个顽固的男人。

"我们家从一百年前就开始制作足袋了。也是边学边做。考虑将来的话，要守卫古老的东西，就不能故步自封。"

宫泽正说着，瞥见一个人影进了事务所。

那是埼玉中央银行职员坂本。

"早上好。"

看到宫泽，坂本点头打招呼。应该是来取融资需要的资料吧。

"看来我还要为眼前的借款努力呢。"

"好，加油。"富岛从社长室的椅子上站起来走过去，"同样是'kanakuri'，我们这边可是筹钱啊。"[1]

说着并不好笑的笑话，富岛抱起桌子上的文件，去了坂本等待的房间。


"怎么样？钱借给我们吗？"

大概是和富岛的见面结束了，坂本在大门敞开的社长室入口露出脸。他们提出融资的请求是两天前，不可能这么早就出结果，宫泽只是开开玩笑。

"能再给我点时间吗？"

坂本不愧是银行职员，似乎把玩笑话当真了。

"知道了。要不要喝杯茶？"

"打扰了。"坂本说着走进社长室，看了一眼桌子上放的照片，"啊，这就是五趾鞋。"

---

1 "金栗"和"筹钱"在日语中的读音都是"kanakuri"。

"你知道吗？"坂本的反应让宫泽很意外，他问。

"这种鞋最近很流行。是想要买这种鞋吗？社长？"

宫泽坐到坂本对面，重复了一遍刚才对富岛说过的同样的话。

"坂本先生上次说的那些话，让我想开展新的事业。"

他这么一说，坂本忽然带着兴奋的口气说："很棒，真是期待啊，不知道你们会生产出什么样的跑步足袋。"

"但是。没法放手大干。"

宫泽自己也有点不好意思地说，这只是小微企业的挑战，既没有钱也没有胆。

"我们准备先老老实实研究一下跑鞋，路还很长，不过，有试一试的价值。"

足袋和跑鞋，看起来相似，其实完全是不同的东西。小钩屋可以用到跑鞋上的技术，只有缝纫而已。但是万一进行大量生产，一百年前的缝纫机也派不上用场。不过在现阶段就开始担心这些事情，就没办法开始了。

坂本又说："研究竞争单品当然是必需的，不过对跑步还需要加深理解。"

"刚才的五趾鞋，并不是爆冷门夺人眼球，而是因为对跑步有自己的理解，所以才做出那样的形状。光研究其他鞋，是做不出这种产品的。跑鞋就是为了跑步而存在的。我觉得首先要去了解跑步这件事情。"

真佩服。宫泽只能反思，自己太浮躁了，刚想到了一个主意就兴奋过度，并没有冷静地去想接下来应该做的事。

但是，说到要研究跑步这件事情，应该从哪里着手呢？宫泽完全没有头绪。

还是去读几本这方面的书吧。他想着。

"我认识一个跑步方面的咨询师，我把他介绍给你。"

坂本伸出援手。

"靠得住吗？"

"那是当然啦。我跟他说说这件事，问问他什么时候有空。"

<br>

2

<br>

七月的第一个周末，宫泽去拜访横滨市内经营运动鞋和运动服装店的有村融。

梅雨季好不容易过去，这是一个晴朗如洗的早晨。

宫泽在横滨体育馆附近的关内站前跟坂本会合，向附近商店街上有村的店进发。坂本在周六仍然加班来陪着宫泽，宫泽心中十分过意不去。

"我很乐意帮这种忙。"

坂本并没有露出不愉快的表情，坐出租车不到十分钟，两人进了那家店。

这家店在一座综合大楼的一楼。店面小巧时髦，店里的商品琳琅满目，还有一个小小的空间，放着桌子和椅子。墙上的液晶显示屏播放着某外国马拉松大赛的录像。

"久等了……"

有村来了，他简单介绍了自己。

他在高中以前一直打网球，因为在全国高中综合体育大赛中成绩突出，作为运动选手进入了一家有名的私立大学。但是，因为手肘伤痛，不得不退下来，又重拾了过去跑步的兴趣，进了研究生院，接触到了最新的跑步理论。

研究生院毕业后的五年间，他在一家生产运动服饰和运动鞋的著名企业工作。后来一时心血来潮辞了职，做起店铺，同时开始做以前一直想做的运动咨询工作。

有村和善可亲，马上就开门见山地问："我听坂本先生说，您对五趾鞋感兴趣，真有意思。"

坂本和有村之所以认识，好像是因为坂本参加了有村办的跑步班。

"以前曾经有马拉松足袋这种东西，我在想，能不能重新生产这种东西。"

实际上，宫泽很担心有村生气。他觉得，那些跑步方面的专家，肯定认为从地下足袋入手进入跑步相关的业界是个笑话。

但是，有村并没有生气，反而热情地听他讲自己的设想。

"我的想法，从专家的角度来看，有没有顺利实现的希望呢？"宫泽忐忑不安地问。

"当然有啊。"有村认真地回答道，"我觉得足袋本身是适合跑步的。确实，以前在学校运动会的时候也有人穿。现在出于安全方面的考虑渐渐看不到了。"

"安全方面的考虑？"宫泽感到很意外。

"去年，横滨一家有名的中学曾经有人提出，在体育课和运动会上使用足袋有利健康。但监护人们都反对。操场地面上不知道会有什么杂物，存在安全隐患。所以这个主意没有被采纳。"

因为这种理由足袋才没有被采用，宫泽第一次听说。

"不过，用市场上卖的跑鞋也并非绝对安全。对跑步和马拉松有兴趣的人越来越多，也有越来越多的人脚受了伤，这点您也知道吧？"

这个信息倒是出乎意料，马上引起了宫泽的兴趣。有村从店里展示的鞋中间拿来一双。那是一双慢跑鞋，标价是一万日元左右。

"这双鞋现在卖得最好。请看它的脚跟部分。里面有鞋垫，很厚。现在，大多数的鞋都用这种鞋垫。我觉得这种构造本身有问题。会导致跑步姿势错误。"

宫泽从来没有想过，跑步姿势还有正确错误之分。

"穿着这双鞋跑步，脚跟着地，脚尖踢地，会养成一种姿势，叫作后跟着地。这样跑步，如果重心着力方法不对，特别是对初学者来说，很容易引起髂胫束综合征，也就是俗称的跑步膝。问身边跑步的人，会发现有很多人都有这种毛病。就算不严重，也有很多人的膝盖和脚踝会疼。引发的原因很多，但很多人就是因为跑步姿势有问题。"

"你是说，后脚跟着地，跟鞋子的形状有关系？"

"这种鞋子就是会让你的后脚跟着地。穿上它，后脚跟就很容易抬高。"有村继续说，"因此引发健康问题的例子很多。最近，关于跑步方法的研究更深入了，人们开始研究著名选手是怎么跑步的。发现了一些很有趣的现象。比如肯尼亚的选手都是脚的中间部分着地。参加奥运会的日本一流运动员也是这样，有的选手就是用中掌着地，或者是更往前一些用全掌着地。也就是说，这些一流选手都不会用容易受伤的后脚跟着地方式。那么，为什么中掌着地、全掌着地这些跑步方式，能跑得更快，又不受伤呢？因为这种跑步方式才是人本来的跑步方式。"

"人本来的跑步方式？"

宫泽不由得重复道。本来是来请教跑步相关的问题，有村似乎把话题扯远了。

"宫泽先生有没有听说过塔拉乌马拉这个部落的名字？他们是居住在墨西哥边境的部落，以擅长长跑而闻名。一天能跑几十公里，有时会花好几天跑完相当于超级马拉松的距离。一位策展人带着塔拉乌马拉族的人去参加美国的超级马拉松，他们跑完了全程，速度跟欧美的一流选手相当。他们穿的鞋子叫瓦拉起。很粗糙，跟拖鞋差不多。而且他们赤脚穿着瓦拉起，跑完全程。"

有村从背后的书架上取出一个文件夹，里面收集了杂志上的剪报，给他们看瓦拉起的图片。

平平的鞋底上贴着自行车的橡胶轮胎皮，很原始。在上面穿上绳子，做成像海滩拖鞋似的东西，多余的绳子在脚踝上打结，构造十分简单。看起来一点也不适合长距离跑步。

"他们真的穿着这个去跑马拉松？"

"当然，而且取得了不比世界一流选手差的成绩。"

一时之间令人难以相信。

"穿着这个可以跑步的话，穿着地下足袋也可以。"

宫泽的心里话，不由得脱口而出。

"总之他们的跑步方法是中掌着地，或者是全掌着地。所以穿着瓦拉起也可以跑完。"

"这种跑法，要怎么才能学会呢？"宫泽问。

"要换一种鞋。"

答案真是出乎意料。

"不能穿那些运动厂商生产的厚跟鞋，要换成底更平的鞋。这样的话，跑步的时候，就会自然地从脚跟着地转换成中掌着地。地下足袋鞋底薄，又是平的，刚刚好。"

"您刚才提到人本来的跑步方式。"宫泽问起了他一直关心的问题。

"那是指什么？"

坂本在一旁，一边喝着有村泡的咖啡，一边饶有兴趣地听着两人的谈话。

"这个问题，跟人——不，跟现在的人类，也就是人这个物种能生存下来直接相关。"

有村的话如同不断喷涌的泉水，源源不断，一直回溯到了悠久的人类历史。"在人类的进化过程中，猿和人类的分界要追溯到七百万年前出现南方古猿的时候。到了二百四十万年前，出现了原始人能人。一百万年前，同时期出现了几种猿人和原始人共存的状态。"

除了埃塞俄比亚傍人、粗壮傍人、鲍氏傍人三种南方古猿演化而来的物种，还有能人、硕壮人、直立人、匠人四种原始人。

宫泽试着想象，在同一个地球上，存在着这么多猿人和原始人的画面。想必新进化的原始人会不时跟南方古猿相遇。当时，这些种族之间会是怎样的关系呢？

"但是，这些共存的猿人最后灭亡了，五十万年前硕壮人灭绝，三十万年前直立人灭绝。新人种诞生。最终在二十万年前，我们的直系祖先智人诞生了。"

"所以，才出现了现在的世界。"宫泽说。

"不，不是的。"有村摇摇头，"实际上，近年来的研究显示，当时还有跟我们共存的人种。十五万年前到三万年前是尼安德特人，三万八千年前到一万四千年前是兴盛的弗洛勒斯人。这些人种曾和我们呼吸着同样的空气，共同生活在这个地球上。我们的祖先曾经见过他们，或许还跟他们有过交流。但是现在生存下来的，只有我们这个人种。这是为什么呢？"

"跟跑步方式有关？"

有村深深点点头。

"确实如此。人脑的体积只占身体的百分之二，却要用到百分之二十的能量。因此，光吃杂草和树木远远不够，需要吃肉食。也就是说必须去狩猎。因此必须长距离奔跑。尼安德特人也会跑步，但是，科学家们认为，他们也许无法长时间进行长距离奔跑。同样，其他动物也会奔跑，如老虎。但它们奔跑的时候，不能像我们一样自由呼吸。出前脚的时候吸气，踢脚的时候吐气，呼吸方式十分单一而且不自由。所以，就算是比人类跑得快的动物，也不能长距离奔跑。人类可以在长距离跑步时自由呼吸，最终追上自己的猎物，抓住它们吃掉，这就是智人最大的长处。那么，智人是怎么跑步的呢？就是全掌或者是中掌着地。"

"所以说全掌或者是中掌着地才是人类本来的跑步方法？"

宫泽与其说是佩服，不如说是感动。

关于跑步这件事，他之前并没有深入了解过。人为什么要跑步，哪种跑步方式最适合，本来人是怎么生活的——跑步的历史，原来和人类的历史紧密相关。

"我作为一个运动咨询师，工作就是让人们能够用人类本来的跑步方式、不受伤害地享受慢跑和比赛。"

有村总结说。他还介绍了自己主办的比赛。

"来之前我忐忑不安，没想到你给我打了一剂强心针。"最后，宫泽难掩兴奋地说，"都想自己跑步试试看了，你推荐哪种鞋？"

有村问他："您之前跑过吗？"

"没有。"宫泽辩解般继续说，"我没有特意去运动。平时太忙了。"

"那样的话，先试试散步吧。"这个建议听起来不着边际，"抽时间出去走走，自然就能散步了。"

"鞋子呢？"

有村笑着说：

"什么都可以。皮鞋也可以。不用太勉强，轻轻松松开始。这是不受伤、长期坚持下去的秘诀。"

什么啊，宫泽想，这跟经营公司的道理一脉相承吗？

3

新事业的创想一直在心中蠢蠢欲动，半年的时间眨眼就过去了。

虽说没赚到什么钱，但还是忙得不可开交。不过，本来就是这样，决定要做某件事后，如果没有某种程度的推动力，创意终究只会止步于创意。

小钩屋规模不大，不可能把开创新事业的责任扔给员工。要做的话只能自己带头。虽然明白这一点，宫泽自己却迟迟没有迈出第一步，主要是因为没有人从背后来推他一把。

二月过了，刚到三月，行田还停留在寒冷的冬天里。

这个严峻的冬天，不光影响着大自然。

大德百货在去年十月中旬缩小了卖场。不出意料，小钩屋的业绩也蒙上了一层阴影。

大德百货的销量减少一成，而小钩屋在大德百货的铺货比例占到总量的三成，所以大受影响。

这天，宫泽去了品川站旁边的马拉松会场。

这是有村邀请他务必要来的京滨国际马拉松的赛场。

京滨国际马拉松是日本屈指可数的马拉松大赛，集中了世界上有竞争力的选手，是业界一大盛会。有村作为主办方一员坐在大会运营委员会的帐篷里，宫泽跟他打了个招呼，表达了谢意。之后宫泽在赛场里转悠，感受马拉松大赛开始前的热烈气氛。

参赛者有两万人。宫泽以前从未对这种活动产生兴趣，也从未参加过。置身于火热的气氛中，他心中不禁一阵激动。运动鞋和运动服装厂商都有自己的展台，市民选手年龄跨度相当大，他们在做开跑前的热身，会场上熙熙攘攘。

"真了不起啊。"

他对旁边的大地说。对方给了他含义不明的回应。大地去年去了好多公司面试，但非应届生似乎很难就业，最后一份入职通知也没收到，就这么过了一年。

前天，宫泽忽然想到，要不叫大地一起去京滨国际马拉松吧。这天是星期天，本来以为大地会拒绝。

"可以吧。"

大地一脸不高兴，还是答应了。在足球比赛里，大地虽是万年候补，不过本来他就对跑步很有兴趣。

现在，大地一脸羡慕地看着比赛前情绪绷得紧紧的选手们。

"鞋子五花八门啊。"宫泽说，"其实，从去年开始，我就开始考虑要不要做跑鞋。一直在考虑。"他在大地耳边说。

"知道。阿玄提到过。"

出乎意料，大地也知道了。

"阿玄说什么了？"

"什么都没说，就是提了有这么一回事。"

如宫泽所料，富岛对开始新的事业持消极态度。

"是嘛……"

开跑时间越来越近。排在最前面的邀请选手算上国内国外共有约四十人。

枪声响了，两万名选手一起开跑的场面，还真是壮观。

"怎么样，宫泽先生？"

两人目送着选手的远去，这时有村过来打招呼。

"大赛真棒，没想到有这么多市民选手来参加马拉松。"

"就算这样还是抽选的结果。"有村说，"总共申请人数有大约二十万呢。只有十分之一入选，比率比去年高。现在，跑步已经是一种很普遍的爱好了。"

确实如此。大家对跑步的热情如此之高，宫泽却从没注意到，真是不可思议。

从品川出发的选手们从都内南下，不久就会穿过多摩川，在二十公里远的横滨市生麦附近掉头折回。比赛有实况解说，现场直播车会跟随着参赛者，把赛事记录下来，投放在会场上的显示屏上。

过了一个半小时，已经领先的选手中间，有三个肯尼亚选手特别突出。

会场里直播的画面中，宫泽特别注意他们的落脚方式。

确实，这些选手的跑步方式跟常见的后跟着地不同，是中掌着地。

这时，在旁边看的大地低声说：

"……糟了。"

——茂木选手的样子看起来有些奇怪。

解说员的声音也同时传入耳中。

在追赶领先选手的第二梯队中，有一个选手落后了。

这个穿着白色制服的年轻选手。

"是大和食品的选手吗？"

宫泽读出他们号码布上的公司名。

"是茂木裕人。去年还跑了东西大学的箱根接力赛第五程。"

他想起来了。

"他进了大和食品啊。"

"这么输掉好可惜啊。"

大地说的话，一开始宫泽没听明白。这时，只听解说员说：

"啊，跟毛塚一下子就拉开了近二十米。"

毛塚？

画面上放大的选手，宫泽脑子里有印象。

"他们是对手。"宫泽自言自语道，"以前在第五程也是对手。"

毛塚直之，是名牌高校明成大学的王牌选手。箱根接力赛第五程比赛是登山。那一程的比赛强度很大，东西大学派出了自己的王牌选手茂木裕人，明成大学派出了自己的王牌选手毛塚直之。在去年的大赛上，双方上演了大会史上令人难忘的生死之战。

记得当时也是毛塚赢了，明成大学趁势占据了上风，最后乘胜追击，一举获得了团体的优胜。

在屏幕里，茂木的身影越来越小。

"是因为膝盖吧。"解说员说，"看来还是不行啊。"

解说员的话音刚落，道旁的人群里一阵惊呼，茂木蹲在了赛道上。

大地哼了一声，他似乎是茂木的支持者。

"要是膝盖没问题，肯定是茂木赢。"大地看来很不服气。

"你太偏心了吧。"宫泽问道。

"我不清楚什么名牌大学，但最讨厌的就是毛塚这样轻浮的家伙了。"大地回答说。

屏幕上，大会相关人员跑到不能再跑下去的茂木身边。

"茂木对毛塚，原本很有看头的。"

大地叹息道。画面切换到争夺第一的肯尼亚选手身上。

4

"喂，阿玄，听我说。"

第二天，宫泽特地走到富岛桌子跟前，拉过旁边的椅子坐下来。"以前跟你提过的马拉松足袋，我想开始组建开发队伍。"

富岛从账簿上抬起头来，把老花眼镜推到头顶上，死死盯住宫泽的脸。

"社长这么想就这么做好了，我不应该啰啰唆唆插嘴。"

其实，富岛很担心，这样是不是会荒废了主业。但他表现得不动声色。

"是嘛，那我们就这么干吧。"宫泽说，"那么，关于队伍的成员……"他当即提出了几个人的名字。

首先是股长安田，还有缝制部的课长正冈明美，还有自己的儿子大地。埼玉中央银行的坂本可以作为顾问来提建议，这是宫泽的构想。开发队伍由宫泽本人带队，先从不定期开会开始，制订事业计划。

"阿安和阿大都没问题，明美知道跑鞋这东西吗？"

明美是这里的女员工，今年已经六十四岁了，是一位精神奕奕的老太太。她带领着平均年纪六十岁的缝制部，拥有国宝级的缝纫技术。在确定产品样式、制作样品时，明美是不可或缺的重要人物。

"去跟她谈谈吧。"宫泽说，"总之，光是在我脑子里左想右想，也落不到实处，必须开始动手干了。阿玄也来吧。"

"既然社长这么说……"

富岛似乎并不起劲，不过，他站起身来说："对了，那个东西。"他从旁边的架子上取出一个旧旧的纸箱，"社长之前提到过我们以前生产的马拉松足袋，前几天清理仓库的时候被我找出来了。"

说着，他打开纸箱，取出里面的东西，放在旁边的桌子上。鞋码很小，看起来像是儿童用的。

"就是这个。"

自己小时候见过，后来都忘记了。此时记忆忽然复苏，宫泽沉醉于童年记忆，翻来覆去地看着足袋。

"这东西有一阵子很受欢迎，不过转眼之间，就被时代的潮流抛弃了。"

贸然去尝试新的东西，并没有多大胜算。富岛话中有话。

宫泽在看马拉松足袋，旁边的员工也围过来。听说是以前公司生产的马拉松足袋，大家都拿在手里看稀奇。正在此时，股长安田走了过来。

"喂，阿安，这次我们准备开发马拉松和慢跑用的鞋，要不要参加？"宫泽说。

安田脸上露出一瞬间的紧张表情，然后声音轻快地回答："好啊。"

"这东西，很有趣啊。是叫马拉松足袋吗？这种设计可不行啊。"

他一针见血地说，然后好奇地把足袋翻过来看。

"啊，还有名字呢。"

原来，橡胶鞋底上，还有压纹压出来的商标名。

陆王——连宫泽都不知道，看来这是小钩屋曾经生产的马拉松足袋的名字。

"好，就这个了。阿安。"

宫泽抬起头来："这次我们开发的足袋，就叫陆王，怎么样？"

"真不错！"

周围的人都啧啧称赞。新足袋的名字就这么意想不到地决定了。

要让小钩屋以前生产的马拉松足袋在现代复活。新的事业，又多了这一段传奇故事。

"开发队伍，我？"

宫泽去品质管理科，告诉大地这件事，大地一脸不情愿地问："这是怎么回事啊？"

"你这家伙，不是很喜欢跑步吗？试试看吧。"

大地停下正在质检的手，回头对宫泽说：

"我说啊，不管是要做足袋还是地下足袋，老爸您真的觉得那东西会被跑鞋界接受吗？首先我就没有一点信心。现在的鞋子，都很厉害哦。不比我们做得差。"

宫泽没想到大地会反对。他以为大地会很赞同。

"我觉得是浪费时间。做足袋的去做跑鞋，不可能卖得好。"

"是不是浪费时间，要做做看再说。"大地这样贸然断言，让宫泽很生气，"你这家伙，别想当然。"

大地脸上也浮现出怒气，但他并没有回嘴。

"算了，碍手碍脚的家伙。"

宫泽说着，生气地走了出去。

## 5

宫泽第一次给开发队伍开会，是在上一年度结束、新的年度刚刚开始的时候，正好是四月。小钩屋的决算，是在每年三月。

下班后，他和安田、明美一起去了附近常去的居酒屋"蚕豆"。因为是第一次开会，银行职员坂本也加入了，算是一个简单的成立仪式。

"不好意思啊，明美，让你来干这种不熟悉的事。"

"没有的事，我觉得很光荣。"明美性格开朗，笑着答道，"开发新产品，光是听了就叫人跃跃欲试呢。是吧，阿安。"

"那当然了。"

安田已经喝了一杯啤酒，脸上红彤彤的，难掩兴奋，嘴角浮现出满意的微笑。"还是要做点有意思的事情啊。"

要开发跑步用的足袋，打进跑鞋行业——

两人虽然似懂非懂地听着开发队伍的目标，但他们积极的反应，让宫泽心里松了口气。

"真好，社长，我们又有进步的目标了。"

似乎看穿了宫泽的所思所想，坂本脸上浮现出微笑。

要是大地肯加入的话——

现在，宫泽完全不知道儿子心里在想什么。不知何时，父子之间的关系变得如此别扭。

"后来我又调查了一些资料，趁大家还没喝醉，先来汇报一下。"坂本从放在旁边的公文包里取出简单的资料，发给大家，"这是总行的调查部去大型鞋厂调研后总结的资料。开发新鞋的损益分界点是在销量达到四五万双的时候。"

"也就是说，卖出四五万双鞋，赚到的资金就可以支持开发费用。"宫泽总结说。

安田问："那么一双卖多少钱呢？"

"就按一万日元左右算吧。"坂本说，"这些资料里已经进行了简单的试算。假设定价一万日元，毛利就是三成，三千日元。再去掉宣传费等杂费，纯利润就是一成，也就是一千日元。五万双的话，就是五千万日元。"

"成本这么高？"

听了这个金额，明美瞪圆了眼睛。"我们有这么多钱吗？社长。"

"钱的话不用担心。"

宫泽虽然这么保证，但小钩屋维持日常的运营就已经筋疲力尽了，这么大一笔钱也不是那么容易弄到的。不过现在担心也无济于事。

"是啊，这就是为什么我在这里。"

坂本挺身而出，宫泽有种得救的感觉。坂本继续说："还有，制造鞋子，最花钱的地方是鞋底。而且，鞋底的耐久性跟鞋子的耐久性息息相关，比赛用鞋可以跑四百公里，训练鞋可以跑七百公里。"

虽说宫泽没有说出口，内心已经钦佩不已。

室内足袋原本适合在榻榻米上轻手轻脚地走动。因此足袋底部只有一层毛毡，并没有加强加厚。地下足袋只是在鞋底上贴了一层生橡胶，能承受多远的行走距离，他心里完全没有把握。

耐久性是在不久的将来小钩屋必须越过的关卡。

"这是产品开发的前进方向，不过我们先不要着急拿着算盘算数字，还是先做出来再说。"等坂本的说明告一段落，宫泽说，"先做样品，跑起来试试看。这样，就会发现很多需要解决的问题。"

"光说要做出来，具体要怎么做呢？"安田怯怯地举起右手，"既然是产品开发——嗯，怎么说呢，是叫整体观念吧？"

"整体概念。"坂本说。

"对了对了。"安田手里拿着香烟，敲敲手指，"应该需要这东西吧。"

"啊，问题越来越难了。"明美缩起肩膀，似乎有些畏惧。

"一点也不难。"

宫泽不由得笑了起来，他开始讲起从有村那里听来的跑步方法。

"陆王的整体概念，就是能让人不在运动中受伤、能实现中掌着地的鞋子。卖点是裸足的快感——这是足袋的长处，跟以前的鞋相比，足袋更加轻便，还有其特有的合脚感。我会把脑子里的样子请富久子画出来。"

西井富久子是缝制组年纪最大的，除了会缝纫，还有另一个绝招，那就是设计小钩屋品类繁多的足袋。

足袋不一定是白的，还有能外穿的、有各种各样花纹的，这些大部分都是富久子设计的。从宫泽父亲这一代起，富久子半个世纪以来都在帮小钩屋设计足袋。

现在，宫泽拿出来的，是深蓝底白色花纹的设计。

"是蜻蜓啊。"看到那白色花纹，安田说，"胜利之虫。"

蜻蜓是代表胜利的吉祥物。在小钩屋的足袋上，它以各种各样的形态出现，大家都很熟悉。这次的花纹更大一些，成为鞋的主体图案。跟足袋不同，这双鞋是用线缝的，线也是一种特定的蓝色——小钩屋的吉祥色。鞋底贴着地下足袋用的生橡胶。

"啊，感觉不错，不愧是富久子姐。"明美一脸佩服。

"好，就试试吧。"安田干劲十足，"先做出样品，试穿看看。社长，能给我点时间吗？"

"那就拜托了。"

就这样，小钩屋的新事业，似乎迈出了第一步。

<br>

# 6

两周后，值得纪念的"陆王样鞋第一号"诞生了。

下午四点多，宫泽从客户那里回来，桌子上赫然放着样鞋。

"啊，做好了啊。"

他正感慨万千地端详着，有人来敲门。安田从门外露出脸来。

"社长，看见鞋了吗？"

看来，他一直在等着宫泽回来。他一脸期待，等着听宫泽对样鞋的感想。

"啊，正在看呢。辛苦了啊。"

安田兴奋地说，这双鞋是按社长的鞋码做的。宫泽马上当场试穿。

"正好。"

鞋好像吸附在赤裸的双脚上。试着走一走，鞋底的生橡胶抓住了地板，感觉很明显。

"我们准备了一双给社长，还有一双给银行职员坂本先生，还有一双，请江幡君试穿。"

"江幡君？"

宫泽一问，安田回答说："是椋鸠的江幡君。"

椋鸠运输是小钩屋合作的物流，江幡是跑货司机。宫泽想起来了，是一个脸孔微黑的高个子男人。

"其实啊，他高中时是有名的长跑运动员。连东西大学都来找过他。"

"这我倒不知道。"

"虽说有推荐入学的机会，但他父亲很早去世，为了不给独自抚养他长大的母亲添负担，他没有去上大学，而是选择马上去椋鸠运输上班。"安田解释说。

宫泽这个人多少还保有赤子之心，光是听了这个故事就对江幡产生了好感。

"我一提陆王的事，他马上说愿意帮忙。对不起，现在才跟你汇报。"

"哪里哪里，真是多谢了。"

如果新的尝试能像这样，有越来越多的人加入，那就更好了。宫泽想。必须越过的关卡很高，但如果有很多人来帮忙，总有一天能顺利过关。


"爸爸，这是什么啊？"

看到宫泽手里的陆王，女儿茜饶有兴趣地问道。此时是晚上九点多，大家已经吃过了晚饭。

肚子里的东西消化得差不多了，宫泽决定亲自跑起来试试看。他在客厅穿上陆王。

"我们的新产品。"宫泽回答说，"适合我吗？"

"一点也不适合——"女儿的评价很毒辣，"这是足袋吗？"

"算是吧，这是马拉松足袋。"

"哎，这种东西能卖吗？"茜半信半疑地问道。

"能不能卖，不卖卖看怎么知道呢？"

宫泽一边开着玩笑一边走出室外，四月夜晚的空气包围了他。夜晚的空气清凉温柔，春意盎然。

虽然花了好久才开创新的事业，不过，去年拜访了运动顾问有村以后，宫泽每天都会运动。一开始只是走路，最近买了慢跑鞋开始了慢跑。

跑了一会儿，他在路灯下停下来，看着自己的运动服和足袋。看起来很不搭，算是东西方文化的折中吧，一种奇妙的组合。

他又跑起来。

地面微妙的凹凸，都能透过敏感的生橡胶鞋底感觉到。原本，地下足袋之所以使用生橡胶鞋底，就是为了方便园丁发觉脚下的树枝。陆王用的橡胶更硬，传递到脚底的触感自然也更加明显。另外，陆王也没有用厚底慢跑鞋那样的鞋垫。这种毫不妥协的设计绝对不能用舒适来形容，甚至令人感到有些疼痛。

宫泽看着一片漆黑的公司，一路跑到距家一公里左右的公司附近，离水城公园大概还有四百米，他继续往前。

有村说，穿薄底的鞋，可以摆脱后跟着地的习惯。自己现在是怎么着地的呢？宫泽并不清楚。他只是在夜晚的空气中一边倾听着自己的呼吸声，一边迈出脚步。

喘不过气了。

不过，更让宫泽心烦意乱的是他的脚尖，大脚趾和四个脚趾之间的皮肤很痛。

大概是跑得太久了，疼痛越来越剧烈，过了三十分钟左右，宫泽终于忍不住了，停下脚步。

现在他连走路都觉得疼。

"不行啊，这东西。"

既然是跑步用的足袋，距离越长，应该越舒适。先不说耐久性，穿着这双足袋连续跑几个小时，根本就不可能。

宫泽在去公园的途中折返，开始思考解决方法。

"鞋子的抓地力是不错的，但对脚的冲击太直接了。"

不出所料，过了几天，椋鸠运输的江幡也给了不好的穿着评价。安田做着笔记，陷入了沉思。

"脚趾中间疼吗？"宫泽问。

江幡回答说："其实，这是最先感到不舒服的地方。"

"不过，如果说出这一点，好像就否定了足袋本身……"

因为是常跟公司打交道的销售司机，所以话说得委婉，不过作为前运动员，他毫不妥协的精神还是在的。

"还有，感觉脚跟那里太紧了。脚踝那里，要是更浅一点就好了。"

要改变形状，就要重新做设计。

安田的脸上也一片阴云。

"虽然说了好多缺点，其实也有好的地方。"

穿着销售司机制服的江幡说："刚穿上时，那种合脚的感觉很棒。特别舒服。"

"还是有点值得高兴的事嘛。"跟自己的语气相反，安田紧绷着脸。

"哪里，这么点事，随时找我。再有样鞋的话，跟我打声招呼就行了。需要的话，我还有以前一起跑田径的朋友，他们会很乐意试用的。"

江幡说着，鞠了个躬，马上跑向仓库收货去了，一溜烟消失了。

"没事，一开始是这样的。"

势头不妙，宫泽咽下这句话。

"说是马拉松足袋，造出来的却跟地下足袋没什么区别。还有好多问题要解决。"安田说，"脚跟的形状，这个再给我点时间。问题是趾头与趾头的摩擦——"

宫泽抱起胳膊，陷入了沉思。安田问："怎么办？"

"这个啊……"

"有一个办法，可以试试在内侧加布，让缝合处不接触皮肤。"安田提出了一个解决方案。

"不过，这不是根本的解决办法。"

过了一会儿，宫泽说："因为我们是生产足袋的，才用了足袋的形态，其实那本来是方便工匠用脚抓住树枝和棍子的。光是跑步的话，没必要像足袋那样分成二趾。跟一般的鞋一样，鞋头是圆的也可以。对足袋不熟悉的现代人，本来就更习惯穿普通的鞋。"

安田没有回答。他自己对足袋的形态情有独钟。

"也许如此……不，肯定是这样。"

过了一会儿，他才说。两个人陷入沉默中好久。

接着，安田说："要不换成圆鞋头吧。让富久子重新设计。"

"还有，鞋底的生橡胶还是厚一点好。感觉太薄了。"

宫泽想了想。

"江幡君也这么说过。"安田说。

这也是他们的估计错误。

问题在于重量，鞋底变厚的话鞋就会变重。

"现在的跑鞋不是都很轻吗？有些轻的鞋，单只只有一百五十五克。厚底是可以缓解冲击力，但这样就会牺牲重量。"

"轻便是足袋的一大长处。"宫泽说,"但是两者不可兼得。"

安田顾虑重重地看着宫泽。"这么看来,那些制鞋厂家投入巨额开发费研发鞋底,果然是有道理啊。"

虽说如此,小钩屋可拿不出几千万日元的开发费。

"我们不能靠鞋底决胜负啊。"安田说出了出人意料的话,"论鞋底材料的开发,我们肯定赢不了现有的厂家。不如把橡胶底拿掉,用一种特殊的布或者其他什么东西来做鞋底,这更像是我们小钩屋做的事。"

"特殊的布?"

有这种布吗?就算有,这种布在哪里呢?宫泽没有一点头绪。

"就算那种布存在,现在我们手边也没有。"宫泽一边叹气一边说,"还是看看现在能进行什么样的改良吧。"

总之,现在只能在力所能及的范围内进行改进。

## 7

天气越来越热,令人感觉已经进入了初夏。下午下起了雨。雨下得不小,从社长室里,可以看见厂里的沥青地上溅起了无数水花。

富岛一脸不高兴地从工作服里取出香烟,点上火。看他的样子,似乎有什么话要说。

"有什么事吗?"宫泽问道。

一开始的几秒,富岛似乎犹豫不决,什么都没说。

"阿大后来的工作找得怎么样?"

宫泽抬起头,看着富岛。

"好像吃了不少苦。"

其实，今天大地也请假去面试了。他面试过不知道多少公司了，但就是没被录取过。大概由于这个原因，他本人也渐渐自暴自弃，品质管理的工作也很不上心。

"这话很难说出口，不过既然付给他正式员工的工资，就应该好好工作。"富岛说，"我一直在观察他的工作，时不时提醒他。现在阿大工作完全心不在焉。要是其他员工，早就被辞退了。这样下去，不能服众啊。"

一直以来，富岛都是护着大地的。如今他的表现很自然令人联想到，肯定是出了什么事了。

"桥井那边，有些抱怨。"桥井美子是缝制部的老员工，"可能还没传到社长耳朵里，不过他好几次检查都出了错误。"

"你怎么不早告诉我，阿玄。"宫泽吃惊地问。

"出货前阿安注意到了，没有给客户那里惹麻烦。不过，听阿安说，阿大不仅不道歉，还说是缝制部的问题，转移责任。旁边有人听到了，这些话传到了桥井耳朵里。刚才，桥井到我这里来投诉，说'要认为是我们的责任就直说'。"

富岛不由得皱起眉头。

"是吗？对不起，阿玄。"宫泽低头道歉，"大地我会骂他的。真对不起，这件事就交给我吧。"

"对不起，我多嘴了。"

富岛也低下头。

"不，这种事，我早应该处理好，都不该等阿玄说。对不起。"

宫泽说着，发出了今天最无奈的叹息。


"阿大怎么样？"

当天晚上，回到家里，宫泽一进门就问美枝子。已经晚上八点多了，一家人已经吃过饭了。

"还是不太好。"美枝子抬头看看二楼，"一句话都没说，就上二楼去了。"

宫泽上了楼，敲敲大地房间的门。

"喂，怎么样了？"

大地正仰面躺在床上听音乐，没有回答他。

音响正在以巨大的音量放着歌，宫泽调低音量，坐到书桌前的椅子上，又问了一遍。

"怎么样了？"

"没戏。"

似乎多说一句都嫌麻烦。

这次大地去参加的是部分上市的大企业索尼克（SONIC）的社会招聘面试。大公司过申请这关就很难，这次大地总算递上了简历，进入了第一轮面试。

"你说什么？"

"研究岗位要用内部的员工。"

"什么意思？"

"说是给硕士毕业的人做助理。叫我不如好好学习，去读个硕士。"

其实，大地的同学里面，去读硕士的人不少。大学毕业就找到工作的人很少。这也说明大地自己本身不怎么喜欢学习。不过，现在再讨论这个也没用了。宫泽跳过这件事，对大地说："喂，大地，我问你一件事。"

宫泽对着并不正脸看他的大地说："听说你漏了质量检查，还把责任推卸给别人。"

大地没有回答。

"你这副态度让我很难办。要干的话就好好干。要是不准备好好干，你就辞职吧。"

大地的侧脸一动不动。不仅如此，他连眼睛都不眨一下，还是直直看着天花板。

"这份工作对你来说也许就是找到工作前的过渡，但对其他人来说不是。如果不想认真干，那就辞职专心去找工作吧。请你考虑一下其他人的感受。"

宫泽知道大地不好受。但是，大地的路只能靠他自己去思考、去开拓。现在强行干涉没有任何好处。

人生中，必然有些低谷只能靠自己的力量走出来。宫泽想。对大地来说，不，对宫泽来说，现在正是这样的时刻。


8


"很棒的设计啊。"

这个设计得到了意料之外的称赞。

在有村的店铺，店里角落的桌子上，放着设计焕然一新的陆王。足袋的鞋头部分变圆了，一眼看上去，有点像和风鞋。这个设计发挥了富久子独特的审美观，让人眼前一亮。宫泽认为，这已经不是足袋了，是鞋。

有村从各个角度欣赏这双鞋，还用手指压压鞋底的生橡胶，在做行家的评定。

"我打电话问了有村先生的鞋码，这双鞋是特地为有村先生定做的，请您试试看。"宫泽说。

"那我就不客气了。"有村当场脱下鞋，光脚穿上陆王，说了句"我出去跑跑"，就到店外面去了。

"有村先生看起来很开心啊。"坂本目送有村的背影消失在商店街那边，露出笑容，"那个人，还真是喜欢跑步啊。"

"那副笑脸，回来时千万不要变成面无表情。"

宫泽心中交织着期待和不安。

实际上，他们改变的不光是设计。

这两个月里，他们听取了多方意见，对陆王进行改良。

不光是鞋头的形状，还有好几处细微的改动，穿着舒适度和耐久性也有了很大进步。一号样鞋完全比不上。

他们拜托椋鸠运输的江幡让跑步的朋友们穿着新鞋试跑，终于得到了及格的肯定。这还是上周的事。

是不是可以推出这款商品了呢——

为了听取有村的意见，这个六月的第一个周六，宫泽和坂本一起来到横滨的店里。

过了十分钟左右，有村回到店里。

"相当不错啊。"

有村直率地说出了自己的感想。"鞋底很像地下足袋，不过整体上并不像。跟脚的接触处理得很好。缝制出色，设计也好。这种鞋，年轻人把它当时尚单品来穿也不足为奇。"

宫泽很高兴。"可以当跑鞋来卖吗？"这是他今天最想知道的问题。

"那就说不好了。"

有村歪着头，再次打量着脱下来的陆王。

"这生橡胶底不厚也不薄，看来是你们讨论过很多次的结果，耐久性怎么样呢？"

这个问题一针见血。

"这正是我们眼下的课题。首先想请您穿上跑一跑，感受一下。"

宫泽说了老实话。

"这种鞋底应该都撑不了三百公里。"有村单刀直入，"不过，穿着感轻薄，市面上的鞋子都没有这个感觉，这一点很不错。如果能改进鞋底，再厚一些，提高耐久性，也许可以当作矫正用鞋来卖。"

"矫正用鞋？"

本来抱有的一线希望，现在也越飘越远。

"或者作为跑步新手的跑鞋也不错。因为跑步方法不对而受伤，或是有过伤病史的跑步者，这种鞋可以帮助他们中掌着地。也可以把这作为一个卖点。"

"这样的话，大概有多少需求量？"

问出这个问题的是坂本。

"具体的数字我不知道。"有村茫然地说，"不过，从这种市场空白的地方积累经验，也可以成为行业不可动摇的大厂家，新百伦就是这样。他们本来是矫正鞋制造商，小钩屋也可以走同样的路。"

"这我倒真的不知道。"宫泽老老实实承认，"只不过，接下去的商品化，不知道怎么进行。"他说出了自己在经营战略上的疑问。

"我不是经营方面的专家，无法断言。首先还是要做出业绩吧。"

成功没有捷径。有村说："可以试试让某位已经有一定知名度的参赛选手，在训练时穿上。一边从他那里得到反馈一边进行改良，这样也会有口口相传的好评。评价好的话，杂志和电视这些媒体的介绍可能会让这双鞋一下子火起来。"

坂本问："有没有哪位选手愿意穿上它练习呢？"

就连人脉颇广的有村，也想了好久。

"至少我能够直接说上话的选手里面没有这种人。不过——"

他竖起食指继续说："我想到了一个选手，他因为跑步姿势的问题很烦恼，而且受过伤。不过，我没见过他，只能请你们直接去找他。"

"是谁呢？"

宫泽看起来干劲十足，有村说出了一个意想不到的名字。

"大和食品的茂木裕人。"

"大和食品的茂木……"

宫泽低声念着，观战京滨国际马拉松时的那一幕鲜明地浮现在他脑海中。

蹲在路上的茂木的身影，成为一幕难以忘怀的记忆。

"大和食品的练习场和宿舍都在埼玉。离你们公司很近，对小钩屋来说也很有利。"

但是，那位茂木选手……

宫泽后知后觉，不得要领地看着有村。

# 第三章　后起之秀

# 1

梅雨暂歇的六月中旬，宫泽去拜访上尾市的大和食品。一开始大和食品以事务繁忙为由拒绝了，但宫泽这边耐心请求，看在同为埼玉县内企业的分儿上，对方终于同意"时间不长的话可以见个面"，最终约好了见面的时间。

车开进停车场，一栋楼房上挂着"大和食品运动管理中心"的牌子，宫泽三步并作两步地跑上楼梯。

入口旁边有一个事务所，透过玻璃，可以看到大概五张桌子排成一排。

打开小窗户，他对里面一位大约三十岁的女性打招呼：

"啊，我和教练约好了。"他看看室内。

"现在教练正在接待客人。"

"我是约好两点半来见面的小钩屋的宫泽。我在这边等可以吗？"

"对不起，请进。"

宫泽在入口处换上拖鞋，进去以后，被带进右手边挂着"接待室"牌子的房间。

房间里一片安静，他坐在沙发上，不知从楼房的哪一层传来高声谈话声，其中不时夹杂着大声说笑的声音。大概在旁边房间谈话的就是教练城户明宏。

比约定的时间晚十分钟左右，谈话声终于停止。不久，传来了敲门声，宫泽站起身来。

进来的是一个年过五十的红脸男人。他穿着一身运动衫，剃着板寸头，戴着金边眼镜，眼睛细长，眼镜腿淹没在脂肪饱满的双颊里。

"今天多谢您抽时间见我们。"

城户一只手接过宫泽递上来的名片，漫不经心地问："啊，有什么事吗？"

"敝社在行田市，是生产足袋的百年老店，最近在开发跑鞋。"

"鞋？"

城户惊讶地插嘴。

"现在还在试验阶段。我们听取了运动咨询师的意见，正尝试制造让人不受伤的鞋。这就是样品。"

宫泽从纸袋里拿出陆王。城户伸出手拿起一只来看，什么都没说，看不出反应。

"我们的新跑鞋保留了足袋本来的特色，很容易抓紧地面。最大的特点是让人能够中掌着地，养成正确的跑步姿势，不容易受伤。"

城户仍然没有说话。

"要是可以的话，能不能请您穿上试试看呢？"

城户靠在椅背上，长长叹了一口气。

"每个选手都穿固定牌子的鞋。"

"茂木选手呢？"宫泽终于说出了自己脑海中的名字，"之前他在京滨国际马拉松大赛上伤到了脚，我也在会场的显示屏上看到了。能不能请他练习时穿上，不要再伤到脚呢？"

城户鼻子里哼哼着，露出不屑一顾的表情。

"不行啊，这种东西。"他扔出一句话，"你们公司，除了足袋还有其他产品吗？"

"没有。样鞋也只是刚完成。"宫泽诚惶诚恐地回答道。

"那样的话，我看还是去你们那里的中学或高中田径队试试，从那里开始积累业绩更好。"

"只有让顶级选手来穿，才能生产出好的产品，我是这样想的。

您能考虑一下吗？"

"这个很难办到。好了，我还很忙。"

城户站起身来，宫泽慌忙又从包里拿出新的陆王，说："您能把这个转交给茂木选手吗？"他一共带了四双。

"不知道鞋码，所以我准备了好几双，拜托您了。"

城户一脸嫌弃地看了一眼陆王，默默收下来，似乎在催促宫泽快走。整个会面不过五分钟左右。宫泽毫无办法，只好离开了。

城户回到刚才离开的教练室，刚才谈话的男人还在里面等着。

"有麻烦吗？教练。"

看着一脸不悦的城户，坐在上座的西装男问道。这是大型体育用品厂家亚特兰蒂斯日本分社的营业部部长小原贤治。仪表堂堂的小原，浑身上下一副大企业职员的气派。

他身边坐着一个五十岁左右的瘦削男人——村野尊彦。村野尊彦身穿朴素的灰色便裤，驼色针织衫，脖子上挂着社员证。他是亚特兰蒂斯公司的跑鞋顾问，负责的客户是大和食品田径队的队员们。

村野平常总是一个人来看练习，有时小原也跟他一起来帮忙。今天就是如此。

"是足袋厂来推销。"

城户坐在对面的椅子上，啜了一口喝了一半、已经冷掉的咖啡。

"足袋厂？"小原反问道，"是怎么回事？"

"说是生产了跑步用的鞋，问我们要不要试用。"

他说着，从手里的纸袋里取出鞋。

"这是什么啊，这不是地下足袋吗？"

小原嘴巴刻薄，脱口而出。他对身边的村野说：

"喂，村野，足袋厂家跑来我们行业抢饭吃，听都没听说过啊。"

小原年纪虽然比村野轻，职位却比他高。小原大学毕业后就进入外资企业，顺利晋升到现在的职位；村野则是高中毕业后先进入小制鞋厂，在制鞋业摸爬滚打过来的专家。这大概是亚特兰蒂斯这个公司的风格，上级对下级总是口无遮拦。

"没听说过。"村野也有些意外地摇摇头，"闻所未闻。"

"你不会理他吧，教练？"小原半开玩笑地追问。

"怎么会。"城户说。

他把刚才收下的名片放在桌子上。

"小钩屋？——什么啊，就是个小足袋厂。"小原马上掏出手机查了名片上的名字和地址，"连村野都不知道，想必没什么业绩。这种公司，竟然有胆子跑到有名的大和食品田径队来推销。"

"他们想让茂木穿上试试。"城户说。

"真是不自量力。"小原嘲笑道，又向城户确认，"对吧？教练。我们一直受到贵社的厚爱，鞋和服装都让我们来提供，当然，不光是比赛，练习用品也希望能用我们公司的。"

"这种事，我是知道的。"

城户拿啰唆的小原没办法。

"那么，茂木君怎么样了？"村野问。

城户的表情马上晴转阴。

在京滨国际马拉松大赛上，茂木受伤的是左脚。常年见惯选手们运动伤害的城户赶到的时候，以为茂木只是肌肉拉伤。如果只是肌肉拉伤，就没什么大碍，过一段时间就会痊愈。

然而，仔细检查后，却得出了意想不到的诊断结果。

是股二头肌肌腱的部分损伤，伤在左脚根部肌肉。刚听到这个消息的时候，城户都不敢相信。

"医生，这不是短跑选手常患的病吗？"

当时，城户问做出诊断的队医齐藤昌治。长跑主力选手茂木，怎么会那个地方出毛病呢？

"这个嘛，原因有很多。不能一概而论。不过，照现在的跑法，就算治好了，早晚还会变成这样。"

"是跑法的问题吗？"

"光是治伤还算简单，要改变跑法就不是简单的事了。"

"还需要时间恢复啊。"城户想起齐藤的话，含糊其词地说道，"茂木说了什么？"他反问村野。

村野是这方面三十年的专家。在当今的跑鞋界，可以算是神一样的存在，选手们很信任他，有些无法对教练说出口的烦恼，也会对他倾诉。

作为专家，他相当自傲，对工作一丝不苟，也能对选手温柔相待，很受好评。对跑鞋顾问来说，决定他们人气的标志是他们收集的跑步选手的脚样数目。这一行里，收集了最多脚样的，就是村野。

"没有，他并没有说什么。"村野回答说。

城户死死盯着他。村野并不总是说实话。如果他把选手那里听来的烦恼直接告诉教练，就会失去他们的信任。这种事情上的微妙尺度，村野把握得很好。

教练有时不会把心里的评价告诉选手，选手也对教练隐瞒心里话。这种情况其实更多。

"如果改变跑法，还能取得以前的成绩吗？"

小原的目光投向城户。

亚特兰蒂斯向选手提供鞋，当然是为了宣传。如果选手有竞争激烈的对手，电视和其他媒体就会大幅报道，是对鞋子绝佳的宣传。跑鞋在试验阶段，若能得到一流选手的反馈，也很有利。

但是，如果选手一直扶不起来，就没用了。就算脚上的伤治好了，如果不能再像以前一样在田径场上熠熠生辉，亚特兰蒂斯就不可能再像以前一样继续支持他们了。

"不试试的话，真的不知道呢。"城户回答道。

小原一直盯着城户的眼睛，脑子里已经飞快地计算起利益得失。

2

"辛苦了，怎么样？"

在事务所的玄关处脱掉鞋，安田马上问道。看起来他已经等候宫泽多时了。

"说实话，从今天的感觉来说，希望不大。对方让我们积累一些业绩后再来。"

"果然是这个结果。"

在昨天召开的开发队伍会议上，宫泽报告了他准备去大和食品推销陆王的事。

银行职员坂本也参加了，大家讨论了很多，也谈到会被认为没有业绩，若是那样也只能先认了。"接下来就看城户教练这个人怎么样了。"当时坂本是这么说的。他原本抱着一线希望，如果这个人很热心，好打交道，那就好了。然而最终希望也如泡沫般破灭了。

"虽说对方人不坏，但感觉并没有把我们当一回事。"

宫泽老老实实说出了对城户的印象。

"是吗……"安田耷拉下了肩头。

"还有，茂木选手用的鞋怎么样了？"

"收倒是收下了，但照目前的状况，他穿上的可能性很小。"

"看来进展不顺利啊。"

两人陷入了沉默。这时一辆白色小汽车开进工厂，是坂本开的银行业务车。

"啊，是坂本先生。"安田看着驾驶座，"是来问关于大和食品的事吧？"

肯定是这样，宫泽轻叹一口气。

坂本要是知道第一次推销失败了，肯定会很失望。

但是，在社长室讲完跟城户教练打交道的经过，坂本反而给他鼓劲："这不是刚开始嘛。"

"也是。因为大家的努力，陆王才刚刚成型。这也是坂本先生的功劳，接下来也要拜托您。"

宫泽这么说着，只见坂本表情异样，马上闭上嘴。

"社长。"此时坂本伸直了背，抬起头来，"其实，有件事我要告诉你——我要调工作了。"

坂本接着说："今天，调动函下来了，是调去县外工作，在前桥分行。"

这话来得突然。宫泽措手不及，待在原地。一句话也说不出来。

坂本两手握拳放在膝盖上，似乎很懊丧。

"小钩屋的新事业刚起步，其实很想跟你们一起走到最后，真是可惜——对不起，社长。"

坂本好不容易挤出几句话。宫泽不知道该说什么，出不了声。

"是吗……"好不容易，他才挤出这句垂头丧气的话，"那，也是没办法啊。"

似乎这句话也是在安慰自己。

"银行里的人啊，"坂本也似乎在说给自己听，"一纸调令，叫去哪儿就得去哪儿。"

而且，只有三天的时间，就必须去赴任。

"本来以为你能去总行呢。"

坂本很有能力。埼玉中央银行行田分行历史悠久，在所有银行的分行中，也是比较大的。他的上一任能力一般，也荣升进了总行的营业推进部。宫泽本来以为，坂本肯定也能进入银行的核心部门。

"哪里哪里。在分行能够负责小钩屋这样的公司，作为银行职员来说，真是荣幸。"

坂本说着，脸上浮现出微笑。但这微笑多少有些不自然。这次的调职，并不是他心中所愿吧。

"喂，阿玄，坂本要调动了。"

宫泽从社长室探出脸对外面说，一瞬间，富岛脸上一僵，赶紧站起身，跑过来。他手里还拿着圆珠笔。

"怎么回事，是真的吗？要去哪里啊？"

"说是前桥，前桥分行。"宫泽代替坂本回答。

"是嘛，真可惜。本来想趁你还在，多借点钱呢。"

前几天，小钩屋提出了新的融资计划。提交了预期销量等资料，但还没有得到结果。富岛猜测，大概是分行行长犹豫不决。

"实际上，我也一直想告诉你们。那笔融资，明天就要决算了。我口头上说服了分社长，也只能帮你们到这里了。"

"是嘛，太好了。谢谢。"富岛一脸满足地点点头，"松了口气啊，社长。"俗话说得好，巧妇难为无米之炊。

"真是承蒙您照顾。"

宫泽心里涌起的不光是寂寞，还有不安。失去了坂本这样的支持者，对小钩屋这样的小公司来说真是惨重的损失。

"多谢照顾。"宫泽向坂本深深低头，"不过，新的事业，要是在你还在的时候能更像样子就好了。"

"要是这么简单的话，任何人都能成功了。正是因为不那么简单，才更有价值啊。"坂本鼓励宫泽道，"就算我去了前桥，也会做你们的后援，一定要做成功。让大和食品的茂木选手穿上我们的鞋吧。"

他伸出手来，宫泽紧紧地握住了他的手。


"还真是可怜。"

两人目送着坂本的车消失在工厂外，富岛说。

"什么可怜？"

"前桥分行啊。社长肯定也听说过，前桥站前的商店街，现在门店关掉了不少。埼玉中央银行的前桥分行业绩很差，银行内部都说，去那里等于是流放到荒岛啊。"

"坂本先生被扔到那种地方了？"宫泽吃惊地问。

"大概是跟分行行长没有处好。"富岛的话出乎意料，"坂本先生很为客户着想，而那家分行的行长正相反。坂本先生的融资计划什么的，他都不满意。不时有人看到分行行长当面训斥他。文件也迟迟不肯盖章。"

"那不是欺负他嘛。"宫泽愤慨地说。

"那位分行行长，让人觉得有点阴险吧。不过，把他调到前桥，离开现在的店，也许是件好事。对于坂本先生来说，行田分行肯定就像是地狱。虽说银行的工作很稳定，但我这样的人，肯定干不了。"富岛叹气连连。

自己的儿子大地也仍旧在为找工作东奔西走，但就算进了最难入职的银行，也不见得就高枕无忧了。这个世界上还真没有容易的事。不过，就算在这样的巨大变动中，坂本仍然在一心一意支持小钩屋。

"接下来才是问题。"富岛叹息着，"坂本先生之所以跟分行行长交恶，恐怕也有为我们争取资金的原因。下次的继任者就不一定这样了。银行的好坏，负责人不同，感受完全不同。到底继任者会是怎么样的呢？"

也就是说，富岛很担心，接下来的继任者对小钩屋来说会不会是一场灾难。

"现在就算担心这个也没有用。阿玄，船到桥头自然直吧。"


3


茂木坐在运动场边的椅子上，脱下鞋，用毛巾擦拭汗湿的脸。现在是下午五点。队员们的练习高峰时间是接下来的一个小时。茂木却并没有参加。他一边发呆地看着队员们练习，一边仔细地按摩自己的腿，准备回自己的宿舍。

"茂木君。"

他在宿舍门口的衣帽柜里放进鞋子，换上拖鞋的时候，有人跟他打招呼。回过头来，原来是宿管阿姨胜惠，拎着纸袋站在那里。

"这个东西，丢在用具室里了，是不是茂木君的东西？"

她说着把纸袋递过来，茂木仔细看了看。

"不是我的。"茂木看见纸袋里装着一双从未见过的鞋子。

"是吗？"胜惠惊讶地歪着头，"但是，袋子上写着茂木君的名字，你看。"

确实，在纸袋的中间，用万能笔写着几个大字："大和食品田径队茂木裕人先生"。

"是不是谁送你的礼物呢？收下的人忘了给你。肯定是这样的。"

"想不起来……"茂木模糊地回答道。

"既然是鞋，那就收下吧。来，给你。"胜惠把纸袋塞给茂木，消失在走廊深处的食堂里。

回到二楼自己的房间，茂木把东西扔在地板上，自己横躺在地毯上。

他的心情很不好。最近因为身体，正在努力改变跑步方式，但自己并没有多大自信。如果勉强去跑，脚就很疼。教练和训练师都建议他试试别的办法。

到现在为止，茂木二十三岁的人生，真的是一路"跑"过来的。

他的父亲是实业团的跑步运动员，受父亲的影响，他从小就开始跑步，在中小学的跑步比赛中一直是第一名。在年级对抗接力赛中一直跑最后一程。高中时代，受田径教练桂田的影响，成为长跑选手。跑过箱根接力赛的桂田，把茂木所属的田径队从零开始，带成了全国水准的优秀队伍。也多亏桂田教练的指导，茂木裕人的名字传遍了全国，他才能在马拉松大赛中获得高中组冠军。

在此以前，对茂木来说，跑步只是他的兴趣爱好。

但是，自从这次获得冠军后，跑步不再只是他的兴趣爱好，而是成了实现自我的手段，继而成为他的整个人生。

在高中田径界成为知名选手的茂木，很快就有经常参加箱根接力赛的名校向他伸出桂枝，给他推荐入学的名额。茂木犹豫一番后选择进入东西大学。大学一年级的时候就被选拔为箱根接力赛的主力选手，在登山的第五程中获得区间奖，一跃成为媒体红人。

但就在此时，又出现了一个引人注目的一年级选手。

那就是明成大学的毛塚，在第五程中，他和茂木上演了一场激烈的生死决斗。

其后连续三年，箱根的第五程赛中，茂木和毛塚的较量一再重演。二年级的时候，毛塚实现了逆袭，三年级的时候，茂木又抢占了先机。但是在四年级的比赛中，激烈竞赛的最后，毛塚一跃反胜，茂木落到了第二位，没能在大学的最后一年称霸箱根。

输给了毛塚，东西大学的去程优胜被明成大学夺去，返程也溃不成军，综合优胜梦断于此。

真不甘心。茂木亲眼看见毛塚的身体被众人扔到空中。不管是在睡梦中还是清醒时，那副光景一直印在视网膜上，难以消失。

不过，唯一的好消息，是毛塚最后也选择去实业团里有名的亚洲工业上班。选手当中，大学毕业后就离开田径队的不少，毛塚选择成为社会人，同时继续跑步。

还能跟他在赛场上相见。

下次一定——

三月的京滨国际马拉松，对等待已久的茂木来说，本来是一场绝不容失手的战役，但投入这场比赛的精力过多，反而因为过度练习而加重了脚的负担，出现了最坏的结果。

命运真是充满了讽刺。不要说向毛塚复仇了，现在茂木连能否以专业选手的身份继续跑下去都是未知数。

"什么鞋啊？"

跑步选手都对鞋很讲究。全程马拉松的四十二点一九五公里长距离跑下来，往往是鞋左右了成绩。根据茂木的经验，鞋对结果产生影响，往往是从三十五公里左右开始。这是最艰苦的一段时间，需要依靠选手的身体支撑，提供支持的就是跑鞋。田径是不借助其他工具，光靠活生生的肉体战斗的运动，鞋就成为选手最重要也是唯一的武器。

他把手提纸袋倒过来，里面的东西"哗"地落在地毯上。

"这是什么？"茂木不由得叫出声。

他把鞋子拿在手里仔细端详。显眼的深蓝色设计并不难看。不过翻过来一看，底上缝的是薄薄的生橡胶。鞋底没有厚度，整体很轻。

一共有四双。纸袋上还给茂木写了留言。大概是不知道他的鞋码，所以准备了不同的码数。其中一双确实是茂木平常所穿的鞋码。

和鞋子放在一起的，还有名片和一张明信片大小的卡片，上面有手写的留言。


茂木裕人先生：

你好，我是行田市制造足袋的小钩屋。

我们小钩屋是有百年历史的足袋制造商，这次设计了跑鞋"陆王"，准备投入开发。

这双鞋能紧紧抓住地面，有独特的穿着感和功能性。穿上它，有以前的跑鞋没有的感觉，能实现人类本来的跑步方式：中掌着地。

只有不受伤的跑法，才是迈向胜利的最短距离。可以的话，能请您试试吗？如果有需要改进的地方，我们会一直修改到茂木先生满意为止。

拜托您了。

小钩屋 宫泽纮一

卡片上的日期是两周前。

新的厂商都无法直接接触到茂木这些选手，也许是教练城户带进来的。如果是城户的话，应该会不予理睬地扔到一边吧。胜惠偶然发现了，又负责地把它带到茂木面前。

原来是这么回事。茂木马上失去了好奇心。

总之就是推销。

他把鞋放进纸袋里，想了一会儿，把名片和卡片一起放进抽屉里。

虽说受了伤，茂木的鞋子，还是由亚特兰蒂斯提供。

行田的足袋是无法与世界一流的厂商亚特兰蒂斯相提并论的。

"真无聊。"

茂木深深叹了一口气，躺在地上按摩起自己受伤的脚。

4

三天后，坂本带着接替自己工作的人来拜访，那个银行职员拿着"新人问候"的名片，名叫大桥浩。

"今后承蒙您照顾。"

一进社长室，坂本就深深低下头，大桥在他旁边，脸上没有一丝笑容，看来是个不苟言笑的男人。

坂本没有忘记拿来前几天批下来的融资文件，说："这是我在行田分行最后的工作。"一边说一边当场在资料上记下来。

一直以来得力的负责人离去，迎来了新的负责人。宫泽不知道自己和大桥关系会相处得如何，总之，直到大桥也调职为止的好几年时间里，自己必须仰仗他了。

"大桥先生以前在哪里任职？"宫泽问道。

对方回答说："户田分行。"

"在那里负责公司融资吗？"

"是的，我负责五十多家公司的融资。"

"像我们这样的足袋制造商，只有行田才有，这种传统行业，很难做哦。"富岛半开玩笑地说。

"说实话，是这样的。"大桥满不在乎地答道。

这个人和坂本差别很大。坂本很热情，大桥很冷淡。宫泽喜欢坂本这类型的负责人，但他没有选择权。

宫泽再次对坂本表示感谢："一直以来，真是多谢你了。"

"哪里，我才应该道谢。"

坂本并没有再提要支援他们的新事业。大概是当着大桥的面，不方便说吧。对大桥来说，自己接手后厂家仍然跟之前的负责人接触不断，肯定不是一件愉快的事。会顾虑这个，也符合坂本的性格。

宫泽目送两个人坐上车开出工厂，心里涌起一股失落感，仿佛自己失去了一大后盾。

虽说陆王已经制造出来了，但还远没有走上正轨。

宫泽感到十分不安。幸好没过多久，运动咨询师有村，就带给他一件意想不到的任务。

5

"这对小钩屋来说是一件好事。"

有一天，有村打电话给宫泽。

"东京新宿区有一家私立学校叫光诚学园，您知道吗？是私立学校中名声在外的初高中一贯制学校。"

宫泽对这个名字有印象。宫泽的孩子都上的是公立学校，没有参加小学和中学择校考试。很遗憾，就算听到学校名，一时也反应不过来。

有村接着说："那个学校拜托我教跑步，说是要从下半学期开始重新选择体育鞋。我说了宫泽先生的事，对方说，务必要跟您谈谈。"

"真高兴。"

宫泽不由得握紧了手机。如果这种名校能用上自己的鞋，无疑能推动陆王面世。其他学校也可能跟着用起陆王。

"我帮你联系对方，你跟他们见一面吧。初中高中一共有一千八百人左右，如果能定下来，是一笔大生意。从教育这条线突破，是个不错的开始。"

"谢谢。"宫泽忽然产生了一个疑问，"如果接受了我们的产品，可以请有村先生做中间人吗？"

也就是说，他想请有村做中间商。介绍商业机会的时候，经常会有这种做法。有村自己也拥有商铺，这也是一笔不错的生意。

"不，不，我就不用了。你不需要什么中间商。"有村推辞道，"这样做有人会怀疑里面有内幕。我们要光明正大地做，这才是生意长久的秘诀。宫泽先生不如就直接接受订单，赶快跟他们联系吧。真的，不用顾忌我这边。"

有村告诉了宫泽光诚学园负责教师的名字和电话，挂断了电话。

宫泽去光诚学园拜访井田夏央，是在十天之后。

负责这件事的井田是一位主任教师，他不是体育老师，而是资深的数学老师。他抽出课后的空余时间来见宫泽，约定的时间是十点十五分开始。为了不迟到，宫泽早上八点前就出了公司，十点前就到了学校附近，消磨时间。

"听有村先生说，有个厂商正好在做类似足袋的跑鞋。"

看来有村把小钩屋着实夸奖了一番。

首先还是让他看看实物吧。宫泽从带来的袋子里，取出陆王给他看。

"啊，说不清是样子怪怪的足袋，还是鞋。不过，和风的感觉很美。"井田夸奖道。他仔细地听宫泽介绍产品的开发理念。

"原来如此，真有意思。您刚才说的，能在监护人联络会上再说一次吗？"井田说，"我去说也可以，不过还是宫泽先生亲自去讲，大家更能明白。另外也请给一个报价。我们会一并讨论的。"

宫泽高兴地答应了。他打开手账，记下了井田说的日子和时间，离开了学校。监护人联络会定在两周之后。

"事情很顺利，我接下来要去做展示了。"

回到车上，他马上联络安田。

"太棒了，社长。那么——竞争对手是谁？"

这么一问，宫泽才想起来，这些事情，他都忘了问井田。

"对不起，忘了问了。"

"什么？"

"他听我讲的时候很认真，我有点得意忘形了。"

"真是的，社长。"

电话那头的安田虽说拿宫泽无可奈何，声音还是明快的。"不过，这真是千载难逢的机会啊。"

大和食品那边还没有任何消息。没有收到任何反馈，到了现在这个地步，不管哪里也好，只要有消息就是好消息。就算有一百句宣传口号，也抵不上一单真实的业绩。

"一定要拿下。"

宫泽紧紧握住方向盘。

## 6

周六，宫泽早上七点多就出了家门。梅雨刚过，天空一片晴朗，万里无云。

今天是去光诚学园做展示的日子。为了怕自己忘记，宫泽昨天就在车后面的座位上放好了陆王的样品。为什么足袋厂商要生产鞋呢？为什么要生产陆王呢？这些问题，都必须在监护人代表和老师们面前解释清楚。而且，目标是要拿到订单。这是首先到来的一个大的商业机会。

和井田约定的时间，是上午十点二十分。大概因为是周六，交通堵塞，比平时更花时间。宫泽九点多才进入新宿区，把车停在了学校附近的停车场。

还有一些时间，他进了附近的咖啡店，打开资料，再过一遍展示的内容。一股紧张感油然而生。

仔细想一想，以前宫泽从未参加过这样的展示会。

他的客户都是从上一代店主就打过交道的百货店和专卖店，就算有新的客户也一般都靠人从中介绍。

"只能尽力而为了。"

他喝了一口开始变冷的咖啡，自言自语道。这次能否接到订单，也许会左右小钩屋的未来，这个事实，很难从脑子里赶出去。

只能正面面对了。

约定时间二十分钟前，他出了咖啡店，走到附近的学校，进了正门。告知门卫来意，门卫让他在接待室等了大概五分钟。之后，他被带进一个看起来像是休息室的开放空间。

这里放着椅子和桌子，监护人和教师大概有三十人。

"啊，欢迎光临。这就是我刚才说的小钩屋。"

之前见过面的井田，把宫泽介绍给大家。"那我们就请小钩屋来给大家介绍一下他们的产品。"

"今天很感谢大家抽出时间来听我介绍。"

宫泽站在前面致谢。听众男女比例对半分，他们的孩子都已经是初中高中生。这些家长的年纪跟宫泽差不多。

"首先，我想请大家看看我们的产品。这就是我们的鞋。"

他从自己带来的袋子里取出陆王，所有人的视线都聚集了过来。大家都想第一个看清楚，人群一阵骚动。

"怎么样？肯定有人觉得设计很奇怪吧。我会传过去给大家看，请大家拿在手上仔细看。"

宫泽给每个人都准备了资料，又拿出三双样鞋给大家传看，开始了自己的介绍。

他做完准备好的演讲，花了二十分钟左右。一开始很紧张，但听众都在认真地听，还有人不时点头赞同，会场内的反应很好，他也渐渐放松下来，嘴巴越来越顺溜了。

演讲告终之后，井田站起来表示感谢："谢谢宫泽先生。我们讨论之后再联络您。麻烦您特地来跑一趟。"

"哪里，拜托大家了。"

他深深低头致谢，离开了休息室。

进展顺利。

他的脸颊松弛下来，不由得露出了笑容。

这时，一个身穿西服的男人从走廊那头走过来，跟他擦肩而过。

他和宫泽一样，被一位老师带进休息室，看见宫泽，轻轻点头致意。他的领章上的独特设计，宫泽曾经见过。

亚特兰蒂斯——

擦肩而过时，男人脸上浮现出无所畏惧的笑容。也许，在自己之前谁会来做展示，他已经事先获得了情报。男人的态度里有大厂商才有的自信和自傲，令宫泽也不禁涌起了对抗心。

"一共有几家公司来参加展示呢？"一边走，宫泽一边问。

老师回答说："应该是两家。"

那么，就是只有小钩屋和亚特兰蒂斯了。

亚特兰蒂斯会展示什么样的鞋呢？大概可以想象出来。刚看过宫泽展示的那些人会有什么反应呢——

马上就能知道了。

出了学校，宫泽神采奕奕地迈上了回程的道路。


7


"怎么样，社长？"

中途在服务区吃完了饭，回到公司已经是下午一点多了。

"圆满成功！"

宫泽竖起大拇指，安田绽开笑容："太棒了！"他也同样竖起大拇指回应。

接着，宫泽把展示的详细过程讲给安田听，听着听着，安田的表情沉了下来。

"如果能拿下来可是不小的量。肯定有不少学校，都会来下订单。必须要先准备好，做好量产的准备。"

确实，如果一口气接到一千八百双的订单，那就必须要调整制造流程了。真是让人又喜又忧。

"嗯，先别说这个了，今晚我们召集一下开发队伍。明美也说，如果展示顺利的话，就要提前庆祝呢。"

"高兴得太早了吧。"

宫泽一脸无可奈何。"不管结果如何，反正已经努力过了。"安田似乎相当乐观，"还有，江幡君今天也请了假，正好休息。"

看来，在宫泽不知道的时候，这件事已经定下来了。

"去哪里喝酒？"

"'蚕豆'怎么样？"安田说。

"下午五点，这边的工作也差不多结束了。"

为了准备展示，积压了不少工作，宫泽要花点时间处理掉。

五点十五分过后，出了公司，喝酒似乎还早了点，走到店里还需要十分钟左右。夏天即将来临，这是一个清爽宜人的傍晚。

居酒屋挂出了红色灯笼，钻进门帘，已经是老熟人的店主迎上来，带他们进了里面的包间。

"啊，社长，辛苦了——"

先来的椋鸠通运的江幡和明美迎上来，还没入座，安田已经点了四杯生啤。

"听说进展很顺利啊。恭喜了！"明美说。

"哪里哪里，"宫泽有些心虚地应道，"接到订单的时候，才能说进展顺利吧。今天只是去做了个展示，还不知道结果如何呢。"

"不过，社长不是说了吗，感觉不错。"

被安田这么说，他也总算放松下来。

"是啊，确实，我自己觉得可以打满分了。"

生啤酒端过来了，宫泽坐直身体，两手握拳放在膝盖上。"这都是大家的功劳啊。真是感谢大家了。"

"总之，先干杯吧。"

江幡愉快地说，大家一起举起啤酒杯碰杯。

啤酒真美味。沁入喉咙的酒精，令人感到一阵凉爽。想想今天早上的紧张，现在能这么放松地喝着啤酒，真是令人开心。

"好了，看看吃点什么。"

明美煞有介事地摊开菜单，宫泽发现桌子上多了一双筷子。

"还有谁要来吗？"

他问安田，安田回答说："我还叫了坂本先生。"

"哎呀，周六把人家叫出来不太好吧。好不容易放松一下。"宫泽埋怨说。

安田抓抓头说："哎，刚才太高兴了，就给他打了电话。不过，坂本先生说，真的很高兴，一定来参加聚餐，反正闲着也是闲着。"

坂本人好。只要有人约他，总不会轻易拒绝。"刚才他打电话过来说，要稍微迟到一点，让我们先吃。"

宫泽还在想，安田这家伙真是好心办坏事，门就开了，坂本本人出现了。"喂，过来，过来。"安田招招手。

"我来迟了。好久没见大家了。"

坂本的工作已经调动一个月了。他看起来比以前多了几分疲态。不知道银行里面到底怎么样，刚到陌生的地方，总少不了吃一番苦头。

"我听说了，社长。光诚学园的展示，做得不错啊。祝贺你。"

碰杯以后，坂本脸上仍然不见笑容。

"大家为了陆王，真是辛苦了。"

安田做出以右手擦泪状。

"对方会感兴趣，也就是说，越来越多人在跑步中受了伤。"江幡冷静地分析道。

"也许吧。"安田赞同地点点头，"所以，陆王很有存在的意义啊。"

"不过，去学校推销，还真是好主意啊。"坂本再次赞叹道，"一开始让一流选手试穿有难度，不过，能这样踏实地积累业绩的话，也是不错的战略。"

"我也赞同。"江幡说，"孩子们是最需要保护脚的。还有，要是在幼年养成了错误的跑步习惯，长大后就很有可能受伤。对学校教课的老师来说，陆王的出现，恰到好处啊。"

"光是赚钱的话，工作就没什么意思了。"说出这句话的是明美，"还是希望自己的产品能为世人造福啊。光是想象孩子们穿着陆王在操场上跑来跑去的身影，我就感觉很兴奋。"

"喂，喂，还没有最后拿到订单呢，明美。"宫泽苦笑着说。

"竞争对手是谁？"坂本问。

"我想，大概是亚特兰蒂斯。"

一听到这个名字，刚才还热热闹闹的场面，立刻蒙上了一层不祥的气氛。

"是亚特兰蒂斯啊。"

安田似乎也受到了传染。美国的知名厂家亚特兰蒂斯，不光生产跑鞋，在高尔夫用具以及各类运动服的领域，也是垄断式寡头。

"那么，他们的展示效果怎么样？"安田问。

"不知道，我没有听他们讲。"

宫泽脑子里浮现的，是那家公司的营业员跟自己擦身而过时，脸上浮现的轻蔑微笑。

"亚特兰蒂斯为学校供货的鞋，也能想象出个七八分。"江幡说，"他们的传统鞋型，鞋底都很厚。市场价格是五六千日元，如果是面向学校的话，我想价格会更低。"

"情况不妙啊。"安田有些后悔地说。

如果是价格大战，最后获胜的一定是资本雄厚的大公司。亚特兰蒂斯和小钩屋的体量之差，就像大象和蚂蚁，根本无法相提并论。

但是……

"虽说企业规模悬殊，光从跑鞋的功能这一点来说，我们还是可以跟他们一战的。"

坂本及时给了宫泽有力的支持。"并不是毫无胜算。如果完全没可能的话，一开始就不会叫我们去。否则对方也是浪费时间。因为产品很有吸引力，才会被叫去竞标。"

亚特兰蒂斯的鞋子保险，陆王的概念新颖。如果考虑孩子们的健康和安全的话，还是陆王更有利，宫泽想。

"社长，对方什么时候会通知结果呢？"安田问。

"他们会在今天的联络会上商量，最终在下周的教师会议上正式决定。周一下午会跟我联系。"

"周一啊，还真是叫人七上八下啊。"

安田说着，从衬衫口袋里掏出一根烟点上。

"要是争取到了订单，那可要忙一阵子了。"江幡说，"配送的事，还请交给我们椋鸠通运。"

"江幡君，这话还早着呢。"明美笑着，往江幡的背心打了一拳。江幡没有防备，几乎俯倒在桌子上，全场大笑。听说对手是亚特兰蒂斯后低沉了几分的气氛又快活起来。

"不过，我担心的是运营资金。没问题吗？社长。我老看见你和阿玄两个人一脸沉重地谈事情，真是担心啊。"

"阿安，你都瞎瞅什么呢？"宫泽有点不好意思地伸手挠头，"别瞎操心了，你就负责产品的品质。"

"要是坂本小哥负责的话，就不用担心了。"明美说。

"我还真是想帮你们到底，可惜行田分行不要我了。"

坂本勉强做出笑脸，摆摆手，那笑容里，多少有几分寂寞。


8


等了又等，光诚学园的井田终于在周一的上午十一点多打来了电话。

"社长，是光诚学园打来的，二号线。"

富岛把电话转过来，宫泽的心里与其说是充满期待，不如说是忐忑不安。

能否拿到订单，决定了小钩屋的未来——

期望越是迫切，越是感觉会落空。长期坐在社长位子上的人，都会经常把最坏的情况放在脑子里，宫泽也不例外。

"电话转过来了。我是宫泽。上次多谢您照顾。"

宫泽接过电话，先道了谢。

"哪里哪里，上次麻烦您了。上次请您在监护人联络会上做了展示，后来大家讨论了一下。今天想通知您讨论的结果。"

井田单刀直入地说："经过我们的讨论，这次还是与贵社的产品无缘，非常抱歉。"

宫泽来不及说话，眼前的彩色世界似乎变成了黑白世界。

"无缘……"

宫泽下意识地念着这个词。

"很遗憾让您失望了。这次对小钩屋来说很可惜，不过还请您理解。"

"对了……"井田准备结束对话，宫泽问，"方便的话，能不能告诉我原因呢？对我们来说也会成为以后的参考。拜托了。我们的鞋子，到底哪里不行呢？能告诉我们大家的意见吗？"

"这个啊……"电话那头，井田似乎犹豫了一会儿，"说到底，最大的原因，还是你们没有业绩。你们的鞋能将跑步造成的运动损伤防患于未然，这个亮点很吸引人，但没有科学实证来证明这种鞋真的能减少运动损伤。有人说，这不是把我们学校当试验品吗？"

"试验品？"

这种想法，自己可从来没有。这简直是找碴儿，但宫泽也想不出驳斥的话。

"那价格呢？"

宫泽又挤出一个问题。自己的声音听起来虚弱可怜，还在颤抖。"如果方便的话，能告诉我们亚特兰蒂斯的鞋的价格吗？"

"这是校内机密，还不能外传。"井田说。不过，他似乎觉得垂头丧气的宫泽很可怜，说："麻烦你别说出去。"他告诉了宫泽竞争对手的价格。

宫泽说不出话来。亚特兰蒂斯提出的价格，其实是小钩屋的两倍以上。

自己不是输在价格上，而是输在实力上。

"这么贵，也没关系吗？"

"从耐久性上说，很多人认为亚特兰蒂斯更划算。"井田说，"小钩屋的产品，鞋底是生橡胶。确实很便宜，但可能不久就会磨损，穿坏。价格减少一半，但耐久性也只有一半，大多数人是这么想的。我是外行，对这方面不太懂，不过，亚特兰蒂斯的销售拿来的是新开发的鞋底，大家就更这么认为了。"

"那种鞋，鞋底不会嫌太厚吗？"宫泽悔恨万分地问。

井田说："是啊。不过，联络会的人觉得没问题。"

虽说宫泽很难接受，不过井田只是个传话的人，就算咬住他死死追问，也于事无补。

"谢谢您的通知。如果还有机会，请务必通知我们。多谢了！"

宫泽放好听筒，两肘支在桌子上，抱住头不动。

作为经营者，现在必须想出应对办法才行，但应该怎么做，他没有一点头绪。

如果眼前刚开辟的道路被堵死，就只能继续面对经营了一百年的足袋，挣扎于越来越差的业绩。宫泽仿佛看见自己深陷在这个小而封闭的世界里，每天跟毫无希望的现实战斗。

名副其实的一败涂地啊。

有人敲门，富岛露出脸来。大概是想知道结果如何吧。然而——

一看宫泽的脸，富岛就什么都明白了。他默默走进来，坐在沙发上，点上香烟，吸了一口烟，视线转向窗外的停车场，慢慢吐出烟圈。

"世上没有简简单单的事啊。"

富岛慢慢吐出这句话。宫泽不作声。富岛到底是要说"世上没有那么简单的事，所以还是专心主业"，还是想鼓励他"不要因为一次两次的失败气馁"呢？

"不过，行不通就算了。拖拖拉拉不给结果才要命呢。"

宫泽长长吐了一口气。

"也许吧。"

"尝试各种可能性并不是件坏事。不过，如果没有希望的话，还是专心做我们的老本行足袋吧。"

"我可还在努力呢。"宫泽出人意料地反呛了他一句，"难道我因为开发新事业疏忽了老本行的工作吗？"

上升的烟雾对面，富岛的眼睛盯着宫泽。

富岛从他父亲那一代开始就管理工厂。从宫泽小时候起，他就在为小钩屋拨算盘。宫泽对富岛满怀敬意，但富岛对新事业的冷淡态度，终于让他忍不住爆发了。

"确实，说得也是。"富岛挪开视线，说了句，"告辞了。"

他站起身来轻轻行了一礼，迈着缓慢的脚步走出了社长室。

富岛的背影消失在门那边。宫泽在嘴里哼了一声："切！"他清楚地感觉到，富岛是个阻碍。富岛熟悉会计事务，常年跟银行打交道，他也一直厚待富岛。但是，说实话，富岛的想法，跟现在的宫泽水火不容。

宫泽抓起放在桌子上的手机，给安田打电话。

"阿安，那个，光诚学园那件事，没成。对不住。"

电话那头，安田没说话。他应该在外面吧，电话里传来人群嘈杂的喧哗声。

"是嘛……"几秒钟的沉默之后，安田才回答说，"又回到原点了。"

"跟着我继续干吗？"宫泽问。周六晚上，跟开发队伍的成员一起憧憬未来的情景，变成了一场空虚的梦幻。

"那是当然了。"安田以轻快的语气说，"再做一次就好了。反正又不会死。"

"确实啊，对不住。"

"其他的人我来通知吧。"

宫泽按下结束通话的按钮，轻叹了口气。右手"啪"的一声落在膝盖上。

"没成功。"

他不由得自语道。两手在头后面交叉，靠在椅背上，脸朝着天花板。就这样闭眼冥思了好久。

9

"茂木君，能过来一下吗？"

茂木抬起头，原来是股长野坂在楼梯入口处对他招手。野坂带着茂木进了小会议室。

野坂敦是茂木所在的总务部劳务课的股长，负责茂木他们田径队的管理。虽说有一定职权，但大和食品是个大企业。野坂本人也没有田径队的人事权，不过据说，他所反映的现场的一些意见，都能毫无阻碍地被采纳。当然，茂木进社才第二年，前辈们都说他"很有实力"，但野坂并没有亲眼见他发挥过。

"后来怎么样了？"野坂一脸温柔，"改良跑法进展顺利吗？"

"应该算是有了很大改善……"

"也不是那么容易吧。"

野坂抱起手臂，看着茂木的眼睛。也许，在问茂木话之前，他已经跟城户他们聊过了。

"要完全成功，需要一年时间，甚至是两年。"

要改变跑法，必须同时重塑身体。和教练一起通过两人三脚游戏调整骨盆，一点点改造身体，熟悉新跑法。这不是一朝一夕就可以完成的。

"照你的目标，什么时候能复出呢？"

野坂开门见山地问。茂木回答不出来。改良跑法刚进行到一半。什么时候能完成，并没有明确的时间。

"可能要到明年的田径赛季了，现在这个阶段……"

听了茂木的回答，野坂柔和的表情中锐利的视线一闪而过，射向茂木。

"明年啊——"

似乎是在责问茂木，又似乎是在思考着什么。这是一张冷静判断形势的管理层的脸。

大和食品的田径队的定位，目标不是做宣传广告，而是地方贡献。他们不像某些田径队，需要一直有亮眼的活跃表现，但也不能说有足够的空间，让不能再跑的选手一直待在田径队里。在这方面，他们的甄选很严格，如果发生运动损伤不能再跑，就要和同期入社的伙伴们一样，被分到营业和制造部门。这同时也就意味着要跟田径生涯告别。

　　总之，野坂是在估量茂木还有多少可能性。

　　"如果情况有变化，能告诉我吗？我也必须要想想应对办法。改变跑法，一刻也不能迟，要尽早完成。"

　　野坂站起身来，砰地拍了一下茂木的肩膀，出了门。

　　一刻也不能迟啊。

　　茂木一个人被留在房间，他握紧双拳，坐在座位上，低着头。

　　最希望能早日回归的，不正是我吗？

　　眼前似乎出现了对手毛塚的背影，他的身影越来越远。

　　悔恨和焦急交织在一起，茂木握紧拳头，直到手指发白。

第四章　诀别之夏

1

"结果不尽如人意，反而给您添堵。"有村低下头，向宫泽道歉，"真对不起。"接到光诚学园拒绝的电话几天后，宫泽来到在横滨的有村的商店。

那天以后，宫泽一直在思索陆王接下去该怎么走。

然而，他始终没有想出什么好主意。于是这天，他来拜访有村，顺便讨讨主意。跟有村聊聊，说不定能得到什么启示——他心里暗暗怀着这样的期望。

"听说，给小钩屋的陆王投赞成票的人也不少啊。"有村大概是旁听了讨论的整个过程，告诉了宫泽不少内幕，"反过来说，也可以说跟亚特兰蒂斯对阵，你们毫不露怯，好好打了一仗啊。"

确实，这次面对亚特兰蒂斯也并没有一败涂地。不过，宫泽也深刻体会到，离胜利还有一道必须要翻过去的高墙。

亚特兰蒂斯有小钩屋最缺少的东西——业绩。还有，在这次的失败尝试中，宫泽深切感受到，最大的难题就是鞋底。

"如果不能克服这两道难关，陆王是不可能成功的。但是，我现在毫无方向。"

宫泽将自己的心里话和盘托出。"我想，有村先生说不定有主意。"

有村有些惊讶。

"我这么说可能有点不中听，像是见死不救，不过，想办法解决问题，这是宫泽先生的工作啊。"这是很痛切的鞭策，"业绩不是一天做成的。就算是亚特兰蒂斯，也是五十年来作为制鞋商不断钻研，才有今天的成绩。五十年前，亚特兰蒂斯也是个微不足道的小公司，资金也不充足，曾和宫泽先生有过同样的烦恼，也要不停奋斗。在奋斗中，他们才取得了今天的地位。"

有村说得很对。"如您所言，鞋底是鞋最重要的部分，宫泽先生。没有一朝一夕就能解决的问题。很多人每天都在寻找和研发又轻又结实还柔软无比的材料。要拿到参与市场竞争的门票，必须在这场看不见的战斗中胜利，否则无法战胜他们。如果没有钱，就靠下功夫取胜。总之要占一条。想要给跑鞋业界一记重拳，那就堂堂正正地打败亚特兰蒂斯，确立自己的地位。"

"打败亚特兰蒂斯……"

有村点破了现实，宫泽必须要去跟强有力的对手挑战，一想到这一点，他不禁想退缩。

门铃响了，一群年轻学生进了店。大概是认识，一看见有村，他们就亲热地交谈起来。

"您忙吧，打扰了。谢谢您的意见。"

宫泽逃也似的离开了商店，他更加觉得无路可走，踏上了回车站的路。


"那家伙，把我训了一顿。"

当天晚上，在"蚕豆"的吧台上，他和安田一起喝着酒。

从横滨回来，处理积压下来的工作时，有村扔下的话仍然在他脑中回响。一个人面对全部问题的感觉太沉重了。

"说实话，我想得太简单了。"宫泽盯着啤酒杯，说，"但是，现在这么下去，不可能赢过亚特兰蒂斯。我们的资金实力相差悬殊。"

"这就是所谓的现实的高墙啊。"

"是啊。"宫泽十分懊恼，"没有业绩，没有钱，什么也不懂。"

"还没有鞋底。"

"啊，是啊。"

在最灰暗的时候还能开玩笑，这就是安田最大的优点。宫泽不情愿地点点头。

"确实，鞋底也是我很在意的。"安田抱起手臂沉思起来，"所谓足袋的鞋底，其实就是布。在鞋底贴上生橡胶，就不再是足袋了，变成了鞋。也就是说，在那一瞬间，就要去跟亚特兰蒂斯这样的大公司去竞争了。"

"但是，不贴鞋底的话，也是不行的吧。"宫泽说。

在土地面上短距离跑还可以，但在沥青路上长距离跑的话，就要保护脚不受路上障碍物的损害，承受地面的冲击，鞋底是绝对必需的。

"如果生橡胶可以的话，亚特兰蒂斯早就这么做了。也不用特别投入开发费去造新的鞋底了。"

宫泽苦恼地看着安田说："看来真的必须从这里开始重新讨论了。"

他回过头来反省过去。

地下足袋的鞋底是生橡胶。作为足袋厂商，安于现状是不是太天真了？就算知道耐久性有问题，还是一味简单地想要降低价格。

"没钱可不是对顾客说得出的借口啊。"

安田毫不隐瞒地说出了心里话。确实如此。

"感觉好像找到点门道了。还有，大和食品的茂木先生那里——"
宫泽摇了摇头。

"他们在某种意义上来说，都是行家。一个小镇工厂忽然给 F1 赛车队供货，哪有那么容易。"

宫泽这么一说，安田再没有吭声。

酒越喝越多，夜也越来越深了。


2


"辛苦了。"

跟从训练场上下来的茂木打招呼的人，正是亚特兰蒂斯的村野。

"状态怎么样？"

"哎，还可以。"

村野一脸笑容地问，茂木模模糊糊地回答。在他背后，田径队的队员们还在继续练习。只有茂木是另一番景象，坐在干枯的草地上，专心地拉伸肌肉。

坐在旁边长凳上的村野问道："新跑法怎么样了？"

"那个啊，还没有适应好……"

面对村野，神经紧张也是当然的，不过，要回答这个最不知如何回答的问题，茂木的情绪也禁不住浮躁起来。

"要不换换鞋底吧。"

茂木停下拉伸运动，抬头看着村野。

"会有变化吗？"

"会有变化。"村野断言，"不然你觉得，我这样的跑鞋顾问，是做什么的？"之前，他从没做过如此细节上的调整。也没发觉有什么问题，实际上在比赛中，成绩也在不断提高。跑步方法就像是软件，鞋子就像是硬件，两者有多大的关系呢？茂木自己也并不完全明了。

"能给我看看吗？"

茂木脱掉脚上的鞋递给村野，村野虽然言语不紧不慢，但马上变了一个人似的，成了一个真正目光锐利的专家。他仔细端详着鞋子，又翻过来看看鞋底，用手指摸了摸，也许是在检查磨损的状态。检查了磨损状况后，他在脑中迅速查询自己的经验库，寻找着解决方法。

不久，村野把鞋子还给茂木，似乎陷入了沉思。

这段沉默的时间并不久，却让人感到漫长无比。

"要不，用薄一些的鞋底吧。"村野再次开口问道。

"薄一些？"

"也许要薄上个五毫米左右。"

茂木不知道怎么回答，踌躇了一番。

"你是说，用薄的鞋底更好？"

"整体上，用一个更平的鞋底吧。"

此时，茂木的脑子里，忽然浮现出之前见过的鞋子。他早就把行田的足袋厂商制造的那些鞋子，塞进抽屉里了，但那封信上的一句话，却神奇地留在他的脑中。

——只有不受伤的跑法，才是通向胜利的最短距离。

那位足袋厂商在信上写着："中掌着地才是人类本来的跑步方法。"这正是现在茂木要努力习惯的跑法。

茂木好奇地问："中掌着地和全掌着地，是人类本来的跑法吗？"

"不知道人类本来的跑法是怎么样的，不过要长期安全地跑步，掌握这个要领确实很重要。"

村野的解释让人似懂非懂，留下了想象的空间。不用详细解释茂木也明白，这家足袋厂的想法和产品概念，都并非胡说八道。

"虽说困难重重，还是边调整边试试看吧。"茂木陷入了沉思，村野安慰他说，"不要着急，越是着急情况越严重。那样就更加不可收拾了。"

"谢谢！"

此时远处有人在叫："村野君。"

今天小原也来到了练习场。他挥挥手叫村野："过来一下。"

小原作为亚特兰蒂斯的营业部部长，不时也会来公司，茂木也认识他。不过对这个人，茂木喜欢不起来。在茂木受伤之前，小原还一直跑前跑后地讨好，受伤之后，就算两人面对面，小原也不怎么好好和他打招呼了。不能跑步的选手就没用了——小原的态度似乎将这句话写在脸上，视茂木若无物。

实际上，大和食品田径队有好几位知名选手，就算无视茂木，对亚特兰蒂斯来说也毫无损失。

村野不知对小原作何感想，但他脸上浮现出一丝郁闷的表情，仿佛是几许真实想法的流露。

"下次来的时候我会带来。"

村野说着站起身来，说了声"再见"，轻轻挥手离开。

两人年纪相差三十岁，但村野仿佛大哥一样。茂木目送着他的背影，心中生出一团暖意，他感到自己有救了。


"喂，我们可不是做慈善的。"

村野走近，小原用其他人听不到的声音低声抱怨道。

村野还没搞清楚他说的是什么，小原的脸色越来越难看了："茂木啊，我说的是茂木。"

"那个人已经废了，我不是说过了嘛。都不知道他的伤能不能复原，不行了，不行了。"

小原在村野脸前摆着右手："就算复原了，以前那种跑法也肯定不行了。这家伙已经不再是当红炸子鸡了。"

"没有这回事。"面对小原的宣判，村野也忍不住反驳，"只要治好了，还是可以跑的。"

小原强势地反问："什么时候能治好呢？都不知道他什么时候复原，你到底要花多少时间在他身上？"

"改变鞋的样式，就能帮助他改变跑步方式。可以尽早让他康复。"

"所以我才问是什么时候。"比村野小十岁的小原愤怒得两颊直颤，"你搞清楚了吗？你就是个跑鞋顾问，所以说话不负责任，我们肩负着公司给的任务呢。这种事不允许发生。你要是一意孤行，就要有自掏腰包的思想准备。你们这些跑鞋顾问，照我吩咐的办就对了。"

村野还在寻找反驳的言辞，小原已经转身走开了。

看着他远去的背影，压抑不住的愤怒化作一道激流，在村野的脑中奔涌。


今年，村野马上就五十三岁了。

从关西的高中出来，他去的第一家公司，是神户市内的一个鞋厂。一开始他被分配到一个约有两百个员工的工厂，那些熟练工前辈将做鞋的基础知识一一传授给了他。不过，因为是中小企业，村野才能在那里体验整个做鞋的流程，得以掌握了在大公司工作不可能学到的经验和技术。

村野迎来转机，是在二十五岁以后。

他工作的公司倒闭了。债权人蜂拥而来，工厂里的缝纫机和其他机器都被扣押了下来，或是直接拖走。村野亲眼看见了这一惨状。之前在他脑中建立起来的工作观"哗"的一声坍塌了。

人生只有一次，要尽情做自己想做的事——村野下定了决心，于是他以自己一直喜欢的运动鞋领域为目标，应聘了当时不过是中坚企业的亚特兰蒂斯制造部门，他的业务能力得到认可，顺利地被录取了。

美国的制鞋公司亚特兰蒂斯，跟在神户市内勉强维持的前公司完全不一样。

亚特兰蒂斯全自动化的工厂分散在美国和亚洲各地。厂里经常贴着目标数字，员工似乎时时处于股东的监视之下。公司有多个产品线，都建立在市场调查的基础上。光是跑鞋，也分练习鞋、比赛用鞋，品类繁多，产品线没有漏洞。

村野以前工作的厂商，依赖社长和厂长的直觉进行产品开发和库存管理，但在这里，一切都依据数字下判断。

分界严格，不容糊弄，在某种意义上来说，这也是一个管理清晰的公司。

在这家公司，村野的头衔是"高级制鞋顾问"。这个头衔很难理解，但如果对比一般公司，大概是课长级别的待遇。

村野的工作，就是来往于大和食品这样拥有田径队的实业团体和大学的田径队之间，向选手推荐亚特兰蒂斯的鞋，提供赞助。所以，他归营业部管，顶头上司就是小原。

他们给选手的鞋大部分是无偿提供的。顶级选手要穿着亚特兰蒂斯的鞋冲击奥运会，就必须取得他的脚样、形状和脚背高度。鞋的设计也要单独应对，然后记录下比赛数据，提供最合适的鞋底材料，设计出最合适的形状。制造独此一双的鞋，花费不菲。但如果选手能在奥运会的大舞台上大放光彩，亚特兰蒂斯跑鞋也会出现在全世界的转播画面上，获得巨大的广告效果。

对田径队选手来说，能成为亚特兰蒂斯的赞助选手，在某种意义上，意味着未来的发展可能性得到了承认。作为跑鞋顾问，村野的主要工作就是定期拜访这些选手，帮助他们克服各种各样的问题，迈向巅峰。在这个过程中积累下的开发数据和失误记录，会反馈到新产品开发现场，就像汽车公司将赛车比赛中的经验运用到投入市场的车型上一样。

到目前为止，村野陪伴过的运动员中，不少人参加了奥运会。有大约一半的人能参加马拉松国际大赛，他们都曾和村野一起协作，最后穿上亚特兰蒂斯的原创跑鞋，因此村野的名号在业界中也算响亮。

但是，就算村野名声在外，在亚特兰蒂斯这个公司，他也并不处于有利地位。

亚特兰蒂斯的管理和现场是分离的，营业部部长小原是美国总公司录用的管理干部，村野只不过是日本分社雇用的现场专业人才。

就算小原令人生气，但如果要动起刀来，被割舍的还会是村野。

村野对待遇也有不满，但是现在还能坚持工作下去，只能说是喜欢跑鞋顾问这个工作。

村野工作的大半内容，是跟选手沟通。

某个选手性格如何，对什么感兴趣，未来想如何发展，自己应该怎么帮助他……

村野总是随身带着一个笔记本，上面记下了他赞助的所有选手的各种信息。就算这些信息跟鞋并不直接相关，也对理解选手本人至关重要。在收集这些琐碎的情报和交流的过程中，村野获得了选手们的信赖。正因为他能提供符合选手各种期望的鞋子，选手才一直穿他的鞋子。

村野总是和选手们一起战斗。

就算选手们走了下坡路，或是因运动受伤，他也绝不抛弃他们。

一旦开始赞助某位选手，除非选手自己说出"我要退役"，否则他都会一直跟这位选手并肩作战，永远支持他。

"什么啊，指手画脚的样子！"村野愤愤不平地自言自语道，"赛场上可不是讲经营学的地方！"

一路上跟选手擦肩而过，村野不停地出声打招呼。他走到刚才的长椅边，坐下身来。

"没事吧？村野先生。"

茂木还在做拉伸运动，看见村野，问了这么一句。大概是自己的不快已经形之于色。这家伙真不错，村野想。"啊，我们就是谈了谈晚饭吃什么。"说着，他发出爽朗的笑声去掩饰。

## 3

接下去怎么办呢？宫泽一直烦恼不已。七月马上要过去，八月即将开始的一天，一件意外的好事降临到他头上。

"社长，一个叫'町村学园'的地方打来了电话。"

当天早上，宫泽像往常一样来到社里。正在整理营业资料，办事员把电话接了进来。町村学园这个名字，宫泽从没有听过。

"我是町村学园的栗山，是光诚学园的井田介绍的——"

前几天，在光诚学园和町村学园共同举办的研修会上，栗山遇到了井田，偶然说起了小钩屋的事。原来光诚学园和町村学园是同一体系的兄弟学校。

"正好我们学园准备在体育课上使用足袋，正在寻找厂商。"

"谢谢您特意打电话到我这里。"

宫泽手握话筒，低下头。原来一笔生意在不经意之间就能谈成，这次就是如此。

"方便的话，我想请您过来详细谈一谈。"

两人约定好，宫泽第二天下午去位于千叶县佐仓市内的町村学园拜访。

"谢谢。"宫泽放好话筒，再次感谢这妙不可言的缘分。


第二天下午三点刚过，宫泽就开车出了公司，去拜访佐仓市内的町村学园。

他把车停在停车场，抱着装满样品和资料的纸箱，横穿过正在举行俱乐部活动的操场。

穿着白色短袖衬衫的栗山，看上去仪表堂堂，堪称为人师表。

"之前多谢您来电咨询。"

宫泽把带来的足袋样品摆放在桌子上，详细说明了小钩屋生产的足袋的种类、品质、业绩等。鞋子的事他不熟悉，说到足袋，那可是自己的老本行。

栗山不时露出钦佩的表情听着，说着说着，宫泽意识到，这次的谈话就是一次竞标。

"谢谢您的详细说明。不过，还需要监护人的理解才行啊。"

宫泽感觉到栗山的表情闪过一丝犹豫。

"有什么问题吗？"他问道。

"那个，这些事其实跟宫泽先生没什么关系，不过有些家长觉得穿着足袋在学校操场上跑步很危险。我们只好说学校操场都铺得很好，才说服了他们。"

栗山的说法很委婉，但一看便知，在决定采用足袋之前，校内也经过了好几轮争议。

不过，此时宫泽忽然倒吸了一口气。

一个意想不到的主意闪过他的脑海。

"如果是这样的话，我还有一件产品想拿给您看。"

"还有吗？"

"放在车里，可以的话我去拿。"

"我倒是不介意。"栗山回答。

宫泽马上回到学校的停车场，从车后面的座席上取出放在那里的盒子。

"实际上，我们还有这样的产品。"

从盒子里面拿出来的是陆王的样品。

"哦，这还真有趣。"

栗山饶有兴致地端详着陆王。首先跃入眼帘的是蜻蜓图案。栗山翻过来看鞋底，鞋底贴着生橡胶，他睁圆了眼睛。

"还有鞋底啊，这双足袋。"

"这是我们最近开发的新产品。比起一般足袋来说，这种产品有鞋底，就算操场上有东西，也不容易受伤。穿上的感觉也跟足袋一样，光着脚也能穿。您知道几十年前，还有马拉松足袋这种东西吗？这双鞋就是它的现代版。我们给它取了个名字叫'陆王'。"

"陆地上的王者吗？"栗山笑了，忽然又变得严肃起来，"那就麻烦您了，能给陆王报个价吗？可以传真过来。还有，可能的话，这个样品就放在我这儿，可以吗？"

和町村学园的商谈，朝完全出乎意料的方向发展下去。

"怎么样了？社长。"

宫泽回到社里，安田的脸马上出现在社长室外。"进展顺利吗？"

"哎呀，最后又变成了竞标。"

安田的脸上蒙上了一层阴影。大概他们也约了好几家足袋厂商吧。品质上他们自信不输给别人，但价格上就不知道了。竞争对手为了争取订单，或许会提一个低价。

"真难做啊。"

"是啊，阿安。陆王能给我们估个价吗？"

"陆王吗？不是足袋？"安田吃惊地问。

"啊，是陆王。对方说让我们报个价。拜托了，十万火急。"

宫泽说明了情况，事情的发展出乎意料，安田也一脸惊讶。

"真是的，谁知道结果会发展成什么样，做生意这件事真是无法预料啊。"

安田说着，回去坐下来算了一个小时，总算把大致的成本价算出来了。这个价格再加上小钩屋的利润，比起足袋价格稍高，不过材料不一样，也没办法。跟其他足袋厂商给出的报价相比，应该是最高报价了吧。但是，如果降到跟足袋一样的价格，小钩屋就会出现赤字。

"社长，这样的话，可能会落选啊。"

三天后，栗山忽然打来电话。

"前些日子多谢您了。"电话里栗山的声音听起来有些兴奋，"我们讨论过了，就准备用贵社的陆王。拜托你们了。"

真的吗？

宫泽脑中"啪"的一声，仿佛有什么东西炸开了。

这是陆王第一次卖出去。

"谢谢您照顾。"

宫泽拿着话筒，不住地低头致谢。涌上来的喜悦令他浮起满面的笑容。

## 4

"辛苦了。"

"辛苦了。"

田径队的队员一个个从训练场上归来，互相寒暄。

如果是平时，训练结束，充实感和解放感会让训练场边生气勃勃，但今天的训练场，似乎飘浮着一丝紧张的气氛。

下个周日，夏天的著名赛事富士五湖马拉松就要召开了。大和食品也要派出一名邀请选手和两名一般选手。这次的夏季马拉松，选手要在炎炎夏日跑过标高八百到一千米的高地。通过这次的马拉松大会，也能预测出秋季开始的马拉松季热门选手的动向。出场选手明天就要去河口湖，周六要做最后的调整。

这一天，茂木也有其他的安排，他准备和队员们一起去训练场，这时，有人叫住了他："茂木君。"

是亚特兰蒂斯的小原。小原脸上浮现出做生意的笑容，亲切地把手搭在茂木肩头，问："最近怎么样了？"

"这个嘛，马马虎虎。"

茂木不知道怎么回答他。小原一看便知，他的调整安排跟其他队员不一样。茂木心想：这个男人平常不大理睬自己，不知这次是何用心。

"之前，村野说的鞋的事啊。"小原说明了自己的意图，"还要请你再等一等。"

茂木有些莫名其妙，小原皱着眉头，露出一脸为难的表情。"你看，你现在还在调整中，就算现在给你鞋，也不能在比赛里用，还是等你的跑法改好再说吧。"

前几天，村野提出，为了改善跑法，可以调整鞋底。这可以帮助他早日完成跑法改造。但小原所说的似乎完全相反。

"但是，村野先生——"

茂木想要争辩，小原看着远处的村野，找了个借口：

"村野好像搞错了。我们赞助的前提是，选手要穿上我们的鞋，去参加比赛。"

茂木一脸僵硬的表情看着小原。

"总之，就是说，我不再是你们的赞助选手了？"

"话不是这么说。"小原做出一副大吃一惊的夸张表情，"我想说的是，请你早点康复，就这样。"

这个拒绝很委婉。

这时，村野好像注意到了他们在谈话。他对正在交谈的选手举起右手致歉，快步穿过训练场跑来。

"茂木，有什么事吗？"

村野并不对小原说话，而是对着茂木打招呼。

"我们正在谈你之前说的鞋的事。"

茂木还没回答，小原插嘴道。

村野的脸色变了。两人之间尴尬的气氛已经显而易见。当然，茂木并不知道，在亚特兰蒂斯公司内部，围绕茂木的鞋发生了怎样的争执。

不过，村野正用一副可怕的表情盯着小原。

"就是这么回事，茂木君。"小原无视村野，再次对茂木说，"我会一直等着你的，快点康复啊。"

他啪地打一下茂木的肩膀，脸上浮现出满足的微笑，当场离去。

"我们部长说什么了？"村野低声问道。

"没有什么大事。"茂木眼神虚浮地回答，"他只是说，鞋要在能参加比赛后才有，这也是理所当然的。"

"切——"村野发出明显的轻蔑声，然后面对茂木说，"真对不起。"他低头道歉，"您的鞋，今天是来不及了，不过我会拿来的——"

"不用了。"茂木打断村野的话，自暴自弃地说，"我觉得没关系。"

村野无言以对，现在茂木脸上浮现出来的，是寂寞的笑容。

"你们也要做生意，我明白，别管我了。"

"喂，茂木——喂——"

村野还想说什么，茂木转过身跑去了训练场。

周日的富士五湖马拉松，茂木的对手毛塚也会参加，是媒体瞩目的焦点。茂木在上次的京滨国际马拉松上，因为运动损伤中途退出，毛塚收获了日本选手第三名的好成绩，这次会有怎样的表现，也是人们注目的焦点。

现在，就算去体育报纸上找，也看不到茂木的名字。而且，小原的话实际上就是终止赞助的通知。看来世人已经在慢慢忘记他了。

茂木转身回到宿舍，他的身体变得无比沉重，从鞋箱里取出拖鞋。他把脱下的亚特兰蒂斯鞋拿在手里，想起当初他们把赞助鞋递到自己手上的情景。

"茂木君，今后请一直让我们支持你。"

那时他刚进入大和食品。小原满脸讨好地接近他，当时说的是："请务必穿着我们的鞋，在比赛中获胜。为此我们将不惜一切代价支持你。"

当时他说的，可是"不惜一切代价"哦。

愤怒涌上心头。怒火到底是朝向小原，还是朝向自己，他也说不清楚。怒火难以抑制，回过神来，茂木已经将手里的鞋狠狠摔在地板上。

这双鞋，我再也不穿了。

茂木拾起地上的鞋，使劲扔进身边的垃圾桶。


## 5


"你为什么要说那种话？"

回到日本桥的村野，还没来得及把东西放在自己的桌子上，就跑到部长桌子面前。小原已经提前一步坐车回到公司，松开领带，表情放松地坐在桌前，他从文件上慢悠悠抬起头来。

村野怒气冲天，周围的员工都好奇地看向这边。

"什么事啊？"

"茂木啊，茂木的事！"村野口气很不好，"能不能别自作主张？"

"自作主张？"小原"啪"的一声扔下手里的圆珠笔，靠在椅背上。"自作主张的是你吧。是谁说要去赞助受伤的选手？我不是说不要白费钱吗？"

"那你就是说，跟选手之间的信赖关系就一文不值了？"

到现在为止，村野还没有和小原正面顶撞过。不过，现在，村野毫不畏惧地顶撞上司："我们的工作建立在和选手的信赖关系之上。你明白这一点吗？"

"还用你说？"小原一副理所当然的口气，"这种事，用不着你来提醒。看好了，我对茂木的态度，就是我们公司的态度。亚特兰蒂斯只赞助未来有希望的选手。达不到这个标准，就必须自费买我们家的鞋。你要是自作主张，只会给我们添麻烦。"

"就算受伤了，茂木也是很有希望的选手。现场的事，不是由我们来决定吗？"

村野因为愤怒，声音都在颤抖。怒火一旦打破脑子里的理智，就算这个男人是自己的上司，在他眼里也只是一个假装精英的拜金主义者。

小原看到，村野盯着他的眼睛里有漆黑的愤怒在燃烧。

村野愤怒不已，肩膀都在颤动，小原开口说：

"缩减成本是公司的方针。"他平静的口气令人生厌，"虽说现场由你负责，但你要是任性妄为，我们也不好办。要是不认可，就只好把你调离现场了。"

"我这三十年，都陪着选手走过来了。"村野深深吸了一口气，"这些都不算数吗？"

"陪伴、赞助了选手多少年，积累了多少经验，都和这个没关系。"

小原断然说道："我再说一次，这是公司的方针。你还是住嘴，乖乖听话吧。"

"是吗？我明白了。"村野说，"不过，弃选手于不顾的方针，我无法苟同。也不觉得正确。如果这是公司的方针，那就把我调离吧。"

说完这句话，村野好像听见周围看热闹的同事倒吸了一口凉气。

谁都知道村野在日本田径界的地位。

像小原这种从一流大学出来，在美国著名大学取得工商管理硕士学位的人，一抓一大把。但是，连续三十年一直守在田径赛的现场，获得如此多选手的信任的人，找不出来第二个。

"是吗？你要是这么说，那也没办法。关于这件事，我不再发表意见。"

小原说着，已经开始无视村野，再次把目光投向自己的文件。

村野心中，有一个以前一直忽视的疑问渐渐清晰。

对这个公司而言，自己到底算什么？

因为做着自己觉得有价值的工作，所以他一直毫无怨言。但是，亚特兰蒂斯并没有善待村野。

他感到自己的地位和自己整个人都处于一个尴尬的境地，没有得到充分的认可。他回到办公桌前，放好东西，说了声"我先走了"，就离开了公司。

没有人追上来。在公司里，公然违抗小原意味着什么，大家都很清楚。

村野走出公司，被黏稠的夏夜空气包围。

下个周日，就是富士五湖马拉松比赛的日子。

"这也许是我最后一件工作了。"

村野独自走向酒吧街，钻进常进的店的门帘，坐在吧台前，陷入了深思。

## 6

"真棒，社长。这是值得纪念的一步啊。"

坂本本来是一个无论何时都风轻云淡的人，今天，他的声音里也渗出一丝兴奋。

周六的晚上，大家在"蚕豆"召开了一个小小的庆祝会。来的人有宫泽、安田、明美，还有椋鸠通运的江幡。安田虽然告诉坂本"你好不容易休息，不来也可以"，但坂本还是来了。

"做生意总有些意想不到的缘分啊。"明美感慨万千地说,"这次介绍那个学校的,是我没考上的光诚学园的老师哎。"

上次开发小组集合,还是在光诚学园投标后。当时展示很成功,宫泽以为胜券在握,最后却是一败涂地。这次好不容易从低谷爬出来,赢得了订单。

"虽说输了投标,却还是获得了应得的认可。"宫泽说出自己的分析,"虽说是歪打正着,但我想以此为契机,以学校为中心展开推销。不过……"

宫泽忽然吞吞吐吐起来,所有人都向他投以惊讶的眼光。

"怎么了,社长?"安田问。

"接到订单固然是件好事,但采购原料又要花一大笔钱。所以阿玄没给我好脸色。"

"什么啊,说这种话,真让人泄气。"

安田皱起鼻头,一脸悻悻,两手抱住后脑。

"他年纪大了,所以顾虑太多。"明美也扫兴地说,"我觉得,只要是对公司有好处,就应该尝试各种新东西,但常务这个人太顽固,怎么也说不通。"

"只要做出结果,富岛先生也会理解的。"坂本安慰大家,"我现在觉得,就像这样从学校开始,慢慢扩大供货范围,是个不错的主意。孩子们对足袋有了亲切感,长大以后就还有可能购买足袋。这也是抓住未来潜在客户的机会。"

"所言极是。"宫泽刚喝了一口啤酒,又把杯子放在桌子上,"不过,我还是希望茂木裕人能穿上我们的足袋。"

"要是他愿意穿,就能成为很棒的宣传了。"一直坐在角落不怎么说话的江幡说,"不过,以前我在杂志上见过,茂木穿的是亚特兰蒂斯的鞋。这样的话就难说了。亚特兰蒂斯有村野先生那样的人。"

"村野先生？"宫泽问道。

江幡说："是有名的跑鞋顾问。"

"跑鞋顾问是干什么的？"明美赶紧问。

江幡回答说："是为选手试鞋的专家。每个厂家都希望选手能穿自己的鞋，所以需要给选手配这样的专业人员。不过，村野先生很特别。"

"还真是排场大啊。"明美说。

"倒不是排场的问题。"江幡笑着说，"我在田径队当运动员的时候也跟村野先生聊过，他真的是一个很认真负责的人。而且为选手考虑得无微不至。我是一个二流田径运动员，不过，他就跟我说过一次话，就记下了我提起的事，还有我跑步的习惯，第二次再见面的时候，还给了我不少建议。因为有村野先生在，很多选手，其中不少是参加奥运会的选手，才选择和亚特兰蒂斯合作。"


"有这样的人跟进茂木，对我们很不利啊，社长。"安田说，"教练也不把我们当回事，还是去找找看有没有现在虽然籍籍无名，但未来前途有望的选手吧。对吧，江幡，你认识谁吗？"

被这么一问，江幡嘴中念念有词：

"哎呀，我现在已经离开赛场好多年了，当时同期的伙伴也有跑过箱根大赛的，但现在大家都已经退役了，没几个还在一线了。作为选手没有好成绩的话，也当不上教练。"

"田径比赛的世界也很残酷啊。"安田有些失落地说。

"光靠田径比赛，也活不下去，所以我才来当司机啊。"

听江幡这么一说，宫泽反倒心里有谱了。

"好吧，现在我们都清楚，要让茂木选手穿我们的鞋是很困难的。不过，在此之前，我们自己还有问题没有解决，恐怕要先解决这个问题。"宫泽说。

那就是鞋底的问题。

生橡胶鞋底适合孩子们在操场上奔跑。不过，要拿生橡胶鞋底给一流的运动员穿，就太不适合了。

"最终，鞋底开发费过高，会成为我们打入跑鞋界的障碍。"

坂本的解释很符合他银行职员的身份，不过他说得完全没错。

"开发费要五千万日元？"安田说，"我们可没有那么多钱，首先，掌握财政大权的，可是阿玄啊。"

"不光是钱的问题。"宫泽说，"还需要有经验的技术人员，要给他们研究开发的时间。生产设备也是必需的。光是初期投资，算一算就要花五千万日元，不，大概要一亿日元吧。"

"不能对生橡胶进行加工吗？"

坂本提出了一个折中方案，但这个方案之前已经讨论过了。

"颜色是可以改变，但生橡胶的重量却是没法改变的。我们也想过打洞可以减轻重量，但技术不成熟，而且这么一来，耐久性会更差。实际上，还有一个问题。"所有人的视线都集中在宫泽身上，等他说话，"如果就照现在这样，很容易出现竞争产品。现在的陆王，不过是造型新颖，又贴了一块生橡胶底。只是在设计上下功夫，同行很容易就能模仿。"

"确实。"安田一脸佩服地表示赞同。

"我们需要其他人无法模仿的鞋底，又特别又耐用的鞋底。"

宫泽皱起了眉头，浮现出苦恼的表情。"但是，这种鞋底到底哪里有呢？"

正午过后的气温是二十五点五摄氏度，几乎没有一丝风——

周日是一个清爽的好天气。茂木到达富士五湖马拉松的起跑地点，已经是早上七点多了。

干燥的夏季空气令人心旷神怡。

但是，茂木心情不佳。如果是以前，随着起跑时间的临近，他会情绪高涨，精神集中，但这次却不是这样。选手们的紧张情绪传染到他身上，他的心中却丝毫感觉不到与选手们的共鸣。

"预备，跑！"

信号枪一响，选手们飞奔出去，茂木茫然地目送选手们远去的背影，有人拍了拍他的肩头。原来是今天来做后援的前辈、选手平濑孝夫。

坐上停在附近停车场的货车，开到终点所在的山中湖畔，接下来只要耐心等待，关注赛况就行了。

跑了二十公里左右，已经有十来个人遥遥领先，成为第一梯队。四个国外请来的选手一直在比赛中占据上风。在这些选手身后，日本选手紧追不放。

"步子真快啊。"

茂木把车上的导航系统切换成电视直播，平濑说出了自己的感想。画面右上方显示的时间，已经比过去的纪录快了好几秒。第一梯队的选手中，有两个是大和食品的，为了追上其他选手，肯定消耗了不少体力。

但是，茂木的视线并没有投向自己队的选手，而是死死盯住另一个人。

那就是毛塚。毛塚在这些日本领先选手之中。

毛塚紧跟着被视为奥运会最有力候补的山崎雅弘，就在他身后几米远。他的姿势完美，不见一丝慌乱；面无表情，死死盯着自己前方选手的后背。

——毛塚选手看上去游刃有余，大概正在等着超过去的机会吧。

直播解说员的声音洋溢着兴奋。

去年在箱根大显身手的选手加入了实业团，第二次在马拉松大会上状态满分地奔跑，确实让人兴奋。

茂木感到一股强烈的羡慕和嫉妒。

过了二十五公里，第一梯队里有人开始落后。毛塚还在第一梯队中，一会儿领先，一会儿落后，和这些顶尖选手展开了角力。

"好了，我们该去了。"

平濑催促茂木，两人出了货车，此时第一梯队已经跑过了三十五公里。

两人抱着毛巾、饮料和水，走向步行五分钟远的终点，沿路已经密密麻麻挤满了观众。

站在终点后面，茂木看着几乎成一条直线的赛道。

不知等了多久，几百米远的拐弯处出现了第一个选手的身影。观众们欢声如雷，无数小旗一起挥舞起来。

"是旺杰拉。"

身边的平濑报出这个选手的名字。这是位肯尼亚选手，经常在国际大赛上领先。几秒之后在旺杰拉身后，选手们如同烈日下的幻影一般陆续出现。

欢呼声更大了。大家都在尽情为最后的角逐呐喊。

"难以置信。"

平濑自言自语般念念有词。隔着几百米也能看到那位选手独特的跑步姿势。

"毛塚……"

茂木的视线完全不能离开毛塚，已经忘记了眨眼。毛塚正使出最后的力气，身影越来越近。

从茂木所站的位置也许看不清，但他和第一位选手的距离越缩越近。

"很难追上啊。"平濑说。

到了最后一百米，两人之间还隔着十五米左右。

旺杰拉开始最后冲刺，毛塚一下子被甩开了，胜负在这个瞬间已定。

这时——茂木仿佛被魔法驱使，向到达终点的毛塚走过去。

他也不知道自己要干什么。也许只是想告诉自己大学时代的对手，自己一直在这里观赛。

有人给毛塚递上毛巾，摄像机镜头追了过来。毛塚的脸转向茂木。他应该已经注意到了茂木的存在。

"恭喜你。"

茂木伸出右手，毛塚却选择了无视。他从茂木身边扬长而过，仿佛茂木根本不在那里。毛塚马上被众人簇拥，消失在人群之中。

你已经不配当我的对手了。

毛塚的态度似乎在说着这样的话。

茂木放下无所适从的右手，目光茫然地投向终点，此时，最后这段直行赛道上每出现一位选手，就响起一阵欢呼。

以前的光荣，就如同一场谎言。现在，没有任何人注意到茂木。

在喧哗的人群中，茂木意识到，自己已经是个过气选手了。不能奔跑的跑步选手，算什么选手。


　　自己的对手已经从箱根的马拉松选手成长为代表日本的运动员，自己曾经紧追着他的背影，然而现在，自己只是一个旁观者。

　　"喂，你在干吗？"

　　有人戳了戳他的后背，茂木的意识被拉回现实。

　　定神一看，大和食品的选手正拼尽最后一点力气，越过终点。

　　"毛巾、毛巾！"

　　平濑的话让茂木惊醒，他把毛巾撑开，跑过去接住快要倒下的选手的身体。


8


　　从刚才开始，安田就一直坐立不安，好几次从窗户向外看停车场。

　　"太晚了，真是的。"

　　他一边抱怨，一边从胸口的口袋里拿出手机，找出电话号码打过去。

　　"光说对不起有什么用！再怎么道歉，东西没到也毫无意义！到底什么时候才能到？"

　　电话那头，是他们合作的纤维批发商的负责人。因为他的失误，今天一大早就应该到的材料已经迟了，自己费尽心思确保的陆王生产线只好停工。虽说已经马上转为生产足袋了，但这似乎是一个不祥的开端。

　　"股长，东西来了。"

被安田安排在外面等候的大地露出脸来。安田挂断电话，飞奔出去。

"到底在搞什么，真是的！"

安田对着来人大发雷霆，宫泽走向生产线车间。

"啊，社长，怎么回事？"

看见宫泽，趴在缝纫机上的明美打招呼道。

"对不起，现在才到。马上开始准备吧。"

虽然这么说，但考虑到这也是一项工程，原材料要到明美手上才能动工，再快也要到下午了。

从早上起，宫泽就打满了鸡血，这么一来，就好像是爬墙被抽掉了梯子。

"刚才和大家商量了一下，总之，今天还是按照计划做出预定的数量。恐怕要加班，请交给我们吧。"

明美的请愿，让宫泽愧不敢当："对不住，拜托了。对不起大家，拜托你们了。"

众人异口同声地回答说：

"交给我们吧！"

"一定做出来！"

明美可以说是这些人中的中坚力量，她在这个岗位上已经工作了三十年。而最年长的富久子已经工作了半个世纪，她们的性格都不比男人弱。要是上一项流程拖延了，手上没有缝纫的活儿，就算对方是安田，她们也会大声质问"到底是怎么回事？"

大地和安田两人推着装满材料的手推车进来了。

"喂，开始剪裁了！"

安田吩咐了一句，村井正一跑到裁剪机前。

"铛！"一声浑厚的响声之后，村井操作的裁剪机，转眼就裁出了进入量产的陆王的第一个鞋样。

鞋样用的毡布材料重叠在一起，一次能裁出五张。

村井背后，裁好的鞋样眼看就堆成了山。

"阿大，按顺序流转。"

按照村井的指挥，鞋样由大地运到缝制部，比预计要早，上午十一点半左右就做到了。

原材料到了，缝纫机踏脚板独特的声音响起，车间立刻充满了活力。


宫泽一直埋头于文件中，抬起头来，缝纫机的声音轻轻传入耳朵。

已经是晚上八点多了。

"啊，已经这么晚了。"

小钩屋的下班时间是下午五点，加班已经超过三个小时了。

出了社长室，宫泽走向车间，在那里，他看见了安田。

"怎么样？"宫泽问道。

安田回答说："还要再干一会儿。"大家的表情中都透露出一丝疲惫。最年长的富久子仍在默默地踩着缝纫机，但无意中动作已经变得沉重。

"再做五十双，今天的量就完成了。"安田说。宫泽说："啊呀，还是等到明天吧。"

"但是——"

"与其这样再加班一个小时，不如今天先休息，明天后天每天多干半小时，那样更好。"

这时，有人说："没关系的。"

宫泽的话被打断。带着疲劳的笑容说出这句话的，正是富久子。

"富久子，你辛苦了。真是太感谢大家了。"宫泽说，"今天就这样吧，明天再做，好吗？"听了他的话，缝纫机都停了下来。

"富久子，怎么办？"明美问，"还能坚持吗？"

"没关系，可以的。"

所有人都点了点头，又开始踩起缝纫机。明美也动起了手："希望一切顺利啊，这样我们也能涨工资了，社长。"

"好的好的，一定涨。"被她们的热情打动，宫泽回答道，"一定要涨，是我对不起大家。"

安田在他身边，似乎欲言又止。宫泽明白，他也想劝大家明天再干。

"明白了，不过，大家注意不要伤了身体。拜托了。"

安田说的话得到的答复是："好的。""知道了！"

"真厉害！"

宫泽开始帮忙将做好的陆王分类和质检，在他旁边，安田露出感叹的表情。"早就知道她们有干劲，大家都争先恐后啊。"

"她们都把这当成生死存亡的大事呢。"宫泽一边干活一边说，"不能辜负大家的期望啊。"

"要是辜负了，就死定了，社长。"安田开玩笑。

要把新产品推出市场。

这件事很困难，有风险。但是，如果产品的成功与否与生产者的热情成正比，小钩屋的陆王，一定不会输给其他产品。

但是——

宫泽内心，仍然隐藏着强烈的不满。

员工们都这么努力，大地却不在。傍晚时他说去面试，刚才发邮件来说面完试直接回去了。自己回邮件让他来公司露个面，他却音讯全无。

"这个笨蛋……"

宫泽叹了口气，自言自语。


大地回到家，已经将近午夜了。

他默不作声走进起居室，把手上的外套扔在沙发上，自己也陷进沙发里。闻起来一身酒气。

"你在干什么啊？醉成这样回家。"宫泽训斥道。

"偶尔一回有什么关系啊。"

大地头也不回，自暴自弃地说。

宫泽正准备教训他，只听大地在自言自语："为什么呢？为什么面试总是不顺利呢？"

看着儿子呆呆地面对墙壁、一脸懊恼的样子，宫泽的一腔怒火，不由得散去了。

"今天的面试，他们说什么了？"

宫泽不由得问道。大地好一会儿没有回答。过了一会儿，他一直盯着墙壁的视线落下来。

"他们问我，就算是在家里的公司工作，是不是也做不到一年就要辞职——"

这种恶意的评价也不是全无根据。

"面试官一开始就对我有成见。难道我真的一文不值吗？"

大地与其说是问宫泽，更像是在问自己。

"别着急。"宫泽说，"越是这种时候，越要沉住气。不久就能遇到适合自己的公司了。"

"谢谢你安慰我。"大地好不容易挤出这么一句回答，两手啪啪地打着膝盖，"啊，喝多了。"

说着，他站起身来："今天真对不起，没早点回来。"说着，大地回自己卧室去了。

面对这样的儿子，自己应该说些什么呢？宫泽自己也不知道。

他坐在大地刚才坐过的沙发上，深深地叹了口气。

他很担心大地，不过，作为社长，现在的宫泽有义不容辞的责任，那就是实现陆王的量产。只要挺过这一关，肯定就能看见希望。宫泽极力想看清楚公司还很模糊的未来。

但是——

## 9

"社长，社长——"

三天后的早晨，宫泽来到公司，正在自己位子上看文件，安田没有敲门，就闯了进来。"富久子——富久子她昨天夜里，被急救车送到医院了。"

"什么？"宫泽慌忙站起来，桌子上的茶杯掀翻了也顾不上，"情况怎么样了？"

"大概是心脏有问题。其实，之前医生就说她心脏情况不好。"

"你听她说过吗？阿安？"

安田铁青着脸，摇了摇头："她一直瞒着大家。"

富岛一直坐在桌前听两人谈话，这时也走了进来。

"我去看看。"

宫泽准备立刻出门，富岛说：“那家医院十点才能进去探病。”宫泽停住了脚步。

“还是太勉强了啊。”

宫泽十分后悔，这几天让富久子加班。缝制部的工作是团队作业。就算她想回家，少了一个人工作就完成不了。富久子知道这一点，才勉强自己坚持加班。

为什么没有意识到这一点呢？我真是个浑蛋——他责骂自己。

“阿安，今天的流水线怎么办？”宫泽问。

虽说富久子是年纪最大的员工，但她负责的缝纫工作，是特别需要花精力的设计部分。需要特别仔细，而且有一定的速度，就算是缝制部全是熟练工，一时也无法简单地找到替补。

连安田都抱起了头。

到了车间，除了富久子，缝制部的成员全都在，她们聚集在明美身边。

“啊，社长，富久子她——”

看见宫泽的身影，明美一脸严肃地转过身来。富久子住院的事也传进了她的耳朵里。

“刚听到这个消息，真对不起。”宫泽向她们道歉，“是我的责任，不应该拜托你们加班。真对不起。”

“不，不是社长的错。我不应该逞强。”

明美表情凝重，声音颤抖。平时一直乐观坚强的她，现在眼中充满了泪水。“富久子其实是想休息的吧。不过，当着大家的面开不了口。我应该察觉到这一点的。但是现在变成了这样，真是对不起大家。”

明美对大家深深低下头道歉。她的身后响起了抽泣声。

“不是明美的错。”

“不是，不是。”

员工们都出声安慰，明美却不肯抬起头。

“好了，好了，就到这里吧。”

缝制部的二号人物水原米子抱住明美，含着眼泪笑着说。

“你干得很好，是吧？”

“是啊，明美。”

周围的员工也都安慰明美。

“对不起，谢谢大家。”

明美用手帕捂住眼睛，好不容易抬起头来，说了句：“社长，真对不起。”又低下头。

“谁都没有错，明美。”安田用手指摸着鼻子，“现在虽然遗憾，就算是为了富久子，我们也必须克服这一关。要是知道因为自己休息推迟了工期，富久子说不定会从医院偷跑出来呢。”

“是啊。”水原笑着点点头，“那么，怎么办呢？明美。”

明美止住抽泣，说：“我来代替她。”

她的提议是出于责任感。

“不行。”水原说，“明美你现在也已经忙不过来了。要是再大包大揽，你也会病倒，那就更糟了。”

“别说这种话，求你了。”明美在胸前合掌道，“就让我来做吧，不然我于心不安啊。”

安田也劝明美：“明美，从工作步骤来考虑，这也是不可能的，反而会拖累效率。”

明美咬着嘴唇，她也意识到这样做行不通。从工作效率和生产管理这样的大局来看，安田的意见很有说服力。

"美咲，你怎么样？"

不光仲下美咲本人，其他员工也露出吃惊的表情。仲下在缝制部里最年轻，只有二十八岁，在这个人人手艺超群的团队里，只是个"小角色"。

"是在说我吗？"仲下指着自己，难以掩饰自己的困惑。

"是啊，这正是回报富久子的时候啊。"安田说。

仲下的缝纫机就在富久子旁边。高中刚毕业、对缝纫一窍不通的仲下，全都仰仗富久子的悉心指导，才学会了怎么做一个社会人，学会了缝纫的窍门。仲下可以说是富久子的心爱弟子。

"但是，我不能保证能像富久子做得那么好。"

"试试看吧。"面对退缩的仲下，宫泽拜托道，"不要太在意速度。生产这个产品，本身就是一种挑战。怎么样，明美？"

"我觉得可以。"

明美爽快地回答。仲下的表情很紧张。

"不过，我可能会给大家添麻烦。"

"你到现在为止，还没有犯过错。"明美说，"我们都知道你的实力。就算犯了错，也不会嫌弃你。没有人不犯错。"

明美的话，让大家都不住点头。

"没关系。"

"试试吧。"

周围的人都在鼓励，仲下终于低下头说："那就拜托了。"

安田和明美商量决定了当天的工作流程，不久，村井操作的剪裁机发出了声音。

缝纫机继续昨天的工作，仲下坐到自己的缝纫机旁边，把需要进行复杂刺绣的树脂丝带放在布上。

不久，她踩下了第一针。仲下的缝纫机仿佛具有生命，有自己的意识和头脑，绣出了曲线。虽然速度不快，却很扎实。

明美看着第一根丝带缝好，脸上浮现出笑容，对着宫泽点点头。看起来可行。

宫泽什么也没说，点点头，离开了车间。


## 10


"喂，茂木穿了别的公司的鞋子，真是毫无节操。"

在运动场一角，等村野和选手交谈结束，小原走到他身边，不悦地抱怨。村野刚才也看见了。说是其他公司的产品，其实大概是很早以前穿过的旧鞋。

他和茂木之间建立起来的信任关系，因为前几天那件事已经彻底被破坏。只想着自己公司的利益，单方面毁约，选手渐渐远去，也是理所当然的。

"你这家伙，到底在干什么，不是在磨洋工吧？"

村野咬着嘴唇，小原训斥他道。

"我并没有磨洋工。"

"不知道你准备干什么，不过，从公司的角度来看，就是失职。"

他不说是他在泼脏水，却说什么公司的角度，小原的恶意昭然若揭。在倒 T 字结构的亚特兰蒂斯，直属上司小原不认可，就等于公司不认可。

村野和之前的上司相处还算愉快。他们专注于管理，和选手打交道的事全权委托给村野。村野也给出了相应的回报，做出了成绩。

在公司里，和上司脾气不合，是常有的事。但是，不熟悉现场情况的小原却总是对村野的做法诸多干涉，最后还说他在磨洋工，真是让村野忍无可忍。这是对他作为跑鞋顾问长年获得运动员们爱戴的业绩的冒渎。

"对不起，我的工作无法继续下去了。"

虽然村野告诫自己要压住怒气，冷静冷静再冷静，嘴里说出来的却是暗示决裂的话语。"如果认为我是在磨洋工，那就把我调走好了，让部长认为的其他合适的人来接手。"

"这种事用不着你来教我。"小原的目光深处，带着一丝冰冷的愤怒，"谁都有过气的一天。你别以为自己的办法就是万能的。马上就会尝到苦头了。"

此时教练城户走过来，村野咽下了自己的抗辩。

## 11

"怎么样，阿安？"

宫泽打招呼，他在车间前面的准备室里看见了安田的身影。

陆王的量产已经开始五天了，这是第五天的晚上。今天的缝制作业，已经在下午五点准时完成。

"现在已经完成了大概九百双。"

安田一边看着生产管理表，一边回答。因为生产计划不能如期完成，他脸上没有多少高兴的表情。

"美咲怎么样？"

"干得不错。她已经尽了全力。"安田虽然嘴上在表扬，但脸上的表情仍然阴云密布，"不过，这项工程还是很艰巨的。"

听他的言外之意，有很多时候需要返工。"本来是想请大家加班的。"

不让大家加班，不仅因为这是一项容易疲劳的新工作。还因为加班会让工资成倍增长。目前的成本就已经超出计划了，再这样下去很难平衡。

"还有，富久子怎么样了？"

今天下午，去看望富久子时，她看起来比想象中恢复得更好。安田为加班的事向她道歉，富久子像往常一样十分贴心地说："是我说要做的，不怪你们。"但是，听说她心力衰竭，病情仍然很严重。

"我和他儿子聊了聊，出院还要一个月左右。而且，就算出了院，也很难马上回到职场。"

"真不好办啊。"

为了生产新产品，大家本来的工作都受到了影响。

让我们挺过这一关吧——宫泽在心中大声祈愿。

第五章　寻找鞋底

# 1

宫泽接到坂本的电话时，酷暑已经远离，秋天正在悄悄来临。

"啊，好久没联系了。"

上次跟坂本联系还是一个月以前。自从他调动工作到前桥分行，跟他见面的机会骤减。"你那边情况怎么样，偶尔也要一起喝一杯啊。"

宫泽想起上次见面坂本无精打采的样子，不由得问道。

"托您的福，马马虎虎还算可以。其实，我有件事想麻烦社长。"坂本说。

"什么事，要给我们融资吗？"

宫泽大大咧咧地说。谁知坂本后面的话让他不禁从椅子上站了起来。

"有一家公司，说不定能制造新型鞋底。我想请您务必跟他们谈谈。还是说，你们鞋底的问题已经解决了？"

"真的吗？"宫泽赶紧问道，"跟我说说，是什么公司？"

"电话说不太方便，明天详谈。"

两人约好第二天下午六点在公司碰头，挂了电话。


坂本准时到了公司，从包里拿出装在文件夹里的资料。是封面已经发黄的某家公司旧产品手册。

"希尔克鲁？"

封面上的公司名宫泽从未听说过。

"您当然不知道了，这家公司是前桥的小微企业。"坂本回答说，"他们的本业是搞室内装潢，社长是个很特别的人，他拥有某项专利。您看看。"

他从包里取出来的，是一块八厘米左右的四方材料。

宫泽拿在手里，赞叹不由得脱口而出：

"真轻啊！"

这块材料放在手上，比看上去要轻得多。

"您摸摸看。"

感觉很硬，但并不是完全没有弹力，使劲按的话会有轻微的凹陷感。当然，重量和生橡胶相比也轻得多，完全不是一个等级。

"怎么样？"

坂本一脸认真地问。

"这种材料是什么？"

光靠看和摸完全不知道这是什么材料。可以确定的是，这不是天然橡胶的加工品。宫泽东看西看也想象不出它的原材料是什么。看上去很像橡胶，不过摸上去很奇怪，以前从没见过也从没摸到过。

"这是蚕丝。"

坂本的话，让宫泽不由得抬起头来。

"……这是蚕丝？"宫泽嘴里念道。

坂本说："我一开始看见的时候也是觉得难以置信。您也知道，前桥分行也在苦苦支撑，说实话，不良债权堆积如山。"

八成以上的客户都是赤字经营，大多数公司这十年间的收入减少了三成以上——坂本诉说着经营环境的惨状。

"我自己也忙着处理眼前的不良债权，都没有时间冷静看看周围。最近，整理资料的时候，偶然发现了这个样本。"

他在银行仓库一角的瓦楞箱里发现了这块材料，似乎已经完全被人遗忘了。他仔细端详着这块材料，一起来收拾东西的股长告诉他："啊，那是希尔克鲁公司用自己的专利技术生产的样本。"看坂本很有兴趣，股长在面前摆摆手，"这种东西，放在这里只会碍手碍脚，赶紧扔了吧。"

坂本并没有扔掉这块材料，而是把它带到了宫泽面前。

"我查了查，这家公司的专利是蚕丝的特殊加工技术。蚕丝作为一种天然纤维，又强韧又轻，还有防虫效果。它本来是蚕丝，只要有模型，很容易成型，而且很环保。真是——"

坂本若有所思地看着宫泽。"您不觉得正合适做鞋底吗？"

"有意思。"

宫泽也兴奋起来。大概以前那些鞋子制造商，从来没有想过用这种天然材料。

如果用这个来做陆王的鞋底，成品会比世界上所有天然橡胶材料的鞋更轻、更强韧。

宫泽压抑住兴奋的心情，问坂本：

"成本怎么样？"

材料再好，如果太贵也不能用在产品上。

"本来群马县就是蚕丝的产地，要加工这种材料不需要最高等级的蚕丝，低等级的蚕丝就可以。没有确认过具体成本，还不能断定，但我想是可以便宜量产的。"

照坂本的设想，这有充足的实现可能性。

"坂本君，帮我约见希尔克鲁的社长吧。"宫泽身子向前倾，"我想跟他直接谈判，请他做鞋底的样品。"

"不过，现在已经不可能了。"

坂本脸上的笑容消失了，他叹息一声，说："希尔克鲁这个公司，两年前因为付不出钱已经破产了。"

2

　　希尔克鲁的社长饭山晴之，是在前桥土生土长的男人。他从本地的工业高中毕业以后，在横滨的纤维制造公司上了十多年班，然后回到家乡继承了父亲经营的室内装潢公司。

　　据坂本向当时负责希尔克鲁的银行职员打听，饭山晴之本来就不是那种在别人指挥下小心翼翼工作的男人，他是个有江湖气的商人。

　　饭山一边做室内装潢公司，一边想碰碰运气，运用在纤维制造公司工作期间的经验，开发蚕丝的特殊加工技术，最后取得了专利。

　　但是，要支撑饭山的野心，室内装潢这个老本行还不够。技术开发在资金调配上耗尽了力气，公司一旦遇上资金困难就无法支撑，出现了两次拒付，最后只好宣布破产。

　　"简直就像发生在我身上的事啊。"

　　在宫泽听来，饭山这个男人当时面对的挑战就是此时此刻的自己正在经历的。

　　"但是，如果破产了，是不是专利的所有权也转移到第三者手里了呢？"

　　"我调查过了，好像并没有。"坂本回答，"也有闲置专利吧。最终，饭山社长也没有把专利转化为产品。"

　　银行进行债权回收，首先要从担保金和不动产开始处理。最后，这项专利并没有被收走。应该是债权人判断这项专利没有价值吧。

　　"后来我们进行了法律上的清点，但社长本人却不见了踪影。"

　　虽说递交了破产申请，法律上来说借款已经一笔勾销，但总归给一直以来的伙伴添了麻烦。考虑到人情世故，也不能再在当地继续住下去了。

"有人知道他的下落吗？"宫泽问。

"我装作无意地问了认识饭山社长的某位做社长的客户，听说他好像躲在前桥近郊的某个地方。也有人说他在某家公司工作，索性就住在那里了。说是跟太太一起低调地住在员工宿舍里。"

"但是，好像有点矛盾啊。"宫泽疑惑地问，"刚才你说是闲置专利，但有这个样本，就说明已经有生产设备了啊。"

"这方面的情况，暂时还不清楚。"坂本略带为难地回答，"不过，我听说，在研究开发的过程中，饭山社长是和当地的大学教授一起合作的。"

"那么，如果去问那位教授，可能会知道关于这项专利技术，还有饭山先生的消息。"

"其实，我也跟大学联系了。问了教授，他说关于专利的现状自己并不太清楚，饭山社长的行踪他也不知道。"

不愧是坂本。宫泽想到的事情，他已经全都做了调查。"他说饭山社长拜托他做了两次实验，把实验结果交给了社长后，其他的往来就没有了。他们并不是大家所以为的共同开发者。"

"那是谁说他们是共同开发呢？"

"好像是饭山社长本人吧。"坂本说出了自己的推测，"大概是为了给自己脸上贴金吧。"

饭山自己算不上研究人员，只不过是一个中小企业的经营者。他肯定有很强的愿望，希望世人能认可他取得的专利。因此，和大学教授"共同开发"的故事是一个绝好的宣传。

"可以想象。"

说起来也是一段心酸的往事。同时，宫泽觉得这跟现在的自己很像。宫泽正在挣扎苦斗，希望世间能认可自己新开发的陆王。从这一点来说，他跟饭山没什么两样。虽然做的事不一样，但两人都在努力挣扎打破现状。

"这项专利，从来没有产品化吗？"宫泽问。

"饭山社长曾经吹嘘说，有很多大型服装加工厂和商社看中了这项专利，有很多人来找他谈合作。确实，银行留下的资料里，有白水商事的提案书复印件。但是，那个时候，他们的本业已经不行了。饭山社长曾经以此为契机向银行交涉，希望拿到融资，但是，连我们在内，没有一家银行愿意真正帮助他。"

"中小企业的前途真是可悲啊。"

宫泽的声调中也不由自主地混杂了讽刺的语气。饭山走过的路，就是自己将要走的路。不管自己怎么向别人宣传，埼玉中央银行能看好陆王的前景并给予融资，都是很难的。他们只选择对拼命宣传的宫泽冷眼旁观。最后肯定是这样的。

——社长，我明白您的意思，不过，您有担保吗？有担保的话可以给您融资。

毫无忧患地站在安全地带的人，是不会懂得今天、明天、后天，每天都在拼命求生存的人的忧虑的。

在他们眼里，饭山还有宫泽，只是趴在地上徒劳无功挣扎着的贫穷的经营者。

"那个饭山社长，应该很后悔吧。"宫泽感慨万千。

费尽了力气去开发，想靠获得的专利开辟新天地——与其说这位社长有江湖气，不如说这是经营者的梦想。虽说眼前资金困难，但因为坚信总有一天会得到报偿，才能坚持下去。那位社长，肯定也是拼命压下心底涌起的不安，紧盯着一丝希望，孤军奋斗了很久。

不能轻易否定拼命求生的人，同样，也不能轻易否定为了公司的生存努力奋斗的经营者。就算有时不得不虚张声势或是说说小谎，人们赌上人生的样子，总让人肃然起敬。

"最后留下来的，只有一块小小的样本啊。"

这块样本，就像是经营者饭山的遗物。

"用这种材料开发新的鞋底，有几道必须越过的难关。"坂本又回到了原来的话题，"首先，要找到饭山社长。然后，要跟他谈谈。在此之上，讨论这项技术能否用在陆王的新鞋底上——如果有可能的话，接下来要投资设备，肯定要花不少钱。"

"能查到饭山先生住的地方吗？"

首先要从这里开始突破。

"这件事，就交给我吧。"坂本说，"虽说不保证一定能找到，但我已经跟认识的社长们打了招呼，让他们知道住处就告诉我。"

宫泽看到材料时兴奋的心情飞速冷却了下来，变得忧心忡忡。这时，坂本说：

"我今天来，还有一个消息要向您报告。"坂本坐直身体，"其实，我决定向银行辞职了。"

"什么？"

听见坂本这句话，宫泽不禁哑口无言。

"怎么回事，坂本？"明美问，"前桥那边有那么难受吗？那还是回行田吧。"

开发队伍里的各位都想听坂本讲讲详细情况，为此聚集在"蚕豆"。

"没有这种可能，毕竟是银行啊。"坂本苦笑着说，"我已经考虑很久了。"

"原因呢？"宫泽问，"好不容易进了银行又辞职，这可不是小事。原因说给我们听听。"

"要勉强说的话，应该是因为我已经到极限了。"坂本低声说，"我很想帮助客户们，但我们的组织太僵硬了。看来我不适合在银行干。"他的话带着自嘲的意味。

"跟那边的分行长也合不来吗？"

"没有，并不是。"坂本否认了，"我想去做更有梦想的事。银行都只看公司的过去。要看业绩，要看担保。但是，从来不会看前景给公司融资。这让我感到了银行业的不自由。"

"银行都不肯冒风险啊。"安田说。

"我很想给小钩屋的新事业更多援助，但我能做的难道只有拿出一点点运营资金吗？在这种组织里，不管怎么告诉他们某家公司多有未来，他们都不会相信。如果一直这样持续下去，本来可能会获得巨大成功的生意也会失败。对这一点，我一直很不满。"

"所以呢？"宫泽问，"所以你准备怎么做呢？确实，你的志气可嘉，梦想也很大。但是，那一点点运营资金，对我们来说是雪中送炭，非常及时，这也是事实。所以，因为有你这样的银行职员，才能一直照顾我们这样的公司，这是很有意义的，我是这么想的。"

"对不起，社长。"坂本低下头，"但是，我已经决定了。这个月里就会向银行提出离职申请。"

"你在前桥分行负责的公司里面，也有需要你帮助的公司吧。"

听了这话，坂本咬着嘴唇沉默了一会儿。

"而且，接下来，你有去处吗？"

"已经有东京的风险投资决定要我了。"

坂本似乎已经有了去处。

"风险……什么？"明美问。

"风险投资。是投资公司。"坂本回答说，"就是为将来有成长前景的公司投资。"

"我脑子不好使，不太懂。"明美听也听不懂，"这样怎么赚钱呢？投资也能赚钱吗？"

"那要看情况了。"坂本解释说，"所谓投资，简单来说就是买公司的股份。例如，给小钩屋投资之后，小钩屋成长迅速，上市了。上市后，一般来说小钩屋的股票会上涨，在这个时候如果抛出股票，就能赚钱。就算不能上市，只要能挣钱，就能分到利润。这比存钱更好赚。"

"世界上真是有各种各样的公司啊。"

不知道明美是否明白了，她有些佩服地感叹说。

"而且，我要去的是东京风险投资。您没有听说过吗？"

他问的是宫泽。

"这么说来……"

宫泽确实听说过。但是，说到金融机构，他只跟银行打过交道，剩下的就只有证券公司，其他的一无所知。

"那样的话，就通过那家什么东京资本公司，给我们投资就行了吧。"明美说。

"是投资好，还是用别的方法，我会想想怎么能帮到你们。虽说如此，这个月我还在银行，在这期间我还是会尽心竭力地收集关于希尔克鲁这家公司的信息。"

"明白了。"宫泽啪地拍了一下自己的膝盖，"坂本所做的决定，应该是深思熟虑后的。这样的话，我就什么都不说了。请在新天地尽情奋斗吧。这样的话，阿安——"

安田端坐着，咳嗽一声说：

"那么，既然已经点名了——"

"磨磨蹭蹭什么呢？"

明美咚地捶了一下他的后背，安田几乎把啤酒洒出来。明美代替他大声说："好，干杯吧！为了坂本的前途庆祝——干杯！"

就这样，坂本迈开了新的旅程。小钩屋和宫泽面前也出现了一扇小小的希望之门。

不久，坂本就带来了关于希尔克鲁新的消息。


3


"之前希尔克鲁那件事，我和饭山社长联系上了。"

宫泽刚出去谈工作回来，在工厂停车场停车的时候，坂本打来电话。宫泽坐在驾驶座上接了电话。"饭山跟一位我认识的社长有联系，我拜托那位社长请他和我见面。一开始他似乎很不愿意，我说我不是债权人，是对专利感兴趣，他才答应了。"

饭山现在的住所不明，不过他同意在高崎市内的酒店见面。

"社长可以挑出几个自己方便的日子，我再跟对方敲定。越早越好，以免对方改变主意。"

宫泽取出手账，当场说出几个备选的日期，坂本挂断了电话，一个小时后又打到宫泽手机上。

"定了明天下午三点。"

地点定在高崎站前的商务酒店大堂。对方要求他拎上一个有自己公司标志的纸袋，方便辨认。

"对方有什么标志吗？"宫泽问。

"他的警惕心很强。虽说法律上已经清算好了，但还是害怕债主会来报复。"坂本回答。

看来对方是要确认宫泽是不是真的可靠，才会跟他见面。这件事听起来并不愉快，但宫泽没有其他选择。

"知道了。"

宫泽说着，挂断了电话。


一路畅通，宫泽比约定时间提前半小时到了高崎站。

虽然时间有点早，他走向那家酒店的休息区，在一个不显眼的四人座上坐下。他把一个小钧屋的纸袋放在椅子上，点了一杯咖啡，一直在思忖怎么跟这个叫饭山的男人打交道。

"真早啊，社长。"

过了二十分钟左右，坂本来了。

"开车过来的，早了点。"

宫泽一边说一边环视着大堂。饭山应该就藏在哪里观察宫泽他们吧。他有这种感觉。

这家商务酒店意外地受欢迎，工作日的下午人也不少。从宫泽这里看过去，大堂前台已经开始办理入住，全亚洲来的旅行者络绎不绝。

宫泽一边和坂本说着话，一边等候，约定的时间已经过去了五分钟。

那人真的会来吗？

宫泽忽然产生了这个念头。忽然，一个男人从大堂的人群里走出来，走进休息区。那是一个骨瘦如柴的初老男人。他锐利的眼神直直地望向宫泽，看见椅子上放的印有标志的袋子，男人问：

"是小钩屋吗？"

宫泽站起身来，做了自我介绍，递上名片，接着介绍了坂本。看到银行的名片，男人的脸一僵，坂本忙解释说自己并不是来谈回收债权的。饭山这才默不作声地坐在对面的座位上。

希尔克鲁是两年前破产的。从那以后，饭山不知道过着怎样的生活，但肯定不算安稳。他的表情说明了一切。

他锐利的眼光充满了猜疑心，似乎总是在寻找什么，脸色也不好，眼神飘忽不定，似乎十分恐惧。

饭山听宫泽介绍了小钩屋的业务内容，生硬地问："那么，你们要问有关专利的什么事？"

"蚕丝的特殊加工技术的专利，还在饭山先生手里吗？"宫泽问。

"是啊，怎么了？"

他把咖啡递到嘴边，翻着白眼看向宫泽。

"那个专利，我们可以使用吗？"

饭山把咖啡杯放到托盘上，反复打量桌子上宫泽的名片。

"你们是足袋厂商，要那种专利干什么？"

"我想把它用作新商品的材料。"

宫泽没有具体说出新商品是什么。坂本告诉他，还是不要说为好。用在什么上面，是小钩屋的企业机密。一不小心，饭山说不定会向其他同行提出这个建议。

"你说的材料具体来说是什么？"

"可以告诉你，不过在此之前要跟您签保密协议。"

坂本在旁边说。

"别开玩笑了。"饭山断然拒绝。

"我为什么要签那种东西。我可是专利的所有者，有问题当然要问。你们不满意的话，就去找别人吧。"

"但是，这跟小钩屋的制造机密有关，总之可以先签合约吗？"

"你以为你是谁？不签。"饭山拒绝，商谈从一开始就势头不对，"要我签那种合同，分明就是从一开始就不信任我。你们会和自己不相信的人做生意吗？"

"当然只和相信的人做生意。"宫泽见机行事，毅然说道。

他直直看着饭山的眼睛，问："我可以相信您吗？"

"那是当然了。"

饭山从胸前的口袋里掏出一根香烟，用百元打火机点上火，吐出烟圈。宫泽远远看着。

"好的。"宫泽从自己带来的纸袋里拿出陆王给饭山看，"其实，我们公司在做这个。这双鞋的鞋底，能不能用上饭山先生的技术呢？"

饭山把陆王拿在手上端详，他伸出指尖轻轻按了按鞋底，似乎兴趣不大，把鞋还给宫泽。

"我的专利用在这上面，不行吧？"饭山说。

"您是说不适合做鞋底吗？"

这个结论来得太突然，坂本赶紧问。

"不，不是这么回事。"

"那是什么原因？"

"我先要问的是，这种东西能卖多少？"饭山发出嘲弄的笑声，"一千双？两千双？要用我的专利，最少一年要付五千万日元。你们要亏得底朝天吧。所以，我才说不行。"

"五千万日元？"宫泽对这次商谈的希望迅速破灭，"您是说每年都要付这么多吗？"

"是啊，有什么问题吗？"

饭山故意大笑着。那是神经质的人丑恶的笑容。

"但是，这项专利，到现在还没有实际运用过呢。"坂本试图抗辩，语气生硬，因为饭山的要求太离谱了，"闲置专利值不了五千万。"

"决定价格的，可是我哦。"

看到饭山闪着凶光的眼睛，宫泽想，这个男人还没有从破产的修罗场里爬出来呢。

现在他在贫困的谷底，试图用这笔专利使用费东山再起吧。

"请您告诉我一件事。"宫泽问，"要把饭山先生的专利变成产品，设备投资需要多少钱？"

"大概要一亿日元吧。"

这对小钩屋来说，是一个令人绝望的数目。

"拿不出来就放弃吧，还是放弃比较好。"饭山自暴自弃地说。

"现在，还有哪家公司说要用这项专利呢？"宫泽问。

"这跟你没关系吧。"饭山不高兴地说。

"我们使用专利，并不需要饭山先生花费成本。"坂本说，"先不要说一亿、五千万这样的一次性支付，每件商品付几个百分点的抽成，怎么样？对我们来说，这样的话，也不用勉强筹钱。如果卖得好，收入会比您说的金额还要高。"

不愧是坂本，把谈判带向了另一个有利的方向。

但是，饭山看着宫泽说：

"要是你的同行也能同时用这项专利，就可以这么做。但是，你们想要这项专利的独家使用权。要是搞砸了，我只能拿到一点点提成，还不够塞牙缝。这就是我希望的不掺水分的使用费，不多也不少。"

在宫泽看来，饭山是个荒唐的男人。现在和这个男人谈判，两人之间有一条无法填满的鸿沟。

"关于条件，让我们回去讨论讨论。"宫泽只能这么说。他喝了一口咖啡，靠在椅背上，表示谈判到此结束。"下次怎么联系饭山先生呢？"

"给我打手机吧。"饭山说，"不过，电话号码不可以告诉别人。我会保守你们的秘密。你们也要为我保守秘密。"

宫泽当场打了饭山报出来的电话号码，饭山确认打通了，把号码保存下来。

不知道的人的电话，饭山都不接，也不能接。

"听说法律上已经清算完了，现在应该松了一口气吧。"宫泽问。

"呀，是啊。"饭山傲慢的态度消失了，疲劳爬上了他的侧脸。

"现在您在做什么工作？"

饭山皱起眉头。"这种事，还是别提了吧。"

"我们要用您的专利，还是希望能对饭山先生有所了解。"宫泽说，"跟银行借钱的话，也会问专利所有人的现状。"

"银行啊。"饭山一脸厌恶，"我的事，到了有必要的时候我会说的。现在还没有必要。"

饭山移开视线，他的心底，一定笼罩了一片阴影。


4


"社长，你怎么想？"

在酒店门口跟饭山分手后，坂本问道。

"能不能相信他，我还没有自信。"宫泽说得很坦率，"他为了赌博赢回一把，下了一把大注。我有这个感觉。"

五千万啊一亿啊，都是狮子大开口。

"要是有五千万的话，就能重振他的事业吗？"

"也许是他最后的机会了。"宫泽说，"现在，在那个男人眼里，专利是自己再次爬上来的唯一金藤了。所以，他才那么大言不惭，绝对不贱卖。"

"真是有江湖习气啊。"坂本皱起鼻子，做出一个嫌恶的表情，"如果我们要用专利，就要一直和他打交道。就算使用合同是三年，他也可能在三年后提高使用费。本来就是个没什么亮点，甚至连银行都不想看的专利。"

确实有这个可能性。

"可能的话，还是买下来最保险，也不要签什么使用合同了。"

确实如此。这个家伙可不可信还是个问题，他的专利却决定了自己事业的成败——在这种情况下，怎么能放心开展事业呢？

"不管怎么样，只好再耐心去跟他交涉。也许不久，饭山先生也会对我们敞开心扉。"

但是，坂本却很少见地提出了反面意见。

"我作为银行职员，也见过不少经营者，这个人恐怕很难打动。他看起来没有一点诚实的品质。"

经历过破产的经营者，最致命的不足在两点。

一个是资金，一个是社会信用。

没有信用的话，就筹不到钱。

岂止是筹不到钱，在银行开个账户都很难。银行虽然不明说，但常常听说只要破产过的人将名字报给银行职员，就会被拒绝开设新的公司账户。

不知道饭山还有什么商业计划，但要实现自己的计划肯定有相当大的难度。也就是说，现在饭山能指望的只能是现金。所以，他才提出五千万乃至一亿的大数目。

"五千万？"

安田听说了他们谈判的经过，十分生气，摇着头，闭紧嘴唇。

宫泽和安田周围，打包箱里装着等待质检的足袋，堆成了小山。再远一点，大地正在检查机前面严阵以待，全力工作。

"这种金额，太荒唐了吧。"安田皱起脸，挤出这句话，"本来就是闲置专利，哪值那么多钱。那个饭山在想什么呢？"

"他肯定也不觉得这个数目合理。"

"这不是狮子大开口吗？"

安田一脸不悦，视线投向窗外。秋天的夕阳正面照进室内，把室内染成了橘黄色。

"就算我们拿得出五万日元，也不想给那种家伙。别想了。"

这件事障碍太多，还是去找别的办法吧。但是——

哪里有比这更好的材料呢？

宫泽心头一片迷惘。


## 5


病房是八人间。富久子的病床在最里面，紧靠窗边。百叶窗拉起来了，从窗户可以看见医院的中庭。

"社长，不要管我了，回去工作吧。"

经过疗养，富久子的脸色好了许多，她说着，露出为难的笑容。

"不、不，不能这样。"

宫泽一边把靠在墙上的折叠椅展开，一边摇着头。

"看不到富久子的脸，还是会寂寞啊。"

"真会说话啊。"

富久子开心地笑了，不过，她马上收起笑容，问道：

"不过，你有什么烦心事吗？"

"啊？从我的脸上能看出来吗？"

宫泽盯着富久子的脸，露出苦笑。

"社长从小时候起，心里就藏不住事啊。不管是生气还是伤心，马上就会显露在脸上。现在也是哦。这一点和你爸爸一模一样。"

富久子从宫泽还是孩子的时候就在小钩屋工作。父亲虽然警告他车间很危险，叫他不要去，他还是常常偷偷跑去。那里有人给他糖吃，休息时间会跟他一起玩。那真是令人怀念的往昔。虽说两人没有血缘关系，但对宫泽来说，富久子就像是家人。

"难道是因为陆王的事吗？"

虽然躺在病床上，富久子的感觉还是很敏锐。

"碰了一鼻子灰。"

宫泽把和希尔克鲁的饭山谈判的事讲给富久子听。

"贪得无厌，看起来不像是能合作的人。"

"这人真是的。"

富久子皱起眉头。她这半个世纪来，每天都老老实实地踩着缝纫机，对这种乘人之危漫天要价的人，肯定恨不得教训他一顿。不过，她却说出了令人意外的话。

"不过，那个人，也许一开始没那么坏。"

"为什么这么想？"

"因为，他做成了别人想都没想过的事。这本身就很了不起啊。

至少，他做出来的东西社长觉得很有价值。"

"但是，这家伙开了个天价，准备大赚一笔，你不觉得他脸皮太厚了吗？"

"那当然是。"富久子爽快地承认，"我说的是，他以前应该也不是这样的。为了发明新东西，肯定付出了血泪代价。这些努力，光有点小聪明没有耐性的人是没办法做到的。"

"尽管如此，现在的他应该也已经忘了过去的自己了吧。"

宫泽已经不能再信任饭山这个男人了。

"那，你准备放弃了吗？"

宫泽回答不出来。

"现在我正在考虑到底是什么原因造成了今天的局面。我准备再见他一次，再谈谈。"

不过，他并没有什么好主意能让对方让步。只能期待饭山自己领悟：如果和小钩屋的谈判决裂，他什么也得不到。

"那样的话，不如带他去我们工厂看看吧。"

富久子的提议让宫泽惊醒。自己怎么就没想到过带饭山去参观公司呢？简直不可思议。

"确实，可能应该这么做。"

如果是商业伙伴，这么做是理所应当的。要让他了解小钩屋，当然越早带他来参观公司越好。

不过，就算提出请饭山来参观公司，也不知道饭山是否会答应。不答应就只能算了。

"好主意，不愧是富久子。"

富久子脸上露出开心的笑容。

看望过富久子的当天晚上，宫泽就联络了饭山。

"哎呀，哎呀，是小钩屋啊，之前的条件，你们答应吗？"

饭山接了电话，开口第一句就是揶揄。

"不，那个数目，说实话很难给得出。"宫泽直接说了实话。

"搞什么！"饭山的回应很粗鲁，"就算你们求我打折，我也不会答应的。"

饭山从一开始就堵死了宫泽的退路。

"我明白您的想法。能不能再抽个时间见个面？可以的话，想请您到敝社来一趟，所以打了这个电话。"

"为什么要去你那地方？"饭山似乎有点生气，"要是有事情找我，应该你们过来，这才符合礼仪。"

"我想请您参观我们公司。"

"参观公司？"

饭山的声音几乎歇斯底里。

"要是您让我们使用专利的话，我们就是生意伙伴了。为了推进合作，我想您应该来看看我们是怎么生产足袋的。"

"没这个必要。"饭山断然拒绝，"在我看来，能不能用专利，取决于你们能不能付得出钱。要不要做生意伙伴，还是等能拿出钱来再说吧。"

简直毫无办法。

谈判又搁浅了。

宫泽挂断电话，一个人在社长室里咬紧了嘴唇。

第六章 失败者的处境

1

饭山晴之的妻子素子是高崎市内某大楼清扫公司的兼职人员。

素子早上六点上班。她穿着制服出门,去清扫自己负责的三楼和四楼的厕所和地板。工作结束的时间是上午十点,每天的工资是四千五百日元。

接着,骑着自行车回一趟家,素子吃好早午餐,睡一会儿,再次出门去附近的超市,这是她每天的日程。她在仓库里干点轻活,从下午三点到下午七点,四小时有三千六百日元。加上清扫,一天有八千一百日元。每个月工作二十五天,能拿到大约二十万日元。这是支撑她和丈夫晴之的主要收入。

从两年前破产开始,饭山几乎没有出去工作过。

饭山破产后,失去了所有的财产,只剩下一点生活费,所依赖的,只有桥田这个男人。饭山和桥田在初中和高中时是同级生,现在桥田承接了县和市里的土木工程,把高崎市内的某间社员宿舍借给饭山住。

说是社员宿舍,这栋木造灰浆的二层公寓已经快有二十个年头了。一楼和二楼,都是1DK¹,各住了四户人家。以前曾经也有单身工人入住,受经济不景气的影响,现在作为正式社员雇用的劳动者越来越少。公寓不久将被拆除,以每月三千日元特别便宜的价钱将二楼的一间房间租给了饭山。

这个公寓的好处,在于它跟桥田经营的土木公司在一起,这块土

---

1　1DK:在日本,通常用"L""D""K"和数字来表示房屋的格局。"1DK"相当于一室开间带一间独立厨房。

地同时也是存放材料的地方，不相关的人很难进入。

虽说法律上已经进行了清算，饭山现在还是很害怕系统金融业的人会来报复，也就是那些放高利贷的人。

而且，如果一不小心走出去，可能会遇到破产时连累了的客户，这也要尽量回避。

"我能够大摇大摆走出去的时候，就是把钱还给那些曾经添了麻烦的客户的时候。"

这是饭山的说法。陪伴了他三十多年的素子不可能把这句话当真。

每天，素子完成清扫工作，上午十点多回来，这时饭山才起床，他会去桥田的事务所看报纸，中午回来吃饭，这是他每天的固定时间表。

桥田也建议他帮忙做事务所的工作，但他总是缩在小小的六铺席房间里游手好闲，等到素子下午两点多再次出门，又拿出发泡酒喝起来。

每天过着这样的生活，到底怎么才能把钱还给客户呢？真是不可思议。某天素子回到家，发现五个发泡酒瓶子躺在地上，他们约好每天最多喝两瓶。平时很有耐心的素子也按捺不住了。

"你准备什么时候把钱还给欠账的客户呢？到底准备怎么还？如果真的准备还钱，应该早点去找份工作吧。"

知道他不想跟人打交道，但是破产给客户添了麻烦，这也是事实。

总之，饭山只是装出清高的样子，妻子已经看穿了这一点。

"我找过了，没什么好工作。"

饭山躺在地板上，撑起一只手肘，翻过身去背对着素子。

"好工作是什么样的工作啊，你这个人。"

虽然靠素子养活，饭山却看不起素子的工作。素子的声音变得越来越尖锐，也是因为敏感地意识到了这一点。

饭山没有回答。

"喂，我们谈谈吧。"

素子坐在背对着自己的丈夫脚下，开口说："能不能暂时停止做梦？你可能还想像以前一样办公司，那就先工作攒些本钱吧。"

"这也是一种办法。"饭山说。

"难道还有什么别的办法吗？"素子问道。

饭山没有回答。

搞什么啊，你都走投无路了——她心里想，饭山忽然直起身子，和素子相对而坐。他忍住笑容，神神秘秘地望向素子。素子顿时感到，他有事情要宣布。

"那个，其实啊，我要做成一笔大生意了。"

不出所料，饭山这么说。他压低声音，一脸神秘，看着妻子，仿佛要告诉她一个惊人的秘密。

妻子不知道该如何反应，默不作声。饭山继续说：

"其实啊，之前，有人跟我联系。"

他走到墙边，那里横躺着一个旧书包。他从里面的口袋里掏出名片夹，抽出一张名片给素子看。

"东京第一商事？"那是一个旧财阀大企业。

"这是怎么回事？"

"有个人通过友部说要跟我联系，说是有好事找我。"

友部是前桥一家制造汽车零配件的公司社长，也是饭山的老朋友。他跟大企业生意来往多，很有声望。

名片上，是一个在东京第一商事做汽车相关工作的男人的名字。

"其实啊，美国发动机厂商新开发的快艇，配件想用我的专利。"

"快艇？"

真是意想不到，素子张大了嘴。"快艇上怎么使用你的专利呢？"

"首先，是地板的材料。还有客厢的内装也能用上。这家公司的快艇销往全世界，我的专利能用来做他们的配件，就是一笔很大的买卖。就算不行，光是让他们用我的专利，每年净收入最少就能几千万日元。"

素子睁大了眼睛。有这么好的事吗？

两年前，他们连区区几十万日元的决算金都拿不出来。就因为这样，饭山和素子失去了花费几十年建构起来的一切。

如果这件事成真的话，该多么幸运啊。在破产过程中，他们开始不再信任这个世界，经历了破产后的修罗场的素子，很难轻易相信这件事。

"这家公司怎么会知道你的专利呢？"素子问。

"是友部帮我推销的。"饭山回答说，"他想帮我一把，让我东山再起。真是多谢了。"

"那么，这件事，什么时候能定下来呢？"

比起早日摆脱这两年来的辛苦，她更迫切地希望，是不想看到每天不事生产、懒懒散散缩在家里的饭山。

她从神奈川县下面的商业职高毕业后，到横滨的公司任职，在那里遇到了饭山。那已经是三十多年前的事了。那时候，饭山干劲十足，不管多么麻烦的工作都全力以赴。两人同属一条生产线，以此为契机，两人开始交往。饭山胸怀大志，总在想着"某一天回到老家，振兴家业"，素子从没有这样的梦想。不久，饭山决定回前桥去继承家业，他向素子提出，等自己安定下来，希望素子能嫁给他。素子答应了。之所以答应，也是被他诚挚的人品所吸引。

做生意总是有起有伏。一个不小心，甚至会走投无路，只能宣布破产。

不幸的是，饭山经营的公司也最终变成了这样。从某种意义上来说，这也是无可奈何的事。比起这个，素子更在意的，是本来很可靠的饭山因为这个一夜之间崩溃了，变得面目全非。

素子觉得，做事业某种程度上就像是赌博。不管计划做得多么周详，能不能赚到钱，不试试是不知道的。

破产前的几年，希尔克鲁就像是在越来越凶险的坡道上一路向下滑。

赤字越来越大，饭山的想法也从认真干老本行，转变为想要靠专利孤注一掷。这种倾向，在破产后似乎更加严重。

他还会像以前一样描绘自己的梦想。

但是，通往梦想的路已经是另一条了。

他不想踏踏实实赚钱，就准备什么时候捞一大笔。现在的饭山，脑子里只有这件事。

"下个月应该就会有结论。"饭山说，素子心中五味杂陈。

"这样的话，就算是找到靠山了。有了资金，就能用那项专利开发新产品，卖出去。两年前那些我欠钱的家伙，肯定会吃惊的。这样的话，我就能把现金'咚'地堆到他们桌子上，一个一个还给他们，跟他们说声对不起了。他们肯定会露出一脸惊讶的哦。"

饭山说着，高声大笑，几乎要笑得人仰马翻。

"那，行田的足袋厂商的事，怎么办？"素子问。

前几天还听说他在高崎站前的酒店咖啡厅跟那边的人见面。

"啊，那个不行。"饭田在脸前面摆摆手，"那边就想着砍价。这么下去，就只能贱卖了。这种小生意，我才不要做。他们那种足袋厂商，风一吹就要倒闭了。"

饭山完全忘了，两年前自己也经营着一家风一吹就会倒闭的公司，他嘿嘿嘿笑起来。

东京第一商事那边确实是笔大生意。要是进展顺利就好了。但是，万一不太顺利，做了那么大一个梦，该有多失望啊。

"喂，东京第一商事那边，真的没问题吗？"

"干吗？你有什么好怀疑的？"

饭山醉眼斜睨，素子不想多做口舌之争，把自己想说的话吞了下去。

她走到厨房，打开料理台上的窗户，想把抽烟后烟气氤氲的空气散出去。

秋意深了，刺骨的冷风吹进来，寒气让素子缩起头，这时，她发现有人在远处抬头看着自己的房间。

饭山夫妇住的公寓所在的场地被水泥墙围了一圈，有一个大煞风景的门。门口竖着"谢绝推销"的牌子，仍然不时有销售员无视这个牌子闯进来。

一开始，她以为是报纸推销员，但是，那男人一看窗子开了，就转身走开，看着他的背影，素子醒悟，这并不是什么推销员。

他一只手插在裤子口袋里，衔着香烟慢悠悠迈开步子的样子，看起来怎么都不像是个销售员。男人出了场地，又回过头来看看，把嘴里衔的香烟扔在地面上，消失在街道那头。

"喂，怎么了？"

饭山察觉到素子的担忧，问道。

"有人在看这边。"

饭山跳起来，站在素子身边。他的目光警惕地搜索着窗外空无一人的场地，表情凝重，紧张得一塌糊涂。

"去哪里了？"

"刚出了那扇门。"

"是什么人？"

饭山望着窗外问。

"一个穿着黑西装的瘦瘦的男人。"

饭山紧绷着脸，一副警戒的样子。

"去打工，来回都要注意啊。"

"但是，我们的借款已经清算过了啊。那些人也应该死心了。"

饭山和素子都申请了个人破产，已经完成了法律手续。

"借款虽然一笔勾销，怨恨却不会。他们就是那种人。"

"拉他们去见警察吧。"

"没用的。"

饭山离开窗边，在榻榻米上盘膝而坐，低着头闭上眼睛。

"那怎么办呢？"素子问，"等着他们最后放弃？"

"所以，我现在不是在做自己能做的事吗？"

在脑中慢慢数到三，素子才醒悟到他说的是专利的事。

"这件事要是谈好了，他们就奈何不了我们了。再忍耐一会儿。"

到底要忍到什么时候呢？

素子不由得把目光投向挂在墙上的日历。


2


过了两天——

完成了清扫工作回家，素子正准备打开公寓大门，忽然听到里面有说话声。她赶紧缩回伸向门把的手。

"这不是同一件事。"

厨房的窗户开着，里面传出饭山的声音，他的声音尖锐。听不到对方的声音，应该是在打电话。

"所以说，我们是什么状况，你们不是一开始就知道吗？"

饭山抗议的声音清楚地传到耳朵里。

对方是谁很清楚了。那个电话是来通知饭山他等待已久的结果的。而且，想必得到的是最坏的结果。

素子静静地站在门前，一动不动，听着饭山拼命巴结对方的声音。这样的饭山，她从来没有见过，既软弱又不堪。

不久，电话打完了，室内恢复了寂静。

素子看准时机进了门。只见饭山在里面的六铺席房间里，缩着身体，背对着她。

"我回来了。"

饭山没有回答。

素子站在门口的水泥地上，看着饭山的身影，不知道说什么好。而且，她发现自己也十分失望，更加悲哀了。

进了里面的房间，素子在饭山身边端坐下来，带着哭腔问道："谈崩了？"刚说出这句话，眼泪涌上来，素子自己也吓了一跳。更令人吃惊的是，饭山似乎也悔恨万分，也流起眼泪来。

他没有说话。

"喂，没关系的。肯定还会出现对专利感兴趣的人，再努力一次吧。"

"真啰唆！"素子想把手放在饭山肩头，却被饭山躲开，他眼睛通红，大声叫着。

"什么叫啰唆！嫌我啰唆？我也很伤心啊！"

素子泪流不止，模糊了视线，饭山的身影也模糊了。她无助地大哭起来："不光是你一个人难受！"

这时，地板上饭山的手机响起来了。

看见手机屏幕上的名字，饭山发出"切"的不屑声音，按下通话键。

"去看你们的工厂，到底意义何在呢？"

饭山听着对方说的话，肆无忌惮地训斥着对方。素子忽然紧紧抓住了饭山的上臂。

"不是很好吗？喂。"素子一边摇动着他的手腕，一边劝他说，"一步一步来吧。"

电话那头，是饭山以前说的足袋厂商。肯定是个小厂家，但饭山的专利如果能实际用在某项产品中，无疑能带来收入。就算是一点点钱，对现在这种陷入谷底的生活，也是很有帮助的。

电话里传出对方拼命说服饭山的声音。

"你可真难缠啊。"饭山无可奈何地说，最后终于妥协了，"那么，我什么时候去？"

3

宫泽比约定的时间提前五分钟到达会合地高崎站。饭山已经先来了。

"真感谢您百忙之中抽空来跑一趟。"

宫泽从车上下来，对饭山弯腰致谢。

"你是在挖苦我吗？"饭山自嘲道，"坐这里可以吗？"

他没有坐在后座上，而是钻进了副驾驶座。

车花了一个多小时才开到公司，其间饭山很少说话。宫泽本来提出到他家去接他，饭山拒绝了，不想被宫泽知道自己的住址。自己过着怎样的生活，境况如何，饭山对自己的实际生活缄口不言。

"先去办公室喝杯茶吧。"

上午十点出头，他们到达小钩屋。宫泽把饭山领进社长室，请他在沙发上坐下。饭山问："你们有几个人？"

"正式员工有二十人，还有七个是兼职。"宫泽回答说。

"这样的话，销售额应该是七八亿日元吧。"饭山立刻显示出了原企业家敏锐的一面。

"差不多。我来给你介绍我们的常务董事——阿玄。"

宫泽在社长室叫着富岛的名字，富岛从自己的座位上起身来打招呼，递上了自己的名片。

"我是富岛。今天请多多关照。"

宫泽看着这幅情景，其实有点心惊胆战。富岛表面上恭恭敬敬，毫不怠慢，但其实他并不欢迎饭山的来访。果然，寒暄完之后，他就匆匆忙忙回到了自己的座位。

"我在全盛期，可是有五家店铺的哦。"饭山忽然说，"虽然都破产了，没什么好骄傲的。这家公司有多少年了？"

"大约有一百年了。我是第四代了。"

"一直都只做足袋吗？"饭山问。与其说他语带嘲讽，不如说他语气中带着几分羡慕。宫泽有点怀疑，这难道是自己的心理作用？

"是啊，一条道走到黑啊。不过你也知道，我们的全盛期是从大正到昭和初期，后来，说实话，就一直在走下坡路。以前，我们公司员工也曾经达到两百人。现在真是不敢想象。"

"因为是夕阳产业啊。"饭山不客气地说。

"所以，资金周转也很困难吧。"他毫无顾忌地问道，"这种厂房，与其维修，不如重建更划算啊。"

饭山说出的话，听起来都很不顺耳。

"我准备留下来当文化遗产。"

宫泽开玩笑地回答。

公司虽小，厂房虽老，但制造业的本质就藏在工作现场。不管饭山得出什么结论，总要在看了工作现场之后。宫泽已经早有心理准备。

他之所以三番五次劝饭山来参观公司，就是因为这个。

走向车间，宫泽在堆到半人高的原材料前停下脚步。

"这是制作足袋的原材料。"

这些毛毡、染成蓝色的鞋面和白色的鞋，都是常年合作、备受信赖的供货商送来的一等品。

"有什么特别的？"

饭山用手指碰碰原材料，问道。

"触感柔软光滑，还非常强韧。看起来一样，用久了就知道差别了。特别是染蓝的布料，是羽生市内技术最先进的厂商拿来的最高级的布料。"

"哦——"饭山似乎兴致索然地拈起布料看看，"有深褐色的吗？"

他说话漫不经心。这一幕让饭山仿佛回到刚出学校、到纤维公司工作的日子。

他们穿过堆放材料的车间，推开门继续往前走。

明亮的车间让饭山一瞬间睁不开眼睛，立在原地。缝纫机吧嗒吧嗒的声音，似乎降落在地板上。不时掺杂进剪裁机粗暴的声音。

重叠的原材料从被机器裁断到做成产品，一共需要十三道工序。少了富久子后，这些都由剩下的十二个缝纫女工完成。

　　"这些家伙真旧啊。"饭山首先看到的是这里使用的缝纫机，"这都用了多少年了？"

　　"从我们创业以来，就一直在用。"

　　"一百年了？"饭山很吃惊。

　　"那零件呢？"他马上又接着问，"难道是从其他的旧缝纫机上拆下零件继续使用？"

　　"是的。"

　　态度虽然不太见外，饭山指出的问题都一针见血。

　　"那可真够呛啊。"

　　饭山嘴里嘀咕着，闭上了眼睛。

　　他好像在听声音。

　　把脚掌部分缝起来，再把鞋底缝合。然后，沿着足袋外侧缝上去。踩着缝纫机的员工们，都是熟练的专家。

　　"这声音真好听。"

　　饭山嘴里第一次冒出了称赞的话。

　　"你很熟悉吗？"

　　"以前我也在一家纤维相关的公司工作过。那家公司很大，缝纫的姑娘们排排坐，一整天都在踩着缝纫机，那声音真是忘不了啊。"

　　饭山似乎想起了年轻时的自己，用怀念的眼光看着车间里排列的缝纫机，他一直盯着明美等人熟练的动作，怎么也看不够。

　　"缝纫机旧，女工们也都有年纪了啊。"饭山大声说着不好听的话。

　　明美反呛回去："看起来旧，里面可是崭新的呢。"

引起了一阵笑声。

"是吗？那可真对不起。"饭山挠挠后脑勺，"呀，干得真棒。"

"因为我们希望人们能穿上最好的足袋啊。我们这里做的都是最好的足袋，对吧？"

大家纷纷对明美的话表示赞同："是啊。""那是当然了。"

"那，我回去的时候能带一双吗？"饭山也开起了玩笑。

饭山仔细观摩缝纫工程的每道工序，不时问着问题。他的身影，看起来根本不像是之前那个不情愿来参观公司的男人。

"怎么样？"

参观完以后，两人走向车间出口，宫泽问道。饭山无精打采地说："呀，原来是这么回事啊。"

"有兴趣了吗？"

宫泽充满期待地问。

"与其说感兴趣，不如说是缝制部的欧巴桑们很有意思，所以才在旁边看。"

饭山大概本来就是个别扭的人，听他这么说，陪在身边的安田都惊呆了。

"不过，你们能一直做足袋到现在，我大概明白其中的原因了。"饭山说。

此时，明美叫了一声："啊！"宫泽停下脚步。

"怎么了，明美？"安田问道。

"线，出不来了。"明美从缝纫机上方的滑板往里看。

村井走过来看了看，说："是旋转钩的问题。"他一边叹着气一边说。当场把坏掉的零件取出来，戴上老花眼镜仔细端详。

"磨损太厉害，上线绕不下来了。"

"有零件吗？"宫泽问。

"我去看看。"村井走向保管仓库。

这时饭山说："我也去看看行吗？"

"当然。"宫泽走在前面带路。

"这些缝纫机，真亏你们能找到。"

进入保管仓库，看着排得整整齐齐的百年前的德国缝纫机，饭山感叹道。

"这是已经停业的同行转让给我的。在其他人看来是破铜烂铁，对我们来说可是宝贝。"

不过，这里放的缝纫机，都只有一个外壳，主要零件都已经先取出来了，按种类分类保存。

"怎么样，阿村？"

宫泽问正在仔细查看零件的村井。

村井回答说："哎呀，只是旋转钩坏了。"

"没关系吧？"饭山问。

"还有好几台没有拆呢。"

村井拖出从停业的菱屋便宜买来的缝纫机，滴进润滑油。

"啊，这经过改造了啊。"

缝纫机已经变了样子，村井眼中含恨说道。

这时，一直旁观的饭山说："给我看看。"

他从村井手上接过电动马达，说："好像有点歪。"对旁边的木柄进行了细微的调整，然后灵巧地拆开了机器。

"你还真熟练啊。"

安田好像很佩服。确实，饭山手势很熟练，完全不像是个生手。而且，他对缝纫机的构造了如指掌，连宫泽也能看出来。

他曾经在纤维公司工作，大概是那时候学到的。

宫泽、安田和村井在旁边看着，饭山三下两下就把缝纫机拆开了，取出零件给大家看。"给你。"他把零件亲手递给村井，啪啪地拍打着裤子上沾的灰。

"啊，谢谢了。"

村井呆呆地接过零件，拿着零件走进车间。

"真是多谢了。"事情有了意想不到的发展，宫泽低头致谢，"你还真熟悉啊。这也是以前在公司的时候学到的吗？"

"不，这是我的兴趣爱好。"

饭山若无其事地说。接着他走去洗手间，说是要去洗手。"我以前就喜欢摆弄机器，投入巨款去搞专利，也是这个原因。"

饭山说着，露出了笑容。

最后带饭山去的是展示区。

足袋制作方法的图示、旧的工具，还有各式各样的产品，都摆在展示区。这就是为参观者准备的，还放了几双市面上贩卖的足袋。

"附近学校的学生们有时会来这里做社会实践，所以展示出来，一目了然。"

成品足袋各式各样。白色的足袋、蓝色和黑色的有色足袋、地下足袋、节日足袋，还有——

忽然，饭山停下脚步，把最后一件展示品拿在手上。

那是陆王。

"最根本的问题，为什么你们要做鞋？"

面对饭山的问题，宫泽拣重点讲了事情的经过。现在有很多跑步的人，同时也有很多运动损伤者。为什么会有运动损伤呢？人类本来的跑法到底是什么样的呢？适合的鞋又是什么样的呢？

"我想给跑鞋界狠狠的一击。"

饭山没有回话。

虽说已经破产，饭山仍是经营上的前辈。他们有着相同的志向，都想实现飞跃、挑战新的事物。不知道饭山怎么看宫泽的故事。到底是觉得荒诞无稽呢？还是觉得多少有实现的可能性呢？

饭山凝视着生橡胶鞋底，轻轻把鞋放回架子上。

"那，就好好努力吧。"

那样子好像在说，这件事跟他无关。

"饭山先生，能不能让我在鞋底上使用您的专利呢？"宫泽再次提出请求。

拜托了。安田已经早早低下头致意。

饭山没有回答。他沉默着，抬头盯着墙壁高处，好像那里挂着他的答案。


"今天看到了很多好东西。"过了一会儿，饭山说，"关于专利，我会考虑的。我所说的金额，你们拿不出对吧？"

"对不起，我们的状况您都看到了。"宫泽深深低下头说，"但是，我们对新产品的热情是不输给任何人的。我们会尽全力给您报酬。请您无论如何帮帮我们。"

宫泽的头低得很深。


4


"小钩屋怎么样？"

过了晚上七点半，素子回来了，看到饭山，迫不及待地问。

"哎呀，就是那么回事。"

这是一个寒冷的晚上，令人感到冬天马上就要到来。被炉也是今年第一次拿出来。

"工厂不错吧？"

素子一边把购物袋放到地板底下，一边问。

"这个嘛——"饭山模棱两可的回答。

"然后呢？"

素子一边洗手，一边把食材放进冰箱。

"什么然后？"

"你的专利。让他们用吗？"

饭山没有回答，只听他叹息了一声。

"还是说，你不想贱卖？"

"不想贱卖。"饭山嘴里无意识地重复着，"不贱卖。"

"那，你准备拒绝吗？"

没有回答。

对方提出了条件，他也去工厂参观了。该努力的努力过了，素子决定放弃，随饭山自己处理吧。

素子不再多问，马上开始准备晚餐。


"总之，这家伙很倔。"

虽说已经是意料之中，安田关于饭山的评价并不好。"破产以后，连心里的零件都坏掉了啊。"

"也许吧。"宫泽说。

最后——

饭山最终也没有答应授予他们专利使用权。

"事情没那么简单吧。"

"总之，看上去就是想要钱，真是不知羞耻。"安田对饭山很是唾弃，"不过，搞机器倒是有一套。"

他又回过头看宫泽，问道："那你准备怎么做？"

"哎呀，怎么办呢？"

宫泽叹了口气。

他已经按照原定计划，让饭山参观了现场，了解小钩屋。

但是，光是这些，还不能让饭山改变心意。也许，饭山也有自己的难言之隐吧。破产已经两年了。如果他没有私藏什么财产，生活肯定不容乐观。他一定经历了难以想象的辛苦吧。而且，现在他的日子应该也不好过。他想高价成交，赚个大的，这种心情也不是不能理解。

"最终还是钱的原因啊。如果是这样的话，还真有点困难。"安田说，"再多找找，应该还有其他鞋底材料吧。这次的事，也是一种学习啊，社长。"

与其说是说给宫泽听，不如说安田是在自言自语。

"这就是做鞋啊，阿安。"宫泽感慨万千地说，"一步一步寻找新的材料。"

"我们掉进了一个大泥坑啊。"

安田忽然笑了，说出这样一个比喻。

当天晚上，宫泽一直工作到很晚。他跟往常一样，走路回自己家。

远处，水城公园的上空，挂一轮朦胧的月亮。

这时，口袋里的手机响了。抬头看看月亮，在寒冷的夜风中更能感到一阵寒气。

宫泽确认了电话那头是谁，慌忙站住，按下通话键。

"今天真是多谢了。"电话那头，饭山开门见山说，"专利的事，我反复考虑了，可以让你们公司使用。"

宫泽听着饭山的答复，几乎难以置信。难道自己是在做梦吗？他几乎要揪揪自己的脸颊。

"十分感谢！"宫泽拿着电话，低下头。

饭山接着说："不过，我是有条件的。"

"条件？"宫泽抬起头，"对不起。如果是使用费的话，您说的金额，我付不起。还是再商量一下——"

"我知道了。"饭山打断他的话，"钱的事以后再定吧。我要说的不是钱。我只有一个条件——我也要参加你们的项目。"

第七章　希尔可乐

## 1

敬启

清秋时分,希望各位身体健康,一切顺利。

最近,我加入了东京资本株式会社,在东京本部营业部任职。

在埼玉中央银行前桥分行工作的时候,承蒙各位的厚意照拂,衷心致以深深的谢意。

虽然能力有限,我仍将诚心诚意通过各种投资业务为大家服务。希望大家继续多加指导和鞭策。

先简单以书信致以诚挚的问候。

敬白

坂本太郎

希望他这次工作顺利。要加油哦!

宫泽在社长室读着坂本寄来的问候信,心里暗暗为他鼓劲。

## 2

耳朵深处,膨胀的血管从刚才就开始一张一缩,紧张异常。心肺送进来的氧气断断续续,喉咙变成一条细管,有种灼烧的感觉,心脏的收缩感清晰地传遍全身。

椋鸠通运的江幡建议组建"小钩屋队",参加某市民团体策划的接力跑大赛。大赛规定每支队伍五人,从旁边熊谷市的"彩之国熊谷体育馆"出发，一个人平均四公里，从熊谷开始，绕行田市内一周再返回，计算花费的总时间。参赛队伍五花八门，一共有七百支，简单算一算就有三千五百人参加。跑步的人气之高，令人惊讶。

江幡说，如果所有队员都穿陆王参赛，会是一个很好的宣传。这个主意很好，大家都赞成，问题是谁出场比赛。

提出这个主意的江幡原本就是田径选手，当然没问题。接下来是安田，然后是在安田的劝说下犹犹豫豫参加的大地。他们又去邀请坂本，坂本心情不错，爽快地同意了。

问题是最后一个人。在公司里动员过了，但一直找不到合适的人，最后宫泽自己填上了名额。

自从接受了有村的建议，宫泽也开始坚持每天跑步。他对跑步没有以前那么抗拒了。四公里的距离，比平时跑得要长，但也不过只长一公里。要达到宣传目的，速度就是次要的。不过也不能因此就洋洋自得，以为自己必胜。

比赛就是比赛。跟一个人随便跑跑不一样，比赛就有竞争对手。如果跟着前面的人，或是被从自己身边超过的人扰乱了心神，就会打乱自己的步调。

宫泽一开始速度过快，最后的两公里简直成了地狱。恰好今天又太热，完全不像是十一月，体力无情地流失了。

他从刚才开始就在犹豫，是不是应该放慢速度，用走代替跑。

已经跑过三公里了，但还是看不到终点。早知道是这样，还不如就让别人嘲笑去，现在后悔太晚了。

做什么事都是这样。只要看得到终点，就能接着努力。看不到头却要继续地苦战下去，是最困难的。

"社长，加油，还剩五百米！"

这时，沿路传来加油声。宫泽转过因疲劳耷拉下来的脸，看到了缝制部的明美等人的身影。

还有五百米——

这剩下的五百米像是一段永远无法到达的距离。

但是，在员工们面前，也只好拼命奔跑了。

手脚渐渐不协调的宫泽拼命跑着，终于把接力飘带递给了跑下一程的江幡，一头栽倒在沥青路上。


"这几个月，我一直在练习跑步，谁知道比赛这么辛苦。说实话，我真担心要是因为我的原因，接力带传不下去该怎么办。"

接力赛之后，大家在附近的咖啡店开总结会。跟筋疲力尽的宫泽不一样，其他的成员都很轻松，椋鸠通运的江幡不愧是原田径队员，几乎面不改色。

"在一群人里坚持自己的速度，对新手来说很不容易啊。"江幡游刃有余地说，"不过，召集到了三十名试穿者，这不是很成功吗？"

提出参加接力赛的建议以后，安田跟主办方交涉，在既是起点又是终点的体育馆外面布置了展台。准备宣传陆王。为此制作了宣传手册，还打出显眼的广告，说要召集三十名试穿者。请他们亲自试穿，给出反馈。同时，试穿者的口口相传也能起到促销作用。从这个意义上来说，参加这次赛事可以说已经成功了。

"反响如何？"

宫泽问负责展台的明美。除了召集三十名试穿者，把陆王长期借给他们，比赛当天还可以在展台当场购买。这一天就卖出了大概七双。

"看来评价很高啊。"明美一整天都在太阳底下，脸颊被晒得红通通的，"大家都很在意能保护脚这一点，我们的目标达到了。"

他们的广告语是："适合人类的奔跑方式"。

这是坂本想出来的。分发给人们的五百本宣传手册里，有这句广告语，还详细列出了跑步的人常见的运动损伤比例和症状，为了实现不容易受伤的中掌着地，最简单的解决方法就是穿着陆王。

自己夸自己有点不好意思，不过，在宫泽看来，这个宣传手册很有说服力，制作得很棒。

"就这样也只卖出七双啊。"

安田叹了口气。

"不，看了手册后，以后肯定还会有人来打听的。"坂本说，"参加这种赛事，身上没带钱的人很多吧。"

"坂本说得对，有很多人很满意，但身上没带钱，准备以后再买。"明美说。

但是，当宫泽问"其他还有什么感想"时，她面露难色，最后说："有几个人说很像地下足袋。"

明美的这句话，让空气当场冷却。平时他们听不到普通消费者的直率意见，今天这感想尤其振聋发聩。

"因为还是生橡胶啊。"安田说，"这可怎么办？"他把问题扔给了宫泽。

饭山已经联络宫泽，答应他们使用专利，这件事大家都知道了。

"明天我会跟他见面，敲定条件。"

"不会准备带一大笔钱去送给他吧？"

安田对饭山的顾虑还在。

"根本没钱，要怎么给呢。不过，他说想参加这个项目，要把这个条件白纸黑字写下来，签个协议。"

"说实话，我不太乐观。"安田抱起手臂。

"那个人看上去很有意思啊。"

明美说。大概是因为饭山个性强烈，有人喜欢，有人讨厌。

"首先要谈好条件。"坂本的意见总是正确的，"看看条件对小钩屋来说是否勉强。如果现在勉强答应，以后后患无穷。"

确实如此，宫泽很认同。


## 3


第二天，宫泽和饭山约好，在以前碰过头的高崎站前酒店咖啡厅谈判。

约定的时间是上午十点。宫泽提前五分钟到达，咖啡厅最里面一个不显眼的座位上，一个男人举起手。那人正是饭山。

"专利的事，您又重新考虑，真是多谢。"

"你道谢是因为条件快谈拢了吧。"饭山大大咧咧地说，"那就先听听你的条件了。"他低声进入了正题。

"一双鞋给您若干抽成，这种支付方式可以吗？"

宫泽一整天左思右想，终于亮出了自己的底牌。

"这是我们的极限了。"

宫泽的视线死死盯住饭山，饭山沉默不语。

他会不会在下一个瞬间，离座拂袖而去呢？

宫泽几乎要这么以为了，饭山却抛出一个问题："你觉得这东西能卖多少钱一双？能卖多少双？"

"现在批发给教育线上的鞋价格压缩后，是三千八百日元，一个学校学生人数只有八百人，但如果是用新鞋底升级的新版本的话——"

"别啰里啰唆了，就说说一双准备定价多少吧。"饭山说。

"可能的话，六千日元到八千日元左右——"

"太便宜了。"饭山马上说，"这个价钱就算卖得好也赚不了多少。你这家伙，完全没明白使用专利的意义。希尔可乐可是独一无二的。"

"希尔可乐？"宫泽反问道。

"那就是我的专利制造出来的材料的名字，是我取的。'希尔可(Silk)'表示丝，'可乐（Clay)'表示黏土，两个单词合在一起。怎么样？"

"很不错。"

宫泽回答说。这个名字取得真不错，饭山说出这个名字的时候，能感觉到他对它的深厚感情。

"你是说，要卖得更贵？"

"也不是要卖得更贵，只是说要是一个合适的价格。卖得便宜的东西都因为缺少卖点。越便宜越好卖，这么想的人不懂商业。"

"明白了。关于价格，我会再考虑的。"宫泽接着说，"另外，我还有几个要求。首先，能暂时不要把这项专利提供给我们的竞争对手吗？"

这是关键的一点。使用希尔可乐的制鞋厂商，只有小钩屋一家，这才有竞争力。如果这项技术也给了竞争敌手，类似的产品马上就会摆上街头。那就没有意义了。

"那就是独家合约了？"饭山又问，"还有什么条件吗？"

"签约时间，五年可以吗？"

"太长了。"饭山马上说，"最长三年。在此之上，再考虑是否延长。过了三年，仍然毫无业绩，我就考虑和其他厂商共同开发。我可不准备陪着你的公司一起死。如果到那个时候，仍然没有做起来，也请你死了这条心。做好思想准备吧。"

饭山的说法也有道理。小钩屋必须在三年的时间里让业务成长到让饭山满意，必须达到这个目标。

"明白了。"宫泽只能接受，"不过，要达到这个目标，光靠我们的努力也是不够的。可能的话，希望您能以技术顾问的身份来参与。"

小钩屋长年以来只生产足袋，没有生产其他东西的技术能力，就算让他们使用专利，说实话，也不知道具体该怎么做。去寻找生产设备的厂商，也不知道对方是否能生产出专利要求的设备；用蚕丝做原材料，要选哪种，从哪里进货？生产过程如何管理？该请谁来完成蚕丝的成型工序？这些都需要人来教。除了饭山，没有人能胜任这一角色。

"可以啊。"饭山一开始就有这个打算，所以爽快地答应了，"本来光靠你们就不行。这事可没那么简单。"

"谢谢。关于顾问的报酬，我们再商量一下。"宫泽只说到这里，"还有，想向您请教一件事。生产希尔可乐的设备，重新制造的话需要多少钱？"

"一般要一亿。便宜点的话也要八千万。

"八千万日元……"

宫泽不知道该怎么回答，只在口中念着这个数目。希尔可乐商品化的可能性越来越小。把这么一大笔资金投入新项目，现在的小钩屋还做不到。

饭山以揣度的眼神望向宫泽："自动放弃了？"

"说实话，我们没那么多钱，就算是去凑——"

饭山打断了宫泽的话。

"别担心。只要有我，能做到更便宜。"

"怎么说？"

饭山看了看手表，问："你还有时间吗？"

除了这次谈判，上午宫泽没有其他安排。

"你是开车过来的吧。载我一程吧。"

"要去哪儿？"

"跟我来就知道了。"

宫泽把车开出酒店的停车场，在饭山的指挥下开了二十分钟，道路两边出现了广阔的农田。远处是榛名山，这条平坦的大道穿过广阔的关东平原。道路左右，偶尔可见几户农舍相偎相依。汽车离开主干线不久，驶入了田园里的一条路。

"开进那边的小路。"

宫泽照饭山的指示拐进去，眼前出现一座气派的农舍。

这家以前大概是富农，院子正面有带屋檐的大门。饭山让宫泽在大门前面停下车，走进门内。今天阳光灿烂，院子里的土地反射着白灿灿的阳光。

主屋的玄关空无一人。饭山叫道："喂，有人吗？"宫泽睁开被阳光晃花的眼睛，从昏暗的室内出来一个跟饭山年纪差不多、穿着工作服的男人。

"这个人是在行田生产足袋的宫泽先生。我们正在谈合作。带他来看看那个东西。"饭山说。

"好久不见，原来还是为了工作啊。"

那个农夫豪爽地笑了。他走向院子角落里的仓库，打开嘎吱作响的门扉。

里面并排停着拖拉机和耕地机。旁边有一个用塑料布仔细遮住的小山堆，看不清里面是什么。

饭山开始解开扎住塑料布的绳子。

难道——

宫泽这才领悟到这次到访的目的，帮助饭山拉开塑料布。

"这是——"

呈现在眼前的，是全长五米左右的机器。

"希尔可乐的制造机。"

操作盘上密密麻麻排列着计量仪器，饭山一边拍打着操作盘一边说。大概是有定期护理，机器跟崭新的一样。

"不时我会启动它试一试，没有什么问题。只是没钱买材料，不能生产东西。"

"材料的话，随时都可以提供。"

农夫笑了。饭山也笑了。"这是我妹夫。"他开玩笑地在农夫背上击了一拳。

"去喝杯茶？"妹夫说着，带他们去廊沿。

"他是蚕农吗？"趁农夫去准备茶，宫泽问。

"不光养蚕，还养很多其他的。"饭山说，"他们看季节干活，养蚕，也种田。这一带过去靠蚕丝过得很滋润。"

他的妹夫名叫山边博。

"原材料博可以帮我们找来。他在蚕农里很有威信。只需要加热凝固，不需要高级蚕丝。供给是有保证的。"

原来如此。宫泽明白了饭山的安排。

"那个机器是哪儿来的？"他问。

"当然是自己做的。"

"那是当然，我是问什么时候做的。"

饭山到底是怎么破产的，看来有自己不知道的内情。正好山边端来了茶，他把茶递给宫泽和饭山，自己也坐在旁边。

"是在公司不行的半年前。我费了好大劲儿筹钱做出来的。"

这跟坂本说的情况一致。

"之前我见过希尔可乐的实物样品。那样品就是这台机器制造的吗？"

"现在能制造希尔可乐的，只有这一台机器。"

原来如此，原来样品是这么来的。难怪饭山说"有我在的话会更便宜"。

"如果请饭山先生做顾问的话，就可以使用那台机器了吧？"

"是啊，是这样的。"饭山两手一拍膝盖，"不过，机器的租金你要付的。因为这家伙，我变得一贫如洗哦。多少要回收一点，不然太不公平了。对你们来说，我这边从零开始，比从银行借钱要便宜多了。"

一度消失在黑暗中的希望，现在显露出了清晰的轮廓。

4

"还是不放心。"

富岛听了宫泽的话，还是一副不赞成的态度。"饭山那个人，可以相信吗？"

"只能相信他了。"

宫泽回答道。富岛抱起手臂，从鼻子里长哼一声。

"那家伙可是有破产的前科哦。"

"破产过就不能再相信了吗？"

对富岛的偏见，宫泽真是无可奈何。就因为一次失败，就不再能获得信任，太残酷了吧。"饭山先生在法律上已经清算资产了，问题都已经解决了。我觉得没有问题。"

"破产就像是腰椎间盘突出哦。"富岛忽然说出一个奇怪的比喻，"某一天就突然不行了。造成这个结果的原因有很多，但是，一旦有一次发作，就会成习惯，还会再发作。很不可思议，不过经营公司的人往往会重蹈覆辙。"

富岛的话，应该说是偏见，还是经验之谈呢？宫泽难以判断。富岛继续说："曾经办砸了公司给别人添过麻烦的人，再次获得支援，不是应该再次重振自己的事业吗？但是，本来准备重新出发的，过了几年又搞砸了，又给合作伙伴惹了麻烦——这种事可不少。"

"这是阿玄的偏见吧。"

"不是。"富岛肯定地说，"社长也记得吧。行田通商的松木，还有埼玉鞋店的花田。那些人，都破产过一次。"

是的，宫泽不情愿地想起来。这两家都曾是销售小钩屋商品的公司，某天突然破产，欠下几百万日元的货款。它们的共同点，就是在破产之前装作什么都没发生，仍然照常进货。虽说因为资金周转不灵才破产，但它们把小钩屋的商品卖掉后，将钱揣进自己口袋，连夜逃跑了。简直就是诈骗。

"那两家也都有过破产的历史。因为有人介绍，没办法才给他们货，太不讲义气了。除了我们的合作商，我还听说过好几起差不多的事。虽说破产后没几年，名字就会从黑名单上消失，但听说银行不给有破产经历的人融资，就是因为有这种风险。"

富岛想说的是，这并不是他的臆测。

"不过，也不是全都这样吧，总有例外吧。"

"我觉得，能不能做成鞋底，还值得怀疑呢。"富岛好像满肚子怀疑，"这种家伙，一边找着各种各样的借口，一边拖延着做顾问的时间，这恐怕才是他的目的。如果他的专利那么有用，为什么之前都没有用于开发产品呢？肯定有大公司来抢吧。要是有利可图，那帮家伙可是不会放过的。然而他们却收了手，肯定有什么原因啊。"

"你提醒得是，阿玄。不过，我们讨论过很多次，我们很需要希尔可乐这种新材料。现在不能半途而废。"

富岛迎向宫泽坚定的视线。

"为什么一定要冒险过摇摇晃晃的桥呢？"他的口气很严肃，"新事业只是听上去好听，实际上却很容易出现赤字。如果因为有增长希望而投资，我还能理解，但现在连前景还说不准，就要投入大笔经费，恕我很难赞成。"

真是个顽固的男人。但是，宫泽也不可能就这么停下脚步。

"这十年来，我们的销量一直在下滑。"宫泽说，"要尝试新的东西，只能趁还有能力的时候做。没有冒险就没有收获。"

富岛没有说话。

过了一会儿他才说："那，需要的钱怎么办？"他只问了这么一句。

"付给饭山这家伙的人工费、不动产和生产设备的费用，不光这些，把项目做起来还必须雇人。你准备雇几个人呢？一个？两个？再加上各种杂费，一千万日元马上就会花光。而且，现在我们这里没有多余的钱。必须去跟银行借。但是，我没有把握让银行借给我们这笔钱。"

不是不能去说服银行,是不想。宫泽想。不过,在这里跟富岛杠上,也不会有什么进展。

"明白了。那,我去拜托分行行长吧。可以了吗?"

"这是社长的公司。"富岛扔过来一句听起来像是讽刺的话,"社长说好就好。"

"是吗?这是我的公司。"宫泽冷冷地说,"那就随我的便吧。阿玄作为员工,也请尽力协助我,希望你有这份心。"

"要是失败了,就没有回头路了。社长,你决定了吗?"富岛又问。

"我已经决定了。就把赌注下在饭山身上了。"

宫泽斩钉截铁地说。连顽固的富岛也把自己的反对咽了下去。


## 5


"两千万日元怎么样?"

宫泽和富岛谈完话,第二天早上就去拜访埼玉中央银行行田分行。

宫泽简单解释了为什么自己需要这笔资金,负责接待的大桥面无表情。

"哦,是这么回事啊。"

右手指间的圆珠笔一直在转动,他的眼神也毫无光彩,淡淡落在文件上。那是宫泽递上陆王的项目企划书。

"这个项目,能保证按计划进行吗?"

"我们会尽最大努力，但不能保证。"

宫泽有点不高兴地回答。世上哪有没风险的生意？这样简单的道理，身为银行职员的大桥还要去问，真是让人生气。

"不过，这可不是闭着眼睛乱投资。"宫泽争辩道，"陆王我们已经做出来了，也卖出去了，还获得了好评。现在还拿到了教育线上的订单。在此之上，我们要开发新的鞋底，这很有必要。"

"但是，现在的鞋底也能卖出去吧？"

大桥手里拿着陆王的样品，冷淡地回答："投入资金之前，应该先积累业绩再说。"

"哎呀，大桥先生。"宫泽认真地说，"鞋底的材料并不是那么容易找到的。现在不抓住，可能再也没有这样的机会了。"

"这种事，可不一定哦。"

大桥含着笑意的眼睛从看起来一本正经的眼镜后面望向宫泽。这件事并不可笑，他却把自己当傻瓜。

这个人对宫泽的项目企划根本一点也不上心。找各种理由，最后就是要拒绝宫泽的融资要求。

"确实，未来的事谁都不知道。"宫泽用强硬的口气回答，"但是，我们务必需要这种材料。"

越过大桥的肩头，可以看见家长分行长从楼层尽头的门进来了。

"跟你谈不出什么。我要跟分行长说话，可以吗？"

大桥也转过身，确认了家长的身影，他站起身，跟分行长说了两句话，这才不情愿地把宫泽带去分行长室。

"原来如此，是要为新项目寻找资金啊，原来是这么回事。"家长分行长听完宫泽的话，抱起胳膊想了一会儿，"不过，宫泽先生，这个项目是不是太冒险了呢？"

虽说不像大桥那么露骨，看来家长也对宫泽的项目企划持否定态度。

"我知道有风险。"宫泽放在两膝上的手握成了拳头，"但是，分行长，现在这个水平是无法跟大厂商的鞋底竞争的。不管怎样，都有必要开发我们自己独有的新鞋底。"

"对不起，你说的大厂商，是指哪家公司？"家长问道。

"例如，亚特兰蒂斯这种公司。"

宫泽认真地回答。家长露出夸张的惊讶表情，嘴唇上浮现出笑容。

"嗬，想得真远啊。"

跟亚特兰蒂斯这种知名企业竞争，小钩屋有胜算吗？——他的口气，已经透露出了他的内心想法。当然，宫泽也很明白，不论是企业规模，还是资金力量，双方都有很大差距。

"我们不是靠企业规模决胜，而是靠商品概念和品质决胜。"

宫泽生气了。但家长似乎并不为之所动。

"企业不是一天做成的，宫泽先生。我对你们的新项目并不反对，但还是把步子放慢一点，怎么样？"

家长似乎对这样的争论十分厌烦。

"不，我们必须马上就进行。"宫泽努力说服他，"我们明白产品的不足之处，解决方案就在眼前。这是一个实现飞跃的机会。"

"这些事，我可不太懂。"家长试图脱身，"从银行的立场来说，这个项目企划要投入两千万日元，这对贵社来说会成为相当大的风险。今后，你们的本业也需要运营资金。"

家长翻着眼睛说。他在以今后的资金周转来威胁宫泽。他似乎在暗示，现在如果借了这笔钱，今后的运营资金就不借了。宫泽的脑中闪现出富岛的脸。

"你们似乎也没有能力担保。"

家长又落井下石地来了这么一句。看到了吧？自讨没趣。大桥一脸得意地看着宫泽。

"我想把这个项目作为今后十年收益的支柱。能不能和本业分开，分别贷款呢？"

宫泽不肯罢休。家长冷酷地拒绝说："不可能。"

"这个新项目要是有损失，本业也会受影响。你希望借两千万日元，但要填上这个窟窿，不能靠这个项目，要靠你的本业足袋赚的钱。所以不能分开贷款。"

家长说的话没错。宫泽心中懊恼万分。不管他现在怎么表决心，说要把这个项目做得超过本业，家长就是听不进去。如坂本所说，银行看的是实际业绩，而不是有没有未来。

"是吗？总之就是说，你们不相信我的项目有前景，对吗？"

右手啪地打了一下膝盖，宫泽说。

"不，话不是这么说。"家长伪善地想要争辩。

宫泽打断了他的话："那就等着瞧吧。"

家长和大桥两个人一脸紧张。

"如果不能融资的话，我就把存款全都取出来，我账户下的定期存款。可以吗？"

家长马上一脸尴尬。

"存款啊……"

"有问题吗？"连宫泽都怒火上头，提高了声音，"我的存款可不是用来做担保的。那是我私人的定期存款。怎么用是我的自由。"

"话是这么说……"家长似乎有难言之隐，脸上浮现出假笑，"虽说如此，融资的时候，我们会以社长的个人资产做参考。"

"你是说，以后都不能融资了吗？"

宫泽不由得抬高了声音，怒气冲冲地盯着分行长。

"现在还有抵押存款这种事吗？"

把并非贷款担保的定期存款私自当作"抵押"，肯定是不符合规定的。宫泽自己也有这个常识。既然存款并非贷款担保，那当然可以取出来，这是存款人的自由。

"不，不是这么回事——"家长吞吞吐吐地说，"不过，还要考虑到以后……"他补了这么一句。

"你们到底是怎么回事？"宫泽终于忍不住语气暴躁起来，"银行的工作，不就是帮助客户吗？客户拼命努力想开发收益支柱，你们却只想着保全资金，不给贷款。连定期存款都取不出来。这种荒唐事，真是闻所未闻。"

"那么，那笔定期存款，可以作为担保吗？"大桥在一旁提出了这个无理的要求，"有担保的话就可以了。"

"你这家伙，说什么呢？"

宫泽盯着大桥的脸，仿佛盯住一个空洞。他站起身来说："别把客户当猴耍。"

"总之，我要取出我的定期存款。可以吗？分行长。"

家长啧着嘴说：

"只能通融这一次，社长。"

他的态度，好像是取出定期也是一种恩赐。宫泽的怒火越烧越旺。不过，再感情用事下去，自己也得不到什么好处。他简短地道了句再见，马上离开了分行长室。

## 6

"跑步的时候，有不舒服的感觉吗？"

齐藤医生的问题一向都很简洁。

"没有。"

茂木微曲着膝盖，坐在诊断台上。齐藤从膝盖摸到小腿，再摸到脚踝，不时按按腿筋上的某一点，问茂木："这里疼吗？"有些部位，茂木刚受伤不久时，光是轻轻按压，他就会痛得皱起脸，现在疼痛已经消失了。

触诊结束后，齐藤说："状态不错。你自己也是这么觉得的吧？"

这是这几个月来齐藤所说的话中，最让茂木感激的一句话。

"我用其他方法在调整。"茂木回答。

"哦？还有别的方法？"齐藤一脸意外。

不熟的人可能会搞不清楚齐藤是真心这么说还是开玩笑。这正是齐藤的讲话风格。

"医生，你不是说过吗？"

打了半年的交道，茂木已经习惯了，反问道。

"啊，是啊。"齐藤一时没有反应过来，"应该快好了，听说新的跑法你也渐渐习惯了。"他说。应该是教练也向他汇报过情况了。

"不过，别练过头了。"齐藤忽然严肃起来，指出了危险，"有过运动损伤的人，为了恢复状态往往很拼命。这次再受伤的话，就很难东山再起了哦。"

"我会当心的。"

茂木低头致谢。齐藤似乎已经不再关心，埋头看向病历卡。

"村野。"

那天，村野刚从外面回到公司，正准备坐到自己的座位上，有人叫住了他，似乎等候已久。办公室中央的座位上，小原正看着他。发生什么事了——小原的脸上已经一片愠色，村野走到他桌子前面。

"你在做什么实验？"

小原拿手里的圆珠笔敲着桌面。

"什么事？"

村野不明就里。

"茂木，我是说茂木！大和食品的茂木！"小原气势汹汹，坐在椅子上从下面瞪着村野，"今天，他竟然露面了，还和其他队员做了同样的练习。说是用其他办法调整好了，归队了。你听说了吗？"

村野也很意外，脸上露出惊讶的表情。

小原责骂道："别人说你厉害，你还当真了，结果搞成这样。要是茂木重新参加比赛，你准备怎么负责？"

"负责？"这个词真刺耳，"比预想的更早归队，怎么成了要问责的事呢？茂木重新参加比赛，不是好事吗？本来，终止赞助茂木的，是小原部长啊。"

"那是因为你的情报有误。"

小原是个绝对不会承认自己错误的人。以前，小原自己曾经在某个场合说过，在美国，保持沉默就等于承认自己的错误。就算自己有错，也不能认错，为自己辩护是理所当然的，这是他在美国留学时学到的。他说话的口气，仿佛是在说，这就是美国式的正义。

仔细想想，也许从那个时候起，村野心里就对小原产生了难以抹去的厌恶感。

白就是白，黑就是黑。

自己犯错的时候就要诚恳地道歉——这是村野从小所受的教育。

管他什么美国式，明明犯了错，却强词夺理，逃避责任。这种人，村野尊敬不起来。

但是，公司真是一个奇妙的地方。这样的人，却是自己的上司，压在自己头顶上。

现在，小原把自己的判断归为村野的过错，只顾责骂他。

小原吊儿郎当地背靠着椅子，怒气冲冲地找各种歪理。村野用一种蔑视的眼神低头看着他。

"你是说，这些全都是我的错吗？"

小原数落了半天，大意就是说自己是对的，村野把这件事搞砸了。村野反问道。

"那是当然了。"

小原大概是觉得自己已经压倒了村野吧。村野愤怒的眼睛有些湿润，一股热血涌上脸颊。

"还有，让我负责？"

小原坐直靠在椅子上的身体，两肘撑在桌子上，脸上浮现出恶意的笑容："你应该谢罪吧。"

村野皱起眉头，露出了一脸悲哀。不过，不知道为什么，他又马上咧嘴一笑。

他低声说："亚特兰蒂斯也堕落了。"

他眼中混杂着嘲笑、愤怒，还有怜悯，紧紧地盯着自己的上司。

"你既然让我负责，我明白了。那就让我负责吧。"村野的口气云淡风轻，"那就请允许我辞职吧。"

"哦——"

小原脸上带着虚伪的假笑，就算听村野说要辞职，也完全不惊讶，更像是已经等这句话很久了，他往前探了探身子。"那可太可惜了。那么，你准备什么时候辞职？"

"恐怕会给你添麻烦，就到下个月底吧。"

办公室里鸦雀无声，所有人都在听他们说话。

"不用担心给我们添麻烦。"小原一脸嫌弃地说，"要辞职的话现在就可以。"

一句挽留的话都没有。

在村野背后，静观形势的同事们开始议论纷纷。但是——

对村野来说，这句话也是意料之中。半年以来，他一直在思考是否应该辞职。对小原这个上司他很不满，他也越来越发现，亚特兰蒂斯完全信任小原，对他的评价深信不疑，这样的公司也令人难以信任。

应该说，这是大企业的通病吧。

大企业重视管理，比起实力和人品，更看重管理层的学历和头衔。这些管理层的实践经验不足，村野和运动员们细心相互支持维系的信赖关系，也常常遭到破坏，村野也很不满。

在小原这家伙主宰的亚特兰蒂斯日本分公司，村野因为过去在田径界的资历反而遭到排挤，被当作过去的遗物。

——这里已经容不下我了。

他也跟妻子谈过这件事。当时妻子回答说："照你的想法去做不就好了？"

妻子的回答简单明了。他们的两个孩子也已经长大成人，进入了社会。

对鞋的热情，对运动员们的贡献。做出好鞋，给信赖自己的运动员们一些帮助，这是村野愿意做的。他负责过很多一流运动员的鞋，跟随他们去参加国际大赛，甚至是奥运会，立下了赫赫战功。在业界甚至获得了大师级跑鞋顾问的称号，亚特兰蒂斯却这样对待他，虽然出乎意料，却是不容置疑的事实。

尽管如此，村野仍然有工匠气质，因为从事的是自己喜欢的工作，才说服自己忍到现在。但已经到极限了。

村野回到自己的座位上，同事们都顾忌小原，没有一个人敢跟他打招呼。

在公司做了这么多年，现在要辞职了，心中却毫无感慨，这是怎么回事呢？他现在只感到一阵暴躁，还有仿佛置身一片萧瑟的冬季荒野中的寂寥感。


## 7


村野决定从亚特兰蒂斯辞职的那天下午，宫泽大地敲响了品川一家公司面试间的门。

一个超过三十五岁的神经质男人等在门内。隔着桌子，他请大地坐在房间里唯一一把椅子上。

"先讲讲你为什么应聘我们公司吧。"

这位东和电子工业的面试官微胖，身体裹在灰色的高级西装里，戴着银丝眼镜。眼镜后面，不带一丝笑意的严肃目光正投向大地。

"我在大学的专业是电子工程，贵社是大规模的电子设备企业，我在这里能够发挥自己的一技之长。"

"你毕业后一直在家里的工厂帮忙吧。为什么没有就业呢？"

以前碰到这种场面，大地都不知道怎么回答，现在多少习惯了。

"我家是足袋厂商,家里希望我能继承家业。"

"如果我们录用了你,你就不能继承家业了。对你辞职的事,你父亲怎么说?"

这也是一个意料之中的问题。

"我花了一年半的时间,在厂里工作,学习各种知识,但想从事电器相关工作的愿望仍然很强烈。父亲也表示了理解。"

大地觉得,自己变成了一个狡猾的人。

——我所说的,都是谎话。

这些谎话,都是为了能顺利通过面试。

其实是找工作没找到,不得不在小钩屋工作,父亲也希望自己能尽早找到工作。自己却编出了一套谎话,说得好像是父亲拜托自己在小钩屋工作。

仿佛有两个宫泽大地。真正的自己,和为了面试捏造出来的假的自己。面试的时候,他试图变成那个假的自己。而且,越是想变成假的自己,假我和真我之间的矛盾就越大,发出令人难以忍受的、越来越响的不和谐噪音。

"不过,之前他们也指导你工作了,干了一年半就辞职,那就白费了。"

"不是白费。"大地说,"在家里的工厂,他们教会我作为社会人的常识。这些在我的人生中都用得上。"

"不过,你是长子吧?"面试官看了一眼登记表,"以后不准备继承家里的足袋厂吗?"

"不会继承,父亲也很理解。"

大地的态度斩钉截铁。不知道面试官怎么看。

男人仍然用那种钢铁一般毫无温度的视线望过来,盯了大地一会儿，然后说：

"进了那家公司，却不准备继承，对你和你父亲来说，都是不幸啊。"

面试官看起来铁面无情，这句话却深深地刺痛了大地的心。


## 8


"社长，真的可以吗？"

从刚才开始，安田已经第二次问这个问题了。

"没问题，没问题！"

宫泽把手伸到面前摆动着。"反正这是以防万一为公司准备的存款。现在就正是时候啊。"

经营公司已经有十几年了，宫泽一直有这样的想法。

对公司来说，真正的隐患早在资金出现困难之前就已经埋下了。

往往在那个时候，公司的状态还不错。

在公司状态还不错的情况下，不去做应该去做的工作，也不去做必要的改革，几个月后，不，也许几年以后，危机就会出现在眼前。出现这种情况之前，要开始着手新的准备，这就是经营者的工作。

"那么，签约的事，已经正式告诉饭山先生了吗？"

是吗，那就拜托了——告诉饭山要签约的时候，饭山是这么说的。这个性格别扭的男人暗暗压抑着自己的喜悦。

"我告诉饭山，方便的时候来这边。他说下周可以过来。"

"时间不多了啊。而且，住的地方也需要我们安排吧，社长。"

"下午我去房产中介那边转一转。还有，工作车间就用缝制部旁边的空屋吧。"

这里的缝纫女工曾经超过一百个人，那间空屋就是那个时代残留下来的。现在，那间空屋被用作仓库堆放物品，但收拾一下问题不大。

"我想让饭山先生当我们的顾问。不过，光是他一个人不行，下面得有个人帮忙。"

"否则的话，我们也掌握不了这门技术。"

宫泽点点头说。

"问题是，谁去干这个工作比较好？"

到底派谁去做这个工作，宫泽很是苦恼。有理工科的知识，又擅长摆弄机器，他眼前最先浮现的是缝制部的村井的脸。但村井年事已高，在缝制部的工作内容又很重要。安田忙着自己的工作，肯定顾不上这边。如果招募新人，成本会更高。

"就算去雇新人，也不一定能在公司干得久，不确定因素太多了。"

安田说得对，中小企业中途招进来的人，离职率也很高。究竟是否能把如此重要的工作交给一次面试就招进来的人，宫泽也顾虑重重。

"要不然，一开始还是我跟他一起干吧。"宫泽说。

"阿大不行吗？"

安田提出一个意外的建议，让宫泽吃了一惊。

"大地能担当起这个重任吗？他一直在找新的工作，那种工作状态，怎么能行！"

前几天晚上，他面试回来也无精打采，看来，大地在面试上的坏运气已经无法扭转了。不，与其说是运气，不如说他的想法或许从根本上有点问题。他的工作态度也还是老样子。

"不过，阿大是工学部毕业的，又对电工机械都很熟悉，年纪轻，容易上手，我觉得很合适。"

"不过，那家伙不知道愿不愿意干。"宫泽犹犹豫豫地说。

"船到桥头自然直。"安田安慰他。

"说实话，开发新的鞋底并不是很简单的事，没有专业知识的话，光是别人指哪儿打哪儿，很难成功。不过，阿大的话，应该是没问题的，就算他找到了新工作，到时就让别的人来接收就行了。"

宫泽不知道该怎么办。

大地真的可以吗？

这时，安田的话推了他一把。

"正因为他不知道什么时候会走，更要让他好好工作。这对阿大也是件好事。如果是这件工作，阿大应该也会很有干劲吧。"

既然阿安都这么说了——

没办法，宫泽只能说："那我就跟他说说看。"

## 9

宫泽开车把饭山送到他家附近，此时日头已经西沉，西边天空还留下一抹橙色。

星星已经出现在暮云之间，寒冷干燥的北风，让人以为已经到了隆冬。

学校在国道右侧，开过了学校，星星点点出现了公寓和民居，还有夹杂其中的公司事务所和商店。下午五点以后，路上车辆很多，人行道上飘浮着噪音和尘埃，饭山的脚步从来没有这么轻快。

刚才，他在高崎站附近的酒店跟小钩屋的宫泽碰了头。

之前宫泽已经打电话通知过他，这次又正式地当面提出希望他跟小钩屋签约，做小钩屋的顾问。顾问费用和住宿等条件，可以说很符合饭山的期望。

饭山像往常一样摆出满不在乎的态度，但他也明白，小钩屋已经拿出最大的诚意了。这肯定算不上是一掷千金的好条件，但未来很有希望。对饭山来说，这也是一次令人愉快的挑战。现在，家里就靠妻子素子打工的收入过活，签了顾问合约，生活也能轻松许多。堵在胸口的大问题解决了，饭山感到安心了许多。

做土木工程的朋友桥田借给他的公寓，要走五分钟才能到。饭山正准备从国道往右拐，忽然停下脚步。路灯把这条路照得清清楚楚，往前走三十米左右就是桥田的公司，一扇门通向工程场地。说是门，其实只是两根水泥柱立在两边而已，虽然有一扇铁门，但一直都打开着。

现在，那边的电线杆旁边，有一个人影。

饭山马上背过身去，藏到国道旁边的围墙后面，从阴影里往那边张望。

在公寓的出口不远处有两个男人，他们好像无所事事，只是站在那里。他们抽一口烟，不时交谈几句，眼睛望向冷清的道路。

是那些家伙。

饭山再次把背紧贴在围墙上，刚才脸上那平和的微笑已经消失得无影无踪，取而代之的是一脸恐惧的表情。

正在这时，饭山看见妻子素子正沿着自己刚才走过的路，从国道拐进来，他脸色大变，冲了出来。

"怎么了？"

"这边不行，赶紧掉头。"

素子把自行车停在冲出来的饭山身边，她警觉地问道："那些人在吗？"

"有两个人在监视。"

素子睁大了眼睛，默默掉头往回走。

"从后门进去吧。"

这片工程用地很大，除了堆放土木工程材料，土木工程商的厂房也在里面。那边还有一个小小的入口。生锈的门上挂着锁，但为了预防这类特殊情况，饭山他们有钥匙。厂房和后面的荒地之间铺好了一条小路，悄悄伸进这块工程用地里。

饭山拎着购物袋，快步登上楼梯跑进屋里，两人筋疲力尽地瘫倒在玄关。

"不要开灯了，那些家伙会发现的。"

眼睛习惯以后，公寓走廊上夜灯的灯光，透过毛玻璃模糊地照亮着室内。

"我们还要躲到什么时候？应该去报警吧？"

饭山没有回答。

饭山曾经向这些被称为"系统金融"的违法高利贷借过钱，他们其实是黑道的人。在破产前的一个月，饭山借的总金额是二百万日元。他还了五十万日元，剩下的一百五十万日元还没还，资金就周转不灵了。在后来的法律清算过程中，他们没有提交自己的债券额，因为高利贷是违法的。最终，饭山的破产就这么从法律上确定下来了。

自那以后，饭山就一直东躲西藏，但这些家伙到底要做什么，他也无法预测，想起来让人心中不安。也许，对他施加无言的威胁，正是这些家伙的目的所在。

"他们是不敢轻举妄动的。否则会招来警察。"

饭山好像是在说给自己听。

素子没有回答。

"总之，只要再忍耐一个星期就好了。下周，我们就搬去行田。"饭山说。

即使在微暗的室内，饭山也能感觉到，素子的表情放松了下来。

"已经定了？"

"是的，刚和小钩屋的社长谈好。"

饭山把自己和宫泽谈好的条件讲给素子听，又把折好放在包里的房产中介的传单铺在昏暗的地板上。

"太好了，太好了。"

素子的声音忽然有些颤抖，泪水从眼睛里夺眶而出。

两人相伴已久，素子不是一个轻易以泪水示人的女人。正因为如此，饭山明白一直默默忍受的素子的心情，他的心被刺痛了。

"喂，我们来喝杯啤酒吧。"

饭山说着，打开了冰箱门。

"给我一小杯。"素子说。

饭山取出一罐三百五十毫升的啤酒，从厨房拿了杯子递给素子，倒了半杯，自己就拿着啤酒罐喝起来。

"让你受委屈了。"

饭山嘟囔了一句。对饭山来说，道歉是很稀罕的事。

素子没有回答，只是浮现出淡淡的微笑。黑暗中，饭山不看也了然于胸。

两人喝着啤酒，饭山从挂着蕾丝窗帘的窗户抬头看天。天空中，夕阳的残照已经完全消失了。

"重新再来一次吧。"

饭山低声对自己说。

# 第八章　试错

1

"仓库的空间不够了。"

安田在宫泽耳边嘀咕。只见一辆大卡车倒进来了，从卡车的货箱里运出一堆货物，按照安田的指示堆放在仓库的一角。

里面都是蚕茧。

这是饭山通过群马县内的养蚕人和专业商社搞来的，都是不能加工成丝绸的碎茧，价格便宜。

当初，宫泽听说要用蚕茧做原材料，还在担心要花多少材料费，因为山边的帮助，实际进货时的原材料价格很便宜。

虽说如此，比起普通鞋上使用的发泡塑料材料，蚕茧还是很贵。怎么降低成本，是他们今后要研究的课题。

货物共有一打。两包并排堆起来，不一会儿就超过了宫泽的身高。仓库的一角很快就被占满了。

饭山夫妇三天前搬到了宫泽准备的公寓。虽说是搬家，但行李只有简单的随身物品，非常朴素，可以想象他们的生活是如何困顿。

宫泽和饭山签了顾问合同，不过他的待遇跟正式员工一样。

富岛仍然冷淡如初，但令宫泽担心的冲突也并没有发生。

"我来，是为了让陆王成为日本第一，不，世界第一的鞋。"

饭山照例一见面就大放豪言，只换来富岛的苦笑。这是饭山在第一天上班的早间会议上说的话。不过，这句台词让缝制部的明美感动万分，听安田说，饭山的形象在众人心中正在慢慢好转。

另外，饭山的生产设备，昨天虽然已经搬过来了，但搬入之前发现地板强度不够，马上拜托认识的装修工突击加固，现在地板仍然嘎嘎嗒嗒地响。无论如何，这么一来，小钩屋生产新材料的东风算是借到了。

此时，厂房侧门"咔嚓"一声被打开了，大地推着手推车进了仓库。

宫泽把他安排在饭山手下，大地一脸嫌麻烦的样子说："哦，这样啊。"不过，他也没有强烈拒绝。

不知道到底他想不想干，真让人捉摸不透。

大地抱着边长一米左右的四方货物，放到手推车上。

"去看看吧。"安田说。

宫泽跟在大地身后，向前几天还是仓库的那间厂房走去。

厂房门口已经镶上了崭新的门牌，上面写着"开发室"。从门口看进去，只见饭山正在机器前忙忙碌碌。

希尔可乐制造设备全长有五米。据饭山说，这也只能制造样品，要大量生产需要更大的设备。不过，现在这个阶段，这台设备估计已经够用了。

硬度还在调整中。

鞋子的鞋底是要用来跑步的，要满足这个目的，需要最合适的硬度。当初饭山制造出来的希尔可乐样品一味追求硬度，因此需要调整机器功能。不过，据饭山所说，这在技术上是一个难题。

宫泽打了声招呼，饭山一边伸出手腕擦去额头上的汗，一边站起身来。他的双手已经沾满了机油，冬天快到了，白色的半袖工作服还是汗湿了大半。

据饭山所说，生产差不多符合要求的样品，要花几个月。这已经算是相当辛苦的突击作业了。


"那两个人看起来很有工作热情啊。"

晚上，安田来社长室谈事情，看了一眼开发室那边，发出感慨。

这个星期刚过了一半，现在已经是晚上八点。大多数员工都回家了，只有饭山和大地两个人关在开发室里。

"要是能这样一路狂奔下去就好了。"

"不过，阿玄好像一点也不信任他啊。"

安田的话中似有所指，宫泽问："发生什么事了？"

"白天，饭山先生为了什么手续去会计室，阿玄可是一副不想理会的态度。我也有点事去会计室，正好在旁边，我还担心得不得了，怕饭山先生会发飙呢。"

"有这种事？"宫泽半是叹息地说，"阿玄真是死脑筋，光是因为饭山有过破产的经历，就断定不能相信他。"

"哎呀，我一开始听说他的事，也觉得这家伙信不过啊。"

安田用手指挠挠鼻子。

"不过骨子里是个认真的人，不是因为游手好闲搞垮了公司。"

"我知道。不过，阿玄似乎很害怕公司会发生改变。"

安田说出了下面的话："照现在的形势，他是常务董事，又负责财务，在社内很有影响力。而且阿玄在这里也是老资格了。但是，新的项目既要花钱，又有自称顾问的人插一脚进来，自己把握不了。他怕的是这个。也就是说，怕局面发展到自己的经验和立场无法掌控的地步。我是这么觉得的。"

安田的观察出乎意料，宫泽有些吃惊，抱起了手臂。

"老人的心理活动可是很复杂的啊。"

"你不是很清楚吗？"

"我家老爸就是这样的。"

安田嘴里说着，无奈地耸了耸肩。

"虽说如此，现在我们的项目已经启动了。首先鞋底的规格怎么定，这是我们的第一个课题。"

"你有什么想法吗？社长？"

"找个时间，我们去跟有村先生聊聊。"

关于鞋底，有村知识渊博，应该可以得到好的建议。拿着希尔可乐的样品去拜访他，说不定会聊出什么新的主意。宫泽心里暗暗怀着这样的期待。


## 2


"去把追加的蚕茧拿来。"

饭山死死盯着机器，对大地说。大地往仓库走去，抬头看看墙上的时钟，已经是晚上九点多了。

傍晚时在附近的食堂吃了饭，肚子还没有饿，但是今天居然又要加班。他从一直盯着的计量仪上抬起头来，一股疲劳感沁入身体。如此拼命地工作，毫不夸张地说，这是从未有过的人生经验。

打开仓库的灯，两手抱住堆放在角落塞满碎茧的袋子，放到手推车上。十一月夜里的空气，如同冰冷的指尖抚摸着他的脖子。空无一人的工厂里，除了长明灯的朦胧灯光，只有大地他们还在工作，房间里透露出的灯光照在地上。

就算这样——

大地忽然发出一声叹息，心中忽然涌起一股不安。

"真的可以吗？"

小钩屋迎来他们的顾问饭山，已经快两周了。

在这期间，大地比任何人都更近地旁观了饭山的工作。

确实，他是一个非常执着的人。从材料品质到工程管理，他从不妥协。但是，到目前为止，他们只是不断重复着试错，一次都没有成功制造出真正的样品。

开发的进展不尽如人意，最近饭山一直紧皱眉头，话也少了。

虽说手持专利技术，但按照小钩屋的要求应用到生产中，并不是一件简单的事。

推着小推车，仓库里回响着小推车吭啷吭啷的声音。大地关掉灯，进入厂房。此时，他忽然发现工厂外面有人影一晃而过。

是自己看花眼了吗？

大地停下脚步凝神细看，远处只有晚秋澄澈的天空和夜晚的黑幕。

那天晚上，大地出公司时，已经将近半夜零点了。

"辛苦了。"

饭山在他离开时说，他用衬衫袖子擦了擦写满疲劳的脸，一直死死盯着再次开动的机器。

"顾问还不回去吗？"

"这个嘛，我也要回去了。"

"是吗？那我就先告辞了。"

大地鞠了一躬，就走出房间。饭山严肃的眼神再次转向机器。他会准备回去才怪呢。现在他的侧脸上写着的，就是执着两个大字。

然而，这样真的没问题吗？

父亲似乎对饭山期望很大。但饭山是否能如父亲所愿，成功制造出新鞋底材料，大地完全没有信心。大地心怀难以抹去的疑虑，骑着自行车向家的方向飞驰而去。

"喂，怎么样了？"

宫泽像往常一样，在等大地回家。

这个项目，关系到公司的生死存亡。

其实他本来想自己动手帮忙的，但最终还是把制造希尔可乐的任务交给了饭山和大地两个人。还放话说，自己在现场只会添麻烦，这几天每天都等大地回家等到很晚。

"不太妙。"大地一脸疲惫，走进厨房，"晚饭在外面吃过了，不过又饿了。"说着，他开始加热剩下的饭菜。

"什么不太妙？"宫泽问道。

"这个嘛，怎么说呢。昨天我也说过了，以前的程序都要重新写。"

为了制造出硬度和黏度最合适的希尔可乐，他们正在重新调整设备，这件事宫泽已经从大地这里听说过了。

这台机器很长时间没有真正运转过了，要让它再次工作起来肯定有难度，这个宫泽能够理解。但过了两个星期仍然没有一点头绪，样品到底是不是真的能生产出来，变成了一个未知数。

"那么，有眉目了吗？"

"还没有啊。"大地也一脸糊涂，"他看起来也很着急。"

不安迅速在胸口晕染开来。宫泽知道，饭山在心无旁骛地拼命工作。今天白天，宫泽去打听情况的时候，饭山泰然自若地回答说："这个嘛，再给我点时间。"虽说进展很慢，但他看起来心里有数。难道这只是他做出的样子？

"怎么控制硬度，他从理论上是很清楚的。"大地撇撇嘴，"但好像有某个地方不对劲。"

听了这话，宫泽心里只剩下深深的失落。虽说他不愿意承认，但对饭山的怀疑，说不清也道不明地、微妙地开始在他心底蠢蠢欲动。但是——

"你是相信饭山先生才投资的啊！"

宫泽在心中骂着自己。因为饭山有破产的经历，富岛不信任他，宫泽甚至不惜跟富岛对着干。但是，现在因为这么一个小小的挫折，自己对饭山的看法就改变了吗？

"难道你看人的眼光真的不行吗？"

宫泽只能低声嘲笑自己了。


## 3


下午三点，宫泽来横滨拜访有村的店铺。

上午他在东京都内谈完了事，坐 JR（日本铁路）来到横滨。

"好久不见。"

店铺里有几个客人，打工的店员正在招待他们。宫泽在柜台那里打声招呼，远远看见里面桌子旁边有人背对门口坐着，正在跟有村谈事情。

"对不起，打扰了。要不我先去转一圈？"看起来不是时候，宫泽很不好意思。

"哪里哪里，没关系。可以的话一起坐下来吧。"有村请宫泽坐在身边的椅子上。

听到宫泽的声音，一直背对着宫泽的客人也回过头来。

那人年纪跟宫泽差不多，五十出头。个子高高的，头发花白，穿着跑鞋、宽松长裤和保罗衫，打扮很朴素。

宫泽本来是为新鞋底的事来向有村求救的，但有客人先来了，他很难说出口。

宫泽正在踌躇。

"别在意。正好，我给你介绍一下。"

有村说着，把那位客人介绍给了宫泽。

"这是亚特兰蒂斯的村野先生。是有名的跑鞋顾问。这位是行田的足袋厂商小钩屋的社长宫泽先生。他正在开发新项目，想打入跑鞋界。"

亚特兰蒂斯的村野？

宫泽一边递出名片，一边莫名感到紧张。

他曾经从椋鸠通运的江幡那里听说过这个名字。确实，在这个行业里算是个有名人物。

本来想请有村帮陆王出主意，谁知却遇上了亚特兰蒂斯的名人，真是运气不佳。

宫泽不禁在内心咂舌。

"喂，有村先生，你不要随便就把介绍省略了。"

村野脸上浮现出苦笑。

"啊，是啊，其实，村野先生刚从亚特兰蒂斯辞职。"

有村说的话出乎意料，宫泽吃了一惊。

"辞职？是退休了吗？"

看上去也太年轻了。

"不，不，是被炒鱿鱼了。"

一开始宫泽以为是开玩笑。不过，慢慢他就明白了，说炒鱿鱼有点夸张，但情况也八九不离十。

"不过，亚特兰蒂斯也太疏忽大意了。"有村用难以置信的口吻说，"大概是他们的现场人员和管理层沟通不够，不能认识到村野先生的价值，作为一个公司，算是没救了。"

有村对村野的评价很高。

"你这么说，我很欣慰。"

村野说着，有些寂寞地喝了一口塑料杯里的咖啡。

"那么，您跟亚特兰蒂斯已经完全没有关系了吗？"

宫泽小心地问道。

"是的。现在我没钱，但有很多空，所以这才一个个拜访以前的老朋友。"村野露出笑容，"待在家里也闷。这么说说话，说不定能聊出什么工作上的好主意来。"

"是嘛。"

不过，这毕竟是被称为大师级跑鞋顾问的人啊。肯定有无数双手向他伸出橄榄枝。想到这里，宫泽更加说不出口了。如果在这里聊起陆王，村野去亚特兰蒂斯的其他竞争对手上班以后，就会泄露自己的商业机密了。

此时，正好又是有村，多嘴提出了这样的建议：

"啊，对了。村野先生，要不要帮助小钩屋成为亚特兰蒂斯呢？"

"哎呀，我是不行的。小钩屋有小钩屋自己的决胜办法。"

村野笑着谦虚地说。宫泽不知道该怎么回答。

"已经有其他公司找你谈了吧？"有村问。

"不，大公司我已经不考虑了。"村野收起笑容，"我要按照我的方式，去跟选手们打交道。"

这位大师级跑鞋顾问，本来以为是个高高在上的人物，原来他的态度如此朴实真诚。宫泽想着。

"那么，就跟我一起干吧。"

不知不觉间，宫泽已经说出了让自己都大吃一惊的话。

"啊？"

忽然听到这句话，村野丈二和尚摸不着头脑。

"不，对不起，真抱歉，我刚才有些失礼。"

宫泽慌忙道歉。他端起咖啡杯放到嘴边，想掩饰内心的激动。

我到底在说什么呢！

宫泽忽然讨厌起自己来，紧紧捏住放在膝盖上的拳头。村野可是亚特兰蒂斯的招牌跑鞋顾问。不仅如此，他被称为大师，是业界赫赫有名的人物。宫泽刚进入制鞋业，某种意义上在业界内毫无信用，却去招呼这种人，真是不自量力啊。

"对不起，我说了傻话。"

村野没有说话，宫泽以为自己已经得罪了他，赶紧道歉。

"好了好了。"有村插进来，帮了宫泽一把，"对了，你今天来有什么事？"

"是这么回事。"

宫泽欲言又止，不知道该不该说。

"我还是到那边去吧。"村野好心地说。

"不，那就太对不起您了。"宫泽按住他。

"其实，我找到了一种鞋底材料。"

他从手里提来的袋子中拿出希尔可乐的样品，放在桌子上。

"呀，我能看看吗？"

有村兴趣盎然地拿在手上端详。

"真轻啊。"他连声惊叹，"这是软木吗？"

确实，一眼看上去，很像是软木。

"我想拿它当鞋底的新材料。它又轻又结实，而且本来就是天然材料，有益环境。"

"这是什么啊？"

有村一脸好奇地递给村野。

村野默默地接过样品，手掌上传来的触感让他睁大了眼睛，他一脸严肃地用指尖压了压样品表面。

"可以自由成形吗？"村野问道。

"理论上是可以的。"宫泽回答。他犹豫了一会儿，接着说："不过，最适合做鞋底的硬度和形状，现在还在实验中，不太顺利。其实，今天来就是想向有村先生咨询一下这方面的意见。"

"能找到这种东西，不容易啊。"有村佩服地说道。

"一个偶然的机会，朋友介绍的。"

"这是天然材料？"有村问。

到底该不该说呢？宫泽犹豫了片刻，回答说："是蚕茧。"就算知道是蚕茧，没有专利，也是无法模仿的。

有村和村野二人都发出惊叹声。

"虽说是蚕茧，是用不能纺丝的碎茧做成的，价格比较便宜。"

"有意思。"有村有些兴奋地说。他问："村野先生，你觉得怎么样？"

村野认真地盯着材料。

"宫泽先生肯定想做薄鞋底吧？"

他的问题一针见血。

"是的。这种材料强度足够。怎么样？"

村野把希尔可乐的样品放在桌子上，默默看了一会儿。村野思索半晌，说：

"有意思啊。"他这么说了一句，脸上绽开笑容，"我能帮忙吗？"

这个问题出乎意料，宫泽一脸惊讶，仿佛丢了魂儿似的。

"当……当然了。欢迎都来不及呢。不过，你说的是真的吗？"

"当然是真的。"村野说，"这种材料，让我一见钟情。对了，有村先生也来帮忙吧。跟小钩屋一起，闹一场跑鞋革命如何？"

村野的话让有村一脸苦笑。"在我的店铺里卖这种鞋，可以吗？"

"那肯定没问题，不过得等新的产品完成之后。"

宫泽自己也很吃惊，接下来，他和村野一谈就谈了两个小时。

村野把自己作为跑鞋顾问的成绩和经验，还有亚特兰蒂斯的工作内容，都对宫泽和盘托出。他一五一十地说出亚特兰蒂斯社内的情形，让宫泽都担心他是不是透露得太多了。

不过，听着听着，他渐渐明白了村野的意图。

村野的毫不隐瞒，是在向宫泽传达自己的信任。

既然如此，宫泽也必须投桃报李。

听完村野的话，宫泽也开始介绍起小钩屋的历史。一直在收缩的业务，为了摆脱困境准备进入制鞋业的经过，陆王的开发理念……他一五一十都告诉了村野。

在这次交谈中，宫泽了解了村野的专业度和正直的人品，这对宫泽来说是很大的收获。不知村野对宫泽印象如何，总之对于想要打入制鞋业的小钩屋来说，能得到村野的帮助，简直如虎添翼。

来拜访有村，本来只是苦苦思索之下无路可走的选择，没想到能有这样的机遇，宫泽心中不由得升腾起对命运之神的感谢之情。

"我有一个梦想。"宫泽高兴起来就得意忘形，"要用这种鞋底做鞋子，让一流运动员穿上我的鞋。"

"这样的运动员，村野先生认识很多吧？"

有村说，村野也笑了。他半开玩笑地说："比如说，谁呢？"

"我觉得大和食品的茂木选手就不错。"

宫泽说出这个名字，村野脸上的笑容消失了，他投过严肃的目光。宫泽有些慌张，看来自己说了不该说的话。

村野说："这个梦想，很好啊。我也来帮你一把。"


4


已经连续加班好几天了。

"回家可真晚啊。"

素子到玄关来迎接。

"不，吃过饭，还要回去。"饭山说。

"还要去？"

素子惊讶地反问。自从饭山当上了小钩屋的顾问，每天都在没日没夜地工作。年轻时这么拼命还好，年近六十还这么勉强，对身体的影响立马可见。

放了豆腐和小葱的味噌汤、生姜烧猪肉加上沙拉，这就是素子为他准备的晚餐。饭山一言不发地吃完，说了一句："我去去就回。"出了家门。

出门时，素子在玄关处问："你几点回来？"

"尽量早回来。"饭山只能这样回答。

虽说他已经十分疲惫，却不准备休息。肾上腺素在体内奔腾不息，在洗手间里，他看到的自己的脸。深陷的眼窝底下，只有眼睛像狙击猎物的动物一样，炯炯放光。他骑上停在公寓门口的自行车，回到只有五分钟路程的公司。

大地正在车间门口的休息室吃便当。

"怎么样？"饭山目光投向运转中的机器，问道。

"现在看起来还算顺利。"大地回答。

这家伙虽然性情冷淡，但人并不坏。饭山是这么看大地的。他的脑袋转得很快，学东西很快。

从开始制造希尔可乐的样品到现在，已经过去一个月了。十二月也已经到了月中。

有好几次，他制造出了勉强可以用的样品，但饭山觉得，那只是偶然的产物。不能准确地控制品质，作为量产的设备，就是不合格的。

大地抬头看看时钟，又回来看机器。

现在正是工程最后的冷却阶段，透过强化玻璃，希尔可乐看上去是一块丝绸原色的乳白固体。在饭山孩提时代，很多朋友家到了夏天就开始养蚕。将家里的某个房间或者仓库封闭起来，里面一片黑暗，堆上好多层的架子，里头装着蚕。

在这种环境里长大，他从小就知道，蚕茧里抽出来的蚕丝，实际上是最坚韧的天然纤维。比起同样粗细的钢铁，蚕丝韧度更高，而且不容易被虫蛀。因为是天然纤维，报废以后还能回归自然。

正是因为在这样的环境里成长，饭山才会产生用蚕丝生产新材料的想法。而且，他还有一个梦想，那就是挽救现在已经荒废的养蚕业。这些都是饭山研究的动力。

警报器响了。冷却时间结束了。大地打开锁扣，揭开盖子，取出里面生成的希尔可乐，放在检测器上。

"怎么样？"

大地长长叹了一口气，摇着头。

饭山轻轻地摸了摸放在托盘上的失败样品。跟他想达到的硬度有微妙的差距。他不由得发出一声叹息，两手撑在桌子上。肯定有什么地方不对。

"真的可以控制硬度吗？"

大地抬起头，因为睡眠不足而充血的眼睛望着饭山。

"什么啊？你在怀疑我吗？"

"不是这个意思。"

大地摘下工作手套，随手扔在旁边的椅子上。

"那，你是什么意思？"

饭山生气地逼问。他把刚取出来的样品扔进地板上的塑料盒子里。

"这一个月以来，已经试过了能想到的所有方法。程序设定、温度、搅拌的时间、冷却时间，都调整过了。但是，到底要怎样才能控制硬度，现在还是完全不知道。还是说，我们要把所有的组合都试一遍？那样的话，一个月哪里够？一年都不多！光是材料就不是一个小数目。"

"这种事，还需要你来提醒吗？"饭山抱怨道，"那你来想想办法吧。"

"想办法？到底怎么想？发明希尔可乐的，不是我，是顾问你啊。"大地回嘴。

"知道了。你不用加班了，回去吧。"

说着，他拿起房间一角的工作台上皱成一团的大地的外套，扔给他。

"干吗？冲我发什么火啊？"大地的嘴唇颤抖着，眼睛里燃烧着怒火，"是你自己的问题。把这种没用的设备拿来的，是顾问你啊！"

他们已经埋头工作好多天了。为了生产出样品，两个人都投入了全部精力。一连串的失败变成了沉重的压力，压在他们头上，带走了他们的冷静。开发室的气氛，已经变得不能再坏了。

"你叫我回去我就回去，你自己干吧。"

"够了。"

饭山推着小推车出了车间，把堆在仓库里的新材料搬到小推车上。这个项目开始时，堆成小山的原材料，现在已经只剩一半了。

推着推车再次回到车间，大地已经不见了踪影。

饭山默默地卸下原材料，盯着实验数据，开始了沉思。这样的失败还要重复多少次，饭山自己也不知道。


大地也有生气的理由。

当天，大地正处在人生的十字路口，不知何去何从。

迷茫的原因，是前几天傍晚他接到的一个电话。

"这里是东和电气工业的人事部。"

一开始，他以为自己听错了。东和电气工业，大地去这家公司面试，已经是一个多月以前的事了。

当时他的感觉是"没戏了"。对方只是说了句客套话："有缘的话再联系。"果然，一周过去了，没有任何联系。"啊，果然啊。"他这么想也是理所当然的。

过了一个多月，居然对方又来联系他，这已经不只是令人惊讶，简直是令人怀疑了。

"上次的面试辛苦你了。我们讨论决定，你进入了下一个面试阶段，所以今天打电话过来。"

电话那头是一位年轻女性的声音，跟上次见到的面试官不是同一个人。

"谢谢。"大地仿佛鬼神附体，糊里糊涂地回答道。

"后天的下午七点，你能来我们公司吗？方便吗？"女性说。

大地握着手机，在脑中确认着自己的日程，没有什么特别的安排。不过，有可能希尔可乐的项目还需要加班。

"明白了。"大地回答说。

面试就在今天。

看看昨天的工作情况，当时他也在想："估计没时间溜出去吧。"但是，如果提出更改已经答应下来的面试时间，会给自己带来不利的影响，所以，他没联系东和电气工业。

明天抽出几个小时去一趟吧——大地昨天是这么打算的，但他没法对饭山说出口。时间一点一点过去。

最后，到了傍晚，面试时间快到了，他才打电话给东和电气工业，请求更改时间。

"今天面试现在才改时间啊。明白了。那，我们以后再给你打电话。"

男人的回答很冷淡，电话挂断了。

那语气似乎是在责备他为什么不早点联系公司。他没有当场给出可以替换的时间，是不是也是一种暗示呢？

第一次面试的结果并没有那么好，大地也明白。

也许是本来想录用的人没有来，才把已经淘汰的大地拉上来进行二次面试。本来就够呛，还临时要求更改时间，录取的可能性几乎等于零了。大概除了大地，还有好几个候选吧，等于说大地自己主动退出了比赛。

最终，大地忍不住和饭山发生了口角。真是运气跌到谷底的一天。

"随便你吧。"

大地看着饭山推着推车消失在仓库里，骂了一句。他把饭山扔过来的夹克套在汗湿的衣服上，离开了小钩屋。

<h1 style="text-align:center">5</h1>

"样品成功了吗？"

大地闷闷不乐地回到家，跟往常一样，一进门父亲就问道。

"没有用。"

他板着脸，摇摇头，从冰箱拿出一罐啤酒，拉开瓶盖。心情不爽，必须得喝瓶酒解解闷。起居室的一角，圣诞树已经摆出来了。

"你是中途回家休息吗？"

"不是，饭山先生说让我回来，我就回来了，他还在干。"

"怎么回事？"

父亲皱起眉头。

"又失败了，他冲我发火。"

大地回答说。父亲没有回答，发出长长的叹息。

"啊，说不定没希望了。"

大地知道父亲对这种材料期待很高，不过他还是实话实说："说实话，顾问也不知道该怎么进行下去。那台机器到底行不行，心里没谱。"

"不过，不是有几次已经制造出样品了吗？"

"那只是瞎猫碰见死老鼠。"大地说，"还没到可以自由控制的水平。"

开局顺利和实际完成有着天壤之别。最终，饭山所能做到的，只是制造出一团无法随意控制的固体而已。

"饭山先生也是这么说的吗？"

父亲的脸上浮现出一丝不安的表情。

"这个嘛，不过，他大概是觉得自己可以做到，才接手这份工作的。但是，老爸你太相信他了，没搞清楚状况就雇了他。"大地的话暗含揶揄，"他是顾问吧。既然是顾问，就应该负责指导，居然不知道怎么办，就让我和他一起想办法。那算什么顾问！"

宫泽暂时没话反驳。过了一会儿，大地又说："那家伙不懂装懂。"

父亲严肃地看着他，问："这种事你是怎么知道的？"

大地似乎很不耐烦，更加不客气地说："有些事，理论上是可行的，但实际上做不到。就像有时候，我们本意不想撒谎，最后却撒了谎一样。"

大地嘴上这么说，心里却有点闷闷不乐，因为他想起了自己在面试中也用"谎言"粉饰过自己的回答。大地自己也撒过谎。所以，其实他心知肚明，自己是没有资格指责饭山的。

父亲抱起双臂，没有说话。他面有难色，似乎在考虑着什么。

"这样啊……"不知过了多久，他才嘀咕了一句，"再看看吧。既然他还在工作，我去给他送点夜宵。"

当天晚上，父亲夜里十一点多又出去了。

"你就打算让你爸一个人出去吗？这是你的工作吧？"母亲说。

"真是的，真没办法。"

大地咂咂嘴，也站起身来。

饭山是不是已经回家了啊?

到达公司之前,大地一直在担心。

不管怎么说,他和饭山恶言相向的时候,实验走进了死胡同。他们已经用尽了能想到的办法,做了各种调整。但是,几个要素的变动,就存在无数种组合,不可能所有组合都试一遍。也就是说,在这一个月里,两人已经被逼进了无论如何也应付不来的窘境。

但是,一踏进工厂,大地就发现自己想错了。开发室的灯,朦胧地照亮了工厂里的沥青地。

走近一看,只见饭山两手撑在机器上,一动不动。他似乎在心无旁骛地认真思索,光看侧脸就能感觉到他的专心。

"饭山先生,你还没有放弃啊。"宫泽说着,走向玄关。大地跟在他后面,也回到了车间。

"怎么回事,你不是回去了吗?"饭山看见大地,不高兴地说。

大地忍住没有呛回去。

"啊,这是夜宵。"他把家里带来的甜甜圈放在桌子上。

饭山看了一眼,一时没话说,然后简单说了句:"麻烦了。"

饭山看到站在大地背后的宫泽的身影,不过他也没说什么。拿起机器上的记录板,又站在那里抱起手臂陷入沉思。

"那个——刚才,对不起了。"

大地小声道歉,饭山还是没有转过头来。只是短短"哦"了一声以做回应。

数据都出来了。大地坐到放电脑的桌子旁边,开始读取数据。宫泽默不作声地看了他们一会儿。

"拜托了。"他扔下这么一句,就出了车间。

饭山并没有足够的经验来满足宫泽的要求，这一点已经很清楚了。但是，虽说如此，纠结于这一点也于事无补。大地是这么想的。

一个新的想法在他心里萌芽了。

也许，开发新的东西就是这么回事。

不管眼前有多困难，跨不过这道坎，就无法进入下一步。这样的话，就只能在时间和体力允许的范围内奋战到底。

现在饭山面对的，不是轻松做出一个个决定，而是满身泥泞的肉搏战。大地总算明白了这一点。

"没办法，只能硬着头皮跟上了。"饭山的执着和热情，总算让大地领悟到了这一点。

"我还以为只差一点了。"这时，饭山叹了口气，嘀咕了一句。

也许真的只差一点点了。

但是大地现在明白了，从意识到"只差一点点"到越过难关，还有一段"很长很长的路"。

6

"是茂木先生吗？我是《运动员月刊》的，我姓岛。"

负责接受采访的广告部事先已经跟茂木通过气，说会有这样的电话打过来。

茂木一直在订阅《运动员月刊》，这是一本专业的跑步杂志。听声音，岛是个年轻的女编辑。

"在新年发售的第二特辑中，我们想组织一个'实业团跑步新星对谈'。我在想，能不能请您跟亚洲工业的毛塚选手对谈。"

"毛塚君啊……"

他跟毛塚君，只是在大学时代说过几次话。说实话，茂木很是困惑，自己到底该不该接受这个邀请。不过，他也不是不想在对谈中一吐心声。

"我没问题。"

茂木的回答，让岛很开心。"那么，我就跟毛塚选手联系，再把对谈的备选时间通知广告部的人吧。"说完，岛挂了电话。

茂木回去工作，下午两点前做好了案头工作，往田径竞技部的练习场走去。

他混在别的队员里开始做伸展运动，此时只见运动场上出现一个身影。

那是村野。

村野表情自若地走到茂木身边，笑着跟他打招呼："怎么样了？你的身体？"

"啊，还不错。"

亚特兰蒂斯的赞助已经停止了，跟村野见面也只剩下尴尬，所以他总是想避开村野。

村野坐在附近的长椅上。

"太好了。"村野说。这句话不是表面客套，而是他心底由衷的肺腑之言。他愉快地笑着，脸上泛起了皱纹，看着茂木做伸展运动。如果村野是来代表亚特兰蒂斯恢复赞助的，茂木已经想好了自己的回答。但是——

"其实，今天我是来向你打声招呼。"

村野的话让茂木很意外，他停止了动作。

"打招呼？"

"啊，我辞了工作。"

"啊？"

茂木不禁叫出声。其他的队员也都一脸讶然，看着村野。

"怎么回事呢？"

"对公司来说不需要的人，就应该早点离开。"话虽然说得决绝，村野的声音却很爽朗，"事出突然，还没有人接手，不过最近就会有新的人就任，还请多多关照。"

"那么，村野先生怎么办呢？"

"是啊，怎么办呢？"村野说着，寂寞的眼神投向运动场。夕阳斜照在运动场上，胭脂色的跑道和白线映入眼帘。

"哎呀，说是跳槽，到了这个岁数，也没有公司肯要我了。"村野干笑了几声，"反正我脑子里除了鞋子什么都没有。"

"哪里的话，村野先生这样的跑鞋顾问，去哪里找啊。"茂木说。

村野在脸前摆摆手。

"谢谢你这么说。但现实可不那么美好。"

以前也听其他队员提起过，村野受到了冷遇。但是，亚特兰蒂斯竟然放走了村野这样的人才，除了惊讶，茂木再也说不出什么了。

"话是这么说，不过也无济于事了。今天我来打声招呼，以后也会时不时来看你的。"

村野辞职的事，令整个田径队都很震惊。

对很多穿亚特兰蒂斯鞋的选手来说，村野准确的建议和赞助的产品，就如同他们的生命线一样，十分重要。他不光给他们量身定做鞋，还会像长辈一样听他们倾诉，不时给他们各种建议。在精神上支持着选手们。

他们中的很多人，并不是选择了亚特兰蒂斯，而是选择了村野。

能比得上村野的继任者，不是那么简单就能找到的。

当天晚上，茂木吃完饭回到房间，手机响了。

"刚才真对不起。之前说过的对谈那件事。"是《运动员月刊》的岛，"真对不起，这次的事，暂时取消了。"

"取消？"茂木来不及沮丧，吃惊地问，"毛塚君不方便吗？"

"不，不是这么回事……"

岛想要圆回话头。看来应该是毛塚拒绝跟茂木对谈。

在窗帘大开的窗玻璃上，映出自己听完电话后空虚呆立的身影。

"那时他就当没看见我啊。"

茂木回想起富士五湖马拉松上的一幕。他向毛塚伸出右手，却只抓住了空气。那双悬在半空不知往哪儿放的手，一直在脑中挥之不去。

那一瞬间，毛塚从跑箱根赛的大学王牌选手，变成了实业团认可的一流跑步选手。

茂木早已不是他的对手了，他仿佛在这么说。

毛塚的背影越来越远。

而自己，刚刚才好不容易从运动损伤中恢复过来，准备在毛塚背后很远的地方开始重新出发。

"确实，我没有跟他对谈的资格。"

悔恨弥漫了茂木的眼睛，茂木使劲咬着嘴唇。


7


"也许是我错了。"

饭山低声嘀咕着。将近年关，这天已是黄昏。从下午开始，北关东就大雪纷飞，行田市也堆起了五厘米左右的积雪。

把机器之前读取的数据扔在一边，饭山将全身重量靠在椅背上，两手抱在脑后。他胡子拉碴，皮肤因为疲劳而发青，只有眼睛炯炯发光，茫然地望着窗外。

"你说错了，哪里错了？"大地问道。

饭山从椅子上站起身，把数据文件"砰"的一声扔过来。

电脑输出的数据上，饭山鬼画符般画上了许多数据。

"为了达到硬度，需要进行压缩。"饭山用嘶哑的声音说，"但是，真的是这样吗？"

"什么叫真的是这样？"大地惊呆了，"不压缩怎么可能变硬？"

压缩的方法、强度和时间，都很重要。必要的话改造机器的一部分，近两个月，他一直都在投入地制造样品。

"所以，必要条件到底是什么呢？"

"那，其他还有什么因素发生作用？"大地问道。

饭山从椅子上坐起身来，用手指敲打着一项一项数据。

"煮蚕茧的温度……"

所谓煮茧，就是用蒸汽来蒸茧，让茧达到容易加工的柔软度，是最开始的工序。

"为什么这么想呢？"

光看数据很难解读煮茧和硬度的关系。大地满怀疑问地问。

"感觉吧。"饭山回答他。

饭山重重地靠在椅背上，把椅子转过来，面向大地，露出被烟熏黄的牙齿，咧嘴一笑。

"要不要试试？"

然后，没过多久，大地就发现，饭山的灵机一动，就是他们长久以来期待的"转机"。

当然，接着他们又有好几次失败的尝试。但是，现在的失败跟过去那种云里雾里的状态已经完全不同。做记录的大地也感觉到了。

大地不知道是第几次递上样本数据了，饭山盯着数据，接着静静地抬起头，仿佛在等待什么。

"差不多了吧。"大地脱口而出。

饭山没有回答，只是轻轻点了点头。不过，意想不到的是，他眼中也噙满了泪水。大地见状，心中一片灼热。

饭山紧紧咬住牙关，伸出右手。

大地紧紧握住饭山的手，脸上浮现出不知是哭还是笑的表情。

我到底在哭什么呢？大地想着，泪水仿佛不受控制，流过他的脸庞。

8

"真是辛苦了！"

宫泽举起啤酒杯，旁边坐着看起来浑身不自在的饭山，还有大地。三人碰杯，啤酒杯发出清脆的撞击声，宫泽一饮而尽。

这是周五的晚上，他们聚在一起慰劳饭山和大地。除了安田、明美这些陆王的开发队伍成员，还邀请了饭山的妻子，场面十分热闹。听说鞋底的技术指标已经达标，坂本也赶来了，椋鸠通运的江幡，也说好下班后就来会合。

聚会还是在老地方"蚕豆"。

"现在可以说出口了，我还曾经怀疑是不是真的能做成的。真对不起。"

安田的话，让饭山一脸苦笑。

"这个嘛，一开始还真担心对不起自己的头衔啊。"饭山不好意思地说。

妻子素子也高兴地看着他：

"你运气真好啊，能在这么温暖的公司工作。"素子脸上的表情很认真，"虽说我们家破产了，以前公司氛围也没有这么好。"

"哎呀，员工太多了可就难办了，得让他们都吃上饭啊。"

饭山说起话来总是不合时宜，不过，宫泽和其他成员都了解他，知道他不是故意要煞风景的。

"所以，我们不是在为了新项目奋斗吗？为了今后十年有饭吃。"宫泽说。

"有饭吃是很重要，不过，我们能不能有更大的理想呢？比如，做出世界上最棒的鞋子。"

又来了，不愧是饭山，动不动就发出豪言壮语。

"顾问理想远大啊。"安田打圆场。

他看着饭山，脸上带着笑意。一开始，不知道为什么，他对饭山总是有一种不信任感，但自从饭山来小钩屋以后，看到他的奋斗，安田也不由得心生敬意。

"这本来就是我来这里的目的啊。"

饭山说着，把今天制作的一块样品从身边的纸袋里拿出来，放在桌子上。

"啊，这就是鞋底啊，真厉害。"

明美来回抚摩着样品，说道："不过，我们又不是做木屐，这种四方块怎么用？社长？"

"接下来我要把四方块削成合适的形状，先做几个样品。"宫泽说，"尝试各种硬度和形状，选出最适合做鞋底的指数，讨论以后确定下来。"

"不过，鞋底的形状也多种多样，这也不简单啊。"安田说，"我们不能模仿已经有的产品，要达成陆王原本的理念，实现人类本来的奔跑方式，需要最合适的形状和硬度。"

"这正是困难所在。而且，这种时候最需要关于鞋的丰富知识。"

"我们可以做到吗？"明美有些担心地问，"鞋底这东西，我们每个人的鞋上都有，但实际叫我们去做，其实我一无所知。"

"要是关于足袋的知识，倒是不输给别人的。"安田说。

"足袋上并没有鞋底哦。要是有的话，那就变成地下足袋了。"明美马上指出。

"之前，我们倒是仔细研究过地下足袋上使用的生橡胶的厚度。"宫泽说，"强调的'光脚的感觉'，说实话，也只是从足袋衍生出来的形容。不过，接下来就不一样了。"

"我们要变成真正的制鞋厂商了。"安田一脸认真地说。

"确实如此。"宫泽严肃的眼神扫视全场，"不过，我们的知识储备不够，特别是关于鞋底和脚型的知识，会极大地影响品质，我们没有时间从零开始积累知识。所以，应该怎么做呢？"

宫泽到底准备说什么呢？在座的人都还没听明白，店门开了，一个客人走进来。宫泽的视线移向那位客人。

"等你好久了。"他说着，站起身来。

大家都转过头去，只见那里站着一个穿带帽夹克、头发花白的男人。他穿着随性的运动鞋，给人的感觉比实际年龄更年轻。

"过来坐，过来坐。"其他人都不知所措，宫泽已经向男人招手让他过来，请他坐在自己身边空着的座位上。

"刚才我们正在谈鞋底的事。"宫泽又点了一杯生啤，对男人说。

他把男人郑重介绍给在座的人。

"机缘巧合，我请到这位鞋底和脚样专家给我们做顾问，现在就介绍给大家。这位是村野尊彦先生，原本是亚特兰蒂斯的大师级跑鞋顾问。"

听到亚特兰蒂斯这个名字，安田睁圆了眼睛。

"以前是我们的竞争对手啊。"他不由得脱口而出。

"以前是以前，现在不一样了。"村野半带着苦笑说。他再次对大家低头打招呼："以后要请大家多多照顾，我是村野。拜托大家了。"

这时，只听有人大叫一声："啊，村野先生！"

村野循声望去，只见椋鸠通运的江幡不知什么时候已经站在榻榻米台阶旁边，一脸惊讶。

"啊，你以前是高崎商业田径队的——"

"我叫江幡。"江幡站着不动，"之前承蒙您多多照顾。"他深深低下头致意。抬起头后，他问宫泽："这是怎么回事呢？社长。"

宫泽讲了村野从亚特兰蒂斯辞职以后，自己和他在有村的跑步装备店里不期而遇、气味相投，请他做顾问的经过。

"村野先生要和我们一起——"江幡听完了宫泽的故事，激动万分，眼中甚至闪动着泪花，"真是件了不起的事啊。社长，真棒！"

"听到这种话，我真是太高兴了，不过——"江幡夸张的反应，村野不禁苦笑起来，"我才应该感谢，社长邀请我参加这么有意思的项目。还不知道我能帮上多少忙，一定竭尽所能。请大家多多指教。我们一起来做出日本第一，不，世界第一的鞋子吧！"

宫泽不由得和安田对视。

真奇怪，这句话和饭山嘴里说出来的如出一辙。

"真棒，好开心！"明美豪爽地叫道，举起了啤酒杯，"社长，再来干杯吧。不知道是什么原因，我觉得精神抖擞了！"

"明美要是再精神些，还不知道会发生什么事呢。"安田吐槽。

明美狠狠瞪了他一眼，伸出啤酒杯。

"好吧，干杯！"

新项目在黑暗中摸索着开始了。宫泽感到，微弱的光明已经照亮了前进的方向。

第九章　新陆王

# 1

冰冻的冬天过去，春天终于来到了行田。

"总之，让我们回去讨论一下，如果这边不行的话，您准备怎么办呢？"埼玉中央银行行田分行的大桥一本正经地问道。

"不行？你在说什么呢？这不是我定期跟你们借的款吗？"宫泽大为光火。

"以前是没问题的。"大桥向宫泽投来饶有意味的一瞥，"现在很多情况都变了。必须审查以后才知道结果。"

他说了声再见，准备撤退。

宫泽身边的富岛面前摆着一堆资料，一脸不悦。

"您说的情况是指什么？"富岛问。

"比如定期存款之类的。之前，我把定期取出来了。"宫泽言简意赅地回答。

"这不是违反规则吗？"宫泽生气了，"我的定期存款又不是担保金，取出来有什么不对？是因为你们不肯给我的新项目融资，我才取出来用的。又不是用来玩乐。"

"我知道。"大桥却一脸坦然，"不过，我一个人是没法决定是否融资的。每个人都有自己的想法。"

"这些人里面，难道有人会认为不应该取出并非担保金的存款吗？"热血涌上头，宫泽问道。

"好了，明白了。"富岛在旁边插嘴，"总之，你们去讨论吧。还有，虽说数目不大，我们可以将每个月的存款增加一些。这点心意也请传达给分行长。"

一听说要增加存款，大桥嘴角露出满意的笑容："明白了，我会告诉分行长的——那就告辞了。"不等宫泽发话,大桥赶紧站起身来。

"喂,阿玄。"目送大桥走到玄关处,宫泽肚子里余怒未消,在社长室再次质问富岛:

"增加定期存款是什么意思?不可能有这样的事!"

"银行那边在寻找给我们融资的理由,我给他们一个理由。"

富岛正准备回自己座位上,宫泽叫住他:"喂,等等!"

"这帮家伙说的理由,本来就很荒谬。埼玉中央银行的这种做法,不是跟三十年前的银行一模一样吗?"

"要是三十年前,他们会直接说取出定期是不可能的。但是,现在却不能明说了。这就是变化。"

富岛似乎觉得这件事理所当然,宫泽更加火冒三丈。

"所以我才说,这种想法太荒谬了。我们本来就是因为没钱才想融资的,现在又要去增加定期存款,这不是自相矛盾吗?"

"虽说如此,但银行就是这样的地方啊。"

富岛常年负责财务,几十年来,他跟银行打交道的经验很丰富。不过,就算是银行,外部的环境变化也很大,实际上,那些跟大银行打交道的社长们也说,现在没有存款就不给融资的,都是实力弱的金融机构。不,就算是实力弱的金融机构,也不会说出这种话。

"埼玉中央银行体制陈旧,就算嘴上不会明说,在融资时,也会很在意存款额究竟有多少。所以,个人的定期存款也必须放在里面。"

"不取出定期,哪里有钱呢?"

宫泽内心已经翻江倒海,愤怒让他的脖子都红了。

富岛不说话。他只是默默站起身来,准备离开。

"我想问一个问题。"宫泽说,"阿玄到底是怎么看待新项目还有饭山顾问的?你还是觉得饭山有破产的经历,所以不能相信吗?"

"我有我自己的经验。"富岛回过头来说，"一直以来，我都靠自己的经验在工作，就算你让我马上改变想法，我也很难做到。还有，人的本性这种东西，不是那么容易能看透的。"

富岛轻轻点头致意，转过身去。

"他到我们这里来以后，这么努力，你没有看到吗，阿玄？"宫泽不禁问道。

"不。"富岛把手放在门把上，没有转过身，"我觉得他干得很棒。告辞了。"

"咣当"一声，门在富岛身后关上，宫泽背靠在沙发上，长长吐了一口气。

有人敲门，富岛刚出去，安田又露出脸来。

"社长，村野先生来了。"

这天，好久不见的村野来到小钩屋。

"那他人在哪儿呢？"安田身后没有村野的身影。

"哎呀，他刚才去开发室了。"安田一脸苦笑地说。

"哦，是吗？"宫泽也站起身来，跟安田一起去找村野。

出了事务室，两人走向开发室，村野已经在那里跟饭山和大地两个人谈事情了。

"欢迎欢迎，你在这里啊。我还准备请你在社长室喝杯茶再说呢。"宫泽笑着说。

"到了这样的制造现场，我也变得心急了。"说着，村野从自己带来的大帆布包里，拿出几个鞋底的样本，"在展示前人设计的鞋底之前，我要先向饭山君和宫泽君——啊，我就叫你阿大吧，免得搞混了——解释一下什么是鞋底。"

村野把样品摆在桌子上。

"左边是入门款，也就是适合刚开始跑步的新手的。往右面看，就是比赛款了。这些鞋底都是我为了自己研究收集的，有亚特兰蒂斯的产品，也有其他社的著名品牌。按照商品的定位，这样排列。现在的问题是，陆王的定位在哪里——是这里吗？"

他的手指向右边的鞋底。这些鞋底跟"入门款"相比，厚度、材料、形状都完全不同。

"总之，这就是我们的竞品了。"

饭山拿起鞋底，大地也入迷地看着。

"这个鞋底，是亚特兰蒂斯制造的跑鞋，名字叫'RⅡ'。国内外很多顶尖选手都在穿它，在国际大赛中也鼎鼎有名。"

"一流选手也穿这种市面上卖的现成的鞋吗？"大地问道。

"不，不，以'RⅡ'为基本款，我们为每个选手特别定制适合他们的鞋。我取了他们的脚样，做出完全适合他们的鞋，并且要根据他们跑步的习惯和喜好，对鞋底形状做出细微的调整，再拿给他们穿。还有，在亚特兰蒂斯，如果在奥运会马拉松大赛中有希望夺冠，就能获得近一亿日元的定制鞋赞助。"

"一亿！"大地睁圆了眼睛，"我们在和这样的对手竞争啊！"

他的表情好像是在说，这是根本没法赢的比赛吧。

"不是钱的问题。这笔钱，其实是在不断纠错的过程中积累的成本。如果一开始就知道正确答案，也不需要那么多钱。总之，只要选手能够接受，准备穿着这双鞋去战斗，那就成功了。因此，最重要的，是对选手本人有多了解。"

"了解选手本人？"

大地嘴里反复念着村野这句话，一副不得要领的表情。

"要使用商品的选手的习惯、长处和短处，还有他们的脚的尺寸和形状。不光这些，我觉得还应该了解他们的性格和目标。"

"目标？"大地一脸惊讶，"需要做到那个地步吗？"

"那是当然的。"村野的表情好像是在说，这是理所当然的，"因为，我们的工作就是陪那些向着目标奋斗的选手一起跑啊。对方要去哪里，要做什么，这些都不知道的话怎么帮助他呢？那样的话，工作又有什么意义呢？"

被村野反问，大地一声都不敢吭。村野接着说：

"我们所提供的是鞋，但又不是鞋。说到底，是灵魂。也可以说是匠人的心意、骄傲等。"

大地听得呆住了。

"不过，那也要对自己的产品有自信才能说出这种话。所以，首先是要做出好的产品。"村野"啪"地拍了一下大地的肩头，脸转向宫泽，"我也设计了鞋底，要看看吗？"

他把设计图铺开放在桌子上，一共有五张。

"首先，左边的四个，是适合长距离跑的鞋底。尺寸做成了二十六厘米，考虑到有的脚窄，有的脚宽，还有普通尺寸的脚、特别宽的脚，一共设计了四种。实际推出市场时，用适合国内的鞋码，男鞋大概是二十四厘米到二十九厘米。亚特兰蒂斯的尺码一直到三十一厘米的都有，不过，那个尺码的需求量也不大。比起短距离跑鞋，长距离跑鞋的脚趾周围空间宽裕，为了让脚趾能自由活动，鞋头部分反翘起来很有必要。所以设计出来是这样的形状。"

"不过，鞋底还真薄啊。"饭山看着设计图说。

"我特意画薄了。希望调整鞋底的硬度后，能缓和薄鞋底带来的冲击。不过，如果鞋底变软的话，抓地力会变大，会更容易磨损。相反，过硬的鞋底不容易磨损，但抓地力会削弱。要平衡这两点很困难啊。"

"这种鞋能卖多少钱呢？"大地问。

"那要看产品在市场上的接受度了。"村野脸上含笑地回答说。谈到跟鞋有关的事，村野真的很快乐，"阿大跑过马拉松吗？"

"没有。"大地摇摇头，"除了去年，我们公司组成社队，去参加了一次接力赛。"

"那，你喜欢跑步吗？"

"嗯，是啊。我参加了足球队，对接力赛和马拉松有点兴趣，也经常跑步。"

"原来如此，真不错啊。请你务必坚持下去。还有，据说刚开始慢跑和长跑的人，觉得舒服的速度，是一公里六分钟左右。迎风而上的快乐会充满身体。而且，用这个速度去跑全程马拉松的话，要用四个半小时左右。据说全日本跑步的人有大约二千万，其中全程马拉松跑进四个小时的人，其实是最多的，有个说法是一百五十万人。"

一百五十万人这个数字意味着什么，宫泽还没有反应过来。村野接着说：

"这中间，当然有人目标更高。就是那些强烈想提高自己，打破四小时极限的人。所以，实际上跑进三小时的人数有一百二十万。那么其中能跑进两小时的人到底有多少呢？实际上只有十万人。数字急剧减少啊。"

"也就是说，作为长距离选手，能跑两小时左右的人，在所有跑步的人当中已经是强者中的强者了。"安田一脸佩服地说，"也就是说，首先，我们要把这十万人当成客户？"

"不，能跑两小时左右的人，大部分都不是我们的目标客户。"村野的话令人意外，"当然，以顶级运动员为目标本身是没错的。但是，买鞋的大多是以两小时为目标，现在只能跑三小时、四小时的选手。

在所有选手中，有三到五年职业经验的，我估计大概有一千三百万人。反倒是这个层次的人，会成为我们实际上的顾客。想要缩短时间的选手，会去买能帮助他们进步的鞋。或者是新手出于仰慕去买。不管怎样，真正的目标客户不是顶级运动员，而是另有其人。要让他们买鞋，必须要有实际的业绩。最快的捷径，就是让顶尖选手穿上鞋，在有名的大赛中获奖。所以，大厂家会把钱花在顶尖选手身上。"

"原来如此，真有意思。"

饭山说着，忽然看到了最右边的设计图。

村野说他给一个鞋码画了四张脚宽不同的设计图，但设计图一共有五张。

"那么，这张设计图是？"饭山问道。

"那是特制的。"村野回答说。

"其他的先放一放，先优先做这双特制的。我想请你们多做几双不同硬度的。然后再看。"

"这双到底有什么名堂？"安田问道。

村野回答说：

"这是——按茂木裕人的脚样做的。"


## 2


"茂木，听说了吗？今天的一万米。"

傍晚，茂木正准备出去跑步，前辈平濑在宿舍走廊和他擦肩而过，跟他打招呼。

"怎么回事？"

"今天的一万米"，是指在宫崎举行的田径运动会"白金里程"。由实业团和学生中的顶级跑手展开竞争，大和食品也派出了五个人参加五千米和一万的两项赛事。

对中长距离跑手来说，从春天到秋天算是赛跑季，大和食品田径队在十一月东日本实业团对抗接力赛揭开马拉松季的帷幕之前，要参加二十多项竞技赛和纪录赛。

对田径竞技选手来说，一大目标是得到日本选手权和世界选手权的资格。为此，在某些特定的竞技赛上，取得"参加标准纪录"以上的成绩非常必要，每一次都要拼尽全力决一胜负。"白金里程"就是这些竞技赛之一。

"听说毛塚跑了二十七分五十秒。"

茂木不由得停下脚步。焦急和不服气，令他思绪复杂。他也知道自己脸上已经笼罩了一层乌云。竞争对手创下了新纪录，自己却无法为对方高兴，这样的自己令他厌恶。

"是吗？真厉害啊。"茂木声音僵硬。

"离世界田径赛的纪录，只差五秒。"

平濑投过来的，是无处安放的嫉妒的目光。平濑今年马上要二十八岁了，因为股关节受伤，去年三月离开了赛场。大学时代，在箱根往返接力赛中，平濑也跑过主力赛区和第二程，对毛塚的成功，他也高兴不起来。

只差五秒，只要毛塚再加一把劲，参加世界田径赛就是板上钉钉的事了。反观自己，别说什么参加世界田径赛，连日本田径赛的出场权还没有希望。不，岂止如此，连好好跑完一万米都没有做到。虽说医生也说他的运动损伤恢复了，跑法也已经纠正好了。不过，现在茂木最需要的，还是自信。或者说，是某个契机，让他能找回希望。

第二天，田径队全员集合，召开了会议。

"为了争夺日本选手权，我们要先在田径队内部展开试赛。"

城户的话，将紧张的气氛带到队员中间。

事情的肇因，还是前天举行的"白金里程"。在那次大赛上，毛塚跑出了一万米的好纪录。大和食品参赛选手的表现却不尽人意。

在五千米和一万米赛中，好不容易各有一人坚持到了最后，但都在终点支撑不住，结尾惨败。连大学生跑手都比不过，这样的形势，令城户火冒三丈。

城户的焦虑也不是没有原因的。大和食品公司内部并非如此风平浪静。

"这些话，我本来不想说。"城户把丑话先说在前头，盯着所有人，"有些人甚至在说，要把田径队全体解散。这种成绩，就算把我们解散也找不出话来。"

城户的训斥，让队员们面孔发白。"在试赛中成绩低于参加标准纪录 B 的人，最好还是不要参加日本选手权争夺赛。这样的话，队伍内部也能让出名额。全体人员都要参加五千米和一万米中的一项或两项。茂木——"

茂木站在コ字形桌子靠近入口的地方，城户恶狠狠地盯着他。"你也要跑，听到了吗？"

虽说只是队内的比赛，但这毕竟是受伤之后茂木参加的第一场比赛。

## 3

四月初，鞋底的样品完成了。

饭山和大地两个人，在无数次失败的尝试之后，终于做出了满意的希尔可乐鞋底样品，一共五十个。

村野把样品一个一个托在手掌上，掂量分量，又抓住两头，试着掰弯样品，把里面不满意的样品淘汰掉。最后剩下的有三十多个。

"不错。"村野把这些样品拿给宫泽，"总之先用这些鞋底来做鞋吧。"他说。

"所有的吗？"宫泽吃惊地问道。

三十双全部都是照茂木裕人的脚样做的。

"当然，全部。"村野回答说，"可以吗？"

"当然没问题。"

把这些鞋底样品拿到缝制部，鞋面已经准备好了，把鞋底贴在鞋面底下，生产出了三十双陆王。这项特别的工作花了两天时间。

现在宫泽正轻轻拿起摆在工作台上的完成品。

"好轻啊。"

鞋的重量之轻，让他不由得赞叹。虽说有王婆卖瓜自卖自夸之嫌，不过，这重量之轻，真是让人感动。

同时，这也是贴上希尔可乐鞋底的第一批鞋，这是全新的陆王诞生的瞬间。

"真是让人想哭啊。"

饭山满怀柔情地看着新产品，开玩笑说。旁边的大地也入迷地看着，呆呆站在原地，饭山"啪"地拍了一下大地的肩膀。

这不是爆发式的喜悦。技术人员的喜悦都是低调的、谦虚的，正因为如此，更令在场的人从内心深处深受感动。

"问题是，茂木选手会不会穿我们的鞋。"安田说。

确实，这是最关键的问题。

## 4

第二天，宫泽和野村一起，去大和食品田径队练习的市立运动场。赛道上，有五六个队员在一起认真练习，其中，就有茂木的身影。

村野已经告诉他们，亚特兰蒂斯停止了对茂木的赞助。事实上，现在茂木脚上穿的鞋，并不是亚特兰蒂斯的，而是国内厂家的旧产品。

"教练，我是小钩屋的宫泽，以前曾经拜访过您。"

宫泽向站在赛道旁抱着手臂看队员们练习的城户打招呼。

"啊。"城户不置可否地回答，看不出他还记不记得。看到站在宫泽身边的村野，他似乎吃了一惊，说："啊，有一阵子没见了。"

村野举起右手打招呼，似乎跟他很熟。

"你们俩一起的？"城户指指宫泽又指指村野，问道。

"我在帮宫泽先生工作。亚特兰蒂斯把我给炒鱿鱼了。"

"又来了。"城户脸上的笑容一闪而过，疑惑地问，"帮忙是指什么？"

"我们做了这个。"

村野接过宫泽带来的盒子，从里面拿出昨天刚做好的鞋。

"哦。"城户把鞋拿在手里，仔细端详，然后又看看鞋底。

村野说："很轻吧。"

"真轻啊。"

这就是两人的对话。简洁明了。真是知根知底的男人之间朴素的对话。

"我想让茂木君试试，这是照他的脚样做的。"

城户吃了一惊，抬起眉毛。村野指指运动场上的茂木，问："可以吗？"

"啊，请便。"

这么简单就解决了，真是令人吃惊。城户在宫泽面前高高在上，现在却完全两样。宫泽不由得再次对村野深怀敬畏和感谢之情。

两人为了不打扰练习，先是远远地从远处观望了一会儿。

宫泽完全不知道应该什么时候去跟选手搭话。两人看了大概半个小时。

"时候差不多了。"村野说，"周五的日程安排，一般是在一万米的'build up（热身）'练习之后休息一次。城户教练的练习，安排都是一样的。"

"'build up'是指什么？"

"就是在一定距离内提高速度的练习，例如每一千米加速。刚才是最后一圈。"

如村野所言，选手们开始放慢速度。

最后他们绕运动场慢跑一周，才从赛道上下来。

认出了村野的身影，队员们都露出惊讶的笑脸问候。茂木用挂在脖子上的毛巾擦着汗，走了过来。

"辛苦了。"村野打招呼说。他把补水用的瓶子递给茂木。

"我跑得怎么样？"

"再多点自信就好了。似乎还有点犹豫。"

茂木一脸惊讶地看着村野。然后问："你看出来了？"

"看得出。不过，状态很好。"

然后，他看看茂木的脚，问："鞋子合脚吗？"

"没有什么特别不满意的。"

茂木对村野来的目的一无所知，村野身边的大纸箱忽然映入他眼帘。

"可以的话，要不要试试？"村野说着，从箱子里拿出一双鞋，"这是照你的脚样做的。别担心，不是亚特兰蒂斯的。"

茂木一脸惊讶，不过，他还是照村野所言，脱下鞋子，把脚伸进村野递过来的一只鞋里。

"真棒。轻得不得了。"茂木当场穿上鞋蹦蹦跳跳又跑了几步，他的脸上绽放出笑容，"这是哪里来的？"

这时，茂木仿佛才意识到宫泽的存在，望向宫泽。

"我是小钩屋的宫泽。"

宫泽这才等到自我介绍的机会。

"小钩屋……"茂木似乎想起来什么，"啊，以前，你们给我送过鞋……"

"您记得啊？"宫泽高兴地说，"我请村野先生帮忙，完成了新型鞋底的跑鞋。可以的话，想请您试穿。"

"可以吗？"他充满期待地问。

"一共有三十双，现在，就请您穿上试试看。"村野说，"迅速地试一下就好，挑出穿上后感觉好的。"

茂木当场一双双试穿起来，凭感觉挑出了几双。看起来他也是一个很有要求的运动员。最后选出来的一共有十双。村野记下了编号。

"请问，鞋子要花多少钱？"茂木顾虑重重地问。村野笑了。

"不需要。如果你喜欢的话，就请你穿，我们赞助你。"

"那个——"茂木似乎还有问题。

"当然是这样。"宫泽满脸笑容地回答说。

他梦想中的代言选手，将会穿上陆王。世界上还有比这更令人感到高兴的事吗？

"要是有什么问题，请别顾虑，直接告诉我，我们还会改进。"村野补充，"从你现在的跑法来看，这种鞋底是最合适的。我想肯定会如虎添翼。——听说这次的试赛事关重大。"

进运动场之前，村野和一个认识的教练聊了几句，看来已经收集了不少情报。

"你要参加一万米吧，是个很棒的机会。不要老是怀疑自己，偶尔也要相信自己能行！"

茂木明显很受震动。

虽然茂木没有说话，但很明显，村野的话，他听进去了。

练习再次开始了。

茂木回到运动场上，宫泽紧紧盯着他的脚。

茂木裕人穿的，正是陆王。

深蓝色的，上面有蜻蜓图案——

宫泽的梦想之一，已经实现了。

5

"这可是绝好的机会，可以拿到新'RⅡ'的试穿评价，部长。"

这天，因为部下的这句话，小原也来到大和食品内部试赛的现场。这位部下叫佐山淳司，是村野辞职后的继任者。

亚特兰蒂斯为大和食品田径队的几乎所有主要队员提供赞助，这场比赛他们也必须旁观。他们会以此为依据，看看今后的赞助是否需要调整。

"哎呀，你好。"

他们在试赛开始前半小时左右来到赛场，小原跟城户打招呼。城户绷着脸，脸上的严肃表情以前从未见过。

"休息日也来工作啊？"

城户脸上不见一丝笑容。

"是啊，我们想来收集新鞋型的评价。"

气氛与平时大不相同，小原也不由得收起脸上的假笑。前几天举行的比赛"白金里程"令城户产生了危机感，队员们也受到了传染，每个人的脸都绷得紧紧的。

真是绝佳的机会。小原在内心偷笑。

越是认真对待，越是能了解鞋子的真正价值。平时在比赛中无法得到的情报，都可以在事业团田径队内部的试赛中收集到，真是便宜自己了。为了这个机会，付钱都可以。

听佐山说，昨天举行的五千米比赛精彩迭起，有新人选手的超常表现，也有老选手老马失蹄。

今天的一万米比赛，大和食品的王牌选手立原隼斗也会参加，在马拉松和实业团接力赛中经常出场的选手们也大多会出场。那些年轻选手们，会怎样拼尽全力来追赶这些主力选手呢？看来今天会有一场平常的比赛中看不到的激烈角逐。

不过——

小原的目光，此刻投向正在赛道旁边做小幅跳跃，调整身体姿势的茂木身上。

"这么说来，茂木也会参加这次试赛吗？"他问自己。

田径选手的竞争，真是残酷。

曾经沐浴的荣光就像是一场谎言，茂木的名字，正在远离舞台中心。对选手来说，因为受伤长期离开赛场，搞不好就会造成不可挽回的落后，这样的情况并不稀奇。

相比之下，另一方面，毛塚正在一步一个脚印地在成为明星的阶梯上攀登，两人曾经是竞争对手，现在的境遇却有天壤之别。这不正是人生的微缩图吗？

在小原的商业哲学中，世界上只有两类人：胜者和败者。

在做生意中最重要的，是永远要把赌注下在胜者身上。从这个意义上说，茂木是可怜的败者，是没有投资价值的商品。

定睛一看，只见茂木穿着一双从未见过的深蓝色鞋子。不知道是哪家厂商生产的，不过肯定不是亚特兰蒂斯的竞争对手的产品，这点可以肯定。应该是小牌子，便宜货。

这么说来，鞋子和茂木正好相配。小原在心里嘲笑着。

失败的厂商和失败的选手。

这和小原推崇的另一条哲学原则——商业关系都是在平等关系上结成的——也完全符合。

忽然，小原嘴角浮现的笑容消失了。

在运动场入口，出现了一个意想不到的面孔。

那就是村野。村野跟一个男人结伴进来。看到小原，他微微点头致意，接着往前走，在稍远的地方看着正在热身的选手们。

"怎么回事，辞职的人，跑过来玩吗？"他对村野叫道。

村野说："我是来工作的。"然后，拉过身边的男人说，"我来介绍一下，这位是小钩屋的宫泽社长——这是亚特兰蒂斯的小原先生，统管日本市场的营业部部长。"

小原和身边的佐山装模作样地和宫泽交换了名片，半带嘲笑地说："你现在在做足袋顾问啊。"

"我在参与新型鞋的开发。"

小原的眼睛里露出憎恶的表情。

别人都说村野是什么大师级跑鞋顾问，但在小原看来，村野就是个"现场白痴"。他好不容易找了各种理由把他踢出公司，现在他还在现场晃荡，真是看着就碍眼。

"这次的'RⅡ'，看起来势头挺猛啊。"

最新型号"RⅡ"，在村野辞职后不久的前几天才发布。

就算村野说好话，他也不觉得高兴。反而觉得村野在嘲笑自己，更加生气。

"村野先生之前不是想做跑鞋顾问的吗？"旁边的佐山阴阳怪气地说。

"不，不，这么重要的任务，还是交给你吧，佐山君。好好和选手们沟通吧。"村野一脸认真地建议道。

佐山对村野摆出的一副前辈面孔很不高兴，不过还是说了句"牢记在心"，嘴巴都气歪了。

选手们开始在操场上集合了。以城户为中心形成了圆阵。

三点刚过。

城户训完话，"啪啪"拍了两下手，走出赛道。选手们在起跑线排好队。

不愧是有名的田径队，人才济济，场上有很多熟面孔。

不一会儿，选手们一起开跑。踢在跑道上的鞋子干燥的钝音，在运动场上扩散开来。

小原的眼睛，紧紧盯住选手们脚上穿的自己公司的产品。

——怎么样，很轻吧？

——前所未有的体验吧？

春风得意的小原的脑子里，全是自卖自夸的赞扬之声。


## 6


参加试赛的，一共有十三个人。现在领先的是一个叫加濑尚之的选手。

自从梦想为茂木赞助，宫泽也好好研究了一番大和食品的田径队。如果宫泽记得没错的话，加濑现在是入社第五年。他曾经在大学接力赛里大显身手，在前几天的"白金里程"的一万米赛中，他出场了，也留到了最后。虽然没有获胜，也相当引人注目。

"真有意思啊。"村野饶有兴趣地看着，嘴角浮现出笑容。

"你说什么？"

"你看，王牌选手立原隼斗，跑在队伍最后。他完全没有拿出力气来实战，不想在比赛中显出实力。但是，加濑却不愿错失先机，以比平时更快的速度保持领先。他应该很后悔在上周的白金里程赛里没能获胜吧。"

"现在是一万米赛。这里面谁最快呢？"

"应该是加濑吧。不过，立原也不错，他更重视马拉松，不怎么愿意跑这种比赛。不过，以本来的实力来说，毫无疑问是茂木最强。"

村野对茂木的评价很高。宫泽甚至暗暗猜测，他是因此才接受小钩屋顾问的职位的。

现在，茂木正在队伍的后方，领先立原两个人头。

加濑打头，选手们跑成一队，从宫泽面前经过。

立原本来一直跑在最后，从三千米的时候开始，渐渐赶了上来。

"有变化了。"宫泽说。

立原身后紧跟着的就是茂木。

一开始是三个人排成一列，渐渐队伍拉长了，开始有人跟不上加濑领头的队伍。超过五千米之后，形势越来越明显。超过七千米的时候，胜负已经集中在跑在最前面的五个人当中了。

"势头不错，说不定能跑进二十七分。"

村野用表计量时间。从比赛开始，每跑一千米，村野就一直在计量跑在前头的加濑的成绩，相比之下，佐山只是喊着加油，完全没有做任何技术上的准备。同样是跑鞋顾问，对比太明显了。

"看来快要加速了。"

村野说出这句话没多久，之前跑在第三位的立原忽然加速。

转眼间，他就追上了加濑，接着又把他甩在身后。这就是顶尖选手的实力。

"应该在这里反超他的。"村野说。

但茂木没有追上来。立原加快速度，跟第二名的距离逐渐拉开，茂木也被他甩在身后。

"看来还是有点难。"村野说。但是——

在剩下不到一千米的时候，茂木开始全力加速。

大概是之前太用力，加濑现在排在第三，茂木转眼间就追上了他，接着马上把他抛在身后，追到了第二名。

茂木已经使出了全力。

转过头，只见远处的小原已经脸色铁青。他们肯定做梦也没有想到，自己停止赞助的茂木会跑得这么好。

"接下来就要决一胜负了！"因为是内部比赛，村野没有大声喝彩，不过他仍然用力叫道："去吧！"

就在这时，茂木忽然慢了下来，他拖着腿退出赛道，一屁股坐在地上。

村野脸色大变，赶紧跑过去。宫泽跟在他身后。

难道——

"哪里？是脚踝吗？"

已经有教练赶过来，开始给他按摩。

茂木忍着疼痛，万分悔恨地仰面朝天，右手狠狠地捶着地面。


# 7


在运动场外侧，稍微远一点的地方，小原一脸不高兴地抱着胳膊，一直注意着运动场上的动静。在他身边，佐山一副云里雾里的表情，窥视着上司的反应。他还没搞清楚，是什么败坏了小原的好心情。

亚特兰蒂斯赞助的选手立原首先到达了终点，这个结果不错啊。佐山心想。

"喂，佐山。"小原盯着运动场上，低声命令说，"去恢复茂木的赞助吧。"

"茂木的赞助？"

佐山一边看着小原的脸色，一边小心确认。小原却没有回答。

现在，田径队的人正跑向仰面朝天倒在运动场上的茂木身边，刚才见过的村野他们也在其中。

每次看到村野，佐山的心里就会泛起小小的波澜，因为到现在为止，村野从来没有对他的工作表示过赞许，令他饱受挫折。一直以来，村野对他的工作总是指手画脚，他心里一直怀着一个念头，总有一天要让村野也吃吃苦头。

"他已经恢复得差不多了，不能让他穿其他厂家的鞋。恢复赞助，听到了吗？"

上司的命令，佐山只有点头。这时，他发现小原的视线停留的目标并不是茂木，而是村野，佐山不由得倒吸了一口气。

以经营专家的身份空降的小原，对熟悉现场、被尊称为"大师"的村野，一直心怀不满。把他视为眼中钉，一直冷落他，最后还把他赶出公司，周围的人都这么说。

小原强迫自己挪开视线，说了声"走吧"，转身快步走出了运动场。


城户跑了过来。

"抽筋了吗？"

面对教练，茂木回答说："对不起，问题不大。"

听了这话，宫泽几乎要一屁股坐在运动场上，放下心来。

"立原的纪录是多少？"

茂木的这句话让他的执念无处遁形。

"二十七分五十五秒。"

听了城户的回答，茂木悔恨万分地骂了句"倒霉！"咬紧了嘴唇。他一边接受着按摩，一边以双手捂脸，仰面朝天躺在运动场上。

他一定悔恨万分吧。

茂木皱着脸站起身来，宫泽不知道该跟他说什么。

"茂木应该是为没能跑完全程悔恨吧。"在回去的车里，村野说。

"就算继续跑下去，也不一定能得第一名，最终还是破不了二十七分。这件事也令他很不甘心。"

毛塚的纪录，他一定相当在意。

"不知道该怎么安慰他才好。"宫泽实话实说。

"对输掉比赛的运动员，没有合适的安慰的话。"村野说，"输了就是输了，没有哪种安慰能把输变成赢。接下来，能不能真正复出，要看茂木自己的努力了。我们能做的，只有尽量给他最好的鞋。"

不过，在今天决一胜负的比赛中，茂木选择了小钩屋的鞋。他选择了陆王。茂木选择了陆王，也许陆王商品化和量产化的道路就此拓开了。宫泽对此满怀期待。

但是——

"事情可没这么简单。"村野相当谨慎，"从茂木君那里得到反馈，做一次修改就需要好几个月。要把问题尽可能一个一个解决，才能做出一个满意的产品。路还很长呢。"

"运动员的反馈，具体来说，是怎么运用在鞋子的生产上呢？"宫泽问。

"例如说，亚特兰蒂斯的'RⅡ'，外底和中底，使用的素材在硬度上就有微妙的差别。鞋底外围用的是稍硬的海绵橡胶，鞋底中间用的是轻型海绵材质。你觉得为什么要这样设计呢？"

面对村野的问题，宫泽只能给出一个自己胡乱猜的答案："为了吸收着地的冲击力？"

"说对了。大部分一流运动员，都有一个倾向，他们并不是脚掌中间先着地，而是脚尖，而且是小指那边先着地。也就是说，如果鞋底外围使用柔软的材料的话，就会缺乏耐久性。所以，最高级的跑鞋，就算同样用海绵材料，也会将不同的材质混合使用——当然这也是制鞋商的专利技术——要让鞋底的构造符合运动员的身体机能。这种改良正是吸收了反馈的结果。"

第二天，开发队伍以村野为中心，召开了会议。

"所谓海绵材料，是什么东西？"安田顾虑重重地问。

"就是在合成橡胶里加入气泡，让它膨胀。理论上来说，样子就像有洞的奶酪一样。"村野面前放着样品，尽量简单地解释道。

"因为不是完全实心，同样的体积，海绵材料的重量更轻。鞋底中间使用的海绵材料，应该是 EVA（乙烯 - 醋酸乙烯共聚物）或者聚醚橡胶类的尿烷。"

EVA 这个名字是取乙烯、乙烯基、醋酸盐的开头字母。这种材料有弹性，又很轻，所以广泛使用在跑鞋的鞋底上。

村野给大家看的样品，是亚特兰蒂斯的鞋。

"看起来平平无奇，要善用聚醚橡胶类的尿烷，有很高的技术要求。这方面的技术能力，亚特兰蒂斯称得上是第一。"

"也就是说，一张鞋底里面，融合了各种不同的材质，真是有意思。"饭山凝视着鞋底，饶有兴趣地说。

"希尔可乐里加入气泡让它膨胀，这个主意也有可能性。"提出这个想法的是大地，"或者说，在一张鞋底中，分软的部分和硬的部分——"

"能那样的话最好了。"村野说，"必须同时使用不一样的材料，也是因为同一种材料无法同时达到鞋底要求的硬度和弹性。如果一种材料可以做到这两点，制造成本也许就能降低。这将成为将来的有力武器。"

饭山双臂交叉，下巴缩紧，闭上眼睛。不知想了多久。

"那么，对我们的材料，你有什么想法？"他直率地问村野，"你觉得，希尔可乐能打赢亚特兰蒂斯开发的鞋底上使用的材料吗？"

村野直视着饭山，思索片刻后说：

"要是不能赢，我就不会来这里了。"他十分肯定地回答。

"看来我想错了。"

会议后，宫泽回到社长室，脸上浮现出自嘲的笑容。"我还以为，我们马上就能量产了。"

"这个想法是太天真了些。"村野说，"就算是足袋，你让刚入行的人来做，也做不好啊。小钩屋的足袋，已经积累了一百多年的经验，所以也不能轻易地仿造。鞋子也是一样的。"

"刚才听了你的解释，我更理解了亚特兰蒂斯了不起的地方。"听起来像是认输了。

村野忽然一脸严肃地说："亚特兰蒂斯有什么技术，我很清楚。"尽管如此，他还是选择做小钩屋的顾问，来支持小钩屋。村野想说的是这个。

如果没有村野，自己拿着毫无竞争力的产品，在竞争对手的铜墙铁壁面前肯定会一败涂地。

宫泽想要踏足的跑鞋界，被很难打破的坚固城墙紧紧围住。在旁人看来，小钩屋肯定就像那位大战风车的愚蠢骑士。

"如果为了做鞋重新开一家公司，从零开始做，我肯定会反对。但是，宫泽先生有自己的本业。有足够的粮食支撑，总归活得下去，这比什么都强。"村野说。

他坐在社长室的待客沙发上，沉思片刻：

"没有零风险的生意。"这是做生意的基本原则，"决定了前进的方向，接下来就要尽最大的努力，相信未来。不过，去相信一件没有保证的事，这一点其实是最难做到的。"

村野的话，在宫泽心里引起了深深的共鸣。确实，现在宫泽面临的困难，就是相信未来。他现在一不小心就会被困难的现实打败，这也是自己和自己的较量。

"你说的对。"宫泽说。

"不过，茂木君肯定也和你一样吧。"村野接下来的话点醒了宫泽，"不，不光是茂木君，所有的运动员都适用这句话。越是认真对待，越是只能相信自己的才能和可能性。所以，现在的宫泽先生，应该能明白他们的痛苦和担忧了吧。这种感觉，在大企业的温室里坐着的人是肯定无法理解的。虽说现在你还意识不到，以后这说不定会成为宫泽先生的财产哦。不过，还有一件事，我想问问——"

村野口气又变得严肃起来："宫泽先生说的光脚的感觉，是什么意思？"

"什么意思？"

这个突然的问题，让宫泽无言以对。

"从来没有过的合脚的感觉，这么解释不够吗？"

村野继续问：

"你觉得'合脚'是一种什么状态？"

"什么状态？"

"哎呀，我们这可不是参禅啊。"村野继续说，"光要合脚的话，只要抽取大量的脚样样本，取最大公约数就行。不需要特地去拜托茂木君。"

确实，村野说得对。"但是，我在样品阶段就请茂木君试穿，想要的就是他实际穿上后跑步的反馈。这个反馈，光是测量大量的脚样是没法得到的。我们的目标，说是光脚感，但并不是静止时候的光脚感。"

村野指出的这一点，正好戳中了宫泽的盲点。"跑、踢、踩——不是光站着，最重要的是运动中的合脚感。静止不动的时候就算合脚，那也毫无意义。在严苛条件下激烈运动，才是光脚感的最大考验。"

这时，有个想法在宫泽脑子里闪过。

不过，那闪电一样的光辉，只是在他思绪的深处一闪而过，转瞬即逝。

到底是什么呢？宫泽正准备努力分辨，村野说：

"一旦面世，评价就无法更改了。再给茂木君一点时间，让他和陆王磨合一段吧。可以说从现在开始，才进入真正的造鞋过程。"


## 8


"你准备投多少钱？社长。"

几天后，宫泽和富岛商量资金的事。

两人坐在一起讨论今后需要的经费，要购买材料以及模具等设备。富岛得知新事业需要的投资金额后，投向宫泽的眼光，就像是父母看着吵着要买不起的玩具的孩子。

"这也必须买，那也必须买。这么买下去，不管多少钱都不够。要开始一个新项目，还是从小的项目做起，怎么样？"

"比如说？"宫泽问道，"比如说，什么样的工作呢？"

"这样吧，大家一起想一想，找找看。"

宫泽感到一阵愤怒。

"所以，我们大家不是在想办法吗？但是阿玄在干什么呢？"一旦开口，宫泽就停不下抱怨了，"到现在为止，你什么事都没做吧。虽说公司的业绩数字一直在下降，至少我要对小钩屋的将来负责任。阿玄想过这些吗？你就光是出于保守的想法来反对我们，觉得有风险的事还是不要做。要是抱着混口饭吃就行的想法，公司总有一天会走进死胡同。就是想维持现状也很难。要很努力，才能获得增长，业绩才能持平，有点上进心不好吗？"

富岛的表情很僵硬，他光滑的脸涨红了。

"所以，我才埋头做老本行——"

"现在的小钩屋就是泥菩萨过江。"宫泽打断他的话，盯着富岛，"早晚自身难保。就连拼到最后的体力都不够。这一点，阿玄不是最清楚吗？现在还有一点点体力，可以展开新项目。但是，如果利润再减少下去，连新项目也做不了了。这是我们最后的机会。我要赌一把。"

富岛仿佛被浇了石膏，凝固住了，一动不动。

他的镜片背后，一双透明的瞳孔盯着宫泽。宫泽正在怀疑他是不是听懂了，富岛嘴里冒出来一句意外的话：

"还是血脉相传啊。"

"你说什么？"宫泽问。

富岛挪开视线，视线越过他的肩膀望向社长室的窗户。窗外可以看见院子里正在卸货。安田正在大声指挥着大地。

"这已经是过去的事了，本来我也不想再提。不过，会长也说过，诸如这一代的胜负之战之类的话，曾经想要开创新事业。"

他说的会长，就是宫泽去世的父亲纮作。

宫泽很是吃惊，说不出话来，盯着富岛。父亲是个在家里几乎从不谈工作的男人。

"会长那时候四十多岁，说是足袋没有未来，所以也着手开创新事业。当时他也下了很大的决心，公司也投入了大笔资金。当时会长命令我去银行商量借款，把定期存款也都取了出来，总之想尽了一切办法来筹措资金。但是，最后，这项事业并没有成功。"

"有这种事？"宫泽还是第一次听说。

"最后，欠了一屁股债，又疏忽了本业，失去了好几个客户。不仅仅是新事业失败了，本业也受到严重打击。当时，会长是这么问我的：你为什么没有阻止我呢？富岛是最清楚公司的财务的。为什么没有尽全力阻止我呢？当时的会长，眼睛里含着悔恨的泪水，我现在还忘不了。会长的经营比行业内其他公司做得更踏实，但那一次，是他唯一的失败。那次以后，小钩屋就真的被打趴下来了。如果没有那次尝试，现在的小钩屋会更宽裕。"

富岛望向远方的视线，又回到宫泽身上。"我是财务，社长。做财务的，就是会一直盯着失败的教训。不过，仔细想想，确实，如果新的事业能够成功，也会有很大收获。但也说不定会失败。我做了四十年财务，已经想过很多次了。考虑到万一的失败，出面阻止，是我的职责所在。社长要怎么说都行，我已经有心理准备了。也请您理解我。"

富岛说着，深深低下了头。


"阿玄说了这样的话啊……"妻子美枝子说，"还真是让人感动。"她把茶放在宫泽面前。

"不过，曾经尝试过开拓新事业，你却不知道，还真是意外。是什么样的事业？"

宫泽皱起脸，美枝子一脸不可思议地看着他。

"哎呀，这个啊。"宫泽的视线越过桌子，仿佛看着远方，"那就是陆王啊。"

"陆王？"美枝子睁圆了眼睛，"这也太巧了吧？"

"是啊。老爸和我想到了同一件事。确实没有话来反驳。"

曾经，父亲把公司的命运赌在马拉松足袋上。以运营资金的名目借来了一千万资金，投入新事业。想要从传统的足袋厂商转型成制鞋厂家。但新事业最后以惨败告终。后来，仓库里留下了成堆的样品，账上留下了一大笔借款。小钩屋的资金流转成了个问题。不光如此，这笔用来开展新事业的资金还是以日常运营资金为名目借来的，所以当时的银行也很不满。分行长认为他们滥用了这笔资金，勃然大怒，从此中断了业务联系。小钩屋差点落入破产的境地。

父亲曾经在银行面前强词夺理，说借来的钱怎么用是自己的自由，他的态度不能说没有问题。夹在银行和社长之间，最为难的是负责财务的富岛，这一点不难想象。

为了返还贷款，还要支付薪金和货款，富岛为了资金忙得焦头烂额。每天都去找新的银行，每天都被拒绝，最后总算找到了银行愿意借给他们运营资金。那就是现在埼玉中央银行的前身，埼玉商业银行。

"在阿玄看来，埼玉中央银行对我们有大恩啊。"

这么看来，对这家银行，富岛如此毕恭毕敬，也可以理解。

"他这么认真，是个可靠的人啊。"

"这次，是因为不想再犯同样的错误，才反对新事业的吧。"美枝子带着理解的口吻说。

"可是，这样很难办啊。"宫泽说，"失败过一次，不代表还会再失败啊。"

"是啊，不过，还是不简单吧。"

这其中的困难，她想必也从大地那里听说了。

"是啊。"

虽说有饭山和村野这样值得信赖的朋友帮忙，但问题还是层出不穷，例如钱的问题。要实现产品化，必须先解决这些问题。

"那，不够的钱怎么办？"美枝子问。

"只有从银行借啊。技术上还不成熟，但已经有教育行业用了我们的鞋，已经有业绩了。"

大概是这句话听上去没多大说服力，美枝子过了一会儿才说：

"那，如果借不到钱怎么办？"

听起来她很担心。

还要再取出定期存款吗——

宫泽吞下了自己想说的话。

面对前景不明的生意，在一边旁观的美枝子心中一定充满了不安和疑问吧。宫泽家的金融资产并不丰厚，不知道美枝子对这项事业到底怎么看，宫泽有点害怕去确认。

"到时再说吧。"宫泽说。

美枝子仿佛看出了他的不安，笑着说：

"想想看，世上从来没有轻而易举就能办到的事。就算是不能成功，也能从中得到些什么吧。只要尽力去做的话。"

面对妻子的鼓励，宫泽点点头，笑容从他的脸上消失了。

"你刚才说什么？"他问道。

"世上从来没有轻而易举就能办到的事……你生气了？"

宫泽没有回答。

前几天，和村野谈话的时候，从宫泽脑中一闪而过的闪电——此时，忽然以清晰的轮廓，浮现在他脑海。

"确实，并非一无所得。"

宫泽以无比严肃的目光盯着厨房的墙壁，一个从没有想过的主意，清晰地浮现在他脑海，形状越来越鲜明。

到目前为止，宫泽想把百年来积累的足袋的经验和技术，运用在陆王上。当然，这并没有错。但是，希尔可乐这种新材料和技术，以及关于跑鞋的各种知识，是不是可以反过来运用在本业足袋生产上呢？

这个想法，如同从宇宙遥远的他方飞来的彗星，马上俘虏了宫泽，抓住了他的心。

这正如哥白尼的地心说，有时我们也需要反向思维。

第十章　大变革的进展

# 1

一个月一次的小钩屋经营会议的主角是富岛。

缝制部的代表是明美，负责人工费和劳务关系的是安田，还有饭山作为顾问也参加了这次会议。哪项进货太多啊，加班时间缩短了啊，富岛事无巨细，都要拿出来说一说。不过，并没有人公然提出异议，那是因为富岛指出的问题都有道理。

"如果有特别的支出，请务必向我报告，拜托了。"

他总是以这句话结尾。

会议已经过了一个小时，这个时候，宫泽差不多应该宣布会议结束了。

但是，这次，在众人等待宫泽宣布"就到这里"的视线中，宫泽从椅子上站起来，说出了不同寻常的一句话："还有一件事。"

"我想开发新产品。"

富岛停下准备合上文件的手，露出一副不悦的表情。

"社长，之前我们不是刚开始新项目吗？又有什么——"

宫泽举手打断他的话，继续说：

"新的地下足袋。"

在场的所有人，都瞠目结舌。

明美睁圆了眼睛。富岛张开嘴想说什么，却只顾发愣，都忘了合上嘴巴。这些人中，只有饭山一动不动，似乎在闭目养神。在会议开始之前，宫泽私底下跟他聊起过这个主意。

"地下足袋？"安田根本摸不着头脑，"这又是哪一出呢？"

"把地下足袋的生橡胶鞋底换成希尔可乐。比起生橡胶，希尔可乐更轻、更结实。相应地，把价格提高，让老客户换上这种地下足袋，同时去争取竞争对手的客户。怎么样？"

好长一段的沉默。

"我觉得可行。"明美表示赞同，"有些东西可以一成不变，但有好的东西的话，变一变也未尝不可。一起干吧。"

"阿安呢？"

"我也赞成。这样做花不了多少成本，值得尝试。"安田坐直了身体，十分认真地回答说。

"阿玄呢？"

富岛眨了眨眼睛，他的眼窝底深陷，眼睛泛着青光，他紧闭住嘴唇，似乎在思考什么。所有人都望向他。他严肃的神色一丝不乱，回答说：

"应该试一试。"

宫泽体内的肾上腺素飙升。他热切的目光望向饭山。

"那就拜托了，饭山顾问。"

从这一瞬间起，小钩屋开始了新的挑战。

2

气温二十二摄氏度，湿度百分之六十五。调布市的味之素体育馆椭圆的屋顶在天空中画出轮廓，云朵层层叠叠，遮盖着天空。

日本选手权——

昨天的最高温度达到了二十八摄氏度，今天气温下降了六摄氏度左右，平时的话，到了傍晚的这个时间，太阳依旧晒人，今天也好多了。今天的天气状况，对六月的长距离赛来说还算合适。刚才，男子一万米赛的参加者们从第四区的集合处入场，三十七名选手聚集在赛道上。介绍选手的广播提到他们名字的时候，选手就会举起右手，鞠躬致意。这些都是国内田径赛中长距离跑的顶级选手。

比赛在下午四点五十分开始。

选手介绍结束以后，发令员身上汇集了众人的目光。一瞬间，赛场里鸦雀无声，被紧张感笼罩。

"各就各位！"发令员的声音清晰地传到茂木耳朵里。

发令枪的响声不算震耳但清脆，一声枪响之后，排成两斜排的选手们一起开跑，赛场上马上形成了一根长棍的形状。

这是逆时针方向的环形赛。在田径赛的顶级赛事中，逆时针方向跑已经是百年以来的国际规则，比赛以国际规则为准。

比赛一开始是单调、安静的。胸前别着号码，腰上别着辨别身份的数字标志的选手们排成了长队，茂木在他们后方。现在茂木的视线，死死盯住跑在前面的选手。

那是亚洲工业的毛塚。

在他前面一点，是茂木的队友立原。

选手间的距离咬得很紧。比赛开始十分钟以后，渐渐拉开了距离。过了十五分钟，毛塚开始一个一个追上前面的选手，紧跟在先头部队后面。

"哎呀，立原中圈套了。"

过了二十分钟，旁边的平濑叫道。但体育场里回荡的加油声立刻吞没了平濑的叫喊。此时，先头部队已经渐渐加速，处于先头部队中间位置的立原，正在一点一点慢慢向前移动自己的位置。

选手们都敏感地察觉到了他的意图，开始互相较劲。其中包括保持着日本纪录的山崎雅弘。这位选手的呼声很高，大家都认为他能拔

276

得头筹。

"啊！"

没多久，平濑就发出失望的叫声，因为立原显然中了圈套，渐渐开始落后于众人。这样下去，被他身后的毛塚轻易超过的话，就不可能再赶上先头部队的速度了。

与此同时，现在毛塚已经来到了山崎身后。

他不准备跑到最前面去。山崎也还留有余裕，不轻易出头。准备在比赛中瞅准时机再一举领先。

选手们之间令人屏息凝气的生死角逐开始了。每提一次速，就像细长条的云团被逐渐撕散，先头部队的选手被一个接一个地甩开。

"真是一场精彩的比赛啊。"平濑兴奋地叫道。

在越来越激烈的争夺赛中，毛塚紧跟在山崎身后，坚定地跑着。他似乎还没有准备冲刺，脸上也看不出一丝疲劳。

过了二十五分钟，先头部队只剩下八个人。山崎现在跑在第四位，毛塚紧随其后。

不知不觉中，紧张的比赛即将迎来胜负的紧要关头。

茂木他们屏息凝气，等待着最后的结局。选手们跑过主看台对面。先头部队的选手只剩下五个人。选手们跑过主看台时，看台的加油声达到最高潮，不久，最后一圈的钟声敲响了。

"来了！"

平濑兴奋的叫声混杂在观众们的喝彩声中。

毛塚从选手中脱颖而出，超过了前面的山崎，接着又陆续超过前面的选手，跑在了第一位。

在他身后，山崎气势汹汹地追赶着。

两人间炙热的战事，把对面看台上的观众卷进了兴奋的旋涡。

两人以异次元的速度，已经把其他选手甩开了一圈，他们之间的生死决斗，在拐过最后一个弯进入直线跑道时，打响了终场的战役。

不愧是能代表日本的选手，山崎最后的冲刺，可以说是老将的实力展示。已经跑了近十公里，不知哪里还来这么多能量。他以令人怀疑的速度把毛塚甩在身后，轻轻松松，甚至还有余裕回头确认身后的状况。到达终点的山崎举起右拳。毛塚紧随他身后到达终点，仰天后悔不迭，这是他第一次在比赛中流露自己的真情实感。

但是现在，比起毛塚，茂木脸上的懊恼更深切。

箭在弦上的紧张气氛终于在比赛结束后的欢呼声中松弛下来，茂木更加后悔自己没能站在赛道上。

平濑也在茂木身边呆呆地俯视着赛场，像抽去了魂魄的空壳一般，佝偻着腰。

"平濑。"茂木对着平濑说，"我会再次回到赛场上的。"

平濑没有回答。他空虚的眼神投向茂木。瞳孔中一片荒芜，看也看不到底，连一片感情的碎片都看不到。茂木从没有见过平濑这个样子。忽然，平濑的表情似乎又恢复了温度，嘴角浮起一丝寂寞的笑容。

"好啊，加油吧。"

平濑嘴里说着平平无奇的鼓励的话，拍了拍茂木的肩膀。再次望向赛场的平濑陷入了沉默，他认真地盯向赛场，似乎要把这一幕深深印到脑海里，好一会儿都一动不动。

京滨国际马拉松——

茂木心中，浮现出一个清晰的目标。

因为脚伤落后，最终一败涂地的那次比赛，正是再次挑战自己的最好机会。

等着吧，毛塚。

茂木对着赛场发誓：我要再次成为你的对手。

热气尚未散去的赛场上，女子一百米的比赛开始了。

已经没有大和食品的选手出场的比赛了。茂木站起身来，慢慢地踏着看台的楼梯，向赛场的出口走去。


比赛结束的瞬间，小原一脸得意的表情，和身边的亚特兰蒂斯职员握手庆祝。

虽说获胜的山崎雅弘穿的是别的公司的鞋，但他的有力对手毛塚穿着亚特兰蒂斯的鞋在比赛中大显身手。

虽说他只得了第二名，但比赛仍然很有看头。毛塚穿的鲜粉色"RⅡ"，在阴云密布的天空下十分显眼。大家都会好奇，顶级学生选手向全日本的顶级选手奔跑的过程中，到底穿的是什么鞋。

好奇的人肯定不在少数。他们一定相信穿上"RⅡ"会跑得更快。

"跟毛塚签约是正确的决定。他很有前途。"旁边的同事说。

小原挺起胸脯说："这是鞋的胜利。"

亚洲工业田径队也和其他很多队伍一样，跟选手单独签订鞋子的赞助合约。小原探听到，过去赞助毛塚的厂商跟毛塚没有谈拢条件，便先下手为强，把毛塚抢了过来。现在，在看台的某处，对手公司的那些家伙们肯定在跺着脚懊悔不已吧。

感觉真好。

小原忍不住笑意，虽然没有嚣张地大笑，却连肩膀都已经在乱颤了。

地下足袋的新产品"足轻大将"的样品，在宫泽发起提议后一个星期就生产出来了。

第一批造出来三百双。在五月的第一个星期六，以不算高但相当不错的价格在东京都内的商店上架。宫泽本来准备看看行情再考虑是否降价，谁知周六周日两天的工夫，三百双就卖完了，令大家大吃一惊。以前从来没有遇到过这么好卖的产品。

"现在我还半信半疑。"

在销售情况通报会上，面对传真来的订单，安田兴奋过头，脸都发青了。

"既然这么轻，这么好穿，就算卖得再贵一点，也会有人买的。"明美说。

"足轻大将"用了希尔可乐的鞋底，重量不到传统产品的一半。穿上它，早上还没什么感觉，到了疲劳的午后，这么轻的鞋对身体来说减轻了多少负担，感觉非常明显。跟生橡胶鞋底相比，它不闷脚，而且能紧紧抓住地面，地形的变化会直接传达到脚底，又非常柔软。特别是在伴随着危险的工作场合，减轻疲劳，也就意味着安全性的提高。

另外，这种以天然材料生产的高科技产品有利于环保，脚背的棉材质，旧了以后烧掉即可，也不会产生有害气体。

小钩屋的传统商品定价大概是两千日元。新足袋的定价翻了近一倍，这是想尽可能覆盖掉高昂的开发费用。尽管如此仍然畅销，可见对顾客来说，它的轻量和它的概念配得上它的价格。

"还有人买了以后，他的同事们第二天又来，一次买了近二十双。"安田介绍了中野一家店铺的实例，"因为卖得好，追加订单有近两千双。就算是供应上这么多的货，也有可能不到一个星期又要断货。今后合作的商店越来越多，生意会更多，怎么办？"

这个问题，是在问宫泽。

实际上，以前小钩屋的地下足袋不是在国内生产，而是在越南的合作工厂生产。不光是小钩屋，日本市面上的地下足袋百分之百在以亚洲为中心的海外生产，这已经是业界的常识。小钩屋的总社生产的"足轻大将"，是特例中的特例。

一开始生产的三百双，是用防备火灾或事故的本社备用的模具生产的。本来准备在造价便宜的越南工厂增加生产线实现量产，但希尔可乐的制造设备只有本社有。

"改变足袋生产计划，追加五千双。"

宫泽的话，让安田的眼睛里闪起光来。

"要甩开膀子干了？"

"胜负在此一举。"宫泽说，"怎么样？"他是在问身边的富岛。

"你是说，这关系到公司的生死存亡？"

富岛的比喻听起来很过时，他表情严肃，眼睛里似乎闪耀着返老还童的光彩。

"饭山，能拜托你赶快增产吗？"

"明白了。我们马上着手。请告诉我们尺码和数量。越来越有意思了。"

饭山回答宫泽的声音，也因为兴奋带了一丝颤音。

安田马上着手制订生产计划。

"进货金额确定后，请马上通知我，我来安排。"富岛有些兴奋地说。过于肥大的衬衫下，他的胸口因为深呼吸在起伏。

"哎呀，可要忙起来了，社长。我们全动员了。人手不够。"安田脸颊上泛着红潮，发出快乐的哀号。

仿佛有热气从脚底涌上来，浸透了全身，宫泽沉浸在从未有过的激动中。

这无疑将成为畅销产品。如果公司要打个翻身仗，现在的局面，不正是一个开始吗？

散会后，宫泽回到开发室，对饭山说：

"饭山，谢谢你了。"

饭山没有回答。这位怪脾气的原社长只是举起右手，悠悠消失在古旧的厂房走廊远处。

宫泽正准备回社长室。

"不过——"

富岛嘶哑的声音令他停下脚步。他回过头，富岛胳膊下夹着文件，目送饭山的背影。他的视线转向宫泽。

"我们是不是太乐观了？"他低声说。

"这就是拼死一搏啊。不管是公司，还是人，最后都一样啊。"宫泽说。

富岛低下头沉思良久，慢慢地回到了事务所里自己的位子。


4


宫泽和村野一起，在日本选手权争夺赛的两天后，去市立运动场拜访茂木。

已经下午五点多了，好不容易有了点微风，两人站在运动场上，远眺默默地在赛道上奔跑的茂木的身影，等了近一个钟头。

"外底磨损快，现在正在集中精力想办法解决。"

村野问："下雨天穿着跑过吗？"接着，他开始详细问起各种自然环境下的穿着感受。

着地时的稳定性，抓地力，反弹力——对鞋底的要求是多方位的。

竞争厂家将不同的材料组合在一起制作鞋底，但陆王却是用希尔可乐这一种材料，根据情况改变硬度。这正是饭山和大地现在着手解决的难点。而且，准备的鞋底，要适应赛道赛跑、长距离跑等多种环境。还有，考虑到比赛当天的环境，如果是公路赛，还要考虑到道路的起伏……村野的建议涉及方方面面。小钩屋这次真是竭尽全力来支持茂木。反过来说，这也证明，村野认为茂木值得这样去对待。

茂木的反馈也很详细。他指出了几十点问题，仅仅一次交流，村野的笔记本上马上就记得满满的。

"其他还有什么注意到的问题吗？刚才问了关于鞋底的问题，鞋面的部分，有什么问题也请直说。例如，鞋面的厚度怎么样？"

"我希望鞋面更结实一点。总是感觉不太合适。"茂木提出了新的要求，"脚最终还是被夹在鞋底和鞋面之间的，不管鞋底多么好，鞋面不够结实的话，跑步的时候总会感觉摇摇晃晃。这样的话，感觉不太稳。"

陆王的鞋面材料，使用的是轻型的尼龙素材。

"鞋面又薄又轻，这点不错，但同时存在感不强。如果能用结实又保温，同时又透气的材料就好了。"

这一点还真难办。

说出要求很简单，但要实现却很不容易。

又要轻，又要保温和透气，还要耐用，这种材料现在宫泽还想不出来。集这些几乎矛盾的特性于一身的材料，这世上真的有吗？这件事本身就让人怀疑。

"鞋面材料又是另一回事了。"

和茂木分手后，两人走进附近一家咖啡馆，稍事休息，顺便讨论问题。村野问：

"选现在的材料，是因为它轻吗？"

"是的。"

宫泽点点头，想了想又说："不对。说实话，是因为找不到其他合适的。这是向认识的纤维厂商咨询后批发过来的。"

"原来如此。"村野点点头。他把咖啡杯凑向嘴边沉思着，"不知道能不能成，我给你介绍亚特兰蒂斯合作的厂商吧，跟他们商量看看。"

那太好了。宫泽也许没有意识到，自己早就等着村野说出这句话了。

"那，我明天就把关东人造纤维的负责人名片传真给你。"

"关东人造纤维啊？"

这家厂商很有名，但宫泽只闻其名，从没跟他们打过交道。如果这次能达成交易，对小钩屋来说也是一个好机会。

"不过，他们不一定会把卖给竞争对手的产品卖给你。"村野补充了一句，"关东人造纤维制造的素材，是根据各个公司的特点和设计生产的。虽说不像鞋底那么明显，但鞋面的功能性也是很重要的考虑要素。"

"明白了。"

总之，只能去谈谈看。试试再说。

## 5

"跑鞋的鞋面材料？"

三天后，宫泽去拜访了位于大宫车站前的关东人造纤维分社。

接待他的人，是一个叫大野的三十过半的男人。他的头衔是主任。村野介绍的人是营业本部部长，但因为小钩屋在埼玉县内，他介绍了总管北关东业务的这家分社。

"小钩屋并不是制鞋厂家吧？"

宫泽将一张名片放在大野面前的桌子上。大野连笔记本都没带，走进会议室，斜着身体，抱起胳膊，脸对着宫泽。

"我们的本业是制造足袋。"

宫泽拿出带来的手册，简单介绍了经营范围，然后取出陆王的样品给他看。

"我们准备卖这种鞋。"

大野把陆王拿在手上，凑近看看鞋面部分，然后用手指捏一捏，还给宫泽。

看起来，他没什么想法，也没什么兴趣。

"我们的鞋底很有特点，采用了一种叫希尔可乐的新材料。"

大野面无表情地打着哈欠，听着宫泽的介绍，问："要做多少双呢？"

"生产计划正在制订。不过，我听说大厂商的鞋面材料都是贵社提供的，所以想知道能不能分一些给我们。"

"确实，我们跟制鞋厂有生意来往，但都是在一定量的前提下才能供货。"大野的口吻略带嫌弃，"也就是说，少量的订货我们不接受。要跟我们进货，没有一定的量是不行的。"

"你说的一定的量是多少？"宫泽战战兢兢地问。

大野报出的量让他说不出话来，垂头丧气地说："这么大的量，我们还不能一下子下订单，我们还在开发阶段。"

"那样的话，除了我们，那些针对样品的供应商应该也有吧。"

根本没把他放在眼里。

小野好像在说，这样的小买卖，只是自找麻烦。

"您认识那样的供应商吗？"

宫泽却像抓住一根救命稻草一样接着问。

"不，我们公司只做大生意，在这方面不太清楚。"大野敷衍地回答着，看了看手表，"真抱歉，没能帮上忙。"


从大宫回到公司，宫泽把车停进工厂里的车位，拖着沉重的脚步回到事务所。

不过，他并没有灰心丧气，只是全身像被一层疲劳的膜覆盖，透不过气来。

怎么回事？

他在社长室思索了一会儿，却想不出什么好主意。出了房间，他走向饭山和大地正在奋战的开发室。那里正在热火朝天地准备量产"足轻大将"的鞋底，不光是饭山和大地，安田也在忙个不停。

"啊，怎么了，社长？"

宫泽走进来，安田询问他进展如何。宫泽咂咂嘴皱着脸说："吃了个闭门羹。"

"真是的，看我们公司小……"

安田气愤地把手里的工作手套扔在旁边桌子上，抱怨说："太瞧不起人了！"但是他也没什么好办法。

"你们这里怎么样了？"

旁边的机器正在运转，饭山在其旁紧盯，他和大地正专心致志地检查。

"一切顺利，照计划进行。"

饭山似乎听到了他们的谈话，从机器那边探出脸来。大地一脸认真地在记事板上做着记录。

新制造的"足轻大将"，在昨天已经投入了追加生产，随时准备发货到都内的商店。要生产出计划中的五千双，希尔可乐的制造线和缝制部都必须全力开动。但是，这个生产计划，随时可能遭遇重重困难。不管怎么说，这本来就是生产样品的机器。从来没有生产过如此大量的希尔可乐，缝制部也因为生产计划的变更变得人手紧张。只要有一个人因病请假，生产计划就很难执行下去。

除此以外，宫泽还担心其他问题。

那就是资金的筹措。"足轻大将"要增产，就要增加进货资金。


## 6


"社长，埼玉中央的大桥先生来了，拜托接待。"

当天下午三天过后，富岛来叫宫泽。

"听说你们需要运营资金。"大桥开门见山地说。

宫泽点点头："这个新产品很畅销。"说着，他把放在社长室展示架上的"足轻大将"拿给大桥看。

大桥凑近脸看，问："这是地下足袋吧？有什么不一样的地方？"

"你拿在手里看看。"

287

大桥如宫泽所言把"足轻大将"拿在手里，却仍然面无表情，只是歪着头。

"再拿这个试试。"

大桥拿起旁边的传统产品，说了句："真重。"

"不光是这双地下足袋重，全世界所有的地下足袋都差不多是这个重量。也就是说，这种新地下足袋，首先很轻，这是它的卖点。还有，鞋底也比生橡胶更柔软，对地面的触感很敏锐。而且，它的耐用性也比生橡胶更优越。"

"卖得很好吗？"大桥反应迟钝地问道。

宫泽回答说："很好。"

"现在正在追加制造五千双。就算这样，照这个势头下去，不到半个月又会卖光。这是从没有过的畅销产品。"

大桥没有反应。

他把地下足袋翻过来，哼了一声。看不出是不是真的有兴趣，只是拿手指甲弹了弹鞋底。

"能拜托你们借给我们三千万吗？"富岛站在大桥对面，"要担负蚕茧渣的进货，还有加班费，我们的资金压力很重。"

实际上，这个金额里也包含了陆王的相关费用。受了"足轻大将"畅销的鼓舞，富岛也最终同意了这个金额。

事务员端来了茶，他们请大桥坐在沙发上，富岛拿出最新的试算表，进行详细的说明。

大致听完以后，大桥考虑了一会儿。

"那是用希尔可乐那种材料做的鞋底吗？"他问，"运动鞋的事你们打算怎么办？现在又准备做地下足袋了？"

宫泽再次憋着一肚子气看着大桥。他想起了希望银行拿出陆王的开发资金时大桥那副不可一世的态度。

"地下足袋只是一种副产品。跑鞋正在开发中。你们不是没有兴趣吗？"宫泽半带不耐烦地说。

大桥兴致索然的目光投向产品陈列架。宫泽取下最新版的陆王，放在桌子上给大桥看："就是这个。"

大桥伸出手来，不过当然，他没有一句赞叹鞋的重量之轻的话。只是瞥了一眼鞋底，又把鞋放回原处。

"这个跑鞋，进展顺利吗？"他大剌剌扔出这句话。

"我们可是在苦战。不过，你经常跑步吗？"

"没有。"大桥立即回答，"我是读书人。"

真是个不知天高地厚的家伙。宫泽真想把他一拳打飞，他忍住怒火，说："人类就是因为会跑才能活到今天。"如他所料，对方仍然没有任何反应。

"这不是已经完成了吗？"大桥指着鞋子问。

"没有，还差得远呢。"宫泽说，"还要进行鞋底的改进，鞋面的材料也要再讨论。"

"社长，我记得你说过，这个产品教育行业卖得不错？"

"这个嘛。"宫泽记得自己好像是说过，"不过，我们正在努力做出更好的产品，才能不输给对手。你们银行的客户里面，如果有经营鞋面材料的公司，也请告诉我们。"

"啊。是啊。"

大桥的回答无精打采。

如果是坂本，肯定会诚心诚意地提出各种建议，说不定早就掏出记事本，看看能不能帮上什么忙了。令人不得不感叹，光是一个负责人，就能决定一个银行的形象。

第十一章　替补选手大地

# 1

这一天，大地完成了当天的生产计划，收拾完毕走出开发室，已经是晚上十一点多了。

他疲惫不堪，坐在工厂一角的长椅上，喝了一口塑料瓶里的水。长明灯下，飞蛾发狂地乱舞，大地凝视着飞蛾，聆听夜晚的静寂。疲劳从脚底爬上来。摇晃头和肩膀，能听到骨头在咯咯作响，伸直胳膊，僵硬的肩胛骨周围传来一阵紧绷感。

今天也是一刻不停地干了一整天。早上七点刚过就来到工厂，准备生产工作，接着一刻不歇地持续生产鞋底。也许是精神饱满的缘故，时间一眨眼就过去了。傍晚的时候看了看时间，刚过五点。再次意识到，已经是晚上十点多了。在忙碌的工作中忘记了时间，精神高度集中，一个小时感觉就像是十五分钟。

这样的工作节奏下，时间绵密而充实。忙碌并不让他觉得痛苦，反而乐在其中。

"辛苦了。"

饭山接着大地的后脚才从开发室出来，走过大地身边时，他打了声招呼。

"辛苦您了。"大地轻声说。

饭山只是微微抬起右手示意，举止间写满了疲劳。行田的夏天很热。今天也是个热带一样的夜晚。每一天，体力都像被刨子削去一点。

不过，量产进行得意外的顺利。新地下足袋继续畅销，小钩屋的业绩也在迅速恢复中。在背后支持业绩的飞跃的，正是饭山和大地两个人。这件事令大地很是自豪。

大地把喝完的塑料瓶扔进垃圾箱，缓过神来，使出最后的力气拖着变得沉重的脚去关上大门，走向空无一人的停车场。这时，早他一步出来的饭山的身影闪过眼角，饭山消失在围墙那边。空无一人的工厂里静悄悄的。只有旁边国道上来往的车辆的声音在盛夏夜里闷声作响。

打开自行车的锁，把自行车推出来，这时，大地听到了一个声音。

一开始，他并没有意识到这是什么声音。

但是，出了小钩屋的正门，在长明灯照不到的黑暗中，只见一个人的影子形成了一个黑块。

大地停下自行车，浑身僵硬，花了好一会儿时间，眼睛才习惯黑暗。只见两个男人，正在拿脚踢倒在地上的男人。一个男人弯下腰，往地上的男人脸上就是一拳，另一个男人踢了地上的男人一脚。地上的男人身体不自然地蜷曲起来。

大地屏住呼吸。

"饭山先生！"他大叫一声，男人们吃了一惊，停止攻击，看了大地一眼。

大地严阵以待，男人们却马上转身敏捷地逃走了。长明灯照出了两人的背影。

一个人穿着条纹衬衫，白色裤子。另一个人在这么热的天气里，仍然穿着上下身全黑的西服。

"饭山先生！"

大地从自行车上下来，跑过来，呼唤倒在沥青路面上的饭山。

没有回答。

饭山的嘴巴抽动，似乎急需氧气，但说不出话来。

"坚持一下，饭山先生。"

大地用颤抖的手掏出手机，拨通了急救电话，然后又给父亲打了电话。

"救护车马上就要来了。再坚持一会儿，饭山先生！"大地急切的声音，被黑暗吞没。

他低头看着躺在地面上的饭山。在长明灯微弱的灯光中，饭山正在痛苦地呻吟。

饭山嘴里似乎在说着什么。大地蹲下来，努力辨认着饭山嘴里重复念着的话。

这次他听得很清楚。

"对不起……"

"你说什么，饭山先生？"大地问。

这时，远处传来了救护车的警笛声。

2

医生要通报检查情况——

凌晨一点多，在医院里，护士向等候室里的宫泽他们宣布。警察接到报警后，也已经来做完了案情问讯。

"您是他太太吗？"护士问道。

饭山的妻子素子站在一边，一脸苍白地点点头。然后，她转向宫泽和大地，还有闻讯赶来的富岛和安田两个人，一脸不安地问道："可以的话，能跟我一起进去听吗？"

所有人都进了医生办公室。医生正坐在电脑前等着。

"拍了 CT，脑部和内脏并没有什么异常。性命没有大碍。但要暂时住院观察一段时间。"还要在医院观察多长时间不得而知，不过医生说性命无忧，大家都放下心来，松了一口气。

"不过，全身受到殴打，有好几处骨折，暂时需要静养一段时间。"

"需要在医院住多长时间呢？"素子担心地问道。

"最少需要三周的观察期。"

"三周？"素子嘴唇干燥，嘴里重复着。

"别担心，我们会照顾他的。"

宫泽似乎察觉到了素子心中所想，目光投向富岛，似乎在征求他的同意。他的视线碰上了富岛强硬的视线，没有说话。

和医生的面谈结束后，他们来到走廊，和准备去病房的素子分手。

"对不起，阿玄。"

"哪里。"

富岛轻轻摇着头，目光仍然强硬，轻轻叹了口气。

"没办法，福祸相依啊。"

据被送进医院的饭山说，攻击他的两个人是自己曾经借过钱的系统金融的人。以富岛的性格，说不定会说出自作自受这样的话。

"但是，住院三周的话，生产怎么办呢？没有顾问，希尔可乐怎么造得出来？"

富岛的问题，让安田仰头望着天花板，紧咬住嘴唇。

这时，大地说："我来。"

大地的话，让宫泽睁大了眼睛。

"你？你能行吗？"

"可以的。"大地不耐烦地说。

宫泽不由得和安田面面相觑。

"没问题吗？阿大？"安田担心地问。

"总能撑过去的。"大地说，"而且，饭山先生的脑子还是很清醒的，有不懂的地方可以来问他。"

宫泽失去了判断。这件事肯定不像大地说的那么简单。

但现在，如果说小钩屋里有谁能代替饭山，也只有几个月来一直在给饭山打下手的大地了。

"本来社长不就是指望我去学点东西？"

感觉到所有人担心的视线，大地露出笑容说。在同事们面前，大地管宫泽也叫"社长"。

"啊，说得也是——"

"我也不是光看着从来不动脑子的哦。"

"明白了！"宫泽直直盯住大地的眼睛，说：

"总之，要全力以赴！"

3

早上和大地一起七点就到公司，宫泽把仓库里的材料搬进开发室。大地立刻开始了忙碌的工作，他检查了生产计划表，开始计算当天的材料投入量。

"拜托你了。"

仔细一看，简陋的制造线似乎很不可靠。用制造样品的机器来投入量产，这个做法到底能坚持到什么时候？这个问题，不光是宫泽，恐怕连饭山和大地都回答不出来。

这完全称不上是稳若磐石的生产体制。

如果要量产用在"足轻大将"上的希尔可乐，应该再造一个与之相匹配的生产线。但是，现在的小钩屋，要挤出这点资金，也是很困难的。

"阿玄怎么想？"

宫泽询问富岛关于这件事的意见，是在这天的傍晚。

在社长室，富岛手上拿着已经结算过的文件，考虑片刻之后，说："要看杯子里的水啊。"

宫泽没听懂这句话，不由得追问道：

"你说什么？"

"现在的设备还能用的话，就还是凑合用下去吧。设备投资还是等到杯子里的水溢出来的时候再说吧。"

"那样的话，不是会错过商业时机吗？"

"那只是暂时。"富岛说，"但是，原来的杯子始终会在那里。不会有损失。而且，溢出来的水怎么都装不下的时候，只要再增加一个杯子就行了。"

宫泽在心里反刍着富岛的话。

在高速经营的时代，富岛的想法却与时代背道而驰。不知道他的想法是否正确。但是，这肯定是富岛从自己的经验中总结出来的。

"我不懂什么高深的经营理念。不过，放过赚钱的机会，算不上是损失。"富岛断言，"如果不能预测未来，就只能根据现实来做决定。如果现在运转顺利，就应该保持原样。还有——埼玉中央银行的大桥先生马上就要来社里，拜托你了。他大概是来谈融资的。"

说着，富岛轻轻低下头，静静走出了社长室。

约莫一个小时过后，大桥来到小钩屋。

"前几天您提出的运营资金的事，已经决议通过了。真是多谢了。"

大桥坐在社长室的接待沙发上，说出这句话，低下头。

"那就太感谢了。"

本来已经做好了准备，要应付他往常的各种刁难，谁知如此顺利，宫泽不由得跟旁边的富岛互望了一眼。

"真少见啊，进行得这么顺利。"宫泽微带讽刺地说道。

"这是增运。"大桥回答说。

所谓增运，就是追加运营资金的简称。简单来说，销售走势看好，进货增加，就可以借到钱。进货的货款，从销售利润里面支出也可以，但实际情况并非如此。很多公司在收到利润之前必须先支付进货资金。大多数情况下需要垫钱。小钩屋也不例外。不管销售额增加还是减少，都必须要借钱来维持经营，这是中小微型企业的实际情况。

"分行长也说，这笔资金，一定要支援。"

"那就太感谢了。对吧？阿玄？"宫泽征求着旁边富岛的同意，又忍不住露出几句埋怨，"如果你们一直这样融资给我们，就没什么问题了。"

"这需要签合约，拜托了！"

利息肯定不会低，但总比借不到强。宫泽当场在大桥递上来的合同上盖了章，资金上暂时不用担心了，这让他摸了摸胸口，暂时放下心来。

"对了，今天来还有一件事。"

大桥把合同塞进包里，本来以为他会起身离开，谁知他隔着桌子，从对面向宫泽和富岛投来毫无表情的目光。

"之前，你们在找鞋的材料，对吧？已经找到了吗？"

茂木指出了他们鞋面材料上的问题。村野介绍的关东人造纤维拒绝了他们的订货，他们还在四处寻找。

"不，还没有。"宫泽回答说。

"你看看这个。"

大桥从旁边的盒子里取出样品一样的布料，铺在桌子上。

那是一种网眼布。

虽说是很粗的尼龙纤维织成的，但摸上去却感觉细腻柔软。厚度适中，重量比看上去轻得多。

"有一个公司叫橘·拉塞尔。这是他们的产品。"

"是纤维厂商吗？"宫泽问道。

"不是厂商，是编织品公司。"大桥回答说。

"这是我在以前的分行时的客户。之前社长问我材料的问题，我忽然想起来，就去问了问，对方就送来了这个。"

"哦。"宫泽的回答暧昧不清，他比较着几种样品。

"橘·拉塞尔那边说，请讨论看看能不能用。分行长也说一定要介绍给你们。"

"橘·拉塞尔是什么样的公司？"

"创业公司。"大桥说。

"创业公司？"富岛反问道。

他脸色不太好看，大概是因为他是个保守的财务人员。确实，没有比刚创立不久的创业公司更容易破产的了。

"这家公司发展很顺利哦。"

难怪富岛会介意。大桥也说："不过说实话，这家公司现在还算不上赚钱。"这也是很诚实的回答，"这家公司，是在大型纤维厂商研究所工作的橘社长退休后创办的。成立只有三年。"

"他们有什么独特的新技术吗？"宫泽问道。既然是创业公司，那么肯定有特有的长处和专业技术。

"他们掌握了编织的新技术，还有专利。"大桥说。

"布有编织布和纺织布两种，您也知道吧。在编织布上，他们拥有经编的独特技术。"

"所谓独特的技术，是指？"宫泽问。

"详细的技术问题我也不太清楚。他们开发了一种新型机器，能进行一种叫双拉塞尔的编织法。"

大桥打开橘·拉塞尔的公司介绍，只见上面印着工厂的实景，排列摆放着几条巨大的线编绳索。公司所在地是户田市。社长是橘健介，从业人员二十名。

"跟我们规模差不多。"富岛说。

"销售额十亿日元左右。"大桥的回答出乎富岛意料，"公司刚成立，正在寻找新的客户。我把样本放在这里，请你们讨论吧。"

当天晚上，宫泽把样本拿给村野看。

村野认真地看了好一会儿，忽然抬起头对宫泽说：

"宫泽先生，没准这种材料可行。"

4

第二周的周三上午，宫泽、村野和埼玉中央银行的大桥一起，去拜访位于户田市郊外的橘·拉塞尔。

他们的事务所兼工厂是一个方方正正、大煞风景的建筑。这家公司刚成立三年，厂房看上去却很老旧，应该是连工厂一同买下的二手不动产。

在事务所的前台通告了来访的意图，不一会儿，橘社长就带着营销负责人出现在他们面前。

"欢迎光临。"

橘社长带着关西口音，中规中矩地打完招呼，说了声"先看看我们的工厂吧"，带着宫泽他们去参观工厂。

这就是在手册上看过的摆放着编织机的工厂。粗大的绳索排列着，最先进的自动编织机正在运转，让人怀疑这是科幻电影里的场面。

橘社长站在一台停下来正在点检的机器前，粗略介绍了公司的业务概要和特点，给宫泽留下最深印象的，是他对自己公司技术的自信。虽然业务规模并不大，但他言语之间洋溢着对技术的自信。

回到接待室，橘社长已经把样品铺在桌子上。

大桥拿来的只是其中几种，放在这里的样品却是五颜六色，一共有三十多种。每种都是经编技术编织的双拉塞尔或者是螺纹织物，花样多种多样，手感不一。

宫泽和村野一起热心地看着这些样品，问出了他最关心的问题："你们接受最少多少量的订货？"

要是对方像关东人造纤维一样，说不接受小批量订货，那就到此为止了。要是进货太多，有库存堆积的风险。但是，橘社长的回答跟关东人造纤维完全相反。

"我们不管量多少都可以。我们可以给小钩屋你们想要的量。"

"真的吗？"宫泽笑逐颜开，一脸放松地和身边的村野交换了个眼色，"那真是太好了。"

"我对跑鞋有兴趣，对自己的技术也很有自信。但是大厂家大多不肯用我们的产品。听大桥先生介绍你们的情况时，我就想，如果能和小钩屋一起干就好了。"

橘社长与其说是个管理者，不如说更像是个研究者，他真诚的目光盯着宫泽。

"您能这么说，那真是太好了。"

宫泽拿出自己带来的小钩屋的介绍手册和陆王的样品，开始讲述起自己开发新产品的前后经过。

橘社长默默听着，想了一会儿说：

"总之，现在最重要的，是想要更有质感的材料，对吗？"他总结道。

"再多一点要求，那就是希望兼具功能性。"村野说。

"首先要透气。脚会出汗，所以尽量希望不要太闷。还有一些听起来像是相反的特点，希望它既柔软又耐用。"

"原来如此，那样的话，请看看这个。"橘社长摆出几种新的样品，"这些跟用在跑鞋鞋面上的是同一种材质，都很轻。如果有感兴趣的，我们可以从库存里拿出来，你们拿去做样品。然后再订货也可以。"

真是求之不得的提议。

宫泽当场和村野商量，选出了三种材料。每种都是双拉塞尔编织法编织的，既柔软又强韧。

"要做出样品并经过测试，至少需要两个月。您能等吗？"村野问道。

"当然了。我等你们的好消息。"

拜访橘·拉塞尔，取得了超乎宫泽期待的成果。

"大桥先生，你介绍了一个很棒的公司啊，真是多谢了。"

在停车场，宫泽向大桥道谢，大桥仍是平常那副不讨喜的表情，淡淡说了句："哪里，没什么。而且，生意还没谈成呢。"

情况确实如他所说。不过，能联系上有技术含量的材料供应商，意义很重大。

"确实如此，不过，马上就能知道结果了。"宫泽说，"看来一桩生意，不是靠一个人就能做成的啊。要有能理解的伙伴，要有技术，又要有热情。完成一个产品，本身就像是组队跑马拉松。"

大桥似乎在咀嚼宫泽的话，想了一会儿说："也许是这样吧。"他脸上也看不出深受感动的样子，坐上银行业务用车回去了。

"真是个奇怪的家伙。"村野目送着大桥的车子向左拐，消失在视线里。一丝微笑浮现在他嘴角。

"不过，他也是我们的伙伴啊。伙伴也是性格各异的，宫泽先生。"

"确实如此。不过，真是感谢他，真的。"

像现在这样越过一重一重的障碍，肯定能在某一天完成满意的产品。必须相信这一点，继续脚踏实地地努力下去。

## 5

"茂木，去吃饭吧。"

周六傍晚六点多，平濑邀请茂木一起去吃饭。

宿舍的食堂周六周日休息，只有工作日开放。从周一到周五，队员们忙着工作和练习，过着如同盖戳一般单调的生活，只有周末可以自由度过。有些队员会把一周的脏衣服都拿回家里洗。不过，茂木本来就不是本地人，总是待在宿舍里，无所事事。平濑跟他一样，两个人都闲得很，因此两个人经常约好一起去吃饭。今天就是这样。

"吃什么？"

茂木穿得很随便，运动裤搭配 T 恤。平濑跟他一样打扮。

"太贵的地方去不起。"平濑开玩笑说。

两个人都没有去高级餐厅吃东西的爱好，也没有钱。其实，都不用商量，两人去的地方照例是车站前的商店街。那里有很多便宜的居酒屋和大众食堂，在里面随便选一个就好了。还有，不管去哪儿，两人都是一副随便打发一下的态度。

最终，两人进了商店街尽头一家挂着麻绳门帘的居酒屋。

这家店店面很小，但老板是个日本酒痴，走遍了全国的酒库，挑选自己中意的酒，这是他们家的卖点。消费不高，小菜很可口。

平濑好酒，茂木却不怎么喝酒。两人漫无目的地闲聊，茂木只顾着吃小菜。

两人先是各自倒了一大杯生啤酒，干完杯，又要了毛豆和鱼干。客人稀稀疏疏，大概因为是周六，店里流淌着悠闲的气氛。

微醺的茂木吃着美食，很享受地跟平濑聊着天。在大和食品田径队，平濑是他最亲近的前辈，也是很棒的倾诉对象。在他因为腿伤烦恼的时候，多亏有平濑在身边安慰他。

"对了，昨天，野坂股长有没有找你谈话？"两人聊着公司的事，平濑忽然想起来什么，问道。在这之前，茂木不时发出爽朗的笑声，此时嘴角的笑容也收敛起来："你都知道了啊。"

"我听牧村说的。"

牧村和野坂都在劳务课任职，他和平濑同期入社，关系很亲近。

"其实没什么问题吧？你的伤也好了。"平濑瞥了茂木一眼，有点担心地问道。

平濑所说的"没问题"，是指茂木作为大和食品田径队队员的资格。

"他只是问了问我的情况，以后的比赛计划等。让你担心了吗？"茂木笑着问。

平濑看着他，目光中有些寂寞。

"要是连你都不在了，不知道会怎么样，我是这么想的。"

茂木的心中浮现出疑问。

"连你？什么意思？平濑，你以后——"

"哎呀，茂木。"平濑打断茂木的话，盯着手中玻璃杯里的酒，好半天没说话，"我，要从田径队退出了。"

茂木耳朵里，店里回荡的演歌消失了，视线中的色彩也消失了。

茂木完全不知道平濑在说什么。

不，也许是他不想知道。

"我要退出了。"平濑又说了一次。他脸上浮现着寂寞的笑容，看着茂木，"一直以来多谢你了。"

"——为什么？"

茂木的脑子还没有反应过来："为什么？"

"不用问，你就应该清楚吧。"

平濑曾经是大学接力跑的一流选手，但因为脚伤，渐渐告别了正式比赛，那正是茂木大学四年间在箱根比赛上大显身手的时候。

后来平濑的竞技人生，就在回归比赛和旧伤复发间反复。付出血汗的努力，克服了伤痛，但曾经受过伤的股关节总是旧伤复发，本来已经近在眼前的纪录，离平濑越来越远。

曾是一流选手的平濑的名字从正式比赛的优胜记录中消失，平濑的敌人不再是他的竞争对手，而是自己的伤。

"我看到了自己的界限。"

平濑的眼光看着远处，认输了。

茂木知道自己应该说出几句漂亮话来安慰他，但是他的喉咙发干，什么也说不出来。平濑继续说：

"前几天在日本选手权争夺赛上，看了毛塚的比赛，我就想，这不是我该出现的地方了。毛塚虽然最后输了，但那是因为山崎的策略得当，不管在谁看来，都是毛塚更有潜力。我就算克服了旧伤，也不能跑出那样的成绩。在那一瞬间，我就明白了。这是我的能力的界限所在。不知何时，我已经到达了极限了。因为想超越极限，才会受伤。"平濑说着，露出笑容，眼睛里闪烁着泪花，"以前我一直不知道在哪里停下来。虽然知道每个人都有自己的极限，但脑子里总是以为自己还可以。不，说实话，现在我也还有这种想法。"

平濑说："以前，我是为了胜利在奔跑。中学、高中、大学，进入社会以后——虽说已经绕了地球半周，但我赢不了他。一旦意识到这一点，心里就像开了一个大洞。以前身上所有的力气，都从这个大洞里漏掉了。就像沙漏一样。我已经没法坚持下去了。"

说着，平濑似乎要平复自己的情绪，停了下来，默默地把酒杯端到嘴边。

"不过，我真的想变得更强，真的……"

茂木从没有见过一个男人如此寂寞的脸。"但是，我已经做不到了。所以，希望你能好好努力。代替我去跑吧，茂木。我的梦想，就交给你了。"

平濑伸出右手。

"平濑君……"

茂木还愣愣的，但平濑催促着他。茂木犹犹豫豫伸出右手，平濑使劲握住，把他的手握得生疼，仿佛要从自己的手掌上把身上的能量都传递给茂木。


# 6


放在旁边餐桌上的手机响起来了，饭山还在半梦半醒中。在分不清是现实还是梦境的浅浅的迷糊中，他似乎回到了童年时的家。不久医生出现了，他想起自己现在正躺在医院。耳朵里远远听见医院里的各种声响，但自己却没什么住院的现实感受。

但是，现在——

饭山猛然睁开眼睛，抬头看着眼前白色的天花板，现实让他清醒过来。他把手伸向旁边，反射性地想要坐起身来，但上半身已经被固定住，十分沉重，身上传来的疼痛令他皱起了脸。他戴上老花眼镜，看了看手机上的信息。

是大地发过来的。说是机器出了毛病，原因不明。

饭山沉思了一会儿。他沉着脸盯着手机屏幕。

"怎么了？"这时，素子从门帘后面出现，看到饭山的样子，一脸惊讶地问。

"是阿大发来的，看来进展不顺。"

"是吗？"

素子睁大了眼睛，一脸为难，但她什么都没说，只是拉开了床边的折叠椅。把购物袋放在上面，拿出纸盒包装的葡萄汁。这是饭山点名要的，素子正准备把吸管插进吸口，饭山却说：

"等会儿再喝。去把那边的笔记本和铅笔拿过来。"

"不能让阿大自己去处理吗？"素子担心地问道。

饭山说："那当然了，那是我的机器。机器维修也要算进顾问工资的。"

饭山试图挪动身体，却皱起了脸："好疼。"

"见鬼！"饭山握住铅笔的拳头狠狠地捶在床单上，"现在可不是躺在医院的时候。妈的！"

饭山难以掩饰自责，素子担心地看着他。

"那就早一点好起来吧。出院后再尽情地工作，补偿回来，好吗？"

饭山看着眼含泪水的素子，自己胸中也涌起一阵滚烫的热流，他不得不把它压下去。

我真是个无药可救的傻瓜——

去跟那些家伙借钱，最后落荒而逃，也没有跟他们调解好。

自己的不负责任，最终以这样的形式，报应在把自己从谷底拉出来的宫泽他们身上。

"我到底要躺到什么时候？"

饭山今天已经不知道是第几次问出这个问题了。他问回诊的医生，问护士，现在又对根本一无所知的妻子问出了这个问题。

答案早就摆在那里，病好了才能出院。

"病好了就能马上出院。"妻子的回答也在预料之中。

"不就是骨折吗？躺在家里跟躺在医院没区别。"饭山心急如焚，继续争辩道。

"你现在只要动一动就很疼，待在家里也不好办。我一个人，也没法扶你去厕所。"

"去厕所我一个人就行。"饭山认真地说。虽然上半身有几处骨折了，但脚没问题，能走动。

"根本不能走。"

"我说了能走。"

饭山一脸不高兴，转过头去。

"你还真像个孩子。"

"我才不是小孩。我可是个堂堂大叔。大叔身上，都是有责任的。要讲道理，还要讲人情。这个世上，有比生命更重要的事情。"

素子正要说什么，护士从门帘那边探出头来，打断了她。

"饭山先生，来，吃饭饭了哦。"

为什么医院的护士要用哄小孩的口吻对一个大男人说话？这件事也让饭山气不打一处来。

"哎呀，怎么了？脸色这么难看。"护士看到他的脸色，问道。

"放下吧。"饭山扔出一句，"还有，我不是小鬼，也不是痴呆老人，不是说了别把我当小孩吗？"

"知道了，知道了，真对不起。"

床头被抬高，放上了专用饭桌。

"这种发臭的饭，到底要吃到哪年哪月！"饭山恨恨地说。

"吃到病好为止哦。"护士脸上浮现出笑容，仿佛在哄小孩，"快点好起来吧，饭山先生。"


7


开发室的一张桌子前，大地正埋头查看铺开的设计图。他忽然抬起头，看看墙上指针将过零点的钟。

"已经这么晚了啊。"大地自言自语道。

这天下午，饭山的妻子素子带着设计图来，说："这是饭山叫我拿来的，希望能对你有帮助。"

大地给饭山发信息，说机器出了问题，这是饭山给大地的答复。这一周以来，大地一直在孤身作战，机器总是不时出现运转不良的问题。大地猜测是设计上有缺陷，但该修理哪里，他完全没有头绪。

这份设计图可以说是饭山的锦囊，里面全是饭山积累的经验精髓。

从在前桥经营装潢材料制造销售公司的时候开始，饭山长年把心血倾注在希尔可乐这种新材料的开发上。他投入了巨额的开发资金，甚至牺牲了本业，才将这项技术变为产品。

希尔可乐就是饭山的人生，这些经验就是饭山的生命。

一开始，对大地来说，这台机器简直就是一个黑盒子。

在制造希尔可乐的过程中，不断重复犯错，技术的轮廓渐渐浮现，他才慢慢开始理解这项技术的大致面貌。

但是，饭山似乎无意向他详细解释这项技术，他曾请求饭山给他看设计图，但饭山没有理睬。

饭山一眼看上去是个马马虎虎的人，说话也很粗鲁。一起去喝酒，他会喝得烂醉如泥，是个典型的猥琐大叔。但大地理解他。饭山这个男人，在希尔可乐的事情上，是个不知妥协的钻研者，充满了责任感。

所以，饭山才把设计图拿给了大地。说起来，这也是饭山自己的忏悔，这次他因为自己的行为不当，导致不得不脱离前线。

先不说这些——

看着设计图，大地有一连串惊讶的发现，他马上忘记了时间，徜徉在知识的森林里。

"真了不起啊，饭山先生。"

现在，饭山对希尔可乐的开发倾注的热情和积累的知识更令大地深怀敬意。饭山经营公司肯定不轻松。听说他曾经在纤维公司工作，他独自钻研，竟然积累了这么多技术，真是不容易。

大地把设计图复印下来，在上面做着笔记。

盯着设计图，他渐渐摸出了点门道，不知不觉，墙上钟的指针已经过了凌晨一点。

大地最在意的是承接固体的容器的构造。他亲手打开机器的面板，确认了材料，一个一个检查连接部分零件。

容器本身看起来没问题，但支撑的构造似乎太脆弱了。这是他首先注意到的一点。还有容器的形状、厚度、重心的位置，在加热时似乎都有问题。

大地取出工具，把容器卸下来。

昨天他曾经检查过一遍，但没有仔细看。那时没有设计图，也不知道问题会在哪里。

他着重检查容器的回转轴，用手电筒仔细查看，这里的运转不良，带来了过重的负荷，最终导致了电装系统的异常，这是大地的猜想。

"试试看吧。"

他把所有挡住的面板都卸下来，包括周边的零件。他敢大胆地拆卸机器，也是因为有设计图。只要有设计图，就能恢复原状。

接近要修理的部分了，大地开始慎重地从基盘拆卸。

不知不觉，从他开始作业已经过了一个多小时了。

他完全不觉得疲劳，相反，他像一个第一次拆闹钟的孩子，兴奋不已。肾上腺素在体内奔腾。

他把卸下来的零件的形状和设计图细心地做对比。

"是这个啊……"

一眼看上去分辨不出，但大地发现了一个细微却实实在在的变形。他确认了支撑零件的底部构造，没多久，就发现了联动零件的问题。

他擦了擦额头上的汗。

大地的视线再次回到设计图上，忽然他抬起头。

走廊里有声音。

当然，工厂里除了大地，一个人也没有。

大地站起身来，打开开发室的门，来到走廊。

走廊里没有开灯，黑漆漆一片，外面的长明灯中和了半透明的黑暗。但是，这会儿那边好像有人，大地不由得毛骨悚然。

"谁？"

没有人回答。

但是，有拖拽着的脚步声传来。对方的轮廓逐渐浮现出来。

"是我啊。"

一个男人面带微笑地向他打招呼。对方似乎觉得大地受惊的样子很可笑。

"饭山先生——！"

饭山穿着睡衣，右手撑在走廊的窗框上，支撑着自己的身体。

"怎么了？你不是在住院吗？"

"我出院了。"饭山脸色发白，"是我自己要出院的。"

"没问题吗？这么干……"大地睁圆了眼睛，盯着饭山有黑痣的脸，像盯着一个深洞。

"没问题。我好得很。没人有权阻止我。现在情况怎么样？"

"等一等，你这么干——"大地为难地说。

"闭嘴。"饭山呵斥道，"没问题，快告诉我情况怎么样。"

"真是没办法。"

大地一边抱怨，一边扶着饭山回到开发室。饭山每迈出一步，脸就要皱一下。刚走十步路，已经十分勉强。他说自己是自作主张从医院里溜出来，坐出租车到这里的。

"来得真是时候，要是我不在公司，你准备怎么办呢？你一个人，怎么能行？"

"那就随机应变了。"饭山还嘴道，"对了，机器怎么样了？"

## 8

凝视着设计图上的几处问题，饭山的表情凝重可怕。他默不作声地思考着，不知过了多久，他抬起头来，看着屏气凝神等待他的意见的大地。

"干得不错！"饭山说。

"这可是饭山先生最高级的称赞了啊。"饭山很少夸人，大地开玩笑说。

"别翘尾巴！"不出所料，饭山回答道。

"我想更换零件，但是替换的零件怎么办呢？"大地问。

"带我去保管仓库。"饭山说。

"保管仓库吗？"

"保管仓库里保存着很多零件，就是为了这种时候啊。都放在保管仓库里。"

于是大地出了开发室，去旁边的准备间推了辆推车回来。

他停住刹车，把旁边的折叠椅打开，放在推车上。

"坐着可能不太舒服。"

"真棒。"

饭山从椅子上站起来，借着大地的肩膀，颤颤巍巍地坐在折叠椅上。

"好了。"

饭山坐在临时做成的"轮椅"上，向保管仓库进发。保管仓库里摆着同行破产和停业时留下的缝纫机，散发着机油的味道。

"把我推到那堵墙边。"

饭山所说的墙边摆着几个木箱，零件毫无次序地摆放其中。平时不过来都不知道，大概是在把希尔可乐的机器运进来的时候一起搬进来的。

"要从这里面找能用的零件吗？"

"是的。"饭山毫不客气地说，"很容易的，你让我下来。"

饭山一边疼得皱着脸，一边跪在地板上，面对着堆成小山的零件。

"看起来都一模一样啊。"

"里面有很多是样品。请别人做的，最后也没用上，就扔在这里了。"

"那种废品直接扔掉好了。"大地都傻眼了。

"怎么能扔掉呢？"饭山立马反驳道，"你知道我在这堆垃圾山一样的零件上花了多少钱吗？对你来说是小小一颗螺丝钉，对我来说可是一大笔财产。"

"还真是小气鬼啊。"

饭山无视大地的取笑，让他拿一个空盒子过来，把手边的零件拉过来，旁若无人地挑出零件扔进空盒子。

"零件就是生命线啊。特别是在只有这么一台独一无二的机器的情况下。"饭山一边让大地也挑选零件，一边说，"就算现在用不上，不知道哪天就能用上了。所以就留在这里了。这堆废品，也是某个机器的一部分啊。"

"跟我们的缝纫机一样吗？"大地说。

饭山一瞬间顿了顿，才说："是啊。不过，你别误解。虽说没有替代品，但零件怎么说还只是零件。"

"最重要的，是其中的经验吗？"大地问道。

"不，也不是。"

饭山大概是哪里疼痛，皱着脸回答说："是人啊。完全不可替代的，不是东西，是人。"

"人……"

大地自言自语地重复着这句话。

"不管哪个公司，都是一样的。所以，在用人的时候要慎重。说起来，你也在参加就职活动吧。"

大概是身上痛，饭山动一动手，就会皱起脸来。

"你要去什么样的公司？"

"那当然是规模大、实力强的公司最好了。不过，现在，我有点不确定了。"

大地说出了自己的心里话。

"有什么不确定的？"

"还是很不确定的。"

他讲述了自己屡战屡败的面试经历。

"确实，在面试中，没有卖点就难办了。"饭山毫不客气，直截了当地说。

大地沉默了。没有卖点，他不得不承认饭山的评价很中肯。

大地在学校算不上特别优秀，也没有什么过人的长处，更没有什么令人惊讶的才华。再加上他口齿笨拙，不够机灵，不会对自己做过的事添油加醋、大加粉饰。

"叫我来说，因为公司大就想进去，这个动机本身就有问题。"饭山停住手看着大地，"最重要的不是公司的大小，而是能否怀着理想去工作。"

"理想啊？"

至少现在的大地不知道什么是理想。寄身在父亲经营的小公司，他只是照吩咐浑浑噩噩干着活。

饭山额头上沁出汗，在荧光灯下闪着光。他从箱子里分拣出零件，转移到另一个盒子里，瞥了一眼大地说："你这家伙，到底懂不懂什么叫理想？很多家伙的理想是从好大学毕业，进入好公司，这样下去，最终成为公司的模范员工、组织的中坚力量。当然，这些理想破灭的时候会很痛苦。但是，这种理想，都是很浅薄的。"

饭山继续说："真正的理想，既不是当模范员工，也不是当中坚力量，而是对自己的工作有信心。不管公司大小，也不管自己的头衔是什么，这些都无关紧要。重要的是能从自己和工作身上找到多大的责任感和价值感。"

"我能找到这样的工作吗？"饭山一脸不可思议地看着大地。

"你现在不是正在做吗？"

饭山的话戳中了大地的痛处，他目不转睛地盯着饭山的脸，说不出话来。

饭山并没有说错。大地心中对这件事也是半信半疑。

"不然的话，你为什么这么晚了，还在这里呢？"

饭山额头上沁出汗滴。炎热并不是唯一的原因。每次他向前弯腰去取零件，就会发出低声的呻吟，因为疼痛，只能停下动作。

"您没事吧？"

大地按住饭山肩头，汗水已经打湿了饭山的肩膀。

饭山没有回答。

"饭山先生？"

"没事。"饭山挤出一句回答，把拣出来的零件扔给大地，"看，这些只要稍作改良就能用了。"

"不过，饭山先生，今天已经——"

"有工夫在那里嘀嘀咕咕，不如动手干！"饭山打断了大地的话，"自己的身体自己最了解。没有人会因为殴打和骨折而死。"

"话是这么说……"

饭山压根听不进去，从箱子里取出零件，在荧光灯下照来照去，确认了尺寸以后，再递给大地。

"这个好像也能用。我来看这边，你去找那边的箱子。"

两人默默干着活儿，大地也终于找到了可以用的零件，抬起头来。

"这些零件，看起来都能用哦。"他跟饭山打着招呼。

饭山没有回答。

"饭山……先生？"

只见先前弯着腰的饭山伸出左手抓住了旁边货架的脚。脸已经因为疼痛歪得不成样子，龇牙咧嘴，眼睛紧闭。

"饭山先生！"

饭山的左手似乎已经用尽了力气，垂落在地板上。

大概是太痛了，他喉头发出嘶哑的气音，然后呼吸急促，似乎缺少氧气。

摸摸他身上，就算隔着睡衣，也感觉很烫。眼看他开始发起抖来。

不妙啊。

要不要用公司的车带他去医院呢？大地一瞬间想道。不过，他一个人也不可能把饭山带到车上去。

他拨了急救电话。

他想起休息室里有毯子，于是拿来毯子，盖在饭山身上。时间显得格外漫长，几乎令人窒息。

好不容易传来了急救车的警笛声，大地拉开保管仓库的门，穿着拖鞋奔出去寻求帮助。

## 9

"为什么你没有马上通知医院？"

第二天，宫泽听说了事情的原委，质问道。

"我真的做不到啊。"大地争辩。

宫泽无可奈何，只能一脸不快。是饭山自己偷偷跑出来的。这个家伙，一旦决定的事就很难改变，真是个顽固鬼。

"话是这么说，不过，你总可以跟医院通报一声吧。"

医院因为走丢了患者，掀起了轩然大波。跟饭山家里联系后，妻子素子了解了原委，猜测大概是去了公司，正准备去公司找人，救护车已经再次把人送到了医院。大地打电话叫醒宫泽，是早上四点多的事了。

现在，饭山吃了止痛片和安眠药，已经在床上睡着了。

"真是给你们添麻烦了，真对不起。"素子一脸憔悴，连连低头道歉。

"不，不，我们才对不起，让您家那位这么操心，真不好意思。"宫泽回答，"不过，他还真是执着啊。我自愧不如。"

一开始认识饭山的时候，只看出他是个因为挫折和资金困难迷失了心性的男人。签订了顾问合约后，说实话，自己心里也不是没有犯嘀咕。但是现在，宫泽明白了，饭山对工作的热情是一点也不掺假的。

"真是的，这家伙认死理，一旦决定的事根本不管是否会给别人添麻烦。这次的事，我也狠狠骂了他。"

素子脸上浮现出不知该哭还是该笑的表情，似乎也在生气。

"哪里哪里。他醒了您能帮我跟他说声谢谢吗？"宫泽说。

他和大地为了让筋疲力尽的素子早点休息，离开了医院。

"老爸，不好意思，能帮个忙吗？"坐上汽车，大地说，"我想去确认一下，机器是不是运转正常。"

大地一脸严肃，宫泽一路开着车，到了公司。

两人走进空无一人的公司，径直走向开发室。机器的面板还打开着，内部的一个部件被卸下来了，在地板上反射着钝钝的光。

大地用手电筒照亮机器内部，他这个晚上应该是通宵未眠吧。但他身上不见一丝疲劳。他用昨天晚上和饭山一起找出来的零件，把已经拆开的部件按照设计图又重新组装起来。这个过程只花了半小时左右。

"幸好只是小问题。"

大地松了口气，当着宫泽的面按下了投入材料的按钮。

他操作着面板上的按钮，发动机高速旋转，发出尖锐的声音，响彻开发室。确认了机箱运转正常，大地正对着机器，在旁边的椅子上坐下。

"接下来我可以操作，老爸回家去吃个饭吧。"

"开什么玩笑！"宫泽拉过椅子，在大地身边严阵以待，"这是关系到小钩屋未来的事。你去社长室的沙发上睡一觉。你一晚上都没睡吧。"

大地没有回答，只是死死盯住机器。

"大地，这样要搞坏身体的。"

"我还年轻，没关系。"大地回答，"饭山先生都能硬撑着身体。我可不能偷懒。"

宫泽再次打量着儿子的侧脸，什么也没说，自己也在旁边默默守着机器。

好一段沉默。

"为什么像饭山先生这样的人会破产呢？"大地忽然冒出一句，"他那么努力。"

"原因有很多啊。"宫泽说，"这个世上，有很多事，不是光拼命努力就会有回报的。"

"是运气吗？"大地问。

"是啊，也许吧。"宫泽边思考边说，"有运气的原因。不过，装潢这一行，也许根本就不适合饭山。虽说这是他的家传生意。"

宫泽瞟了一眼大地，继续说道："也许，饭山也知道自己不适合。

所以，才自己开发想开发的材料，完全迈入了一个新的行业。但是，新的研究还没有开花结果，老本行就支撑不下去了。"

"你是说他犯了经营上的错误？"

"可以这么说。"宫泽回答，"不过，经营一家公司，前途总是看不清的。我们也是这样，为了陆王，投入了这么多人力财力，也不一定能进展顺利。某种意义上也是在下赌注。"

"是啊。正因为不想冒险，所以大家都去大公司啊。"

大地的话，令宫泽若有所思。

"不，不是这样的。"

听宫泽这么说，大地有些吃惊地转过头，看着他。

"不管做什么工作，经营中小企业也好，在大企业上班也好，都必然会有需要下赌注的时候。否则的话，工作就太无聊了。人生也太无聊了。我是这么想的。"

"但是，有可能会赌输哦。"

"是的。"宫泽再次看着大地，"所以，面对人生的赌局，需要有一定的觉悟，还要竭尽全力去争取胜利。不要抱怨，不要推脱责任，要尽自己的最大努力。而且，要心甘情愿接受结果。"

"但是，如果破产了，那不就什么都没有了吗？就跟饭山先生一样，搞垮了公司，还要连夜逃走。这是他自己说的。"

"大地，不要妄下断言。"宫泽平静地责备道，"饭山先生也许过去确实破产过。但是，看着吧，他现在正在积极努力。为了自己开发的希尔可乐这种材料，他可以从医院里偷跑出来，也要完成工作。真是个了不起的人。我很尊敬他。你不也是吗？"

大地似乎被说中，抬起头来。他没有说话。

沉默中，大地似乎在咀嚼宫泽说的话。

"也许吧。"

最后，他自言自语低声说。

大地向着天花板伸直胳膊，短短叹了口气，脸上浮现出自嘲的微笑。

"看来，我还不了解自己啊。为什么要靠别人提醒，我才注意到呢？"

是这样的，宫泽轻轻点头。

"选择公司和工作也是一个赌注啊。"大地自言自语道。

宫泽安慰陷入沉思的儿子说："但是，全力以赴的人，不会全盘皆输。总有一天会赢的。你现在也许不顺利，但不要放弃。"

他瞟了一眼儿子的侧脸，那张脸虽然疲劳，但神采奕奕，干劲十足。

大地站起身，全神贯注地盯着机器。

第十二章　亮相正式比赛

# 1

在这天的比赛中，茂木似乎把赌注下在了起跑后的二十分钟。

九月过半，夏天已经走到了尽头。夕阳西沉，赛场闪耀着深橘红色的光辉，一万米的比赛刚刚开始。

这是东京体育大学田径纪录赛，一场典型的正式比赛。

村野站在宫泽身边，一只手拿着秒表，全神贯注追随着茂木的身影。

刚起跑的时候，茂木就像好久没有参加正式比赛一样，仔细品着赛跑的滋味，跑得悠然自得。他跑在同组选手们的后边，有意放慢了脚步，看得人着急。

开跑十分钟以后，他开始慢慢追上来了。他躲开速度跟不上、渐渐落后的选手们，在一群选手中渐渐释放出存在感。

过了二十分钟，茂木再次加速。

"不愧是茂木啊。"

村野脸上浮现出微笑，目光热切地追随着环绕赛场跑动的茂木，还有他脚上的深蓝色鞋子留下的轨迹。

这双鞋是改良后的样鞋，鞋面使用橘·拉塞尔提供的"双拉塞尔"经编材料。鞋底的厚度，村野也根据赛道赛跑的要求，进行了调整。

这算不上什么了不起的盛大赛事。

但是，这是陆王首次在正式比赛中亮相。

宫泽意识到这一点，是因为注意到了赛场上大厂家的相关工作人员投向茂木鞋子的目光。

他们或无意或赤裸裸的视线中，对这位复出的选手到底穿着什么鞋的好奇，渐渐变成了疑问：

"那是双什么鞋？"

"从来没见过。"

"难道是什么专用鞋型吗？"

他们脸上的表情已经透露了内心的疑问。

所有人都毫无头绪。

这双鞋的名字，还有它的制造者，所有人都一无所知。

他们如此关心，原因很大程度上是担任跑鞋顾问的村野，和穿着这双鞋的茂木裕人。

但是，茂木已经离开赛场一年多，现在算不上引人注目的重要选手。人们对鞋子的兴趣，在给鞋子草草评估以后一闪即逝，转向自己熟悉的选手和熟悉的厂家的动向。比如哪个队的谁，穿了新厂商的鞋。

不过，此刻，这个瞬间，所有俯瞰着赛场的业界人员，都盯着茂木的鞋子看。

茂木在赛场上的位置发生了变化，那抹深蓝映入眼帘，在赛场上格外显眼。

茂木再次提速，最终进入了先头部队。人们还来不及感叹，他已经一步一步地拉开了与身后选手的距离。

"跑得这么快，没问题吧？"

这副情景，宫泽看在眼里，不由得有些担心地嘀咕道。

"这一组的其他选手，都不是茂木的对手啊。"村野告诉宫泽，"茂木离开赛场已经很久，这一点是无法改变的。真正有实力的人，都集中在最后一组。对茂木来说，要配合这组选手的速度的话，是跑不出自己想达到的纪录的。所以，茂木的跑法不是遵从什么策略，只是遵守自己定下的节奏。而且，时间上跟他之前计划的一样，没有一丝紊乱。虽说跑法不一样了，跑步的感觉并没有消失。能做到这一点，就是一百分的收获。接下来就是耐力的问题了。"

他能不能按照预定的节奏跑到最后呢——

已经过去了二十三分钟。

现在茂木一马当先。

"好像慢下来了。"村野自言自语道。

今天的目标，是二十七分大关。如果能跑出这个成绩，就能成为茂木东山再起的序曲。

还剩下两圈。迎来了挑战纪录的关键时刻。

"接下来，最重要的只有一件事——"村野说。

"是什么呢？"

"那就是气势。"

说着，他大声为跑过面前的茂木加油。

"茂木，加油！"

大概是听到了加油的声音，最后一圈，茂木的冲刺平添了几分锐不可当的气势。状态好极了，真是竭尽全力的最后一搏。

"太棒了！"茂木到达终点，村野确认了手上的秒表，"太棒了！"

二十七分四十七秒。

"恭喜了！"

宫泽握住村野伸出的右手，聆听着心脏的跳动，感到自己的紧张一下子放松了。

赛场上的茂木望向这边，竖起大拇指。但是，他的表情与其说是狂喜，不如说是精神振奋，情绪高昂。等茂木平静下来，村野走过来打招呼说：

"跑得真不错。"

"谢谢。说起来啊——"茂木指着自己脚上穿的鞋子，"这双鞋太棒了。"

"可以给我看看吗？"村野说着，检查着刚跑完比赛的鞋，问了茂木几个专业的细节问题，把茂木的回答记在笔记本上。

光看练习时的情况，村野就一直在说，凭茂木的实力，跑二十七分钟没问题。

但是，在一举决胜负的比赛中呈现这一点，其实是非常困难的事。

现在宫泽眼前的这一幕，毫无疑问，正是才华洋溢的人演出的二十七分钟的绝妙好戏。


"这次取得了空前的成功，真是多谢了。"

纪录赛的第二天晚上，宫泽叫上村野，去"蚕豆"喝酒。

这一天，村野还带来了自己整理的资料，里面参考了茂木的反馈和二十多位试穿者反馈的信息，提出了新的改善方案。

脚跟要如何加固、鞋带洞孔的位置要移动几毫米、外底的图案要进行部分变更，满满的都是细节问题。

没有大的修改。

村野的指示越是细微，说明陆王这款鞋越接近完成。

"虽然还有很多需要改进的地方，不过看来不久就能投入量产了。"

村野第一次说出这句话。就算喝了酒，村野也仍然一脸认真，完全看不出醉意。

宫泽听了这句话，感慨良多。

总算到了盖章下印的时候了。

期盼已久的量产。地下足袋"足轻大将"的畅销，让他们松了一口气，但重头戏陆王迟迟出不来，就等于还在起跑线上原地没动。

"首先，我们从大德百货那边开始吧。"安田似乎期待已久，早就准备好了这句话。

大德百货店是他们的主要客户，他们的产品长期以来在和服卖场业绩显著，是最适合去谈合作的。

"在此之前，必须先整理好生产体系。"从意外事件中好不容易恢复身体的饭山说。

"我们暂时没有准备增设产品线吧。"村野也对此表示理解，"那样的话，就必须保持一定的库存。否则，如果应付不来订货，那就糟了。"

这样做的话，同时也存在风险。保留库存是可以的，但如果销路不好，那就会渐渐陷入烂在仓库里的命运。

"但是，能卖得好吗？"安田说道，不过，这个问题没有答案。

"这一点，连我都不知道。"村野说，"虽说我们没有掺水，但质量好的东西一定卖得好吗？也不见得，质量好的东西很多。但是，质量差却卖得好的东西，是没有的。这也是一种现实。"

盘点小钩屋的本业足袋业界，也存在同样的情况。

"连村野先生也无法预测吗？"安田叹息道。

村野一脸严肃地点点头。

"所谓做生意，就是这么回事啊。因此才有趣啊。"


## 2


"原来如此，明白了。"

大德百货店的进货商中冈伸也，在摊开的笔记本上记下宫泽的话，然后放下手中的圆珠笔。两人中间的桌子上，放着陆王的样品。

中冈是由负责和服卖场的矢口介绍的。如果完全是新客户，连见一面都很难，从这一点来说，约见合作过的公司不至于那么困难。宫泽花了二十多分钟来介绍希尔可乐这种材料是多么棒。极力展示了鞋的功能性。

"怎么样？"宫泽小心翼翼地问。

中冈一脸为难，皱起眉头。

"说实话，不大可能会畅销啊。"

这句冷淡的话，让宫泽全身发凉。

"确实，鞋子的功能我们了解了。但小钩屋完全没有品牌号召力。还有，就是鞋子的定位问题。"中冈毫不留情地指出，"这种薄底最主要的销售对象，是全程马拉松跑四小时、一英里赛跑成绩在四分钟之内的运动员。不，可能更厉害。但是，这些选手的个人喜好很分明，有很多人都只穿固定的鞋。同一厂家还有可能，穿了新厂家的鞋，不合脚，那就太麻烦了。另一方面，如果销售对象是不知道怎么挑选鞋子的新手，卖场方面会觉得这种底薄的鞋很难卖。很容易造成运动损伤。本来，在大部分跑步训练中，都教导新手选择鞋跟厚、气垫厚的鞋。而这种鞋则完全相反，也就是说，新手都会敬而远之。"

"但是，那样的话，就跟以往的跑鞋没有任何区别了。"宫泽说，"您刚才说新手最好是穿鞋跟厚气垫厚的鞋，那才能养成正确的跑步姿势，其实不是这样的。人类本来的跑步姿势，并不是后跟着地。相反，后跟着地是一种错误的跑步方式。向初学者推销诱发错误跑步姿势的鞋，本身是不对的。"

"不，鞋跟的气垫，并没有诱发错误的跑步姿势，而是保护姿势错误的初学者，让他们不要受伤。"中冈坚持自己的意见，毫不退让，

"要是初学者穿了这种鞋，受伤的概率只会更大。就是这样的。"

"光脚跑步的时候，没有人会后跟着地。"宫泽说，"敝社的陆王，能让人以接近赤脚的感觉恢复天然的跑步姿势。这种鞋一定是有需求的。所以教育行业也采购了这种鞋。"

"但是，我们的卖场面积有限。根本没有地方放这种鞋。"

中冈仍然持否定态度，没有一丝让步。

"一个小角落就好，能帮我们摆出来吗？如果卖不出去，再撤掉。"宫泽低下头拜托道，"还有，如果方便的话，我可以站在卖场里给顾客做介绍。"

宫泽已经豁出去了。

"不，不，问题不在这里。"中冈频频摆手说，"我就直说我的结论吧，这种鞋，很难摆在店里的鞋子卖场。今天就到这里可以吗？"

说着，他也不管宫泽的反应，站起身来，似乎忽然想起什么，又说："啊，对了。放在和服卖场怎么样？那里可能会有小钩屋的足袋的顾客光临。也许，他们会顺便买走。"

"我们想打入跑鞋卖场。"宫泽懊恼万分地挤出这句话。

"那就等你们再积累些业绩再来吧。对不起，我还有下一个会议。"

中冈说着，没有好好打招呼就打开会议室的门，给他们指点了去电梯的路。

回到公司，讲述了在大德百货店的遭遇，安田垂下肩头说：

"是这样啊。"

"总之，陆王不足的地方，就是品牌影响力啊。"

"我们不是大企业，虽说在足袋业界是老厂家，但在跑鞋界却是新面孔。这种公司制造的鞋，要说品牌影响力，那确实是没有。"

"还有一件事，我也有很深的感触。"宫泽说，"跑鞋的差别，说到底不是价格和功能，而是在于思想性吧。"

"思想性？"

安田一时没有理解。

"例如，亚特兰蒂斯有亚特兰蒂斯自己的运动力学理论作基础。而鞋的设计是理论的具象化。陆王也是一样。陆王追求的是人类本来的跑步方式。依据人的身体结构，怎么样跑才自然，才轻松，才快乐——这是我们的追求，所以现在做出了这样的产品。选择哪种鞋，取决于穿鞋的人更认同哪种理念。"

"但是，能理解到这一层的顾客，应该很少吧。"安田担心地说。

确实如此。

"所以，我们更要讲清楚这个理念。"宫泽说，"到底陆王是什么样的鞋，必须在各种场合进行更多的宣传。就算要花很多时间，也只能这么做了。"

宫泽说着，自己也觉得毫无把握。靠这种做法让世间了解小钩屋的存在价值，到底需要花多少时间，多少精力呢？

但是，要活下去，只能这么做了。

### 3

"哎呀，真是谢谢啦，一直以来多谢您的照顾。"

亚特兰蒂斯的佐山口气轻快地跟教练德原诚打招呼。芝浦汽车的选手正在运动场上练习，佐山的目光投向他们。下午三点多，田径队的队员们完成了工作，正在热身。运动场上走动的选手中，有代表日本的马拉松选手彦田知治的身影。

"怎么了？最近很闲啊，老看到你。"

德原教练刚刚三十过半，还很年轻。当初作为选手，没有什么拿得出手的成绩，但管理能力却颇受好评，因此从营业部转到田径队当教练。

"怎么可能呢。之前提的那件事，请您考虑一下。"

"啊，那件事啊。让我再考虑一下。"

佐山说的是运动服的赞助合约。这段时间，佐山正在向德原强力推荐这个方案。

芝浦汽车田径队在实业团当中的能力也算数一数二的，也有不少有名的选手。

如果能不以个人名义，而是以田径队名义定下合约，亚特兰蒂斯就可以在各种场合宣传自己公司的产品，这一点自不待言。

因此，这些天，小原每天都在催促，让佐山无论如何也要和芝浦汽车签下集体合约。

"但是，我们的赞助是全方位的，比起分别管理每位选手，效率高多了。"

"嗯，这一点我明白。"德原有点不耐烦地说，"不管你们怎么赞助，选手都会私下跟其他厂商有接触。而且，有些选手已经接受了你们家的跑鞋赞助。你们好像野心太大了吧。"

"是啊，是这样的。不过，上面的人很着急啊。"

佐山竖起大拇指，露出苦笑，此时彦田正走过他面前。佐山正准备让彦田过去，视线忽然被他的脚下吸引。

"首先，彦田穿上了你们家的鞋，已经是绝好的宣传——"

德原的话都说到这个地步了，却突然发现佐山脸色变了。跟着佐山的视线，他发出一声惊呼："啊，怎么回事？"

佐山没有回答。

他本来堆满笑容的脸忽然变得很难看，跟德原说了声："对不起，失陪一下。"嘴里叫着"彦田先生"，追了过去。就算是亚特兰蒂斯的跑鞋顾问，在练习中途叫住选手，也是很少见的事。彦田带着有些恼怒的表情，从赛场走出来。

"那个，这双鞋是哪儿来的？"佐山单刀直入地指着彦田的脚问道。那双深蓝色的鞋，不是亚特兰蒂斯的"RⅡ"。佐山好像在哪里见过，不过一时想不起来。

"我就是想试试，从上周开始一直穿这双。"

"试试？别开玩笑了。"佐山勉强在嘴角浮出歪笑，"我们不是一直在赞助你吗？练习时也请穿上'RⅡ'。这是最棒的鞋，不是吗？"

"这个嘛，我不是说'RⅡ'不好。不过，它是不是最棒的，就很难说了。"彦田看了一眼自己脚上的鞋说。

"这是哪家的鞋？"

"这个啊。"彦田含糊其词，"一个小品牌，但是品质很棒啊。"

"说得好听。不知道是谁拿来的，不过，不可能那么合脚吧，这不是市面上卖的现成的鞋。"

"不是，是照我的脚样做的，很完美。"

一听到脚样这个词，佐山的脸上浮现出很强的戒备神色。

"他们有你的脚样？"

"有啊，我让他们测量了。"

听了这个回答，佐山很不高兴，双颊僵硬。

"真是莫名其妙。能拥有你们脚样的，只有我们公司。你这样做可是违反赞助合约的。"

他本想委婉提醒彦田这是违反合约的，但无法控制自己的语气变得粗暴。

但是，彦田反驳说：

"在练习时选择穿别家的鞋，不算违反合约。我听说是这样的。"

彦田的反驳，让佐山更感到了危机，眼神更凶险了。

"听说？从哪里听说的？"

"我跟你们的合约，只是你们提供赞助，相对应地，我有义务在比赛中穿你们的鞋。练习时穿什么鞋，是我的自由。不是这样吗？"

"这个嘛，也许是这样。"

佐山没想到彦田的反驳有理有据，不由得结巴起来。彦田说的没有错。但是，彦田对其他选手的影响力很大，虽说只是练习，也不能疏忽大意。

"哎呀，彦田先生，您对'RⅡ'有什么不满吗？"

"我觉得不错。"

不久之前，对于"RⅡ"，彦田还是赞不绝口。

"但是，穿上这双鞋，'RⅡ'就相形见绌了。"

再看那双鞋，此刻佐山脑子里的记忆片段苏醒过来。

这么说来，在之前的纪录赛上，茂木也穿着这双鞋——

他忽然感到一阵紧张，这双鞋的背后，让人敏锐地感到那个男人的阴影。

"喂，彦田先生。这家厂商，可是风一吹就会倒闭的小微企业，那种地方生产的鞋，怎么能信任呢？冷静想想吧。"

佐山不分青红皂白，开始试图说服彦田。

彦田坦率地说："但是，村野先生是他们的顾问。村野先生说，这种鞋很好，让我试试看，我就穿了。确实很棒。"

"你怎么老是村野、村野的，彦田先生！"佐山很是愤慨，"村野算什么！那家伙辞了职，根本没人要他，只好去那种小公司。我已经接替他了，请忘掉这个人吧。"

佐山脸上浮现出虚伪的假笑，彦田一脸不高兴。

"佐山先生，你到底对我提出过什么技术上的建议没有？"

"我不是正在建议你吗？"佐山尴尬地回答说，"让你穿'RⅡ'——"

"这个建议啊。"彦田打断他的话，"佐山先生脑子里，除了向我推荐'RⅡ'还有别的选项吗？没有吧。"

忽然被戳中要害，佐山说不出话来。

"佐山先生不过是应公司的要求，来推销'RⅡ'，所以才来跟我们打交道。佐山先生是跑鞋顾问吧？那么，不管公司的方针如何，首先应该考虑选手的鞋是否合适，不是这样吗？如果觉得不合适，就算违背公司的方针，也不会向我推荐'RⅡ'。如果是村野先生，一定会这么做的。因为他会把我们放在第一位考虑。但是，佐山先生优先考虑的是公司的利益。"

彦田的话深深刺入了佐山的心。

彦田继续说："对我来说，'RⅡ'是刚好合适，但队里有其他人，因为不合脚，很是苦恼。有谁不满意，佐山先生知道吗？"

"不，那只是误解，彦田先生。"现在佐山变成了防守的一方，"'RⅡ'现在刚生产出来，还在改进。这个阶段就收集意见，只会误导——"

"你真会利用人。"忽然，彦田的声音尖刻起来。他直盯着佐山说，"你的做法真是自以为是。你是销售员出身，部长的意见什么都对，这我也可以理解。但是，不要把我们当成你拍马屁的工具。"

彦田说着转过身去。佐山慌忙叫住他。

"等等，彦田先生！我们之间肯定有误解。如果有的话，我很抱歉，我向你道歉。以后也请多多指教。这次的比赛，你一定要穿'RⅡ'啊。我们可是全方位赞助商。"

"丑话说在前头。"彦田仿佛下最后通牒一样，"穿什么鞋，最终由我们选手决定。我们可不是为了帮你们宣传才跑步的。我们是为了自己的人生而跑。你给我好好记住！"

彦田扔下这句话，走远了。佐山目送彦田的背影消失，低头小声骂道：

"浑蛋！村野这家伙……"

他嘴里吐出来的，是对自己完全失策的懊悔。

不久，佐山抬起头来，眼睛里熊熊燃烧的，是对村野的怒火。

"什么大师啊，别开玩笑了！"

忽然，佐山的脑子飞快地转起来，转身背对赛场，开始绞尽脑汁思考对策。


4


"上个月只卖出了十五双……"

繁忙告一段落。周一下午五点多，小钩屋会议室里，安田一脸为难地抱着手臂，"情况大致如此。"

宫泽开始销售陆王已经一个月了。

之前秋老虎还是势头汹汹，不知不觉秋天过半，已经到了十二月下旬。北风大作，浓浓的冬意笼罩了行田街头。射入室内的微弱日光，宣布了马拉松赛季的到来。

"在四家专业用品店卖掉十五双，成绩不坏啊。"村野说，"还没有做任何宣传，一万二千日元的鞋子也能卖掉，已经很了不起了。"

除了有村自己的店，有村还介绍了其他三家店卖陆王。

"我不太清楚，我们能不能在网络上卖呢？"明美问。

"网上销售，很难啊。"饭山说出了自己的经验之谈，"以前我也曾经想在网上卖自家的产品。能成为当红话题当然能卖。否则的话，根本没有人看。"

"但是，我们至少应该把信息发到网上。"大地说，"不管在网上能不能卖得动，现在人们要买东西，首先要在网上调查商品的相关情况和评价。他们会在专业用品商店当场用手机搜索，如果发现评价好就会买，如果网上完全没有相关情况，很难让顾客出手购买。之所以在专业用品商店能卖出去，我想是因为有信得过的店员推荐，代替了网上的信息。"

"我也认为是这样。"村野也说，"要扩大面对面的销售，需要一定时间，只能老老实实一点一点正面攻克。我们把教育行业当作一大支柱，这个切入点很好，对宣传陆王的概念——人类本来的跑步方式，也很有利。"

虽说只有町村学园在体育课上引进了陆王，但听说大家的评价都很好。

"那就是说，只能一点一点埋头苦干了？"安田问。

村野点点头。"不过，我还有一件事要报告。"此时，他提起了另一件事，"芝浦汽车的彦田君要我告诉大家，陆王是很棒的鞋。他请我务必将话带给大家。"

真是意想不到的鼓励。

"他很喜欢吗？"宫泽不由得叫出声来。

按照村野的吩咐，照彦田的脚样做出样品，是半个月前的事。能得到彦田的认可，是件大事。

"虽说赞助什么的还言之过早，但像这样，一个一个地培养用户，在顶级运动员中间，陆王的好名声就会建立起来。还能得到他们珍贵的反馈，对我们来说，是很有意义的事。"

"越来越有意思了。"饭山说，"也许，不久，我们就能让亚特兰蒂斯大吃一惊了。"

## 5

"茂木君，状态不错啊。"

完成了练习，茂木走上从运动场到宿舍的楼梯。有人跟他打招呼，茂木转过头去，蹙起了眉头。原来是亚特兰蒂斯的佐山，脸上正浮现出销售工作时的假笑。

"谢谢。"茂木扔下一句话转过身去。

"要不要再试试亚特兰蒂斯的鞋？怎么样？"佐山的话从后面追上来。

"不，我——"茂木转过头。

"对不起。"佐山低头道歉，"之前，我们之间确实存在误会。是我们做了很失礼的事，在这里，我向你道歉。也不勉强你，可以的话，请试试我们的鞋。还有——"

佐山指着茂木脚上的陆王，说："那家公司要继续支持你，是不可能的。你看——"

佐山说着，递出一个牛皮纸袋，里面装着文件。

"这是？"

"你穿的这双鞋的厂商，小钩屋的信用情报。"佐山说出了令人吃惊的话，"你好好看看吧。小钩屋的销售额有多少，利润有多少，这个公司的规模多大，跟我们公司比比看。这种公司赞助你，要费多少劲，你根本不知道。明白告诉你，这家公司哪天突然退出跑鞋界都一点也不奇怪。不，他们随时破产也不稀奇。如果到了那个地步，谁来赞助你呢？"

茂木沉默了。

"鞋子是不是合脚，好不好，这些标准当然重要，毕竟鞋子是每个人必不可少的。但是，选择哪家赞助公司，不能光看这些。不，应该说，有更重要的判断标准。和有破产风险的公司签订赞助合约，等于自寻死路。如果是寂寂无名的选手，还可以这样。但你可是茂木裕人。顶级运动员要穿符合自己身份的鞋。和那家公司合作，就是掉价。你知道吗？"

佐山说着，把有亚特兰蒂斯商标的盒子塞给茂木，在黄昏的运动场上走远了。打开一看，里面放着一双新鞋。那鲜明的粉红色映入眼帘。正是毛塚脚上穿的亚特兰蒂斯的"RⅡ"。

那天晚上，茂木本来不想看，还是忍不住把手伸向佐山带来的资料，并没有什么特别的理由，可以说仅仅是心血来潮。

但是——

销售额和利润的变化。预测资产和负债——

茂木在公司属于总务部，有不少机会接触到合作企业的信用情报。虽然他不是很懂，但判断财务状况的基本知识还是有的。

信用调查公司调查的小钩屋的财务状况，比茂木想象的要差得多。

他并不完全相信佐山的话。但是，这些数字如实反映出，小钩屋的基础，并非坚如磐石。

这是掉价。

佐山的话，一直在茂木心底回响，如同一个污点，抹也抹不去。


运动场上，夕阳斜照。一瞬间，夕照似乎要燃烧起来，然而又快速暗下去，夜幕降临，灯火一盏一盏亮起来。

茂木一直在跑道上默默地跑着，此时，他跑出跑道，看见旁边的村野，低头致意，向村野走过来。

"村野先生，今天晚上有空吗？"

村野有些惊讶，茂木主动约他，这很少见。

大概是有什么事要商量，村野没有当场问。他又看茂木训练了一个小时左右，先出了运动场，在约好的附近的家庭餐馆等着茂木。

半小时过后，茂木身穿运动装出现了。他手里拿着一个牛皮纸袋。

"对了，村野先生，我有件事想问你。"

吃完饭后，咖啡端上来了，茂木才切入正题。

村野搅拌着咖啡里的砂糖和牛奶，停下手等待茂木的发问。茂木问道：

"你为什么要做小钩屋的顾问呢？"

"为什么？那是因为我想帮他们。"村野考虑了一会儿，说："他们的概念很棒，在认真地做很好的鞋子。这是一件好事吧？"

"但是，毕竟是做生意啊。"

茂木说出了意外的话，从刚才的牛皮文件袋里抽出文件。

村野皱了皱眉头，因为他发现桌子上牛皮文件袋上印着亚特兰蒂斯的商标。肯定是佐山那边吹了什么风。村野伸手拿起放在自己面前的文件，光是看了看封面就轻轻叹息一声。他没有打开文件，把文件推回给茂木。

"小钩屋的业绩，远远称不上让人高枕无忧。让这样的公司赞助我，对他们来说反而是沉重的负担。这是怎么一回事呢？"

"首先我要说的是，如你所言，这就是做生意。"村野清晰地说，"跟亚特兰蒂斯相比，小钩屋的业绩不值一提，也远远算不上高枕无忧。确实如此。一个是在世界范围内员工超过一万人的企业，另一个是只有几十个人的中小企业。如果经营不善，说不定连我的薪水都付不出来了。但是，我是知道这一切，还答应去做小钩屋的顾问的。这是有原因的。"

茂木目不转睛地盯着村野。村野接着说："确实，小钩屋的企业规模小，业绩也马马虎虎。但是他们做鞋的态度和诚意，比亚特兰蒂斯更执着。"

村野继续说："我想带你去看看，那些贴好鞋底、做完一双鞋的人脸上的笑容。亚特兰蒂斯在某种意义上来说，已经过于庞大。他们关心的只有业绩和眼前的利益。衡量事物的标准只有金钱。开发新鞋，也是为了振兴业绩。因此，功能上几乎没有什么进步的鞋，取个新名字，就能拿出来当作革新的产品来卖。我从来没有向你们勉强推荐这样的鞋，我的行为却是违反公司方针的。"村野接着说下去，"但是，鞋这种东西，人是要穿在脚上的。跑鞋是穿来跑步的。我认为，正确的态度，应该是把好的产品给自己负责的运动员。确实，亚特兰蒂斯的鞋品质不差，功能也不错。但是，他们不是为了跑步的人做鞋的。这种鞋没有灵魂，只是工业制品。"

村野断言。他真挚的眼神投向茂木。"我已经厌倦去卖这种东西。

公司小也没关系。我想真正为跑步的人着想，以有限的预算，去生产更好的东西。这样的工作，我觉得很有意义。所以才去帮忙。"

茂木听着村野的话，慢慢低下头。

"如果你要穿亚特兰蒂斯的'RⅡ'，请不要顾虑我们。你可以试试。我已经说过了，鞋怎么做出来的，跟穿鞋的人没有关系。你可以选择自己觉得合适的鞋。我要说的就是这些。"

村野已经说出了自己心里的真心话，但茂木怎么理解，村野完全没有把握。

他们在家庭餐厅前面坐上出租车，把茂木放在宿舍前，村野一个人往车站去。

也许，茂木会重回亚特兰蒂斯的怀抱吧。村野想。

就算这样，他也不能责备茂木。

小钩屋的实际情况就是这样，茂木也不容易。不感情用事，做对自己最好的选择，是理所当然的。没有人有资格提出异议。离新年接力赛只剩下两个月了，现在的茂木应该已经入选了吧。

不管如何，村野已经尽了全力，现在只能尊重茂木的答复了。

## 6

"看来进展不顺利啊。"

妻子美枝子说着，目光投向餐桌外小小的庭院。

这是周日的早上。吃完早饭，宫泽很罕见地什么都没做，坐在那里发呆。他的侧脸看上去很寂寞，失落的表情令人怜惜。

周五，好不容易挤出时间去大和食品练习的市立运动场，却发生了一件事，给了宫泽沉重的打击。

当时宫泽站在围住运动场的绳圈里面。初冬阳光斜照的运动场逆光，选手们都变成了黑色剪影，看不清表情。只有在赛道上奔跑的喘息声和鞋子轻轻踏过地面的声音混合在一起。

宫泽在阳光下眯起眼睛，他从网眼里看赛场，终于找到了茂木的身影。宫泽的目光追随着茂木的一举一动。

鲜橙色的夕阳为背景，茂木的身影越来越近，越来越清楚。

宫泽的心脏跳个不停。

茂木的鞋。

在越来越深的黑暗中，他看见，茂木脚上穿的鞋不是深蓝色的，而是鲜粉红色的。

那是"RⅡ"。

不知道茂木有没有看到宫泽。现在，茂木跑过宫泽面前，在赛道上越来越远。

宫泽震惊之余，强迫自己把视线从茂木脚上移开，逃跑般地离开了运动场。

村野曾经告诉过他有这个可能。但是，真正目睹这一刻时，他比想象中更深受打击。

在宫泽心中，陆王这个新项目正像一座宏大的建筑物，在一点点完成。但一瞬间，这座建筑物崩溃了，变成了一堆沙，宫泽被埋在里面，几乎窒息。

不过，有像芝浦汽车的彦田那样的选手也称赞陆王，不是也很棒吗——

宫泽试着安慰自己，但是没用。

这时，他才注意到，对自己来说，陆王就等于茂木裕人。

曾经品尝过挫折的茂木，穿着陆王重新登上舞台——

不知不觉中，这一幕已经在宫泽脑中成形、定格，变成了不可篡改的画面。

也许，在内心某处，宫泽把茂木和小钩屋的命运连在了一起。

因为受伤而退居二线的选手，在不景气的行业中硬撑的小钩屋。两者都无人问津，却在一起再创辉煌。

但是现在，玫瑰色的梦外表剥落，露出现实的底色。

他已经用尽了心力，失败感挥之不去。

没有人再向宫泽伸出手来。要摆脱现在的困境，谁也帮不上忙，只能靠宫泽自己。


"原来，这就是现实世界啊。"宫泽自嘲道。

"跟茂木先生谈谈比较好吧？"美枝子说，"没跟他谈过就回来了，有点可惜呢。"

"我自己有点意外，所以受了大打击。"宫泽说出了自己心情，"当时根本没法跟他好好谈。而且，也不好意思去说什么，跟村野谈过以后，他还是穿上了亚特兰蒂斯的鞋，那就是他的回答了。"

但是，美枝子说："也许他也在犹豫呢。"

美枝子的话，让宫泽忽然抬起头。

"犹豫？"

"是啊。茂木君既是一个认真的人，不如说也是个正直的人。他会担心我们，本来就不像是个运动员的所作所为。不管是穿陆王还是'RⅡ'，都应该跟他好好谈谈。大家都说开了，不是更好吗？"

宫泽把刚准备喝的热茶放在桌子上，视线茫然投向刚开始落叶的庭院里的树木。

"确实，你说得对。"

过了一会儿，他才自言自语冒出这么一句，开始收拾自己的心情。

<br>

7

<br>

"最终，你还是回到亚特兰蒂斯的怀抱了啊。"

跑完三千米，正在休息的时候，城户来跟茂木打招呼，聊起了鞋的事。

茂木一边补充水分，一边轻轻敲着腿，只说了句："既然他们都准备好了……"

汗水在北风中马上变冷。披着外套，茂木调整着呼吸，城户没有再说什么。

茂木已经连续一周以上穿着亚特兰蒂斯的"RⅡ"来练习了。跑步距离已经超过了一百公里。

"怎么样，这双鞋不错吧？"

佐山不知何时来了，他走过来，亲热地打着招呼。

"啊，现在暂时感觉还不错。"茂木含糊其词地回答道。

"喂，喂，要更清楚地说好啊。这是最棒的，不是吗？"佐山轻松地说道，脸上浮现出不怀好意的笑容，"那可是理所当然的，制作的厂家都不一样。"

他在暗损小钩屋。

茂木低着头，不想搭话，在佐山再次大放厥词之前回到了赛道。

"RⅡ"不错。但是，鞋子之间的差别，不是那么容易说清楚的。练习时能感到的轻微不适，在马拉松超过三十五公里时，感觉更加明显。鞋子的性能真正发挥，就是在这个时候。而且，不合脚的鞋，会引起运动损伤。

在与体力和精力的极限搏斗中，鞋子的作用会发挥到最大，成为终极武器。这时候，重要的不光是使用什么材料、测出是什么数值。还要看是否合自己的脚、是否符合自己的跑步方式、是否让自己感觉好，这都是非常敏锐的感官的世界。

茂木在箱根接力赛里因为跟对手毛塚的生死决斗而出名，但他的目标一直是全程马拉松。从高中时开始，他就一直在跑长距离，因此更明白鞋子的重要性。

现在，茂木穿"RⅡ"的原因只有一个——他要搞清楚自己应该穿哪双鞋。如果好的话就用，不好就不用。不行的话，可以用作练习鞋或是短距离跑。

"哎呀，茂木君又穿上了我们的鞋，部长也很高兴啊。"佐山一直赖在运动场上等待练习结束，嘴里不停唠唠叨叨，"实际上，你这样的选手，根本就不应该穿小钩屋这种寒酸小公司的鞋。"

茂木不说话，佐山就开始肆无忌惮地说小钩屋的坏话。

"看着吧，那家公司，马上就会从跑鞋界退出的。"佐山"啪"地拍了茂木的肩膀一记，一脸得意，"今后的事就不要担心了。我们会安排，好吗？"

"让我考虑一下。"茂木随口回答道。

佐山的脸上立马不好看起来。

"什么啊，你不是穿着我们的鞋吗？能不能说点好听的话？"

"我并不是在故意端架子。"

面对佐山的态度，茂木忍不住反驳道："我要穿好的鞋，我就是这么想的。"

"如果你想提什么条件，我们再商量。"佐山一脸严肃，他会错意了，"你有什么想法，说出来。一年想要多少双？十双，还是更多？总之，我们已经恢复对你的赞助，拜托了。你现在穿的，就是最好的鞋。"

"那我还给你吧。"

茂木这么一说，佐山赶紧摆手说："喂喂，不要当真。"佐山的轻薄样儿，终于让茂木烦躁起来。

"佐山先生也知道，要对一双鞋下评断，不是那么简单的事。你还催着我，这不是强买强卖吗？"

"是我不好，是我不好。"佐山脸上浮现出讨好的笑容，连连道歉，"总之，这次的新年接力赛，就穿这双鞋吧。就这么定了，我也有自己的立场。"

大和食品田径队在预选赛东日本大赛中获得了预想中的好成绩，已经获得了新年接力赛的出场权。

"每个人都有自己的立场。"茂木没有明确回答，"我连自己能不能参加都不知道呢。预选的时候我也没跑。"

"又来了，我听说，大家都很重视你，还在讨论呢。喂，茂木君，那个小钩屋，你怎么想？"

茂木已经背过身去，佐山追了上来。

"你想说他们是风一吹就倒的小微企业，对吧？"

佐山脸上浮现出安心的表情。

"是啊。如果要打交道，是这种小微企业可靠，还是大企业安全，你也明白吧？"

"那是当然。"茂木嫌麻烦似的回答道，"好了好了，我都觉得冷了。"

"啊，不好意思。"佐山慌忙退下，"听到你这么说就够了，这算是我们的共识对吧？达成一致了。"

之前，他操之过急地向部长小原报告说，跟茂木已经重新签好了合约。要是茂木不答应，会变成竹篮打水一场空，现在没问题了。佐山摸摸胸口，自言自语地说：

"有你好看的，村野！"


8


大和食品田径队公布新年接力赛的入选选手候补名单，是在半个月后，十二月中旬的一个周五。

从窗户望出去，白杨树的叶子已经掉光，在吹过关东平原的猛烈的北风中，树枝簌簌摇动，正是黄昏时分。

全日本实业团对抗长距离接力赛，俗称新年长距离接力赛，每年元旦要电视直播，是实业团的一大赛事。如果在这场比赛里表现不俗，作为实业团选手，所受的关注度肯定会直线上升。对于茂木来说，这是高调宣布自己全面复出的绝好机会。为此，首先必须被选为大和食品的区间选手。

这次的长距离接力赛一共分为七程。决定最终人员分配的是教练城户。他会根据选手近期的记录、成绩、状态等多方面的要素来决定。

第一程是老队员内滕。按规定，外国选手只能跑第二程，所以安排了肯尼亚选手阿纽科。第三程是另一位老选手川井。第四程是距离最长的，也是赛事最激烈的，安排了王牌选手立原。接着，第五程是水木。

"第六程，茂木裕人！"

城户的声音响彻了房间，茂木仿佛被轻微的电流电到，坐直身体，站起身来。

"我会竭尽全力的！"

之所以让他跑十二点五公里这个比较短的区间，是因为他刚从运动损伤中恢复，在距离比较短的一万米比赛中记录也不错。

虽说距离短，但第六程很难跑，地面有高低差。同时也是倒数第二程，直接影响到决定胜负的最后一程，非常重要。

接着——

"第七程，平濑！"

被教练叫到名字，平濑呆呆地没有回答。他和茂木一样，在预选中并没有被选中。城户给了他们一个惊喜。

"啊？我？"

他动作滑稽地左顾右盼。

前几天，平濑才宣布准备在这个赛季结束以后为自己的田径人生画上句号。茂木事先就知道，所以不怎么惊讶，但平濑平时就是田径队里最擅长调节气氛的人，所以队员们受到的冲击不小。

平濑已经决定退出田径队，但在前几天的纪录赛中，他仍然跑出了近年来少有的好成绩。以前，他也曾经跑过第三程，茂木私下猜想，他也不是没有被选中的可能。

"最后一程，平濑。"城户说，"跑吧，别留下遗憾。把自己所有的实力拿出来，燃烧到底！"

平濑本来还准备说些什么，此时也被教练的话感动，咬着嘴唇。

"各位，谢谢你们一直当我的队友。我非常享受，也非常充实。

我会努力的！"

眼泪在眼眶里打转，终于止不住，从平濑的脸颊滑落。这时，不知道是谁带头鼓起了掌，掌声经久不息。

会议上洋溢着昂扬的斗志，有些队员乘兴约在一起去附近的居酒屋，茂木先回了一趟宿舍自己的房间，怀着感动思考着自己的将来。

平濑的话，现在还在脑中回响。

十年以后，二十年以后，自己也将迎来最后一跑。不，如果受了伤，不管自己愿不愿意，也许会更早地迎来这一天。

毕竟，人生中将会发生什么事，谁也无法预料。

所以，要珍惜眼前的这一刻，一定要全力以赴。

他试穿亚特兰蒂斯的"RⅡ"，也是出于这个理由。试过以后才发现，小钩屋的陆王是多么优秀。但是，如果有更好的鞋子，他也会去选择更好的。

他认为，鞋子好不好，不能光从制鞋的员工和跑鞋顾问的热情来判断。更重要的是——

决定鞋子价值的，只能是鞋本身。

不管公司多么大，赞助多么可靠，在比赛中起决定作用的是鞋的性能和鞋是否合适自己，其他都是虚的。

光凭私人感情和经济上的考虑，是无法赢得比赛的。

正在此时，陷入沉思的茂木手机响了。

是小钩屋的宫泽社长打来的。

"最近我有点时间，可以的话，能一起吃饭吗？"

宫泽小心翼翼地提出了邀请。

第二天，宫泽来接茂木，领着他去了车站前面商店街上一家茂木从未去过的日本餐馆。村野陪着他们一起。

"真是不好意思。您带我来这么好的店。"茂木诚惶诚恐地说道。

"庆祝一下嘛。"宫泽说了一句出乎意料的话。

"庆祝？"干杯之后，茂木问。

村野代宫泽回答：

"不是已经定下了嘛。新年马拉松接力赛，你会出场，恭喜啦！"

"你们怎么会知道的？"茂木惊讶极了。

"昨天听城户先生私底下偷偷说的。"村野就挑明了说，"最近你的成绩都不错，会被选中是理所当然的嘛。"

村野说着，瞟了一眼坐在旁边的宫泽。这时宫泽正从身边的手提纸袋中取出了一些彩色纸条。

"这是来自我们公司员工的鼓励，收下吧。"

真是一份令人意外的礼物。

茂木紧张地伸手接了过来。一张张字条上的手写留言飞入了他的眼帘。

期待您能获得区间赛大奖。

——正冈明美

冲啊，把对手都甩到后面！

——饭山晴之

我们都是后援团。比赛全力以赴，不要留有遗憾哦。

——西井富久子

从茂木身上，我们也获得了决不放弃的勇气。

——宫泽大地

您给了我们很多启发，让我们能做出优秀的鞋。谢谢。打心眼里谢谢您。今后也请多多关照。

——安田利充

恭喜您入围新年马拉松接力赛。请全力以赴赛出佳绩。我们都为您加油。

——富岛玄三

一张张字条传递着热情，饱含着写字条的人热切的期望。

"大家都在为茂木加油。这些都是我们的员工做出来的……"

宫泽从纸袋中拿出一个塑料袋递给茂木。原来塑料袋里装的是色彩鲜艳的鞋带。

"这是缝制部的员工为茂木裕人特别定制的。他们带着这个特意去神社祈祷你获胜，就当护身符用，请收下吧。"

这是员工们一起商量好后制作出来的。

"谢谢！"茂木把鞋带紧紧地握在手中，内心激动万分。

"我还要说一句，也不是非得穿着陆王去比赛，我们都能理解。"宫泽的表情变得有些微妙，"即使您这次选择别的厂家的鞋子，我和我的员工，还是会一如既往地为您加油。这一点绝不会变。大家都明白这一点，还是想为您加油。这番心意请千万不要辜负。"

"宫泽先生……"茂木的心中充满了温暖的热流。

"偶尔做些煽情的事，也挺好的。"宫泽说，"我策划了陆王，在失败中不断地尝试再尝试，终于走到了这一步。在这过程中，我学到了很多东西，其中最重要的一点就是人与人之间要团结一心。"宫泽说了句出人意料的话。

"不单单是为了挣钱。喜欢一个人，就要为这个人做些什么。为了能让对方高兴，付出点什么。有些人总是抱着给多少钱干多少活儿的心理，这样是不行的。我想把钱的事情暂且放一边，尽可能做到让大家满意……"

宫泽目光清澈。"作为社长，这么说话可能不太对。但利润得失，不就是钱的事吗？比起金钱上的得失，世上还有更快乐，或者更痛苦却更有趣、更棒的事情。这是陆王教会我的。既然支持茂木裕人，就不要顾虑他穿不穿我们厂的鞋子，只是单纯地为他加油——这是我，不，是我们全体员工的想法。村野现在在我们这种小公司帮忙，我非常高兴。其他的大公司肯定有不少人想聘请他。我们公司没有钱，规模又小，但是正因为如此，可以做远大的梦想。听上去像是因为比不赢人家而逞强，但其实真的是非常可贵的。"

"如果世上的人都能扔掉金钱这个衡量标准，留下的肯定就是必不可少的、最为重要的东西。"茂木直率地说出了自己的想法，"那些平时我们毫无察觉，认为是理所当然的事物之中，也许存在着非常重要的东西呢。人和人的羁绊就是如此吧。"

他忍住了要夺眶而出的泪水。

"为了不辜负大家的期待，一定全力以赴。请大家支持我，为我加油！"

第十三章　新年接力赛

# 1

佐山最早得知这一消息是在新年的元旦。他正坐在新干线上去群马县，那里是新年马拉松接力赛的舞台。

今天早上，参赛选手有了变动。毛塚和茂木好像都排到了第六程。

昨天参加完开幕式的先头部队的同事发来了邮件。在其他简短的联络事项后面，写着这么一句话，佐山看到后"噢"地惊呼了一声。

"最新消息，部长。请过目。"他给坐在身边的小原看了一下邮件。

"毛塚原本不出赛啊。"

昨天，也就是除夕的中午，是参赛选手分段赛报名的最终截止时间。毛塚没有在任何一个分段组登记报名，而是登记为"候补选手"。

"亚洲工业的选手很多，也许是因为这个原因没有选他吧。大概是考虑到毛塚已经疲惫不堪了吧。"

"不是，不是。清崎教练有些怪脾气。确认了竞争对手大和食品在第六程选让茂木出赛，特意想较量一番吧。"

亚洲工业的清崎德治郎教练是田径界名气响当当的人物，为了比赛能赢，什么手段都能耍，尤其是调兵遣将手法独到。昨天下午召开教练会议后，参赛者名单变更需要征得裁判长的同意。也许是用参赛选手身体不适作借口吧。当然，有清崎的名气撑腰，把这类事当作突发事件处理一点也不难。

"真是只老狐狸。"小原吐了一口气，暗自窃喜，"这样一来，比赛会变得更精彩了。"

　　毛塚和茂木两人是箱根接力赛时具有传奇色彩的竞争对手。两人激烈角逐的舞台后来又转移到了实业团，如今两人之间的竞争再起风云，媒体自然不会放过这一好材料。

　　电视里一直在报道二人之间的竞争。

　　"呀，茂木穿的也是我们公司的'RⅡ'型鞋子，这对我们是莫大的宣传啊。"佐山从裤子口袋里掏出手帕，擦着额头上渗出的汗水。虽然是隆冬季节，但因为"不知道茂木到底会不会穿自家生产的跑鞋"，他的心头总有一缕不安，冷汗飕飕地渗了出来。

　　"不会的，不会的。从茂木之前的反应来看，应该没问题。"佐山一边暗暗给自己打气，一边重重地点了点头。

　　"当、当然。宣传部都派了摄像师来，毛塚和茂木之间的激战，能成为精彩的宣传资料就好了。"佐山越吹越起劲，"会留下相当震撼人心的影像资料吧。"

　　"那就太棒了。"

　　"啪"的一声，小原打了一个响指："It's show time！（好戏该要上演了）"


## 2


　　第六程的起点在桐生市政府前面。上午九点半多，大地匆匆忙忙地跑到早已等在那里的宫泽跟前。

　　"刚刚听说亚洲工业第六程的选手换人了。"

　　"这么突然。"宫泽瞪圆了眼睛。

"换成谁了？"村野一脸认真地问。

"那个，好像是毛塚。已经传开了，要重演箱根马拉松对决了。"

村野皱起了眉头。

"真的吗？"站在宫泽身边的安田突然冒冒失失地插了一句。

"这么快就碰到死对头了？这么突然？"明美一脸的不安，"村野先生，会怎样啊？"

村野双手抱着胳膊想了想说："也许是故意这么安排的。"

"也就是说，你觉得毛塚比茂木厉害，是吗？"明美气鼓鼓的，脸上露出不满。

"至少亚洲工业的清崎教练是这么想的吧。而且——"村野稍微犹豫地补充道，"恐怕很多人也是这么想的。"

"开玩笑！我们的茂木，怎么可能会输，太失礼了。"

"好啦，明美。"宫泽一边劝解着生气的明美，一边问村野，"茂木没事吧？隔了好久才能上场，一来就遇到这种情形。"

"肯定不会没事啊。"

"不要说得好像是别人的事嘛。"安田插嘴道。

村野的目光认真起来："这是茂木必须跨过去的一个坎。一流选手都背负着各种压力。想象一下代表日本参加奥运会的选手的心情吧。普通人早就被压垮了，他们却一直在战斗。如果茂木碰到这样的事就认输了，那也没资格成为第一流的赛跑名将。"村野说得非常干脆，"比赛一直都这么残酷。只有一直顽强地忍受着肉体和精神的双重压力，才能成为一流选手。"

明美一边用手搓着怀炉一边说："啊，怎么搞得连我们都这么紧张啊。"

"我们本来就心脏不好。饶了我们吧，社长。"

"谁的心脏不好啦？我们才要求放过呢，真是的。"

一旁的安田开起玩笑，不过被明美狠狠地瞪了一眼后就乖乖嘬嘴不说话了。

"哟，村野，好久不见啊。"这时有人从边上插进来一句话。

有两个男人站在那里，是亚特兰蒂斯的小原和佐山。村野的脸部表情一下子变得有些僵硬。

"呀，今天真是赶上比赛的好天气啊。是吧，小钩屋，没叫错吧？"

小原面对宫泽满面堆笑，好像胜券在握。

"的确是比赛的好日子。"宫泽答道，"气温不高，稍微有点风，但也不会有很大影响。"

"这点风也算风？到底是乡下人，感觉就是不一样。"小原颇为失礼地说着，一面肆无忌惮地看了看宫泽身后小钩屋的员工们。

"我们的老员工村野真是承蒙关照了喽。他这家伙帮上您忙了吗？"

"当然。他为我们新产品的开发帮了大忙。"宫泽回答道。

"是吗，那就好。"小原一边不怀好意地轻笑着一边点头，"他太优秀了，我们亚特兰蒂斯使唤不动啊。"

小原满怀恶意地朝村野瞥了一眼。"真好呀，能找到正适合自己工作的地方。"佐山站在背后，也附和着发出嗤笑声，像是在轻视宫泽和小钩屋的每一个人。

这下连安田和明美的脸色都变了。

"什么呀，有什么了不起的。"明美虽然声音很轻，宫泽还是听到了。恐怕小原也听见了，脸上虽然还在笑，眼里却露出愤恨的凶光。

"对了，诸位是在给队员加油吧。"

"真是辛苦了。是为谁在加油呀？"

"茂木，给茂木加油！"明美已经忍不住，连说话声音都粗了些，"我们是绝不会输给亚特兰蒂斯的鞋子的。"

"啊，你们没听说吗？"小原看了一眼站在身后的佐山，用痛殴对手一般的目光朝明美看去，"茂木今天穿的可是我们亚特兰蒂斯的鞋子。如果你们还愿意加油就尽管加吧。是吧，佐山？"

"各位，我们还准备了加油用的小旗子，要不要？"

"不要，谁稀罕那种东西！"明美直截了当地拒绝了佐山的挑衅。

"社长，茂木不穿陆王是真的吗？已经定了？"

"也许穿，也许不穿。"宫泽回答说，"我们会一直支持他。但他应该选择穿最适合的跑鞋。"

"那就得了。"佐山说，"茂木对我们的'RⅡ'评价很高。大家辛苦啦，请努力加油哦。"

这时候不知哪儿传来了"啊，来了"的声音。宫泽连忙转身去看。

选手们乘坐的巴士从道路的对面缓缓驶来。

第六程出场的选手共有三十七名，另外还有相关的陪同人员，一整辆汽车坐得满满的。选手们一下车，热情的加油声、拍手声瞬间此起彼伏。过了一会儿，毛塚的身影就出现了。

他悠然走下车，表情没有因观众的瞩目起丝毫变化，已然带了些明星的派头。

稍迟了一会儿，茂木也终于下车了。

"茂木——！"明美大声喊道。

宫泽和其他人也正想拍手欢迎，但大家看到茂木穿的鞋子，顿时就作罢了。

“他穿的是'RⅡ'……”安田失望地垂下双臂，叽叽咕咕地嘟囔着。

小原和佐山二人过去给毛塚加油，一边朝选手们走近，一边回头看宫泽他们。

“什么呀，那张骄傲得意的臭脸！”明美愤愤不平，“真是难受！”

她把脸转向宫泽。

“真是太失望了，社长。”明美感叹道，“不管怎么说，我可是相信茂木一定会穿上陆王的。”

说着说着，她的声音像是要哭出来了。

“呀，不要那么说。他也是尽了全力在拼搏，所以要做出最佳的选择。我们也要努力，争取下次让他穿上陆王不就行了。”宫泽安慰她说。

“说是这样说。”明美的表情并不释然。

“稍等一下。”村野打断了两人。

只见茂木走到转播台附近的路边坐了下来，脱了本来穿在脚上的“RⅡ”，又从帆布背包中取出一双鞋。

小原和佐山二人看到这一情景，顿时变得哑然无声了。

明美定睛看着茂木的动作。

“快看！”她用手指着，声音激动，人也跟着跳起来拍手，“陆王！陆王！大家快看呀！茂木打算穿陆王啦！”

“太棒了！”安田和大地同时喊出声，互相击掌。

“真是的，还让人捏了把汗。”刚从新年假期回来的饭山也来现场加油，他一脸嫌弃地说着，却早已挂上了笑容。

“亚特兰蒂斯的家伙，睁大眼睛看呀。”安田解气地说，“原来这么快就散伙啦。”

刚刚还起劲嘲笑的小原脸色瞬间一变，立刻责骂佐山。

"太好了！"

宫泽的脸上露出了放心的微笑，紧紧地握了握站在自己身边的村野的手。


3


"喂，茂木。"佐山走过去低声问，"你这是干什么？"

他脸色苍白，怒气冲冲、一脸不满地盯着茂木，身后站着的小原也很不高兴。

"你不是说过穿我们的'RⅡ'的吗？"佐山指责道。

"我们没有约好。"茂木挑衅似的回看佐山，"我说过的，我只穿适合自己的鞋子。这双鞋就是我的选择。"

"这是什么话，你什么时候这样说过！"佐山的声音显得有些粗暴，眼神也变得慌乱。他很在意顶头上司小原的视线，因此就算茂木说得对，也不得不装作自己很愤怒。

"够了！"村野神色肃然，冲过来拦住佐山，"要比赛了。"

他怒目圆睁瞪着佐山，语气很重地说："跑鞋顾问想干扰选手吗？"

佐山被大师级跑鞋顾问重重地迎头一击，顿时接不上第二句话，一时无言以对。

但当茂木等选手离开去等候室后，佐山又反呛道："村野，什么干扰不干扰的。别给以前的公司捣乱，消停消停吧。"

"我根本没打算捣乱。"村野同以前的同事和上司对峙着，"不要对马上要比赛的选手乱说话。我们的生意如何和他没关系，他接下来可是在为自己的体育生涯打拼。我们的鞋子只为帮助选手赛跑而设计，并不光为了赚几个钱。你们也稍微体谅体谅茂木，不，还有其他选手——我绝不容许别人扰乱选手们的心情。我想说的就是这些。"

"这话说得真漂亮啊。"

小原一把推开佐山，气鼓鼓地站出来。

"亚特兰蒂斯的老员工却一再给亚特兰蒂斯捣乱。一个不讲信义的男人，还这么理直气壮地在这儿说教，你搞搞清楚。"小原接着说，"我不管他们是不是做足袋的，你在这么一家一吹就倒的小破公司干活，有时间给他们帮忙，还不如找个正经工作呢。不过，这也要看有没有地方会雇用像你这样的人。"

村野对小原轻蔑的话泰然处之。

"你怎么说都行。这和我属于哪家公司没什么关系。作为一个跑鞋顾问，我为自己负责的选手尽心罢了。你刚才不是说这家公司一吹就倒吗？现在茂木选的不是亚特兰蒂斯的鞋，而是我们小钩屋的鞋子。不能仅仅凭公司大小取胜，关键还得看质量。"

"村野先生说得对。"这时，明美起劲地插嘴，"公司大一点，有什么了不起的。别自鸣得意了。你们会做足袋吗？"

"不像话。"小原扭过脸，带着令人讨厌的笑咬牙切齿道，"你们自己站错了地方，居然到现在还不明白！这里是一流的赛跑选手和一流的制造企业一起决战的地方。所谓的得意忘形，说的就是你们这群人。"

"什么话嘛。公司大怎么啦，没有哪家公司一开始就是大公司。难道你们公司一开始就是大企业？真是搞笑。"

"好了，明美。别说了。"宫泽阻止道。

小原气得脸色通红。

"什么嘛，一开始是他口出狂言啊。"

"嗯。但这里是比赛的地方，不是我们争论的地方。"

小原赶紧顺势而上。

"就是这样。说得没错，你懂什么？"小原的语气里充满了讽刺，"我们就拭目以待今天比赛的结果吧。你们也睁大眼睛亲眼瞧瞧。这里可不是昨天或今天才开始做跑鞋的小加工厂逞能的地方，别做美梦了。比赛一结束，你们就会知道自己几斤几两！不懂人情世故，不知好歹！"

"好了，就这样。"小原一瞥手表，领着佐山离开了。

"那人什么态度！真让人生气！"明美生气得直跺脚，"一定要给他点颜色看看，真气人！"然后"啪"地猛拍了一下旁边安田的肩膀。

"呀！痛！"安田痛得龇牙咧嘴，"骨折了怎么办？明美，你力气这么大，当心点嘛。"

"现在不是计较这些无聊小事的时候。阿安，刚才你也应该说几句。他们刚刚不光说我们，还看不起村野先生。"

"好了，好了。"村野听了二人的对话忙摆手劝解，"谢谢你，明美，非常感谢你的心意。今天是陆王初次亮相，快忘了那些家伙，好好加油，拜托喽。"

"交给我吧。"明美右手"砰"地拍了拍胸口，放下背着的帆布包，从里面取出一块布，展开来。

"大地，你拿这一边。"她让旁边的大地帮忙展开那张布。

原来是一块大横幅——

谢谢你带给我们勇气！冲吧，茂木裕人选手！

不知道是什么时候做的。横幅有五米多长。上面的字很有个性，一看就是明美的手笔。右边的一角写有"小钩屋全体同人"的字样，还放上了陆王的图片。

"这个真厉害。"宫泽钦佩地赞叹。

"大家趁休息时间做的。"明美稍稍有些羞涩地说，"阿茂受了伤，确实是一下跌到了低谷，但是他很努力，现在不是复出了嘛。听了他这么拼命努力的故事，我们也感同身受。既然正月里大家不能全来加油，就做了一块电视转播里也能看得到的大横幅来代替，让谁都能看到。"

"这样啊。"宫泽听了明美的话，心里暖洋洋的。

缝制部的女人们脾气大多不输男儿，人生却起起伏伏，并不都一帆风顺。有的很操劳，一个人养育孩子；有的克服病痛，以能胜任工作为乐；甚至还有的人，或是丈夫生病，或是要照看年迈的父母，累得都要失去生活的希望。人活一辈子，要品尝无数种辛苦。不知什么时候起，她们深受茂木的鼓舞，现在的宫泽其实也是一样的心情。

"我们都由衷地想为茂木加油。怎么能输给那些脑袋只想着做生意的家伙们呢！"明美显得有些激动。

"好，我们全力加油吧。"宫泽说。

附近传来太鼓振动空气的响声。那是桐生八木节的鼓声，既在庆祝新年，又在激励新年接力赛的选手。

虽然有点风，但抬头望天，新春的蓝天万里无云。之前已经确认过，现在的气温是零上三摄氏度。太鼓的铿锵之声在干燥的空气中传开，透彻且清亮。阵阵鼓点让这个大舞台顿时气氛高涨。

这时大地说了句："啊，开始啦。"他正用平板电脑看电视转播。

画面中，出场的三十七支队伍的第一程选手都站到了起跑线上。

比赛从群马县厅前开始，全程共七个赛区，共一百公里。接力的飘带串起一程又一程的赛区，新年接力赛实际上是角逐日本第一最重要的一场比赛。

金色号码布上写着一号的是去年的冠军队伍，已经称霸好几届的芝浦汽车。毛塚所在的亚洲工业、古豪捷潘尼克斯，还有茂木所在的大和食品，都是实力雄厚的队伍，所以比赛肯定相当激烈，精彩无比。

上午九点十五分。

随着一声发令枪响，选手们一齐开跑了。

大和食品的第一程是内藤久雄，他是公认的发挥十分稳定的优秀选手。

不久，第二梯队开始追赶出发后一直遥遥领先的三个人，他们窥探着机会，咬得很紧，采取步步紧逼、让人身心疲惫的战术。

现在选手离宫泽他们所在的第六程起点还有七十二公里，大约需要三个半小时到这里，这中间有五位选手要交接接力飘带。

领先的第一梯队的三名选手已经通过了群马大桥。比赛一开始，有的选手就全速奔跑，你追我赶，进入胜负难分的激战时刻，随着时间的流逝，第二梯队也形成了，选手们在拼命缩短差距。

"那个，村野先生。"大地问，"从一开始就飞奔领跑，还是中途加速，每支队伍都有自己的作战方案吗？"

"除了跑得更快，没什么好办法。不过，现在处在领先位置的三人都有一个共同特点，第二棒的运动员都是日本人。"

面对大家一脸疑惑的表情，村野继续说：

"新年接力赛规定只有第二程允许外国选手参加。因此各个队中的外国选手应该都报名参加了第二程的比赛。他们很多人都是相当厉害的选手。而且这八点三公里的比赛是全部七程中距离最短的，这一段的速度肯定是超级快。如果队员只有日本选手，就只能在第一程尽

366

可能拉开距离，才能在第二程不被外国选手甩开太远。"

代表大和食品报名参加第二程的选手奥力克实力非凡，曾荣获世界田径比赛的奖项。亚洲工业和捷潘尼克斯等队为了称霸新年接力赛，也都按惯例在第二程启用外国选手参赛。

现在，大和食品第一程的内藤是一名老将，跑得非常稳健扎实，他一直坚守在不断加速的第二梯队的中间位置。

"他是一个聪明的选手。"村野一边看平板电脑确认战况，一边说，"身为第一程的运动员，他清楚地知道大家期待自己取得什么样的成绩。开局跑得不错。"

"第五？和第一的差距也不是很大，如果是奥力克肯定是一马当先冲在前头。"大地说。

"那会拉开很大差距了吧？"明美兴致勃勃地说。

"啊，到前面了——"一听到大地这一句话，二人又将视线移回到了画面上。在过了八公里之后的地方，隐藏在第二梯队中间位置的内藤迅速来到前面，想要占据小组的领跑位置。

"开始了。要开始啦！"村野说。

有几个身影瞄准了内藤的背后，也趁机冲了出来。他们是捷潘尼克斯、亚洲工业等几个最有希望夺冠队伍的选手们。

比赛已经白热化，明美目不转睛，手里紧紧捏着一块手帕。有望夺冠的队伍激烈地比拼，一下子驱散了正月悠闲的节日气氛。选手们的真正较量开始在上州路上演了。

"第一程就这么紧张了，我能坚持到第六程吗？"明美有些心中没底，忐忑不安。

"当然当然。要是明美坚持不了，这儿还有谁能坚持住。哇，好痛！"安田被明美掐住了手腕，顿时苦着脸。

"比赛会变得很有看头！"宫泽说。真希望茂木能赛出佳绩，这是他的归队之战，只希望他能在扣人心弦的竞争中奋力拼搏，心想事成。

过了不久，平板电脑画面上出现了第二程的转播点。

跑完第一程的选手们，都一个个和下一程交接飘带。接过这些接力飘带的大部分都是外国选手。大和食品的第二棒运动员奥力克第四个接过接力飘带，他简直像脚下装了加速器，一下就猛飙到最快速度，开始追赶前面的选手们。

"这冲刺真是厉害啊。试想一下吧，这比田径赛中一万米跑都要短呢。"安田说。

世界田径的最佳纪录保持者都集中在第二程比赛。这八点三公里像是完全不同级别的比赛，这里成了全世界最杰出的长跑运动员的竞技场。

奥力克千方百计躲开对手们的追赶，在第三位把接力飘带递给了川井。比赛进行了不到一小时。

"气温稍微有点儿上升。"村野抬头看蔚蓝的天空。

"九摄氏度。"大地拿出村野要他带来的温度计。村野在笔记本上写好，又伸长脖子环视了一下四周。

风也稍微变强了。

"要是能一直保持这样就好了。"

风会给赛跑选手带来巨大的影响。

是逆风，还是顺风？

风的强度怎样？

虽然进行过事先讨论，经过了细致精密的计算，但若是自然条件变化了，比赛也不得不做出相应的调整。比赛也是选手们应变能力和临战智慧的试金石。

比赛刚刚开了个头，真的战斗才刚刚打响。

"这些实力强劲的队伍一起比拼，肯定不会风平浪静。"

村野凝望着远方碧蓝的天空。


4


茂木简直不敢相信自己的眼睛。

现在等候室里电视机播放的，是自己队中王牌选手立原痛苦奔跑的场面。

第四程的选手要跑完整个赛程中最长的二十二公里，这一棒的选手既要有风驰电掣的速度，又要有应对路线后半段的上坡和风向等不利因素的经验。

现在立原捂着右腿根部，刚刚过了十公里处。

也不知道是什么原因，但立原的身体肯定有些异常。

"糟了。"跟着照顾茂木的同队队员端井担心地说。

剩下还有至少一半距离。处在第三位的立原速度一点一点慢下来，在电视机画面中，后方的选手追上来了。

到现在为止，比赛大体上按原先估计的进行。这下难道要出问题？

茂木的视线从画面上收了回来，正巧看到毛塚的脸上浮现出他得意的笑容。

竞争对手队伍的选手落后了，这样一来，和自己在同一程跑的茂木相比就有了优越感。毛塚的想法清楚地表露在脸上。

"真是闲得慌，毛塚这家伙。"端井看到后，语气尖锐地表达了自己的厌恶。

走着瞧，毛塚。

茂木的心里已经五味杂陈，再次看向画面。

立原的身体摇晃得很厉害。他的跑步姿势非常痛苦，仅仅一会儿工夫就被三个选手超越了，一下子从第三位掉到了第六位。

"我去做热身了。"茂木向端井说了一声，就从等候室走了出去。

端井关注着比赛进展。"接下来就是第五程了。"三十分后他走过来说，脸上的表情布满了阴云。

茂木正轻快地跑动着，运动风衣的下摆被风吹得直往上翻。周围一些长得茂盛的植物也被吹得开始摇晃。

风渐渐变强了。

天气的变化是无常的，仿佛具有魔力，能使平坦的路线骤然变得艰难，消耗选手的体能，打乱选手比赛的节奏。毛塚也从等候室出来，默默地开始热身。走到茂木跟前，仿佛像没看到一般，不理不睬。

过了一会儿，端井又来转告战况。

"现在落到了第八位。与第一名的差距是二分三十秒——加油啦，茂木！"形势真是严峻。茂木紧紧地握了握端井伸出的右手，转身向实况转播的地方走去。他闭上眼睛，身体沉浸在挤满沿途观众的加油声和热火朝天的气氛中，情绪高昂。

茂木有些紧张。但是现在笼罩他全身的是感动。

还有能重返这个地方的喜悦。

他因为能再次起跑，内心充满感激。

茂木不禁仔细回想起在箱根赛跑时，临上场的紧张感。离开大学接力赛的光辉舞台之后过了三年。自己遭遇了挫折，丢失了希望和梦想，现在没什么可怕的了。

茂木放眼望去，看向距离这里有十二点五公里的第六程的终点。

他要为等待在那儿的平濑，尽可能地提高名次，然后把接力飘带交给平濑。他现在只要做到这件事，为此他打算拼尽全力。

随着震耳欲聋的欢呼声，捷潘尼克斯选手的身影从道路的对面出现了。

"两分，两分钟。"端井说。与第一名的相差时间是两分钟——

"茂木！加油！茂木！"

实况转播处人群拥挤，有人大叫茂木的名字，他回头看了看。

映入眼帘的是一块大横幅。

宫泽一边点头一边为茂木鼓掌。村野也用坚毅的眼神望着茂木点了点头。他说了句什么，虽然听不清，但可以从口型中清晰地读出来。

——冲呀！

沿途雀跃欢声，毛塚比茂木先接过接力飘带，飞奔而去。

"陆王，加油！"

站在村野身旁的女人又大声喊道，茂木伸开轻轻握拳的右手。

同队的水木还在狂奔，距离接力飘带只有五十米了。

这时只听到一声"Go！茂木！"

村野的声音清楚地传到了茂木的耳朵里。"Go——！"

显眼的深蓝色跑鞋，开始在赛道上飞舞。

茂木的助跑动作矫健优美，上一程选手拼尽全力，就要将接力飘带递到茂木手中。

茂木脸朝前，风立刻像冰块一样扑面而来。耳边吹过的风声、夹道的加油声，伴随着落在沥青上的脚步声，完全消失了。

准确的速度和节奏开始在茂木的心里复苏，与此同时，欢呼声和风声也消失了，他的眼中唯有前方数十米远的选手的号码牌。

接力赛开始到现在，已经过了三小时二十九分——

第六程，属于茂木，属于陆王的战斗开始了。


## 5


"加油，茂木！加油！"

茂木在宫泽的视野中渐渐远去，离开了大家的加油声，身形迅速变小，最终看不见了。

"气温十五摄氏度。稍微有点高。"大地仰望着天空。

"温度还好，风有点让人担心。"

村野抬头看了看天空。到了下午，风速好像变得更强了。

"不过，也许这风吹得是时候。"村野意外的话语，让宫泽表情上充满疑惑，"这样一来比赛难度就会增大，对茂木很有利。"

"那是怎么回事？"饭山离开实况转播的地方，上了公司的面包车问道。

"路线的长短和高低落差定了的话，顶尖的长跑选手，在什么地点以什么节奏通过，都是以秒来计算的。如果这个节奏被打乱，就会消耗比预计更多的体能，因为自然条件——就像今天这样，风是变化的。风吹不吹，不到比赛的当天是不知道的。因此对选手的应对力是个考验。"

"也就是说阿茂很能随机应变喽？"

村野对明美点了点头。

"茂木的跑速很快，但他真正厉害的是现场的反应能力。他在箱根接力赛能获得好成绩，不仅仅是因为快跑的实力强，还因为他在现场能果断分析判断，应对很冷静。他思考后能迅速判断，是一位赛跑节奏控制很好的选手。因此，风越是吹得猛，他越能发挥出能力。"

"看他超过了一个人。"

大地用手指着平板电脑的屏幕，兴奋极了。

风呼呼地刮着，号码布像是紧紧地粘在了选手的胸前。

"跑这么快没问题吧。"安田不安地说。

宫泽也有同样的担忧。虽说是应对能力强，但毕竟隔了好久才回到这个大舞台上，茂木能马上找回比赛的直觉吗？

"新年接力赛的第六程，以前是赛跑水平在整个队里排第七，也就是能力最弱的选手跑的。现在仍有一些队伍采用这种战术，但是现在排名好像有些变化了。"

"这是怎么回事呢？"安田对村野的解说非常感兴趣，听得很认真。

"第六程是和冲刺的终点段相连的最后一关。这一程道路有时高低落差很大，有时弯弯曲曲，是非常难跑的一程。有望获胜的队伍在这里的成败是决定胜负的关键。也有人说能否拿冠军要看第六程。"

"把这一程托付给茂木，教练一定很信赖他吧，村野先生。"明美问。

"当然信得过他，不过，也许还有别的原因吧。"村野说。

"这是茂木的复出之战。除了外国选手跑的第二程，城户教练把最接近一万米距离的一程留给了茂木。这也是毛塚最擅长的距离。"

一听到毛塚的名字，明美就不高兴地喘着粗气。

电视转播中出现了茂木逼近前面两位选手的镜头。为了不让接力飘带随处乱晃，他把飘带塞进了运动裤中，戴着墨镜的茂木的表情和他在宫泽面前出现时截然不同。

——超过了！又超过了一个，茂木裕人！

只听到实况转播中解说员的大声惊呼，同时画面上显示了运动员的名次。茂木位居第六。

"跑得真棒。"村野夸赞道。

"太棒了！"正在驾驶汽车的安田兴奋地拍了拍方向盘。

"好厉害啊！阿茂厉害吧？超级厉害！"

明美欣喜若狂，强拉着旁边的大地追问。

电视中的镜头切换到了从较远的位置拍摄的画面。

"拍进去了。"大地叫道。

同叫声一道响起来的还有明美的拍手声，大地、饭山、宫泽、村野也都一起鼓掌。

"社长，我们的陆王跑起来了！"明美转身望向最后排的座位，眼睛里洋溢着喜悦的泪水，"那是我们做的。"

"是啊。是啊。"宫泽频频点头。

陆王——

为了做出这款鞋，到底花费了多少心血和时间？

这鞋凝聚着小钩屋的精神。

现在，在全国田径爱好者的注视中，它支持着茂木，以令人目瞪口呆的神速奔跑。

陆王不仅鞋子性能卓越，还凝聚了研发者们的梦想。

因此——

"快冲啊。"宫泽祈祷着。尽情地奔跑吧，带着大家的祝福。

"是心理作用吗，我怎么总觉得那双鞋好像有生命似的。"明美哭着说。她百感交集，就如同一位母亲守着可爱的孩子慢慢长大一般，"让阿茂穿着，它好像特别高兴，对吧，看见没？好像在闪闪发光。那就是陆王，我们的陆王。真的太棒了！阿茂也好陆王也好，真是都太棒了！"

饭山立刻往前伸过头去说："是大家的功劳。我们大家一起才是最棒的。全靠大家的智慧会合起来才将它完成，众人拾柴火焰高。"

"怎么啦，怎么啦？饭山，你怎么哭啦？"明美破涕为笑，拿手帕擦着眼睛。

"我没哭。"饭山泪水盈眶，"有空哭还不如喊加油呢。"

——又超过一个！大和食品的茂木，连超三人！终于要追赶亚洲工业的毛塚了。箱根的老对手换了个舞台，再决胜负！

转播中，出现了茂木赶超到前面选手的镜头，和解说员的实况声音同步。

"实况解说还真是煽风点火呢。"

安田握紧了方向盘，脸上露出了苦笑。

"终于到了和'RⅡ'决战的时刻。"村野十分专注地盯着画面看。

他时而凝视茂木上坡时的表情，时而研读战况，完全是一副行家的样子。

毛塚意识到茂木在逼近，也加快了步伐。

一时间，两人齐头并进。亮粉色的"RⅡ"和深蓝色的陆王在瞬间交错，片刻过后，毛塚上前一步，拉开了间距。

毛塚的步伐中带着一股誓不低头的气魄。

其实，那之后茂木一直跟在毛塚身后，没有再往前超。

"毛塚又加速了。"大地说。

想甩掉对方，却甩不掉。一场让人身心煎熬、紧张得连胃都发疼的精神之战开始了。

终点休息室的电视机前人头攒动。

"茂木真厉害啊。估计能拿区间赛的优胜奖。"

小原听到有人在夸奖茂木，变得更加不高兴。他怒气冲冲，两眼盯着画面中亮粉色和深蓝色的鞋，一前一后交错前进。

不好。

佐山一看苗头不对，就想要溜。不幸被小原叫住，只好转身。

"佐山。"

面对小原火冒三丈、气得发狂的眼睛，他真想溜之大吉。

"这就是你办的事？"

"啊，不，那个——"面对怒气冲天的小原，佐山只好吞吞吐吐地搪塞，"对不起。真是没想到，茂木这家伙在最后关头反悔。"

总之把过错都算在茂木头上，让他做坏人，这就是佐山的救命稻草。"他原先的确答应穿'RⅡ'的——"

"原先答应？"佐山受到小原的严厉训斥，吓得不敢抬头。

"你看看。"小原朝身后的电视机扬起下巴，"那脏兮兮的、深蓝色的东西！"

深蓝色。小原好像对小钩屋的鞋名也有所忌惮，不敢再提起，"那种东西居然上电视了，真是丢我们制鞋行业的脸。"

"嗯。"佐山应了一句，垂头杵在那里，好像在深刻反省。

他站在那里，紧张得快要连呼吸都困难了。

要不去外边抽根烟吧？正当他想偷偷地开溜的时候——

"佐山。"又被小原的声音逮住了，"你好好看看，这种事情也做不好，你呀你！"

# 6

"啊,茂木!快点超过去呀!"

明美面对让人屏住呼吸的紧张比赛,显得特别急躁。

"好像速度有些下降。"安田有些担心地说,"大概是前面跑得太快了吧。"茂木一直在毛塚的后方,已经跟着跑了近三公里。

两人再现了三年前在箱根并驾齐驱的景象。电视的实况转播里频频渲染着两个人的角逐。

安田听了之后说:"媒体真是见风使舵啊。"他皱起鼻子,露出厌恶的表情,"茂木受伤离开赛场,媒体对他嗤之以鼻,完全不当回事儿,现在为了收视率,就一转话锋、热捧起来。"

"就是这样子的。"村野说,"与其怪媒体这样,还不如说世道本来就是这样子。轻易地遗忘,又轻易地拿过来利用。一旦没兴趣了,就头也不回地抛弃。可惜我们就是要和这个世界做买卖呀。"

"所以买卖才难做嘛。"饭山说,"一定要好好抓住老客户。不过我自己的公司也垮了,可能没啥说服力。"

"不,不,饭山你说得很对。"明美一脸严肃的面孔说,"我从前就觉得,只有失败过的人才拥有成功者没有的宝贵经验。茂木和毛塚比,也许人人都觉得应该把一向优秀的毛塚捧得更高。但他肯定也有弱点,比如没遭受过挫折和失败,对吧?"

"明美说得很对。"安田说着,把汽车停在了伊势崎市内西久保转播台附近的停车场里,"如果失败催人成长,那看来我还有很大的发展空间。"

"阿安,你那些只是单纯的失误啦。想凭失误成长,真是异想天开。"

他们一行人只走了五分钟就来到了转播台。

第一名选手刚刚通过国道五十号的岔路口。毛塚在第四位，茂木位居第五，顺序没有变化。

西风越来越大，转播台外竖起的旗帜齐刷刷地随风飘动，像是快要被扯碎了。茂木紧追在毛塚后面，这样的情形已经持续十五分钟了。

"还剩大约十五分钟。"大地说。村野看了眼手表，现在大概是下午一点多。第六程的比赛预计需要三十七分钟完成。茂木和毛塚的战斗已经进入了下半场。

"比赛真是艰苦啊。"安田一脸严肃地看着平板电脑的画面说。

"啊，村野先生，是不是茂木已经追不上了？"明美懊恼地咬着嘴唇。

村野没有马上回答，只是关注着战况，又确认了一下时间。

正在这时，只听大地叫了一声"啊，开始了！"明美使劲推了安田一把，挤过去看平板电脑上的画面。宫泽看到茂木的身影从毛塚后方一闪而出，转眼间与毛塚并肩奔跑。

"好的，加油！"宫泽禁不住喊。

毛塚不甘心，再次加速，只要茂木闪到前面，他就立刻超过去。

"快往前冲。"

村野像是把浑身的气势都神奇地传递给了茂木，茂木再一次加速追赶。

沿途一片沸腾的欢声，茂木和毛塚的鞋子飞快地交错，让人眼花缭乱。

"加油，加油！"安田紧握着拳头。大地目不转睛地盯着这胜负难分、令人惊心动魄的比赛，一时竟屏住了呼吸。饭山也皱着眉头，叼着香烟，吞云吐雾。

"茂木！茂木！茂木！"明美跳起来使劲喊加油。刹那间，茂木领先了一个身子。毛塚也拼命试图加速追赶，但茂木以冲刺的速度，一口气拉开了距离，之后逐步扩大战果，渐渐拉大了与毛塚之间的差距。

毛塚的脸上已是痛苦不堪的表情，但依然不肯放弃。他猛劲儿追赶，虽然这段追逐相当精彩，但终究是白费功夫。

"超过了！茂木超过了！"明美欢呼雀跃，高兴极了，她把攥紧了的手帕贴到眼睛上，一脸灿烂的笑容。

"呀，好棒！"安田说。他高高举起手，和宫泽、村野、大地还有饭山挨个击掌庆贺。

饭山心满意足，连连点头，重新点了一支香烟，仿佛抽得特别有滋味。

"就看接下来的了。"还剩两公里，村野的表情仍旧绷得紧紧的。

"真的、真的超得太漂亮了。"宫泽激动万分，好似体内的肾上腺素还在到处狂奔乱窜。

"好猛的体力。"安田由衷地佩服。

"风。是利用了风。"村野的回答令人吃惊，"五公里之后，风向转成了偏西向的强逆风。茂木不是不能超到毛塚前面，而是没有去超。他这么做是为了保存体力。"

"茂木裕人，真是够强的。"就连饭山的脸色也因兴奋过头显得有些苍白。

"他的确了不起。"村野还是紧绷着脸，"为了更高的目标，他还在努力。"

"又要超了。"听到大地的话，大家看到茂木又紧跟在一名选手的后面。

欢声涌起，宫泽放眼望着道路的对面。

只见两辆白色的摩托车在前面引路，一个小小的人影出现了。跑在第一位的是捷潘尼克斯的选手。

转播台里立刻一片忙乱，紧张的气氛仿佛代表了最后一棒选手的情绪。

"明美，快打开横幅。"安田催促。

手工做的大横幅又一次在上州路展开了。

"茂木！"明美大声喊道。

茂木出现在宫泽一行人视野里时，正在和第三位选手展开追逐。他的身影先是出现一个轮廓，然后渐渐变得清晰了。

"超过他，超过他，快超！"在大家的助威声中，茂木竭尽全力，在最后的五十米发起冲刺。终于，他超过了第三位选手，手臂摆动的频率异常迅速，如箭一般冲向平濑。

深蓝色的跑鞋在宫泽眼中变得模糊。

茂木递完接力飘带，就躺倒在了路边。

"干得好！"村野称赞。

宫泽看到不远处大会的工作人员为蹲着的茂木裹上了毛毯。

他心潮澎湃，火热的感情从胸底涌起，无以言表。这时哪怕只说一句话，他的泪水必定夺眶而出，滚滚而落。

大地、安田、饭山都站在宫泽身边，大家像是被施了什么法术定在那里似的，都静静地伫立着。

"太好了，他做到了，社长！太高兴了，我真的太高兴了。"明美眼睛哭得通红，抽抽搭搭地说。

村野带头鼓掌。随之而来的是为选手们加油和喝彩的掌声，像潮水一样，"哗"地散向四面八方。

宫泽也不停地拍手。

这个胜利同样也属于宫泽和大家。

在新年接力赛的大舞台上，由于宫泽和大家的辛勤努力，再加之有独特的尖端面料，陆王漂亮地完成了任务，帮助茂木跑得极其出色。

也许人们认为这只是一点毫不起眼的小小成果，但是对小钩屋这家拥有百年历史的老字号来说，却是开辟未来道路中万分重要的一步。

小钩屋终于踏上了制鞋之路。

## 7

小原目光中充满了不快，一动不动地看着电视转播。画面上，亚洲工业的最后一程刚跑出去，随即毛塚也倒下了，他身上被披上一块毛毯，远远望去简直像是块被人丢弃的抹布，脚上跑鞋鲜亮的颜色十分刺眼。佐山身体缩成一团，偷瞧小原的反应。

小原果然回过头来，眼睛深处的怒火像是煮沸的开水，快要溢出来。

"茂木的鞋子是哪儿产的？"要命的是，这时恰巧有附近的观众说了一句，飘进耳朵。佐山厌烦地咂了咂嘴。这回茂木大展风采，没名气的小工厂都能轻而易举地名扬四海。

"佐山，你准备一直这样下去吗？"小原狠狠的责骂，让佐山身体僵硬，"对方不就是家来历不明的小企业嘛，你呀，羞不羞？"

"看着真碍眼。给我把它弄垮！"小原对着耷拉着脑袋的佐山，强硬地放出了狠话。

送走了小原，望着顶头上司在汹涌人潮中逐渐模糊的背影，佐山嘀咕道："哼，不说我也知道。"

观看电视转播的人群中响起了一片欢呼声。画面中大和食品的平濑追平了跑在前头的芝浦汽车队的泷井，现在两人正并排跑。

佐山紧盯着奔跑的二人，但他眼里看见的可不是选手的比拼，而是制鞋厂的较量。

平濑超过了泷井，逐渐拉开差距。看到这儿，佐山唰地背过身去，再也看不下去了。

"哦，超过了！"

当最后一程的平濑超过对手时，大地握紧了拳头，喊着"冲啊！"

打算亲眼看见比赛结果的观众们一窝蜂似的从第六转播点转移，赶往终点群马县厅前。

看完了茂木的比赛后，前来观战的宫泽一行如今最关心的是，到底谁是实业团中的日本第一——这实际上是日本国内最高水平的接力赛。

平濑追上了跑在第二位的芝浦汽车队选手，正全神贯注地去赶超捷潘尼克斯队。比赛已经接近尾声。路线前半程先是连下几个缓坡，后半程却变成了上坡，严重消耗着选手们的体力。

"平濑跑得蛮好。"村野说。

他曾长期担任平濑的跑鞋顾问。

虽说胜负难分，但他和第一名相差了近一分钟。而且这次捷潘尼克斯跑终点的选手是望月，他实力非凡，是日本国内屈指可数的王牌选手。宫泽觉得很难再有机会逆转局势夺冠。

"城户教练是寄希望于平濑能第一个接过接力飘带的吧。"村野说，"他做了最稳妥的安排。只是对第四程的立原估计有误。在那一程名次落后了，有点惋惜。不过这种事情在长距离接力赛中很常见啦。立原一向都发挥很好，以往无懈可击，出现防不胜防的事，也不该怪他。"

宫泽看了下表，已经是下午一点四十七分了。

跑在首位的望月上了第五十号国道，马上就要通过野中町的交叉路口。

"还有十五分钟，"村野说，"大概十四点零二分到达终点。"

"加油，平濑。"明美捏着手帕的指头因为用力过度都有些发白。

"但是平濑的鞋是亚特兰蒂斯的哦。"

"我们支持茂木，就该给平濑也喊加油，喊呀。"明美瞥了一眼取笑她的安田说，"好啦，好啦，别管那些啦。"

"嗯，话是这么说，咦，但好像又不太对呀……"

安田歪着脑袋，不由自主地露出苦笑。此时，宫泽忽然在拥挤的人群中发现了一个意想不到的人，不由得打了声招呼。

"橘先生！"

原来是橘·拉塞尔的社长橘。橘突然被人叫住，也连忙一脸惊讶地向这边看，立刻发现了宫泽。"啊，您好。"他连忙点头问好。

"橘先生也来了，真是没想到您也会来加油。"宫泽说。

"这不是用了我们公司的材料嘛。就想来看看到底怎么样。"橘含糊地回答。

"您快看，快看，真是大出风头。"安田向他介绍了一下员工，神情激动万分，"这全都是靠橘·拉塞尔公司优质的面料才能做出来啊。"

安田低下头深表谢意。

"不，不，您这是哪儿的话，太客气了。"橘有些不好意思，连忙在胸前摆手，"刚刚看到了，功劳不是我们公司的，而是你们大家努力的结果。真的是做出了令人刮目相看的好东西。"

"若是您事先打个招呼，我们可以一起去转播的地方加油的。"宫泽说。

"不，不，不，不用啦。"橘略有些顾虑，摇头推辞，"这样一来，小钩屋的鞋子就能备受瞩目，这真是太好了。光是我们公司提供面料怕是会赶不上生产吧？"

"怎么会呢。"宫泽对橘说，"我们现在就指望橘先生了。以后一定会做出更棒的鞋子，因此，请您多多关照哦。"

橘的表情变得有些微妙，宫泽并没有意识到有什么不对劲的地方。在宫泽察觉之前，橘有意识地回避了，因为觉得有些尴尬，为了遮掩就又把话题拉到比赛上："要想拿第一，落下的差距不小啊。"

"不，不，关键要看接下来的比赛。"安田说。

宫泽的注意力完全被白热化的比赛吸引住了，自始至终都没有察觉到橘身上微妙的变化。


## 8


平濑的脸开始向右边歪了。他到了万分难受的时候，就会这样。

平濑在第三位出发，当他超过跑在第二的芝浦汽车的选手时，最终一程已经过了三分之二。

平濑采用了加速跑法，跑得非常坚实稳当。他抱着必须跑完全程的坚定信念，一定要赶超其他对手。

所有的队友们也都清楚，平濑把一切都押在了这最后一场比赛上了。平濑追赶着第一名，表情悲壮严肃，双眸熠熠放光，带着一股逼人的气势。

如今平濑要挑战的不是别的，正是自己的极限。

跑在前面的对手是来自捷潘尼克斯的望月，他的实力远在自己之上，平濑对此非常清楚。

茂木也是知道的。

现在平濑是为自己在赛场上飞奔。

从中学、高中到大学，平濑一直坚持跑步，一直跑到了参加工作，现在是他人生中的最后一场田径谢幕比赛，他要在这个赛场上画上个完美的句号。在这最后的比赛里，他全身心投入，付出了自己所有的热情和对赛跑的热爱，他要留下美好的回忆，做一次彻底告别——和自己一直珍视的东西的告别。

这时茂木瞥了一眼站在身边的城户教练的面庞，惊讶得说不出话来。

城户盯着看电视屏幕，脸上泪流不止。他一改平日威严粗野的样子，百感交集地关注着平濑的比赛，内心的关爱显露无遗。

队员们刚才还在议论纷纷，热闹非凡，一看到教练落泪了，顿时变得鸦雀无声。

这时传来了站在赛道边呐喊加油的观众们的欢呼声。

跑在最前面的望月的身影出现了。确定稳拿冠军的捷潘尼克斯队爆发出欢呼声，都到终点线后占好位置，迎接冠军的到来。茂木和队友们也一起来到了终点附近。

还是没有看到平濑。

"我们喊加油吧！"

城户打断了欢呼，粗声吼道："平濑现在正在拼命奔跑。我们给他加加油！平濑——"

他两手拢成喇叭的形状，朝着离终点线还很遥远的地方吼叫着。

就在这时，平濑的身影出现在了望月的后方。

"快跑——跑呀——"城户的加油声打破了沉闷的气氛。

"平濑！"茂木发现后也跟着大声喊。

这一喊，眼泪顿时就落了下来。

以后不可能像这样再为平濑加油了。严峻的事实摆在茂木面前，胸口仿佛像压着千斤重担似的沉重。

望月第一个冲过了终点线，捷潘尼克斯队的选手们都开始欢呼拥抱。

"冲啊！"

只听城户一声喊叫，队友们都聚集到终点线后等待平濑的到来。

大家肩并肩，连声呼喊着"平濑、平濑"。茂木的泪水不禁滚滚而落。

离终点还有最后的一百米了。平濑拼尽最后的力气，浑身上下的细胞都在为最后一战拼搏。他就这样拼命冲着跑到队友们等待的地方，几乎要倒下，忍不住落下了激动的泪水。他和城户紧紧拥抱在一起，茂木也和队友们拥抱在一起。最后平濑用右手手腕擦拭眼泪，驻足凝视着刚刚跑过的赛道，久久不动。

之后他深深地鞠了一躬，道了声"谢谢"，很久都没有抬起头来。


"这比赛太精彩啦！"

橘目送着一个个冲到终点的选手，听到有人搭话，他转过身去。

不知什么时候，边上站着一个男人，脸上带着狡猾的笑容。

"新年好。来看比赛啊，真是热心哪。"

原来是亚特兰蒂斯的佐山。橘认出佐山，刚刚还在内心沸腾的万千激情顿时就消散得一干二净。心中不知哪个地方好像被压住了似的，不快的感觉不断涌上来。橘非常清楚佐山为什么会在元旦一早特意过来。

去年年末的时候，他和佐山碰了面。佐山是和亚特兰蒂斯采购科的一个男人一起来拜访的。而现在——

"那件事已经研究好了吧，社长。是好事呀。我们可以自负地说，没有比这更好的提案了。"佐山说。

"嗯，是呀。"

橘含糊地露出微笑。"我们会好好研究一下再和您联系。"

"等着您的好消息。"佐山谄媚地说，"我们采购科的负责人对橘·拉塞尔公司的产品非常信赖哦。怎么样，就在附近喝个茶聊一聊？如果您没开车，我们就喝点酒吧。"

"不了，不了。家里还有人等。马上就得回家。"橘一边看着手表，一边说，"下次再联系吧，再见。"他向佐山点了点头，一下就钻入终点的人群中，趁乱溜走了。

第十四章　亚特兰蒂斯的反击

元旦三天休假后又连着周六周日双休，因此小钩屋从一月六日才开始上班。

"这下陆王的订单一定蜂拥而来了吧。要怎么应付，你心里有没有点底呀？"

安田问了声新年好，急匆匆的口气泄露了他的担心。

"富久子也没事了，回来上班了，正赶上好时机呢，社长。"

富久子因为生病很长时间没上班，这次康复回来复工，对迎来新一年的小钩屋算是个天大的好消息。早上，明美带领缝制部全体员工列队欢迎来上班的富久子，大家眼中都流着喜悦的泪水，宫泽看到这番情景，心中也是激动万分。

"高兴得太早了吧，阿安。"

宫泽心中也有苦恼，他其实也密切关注着订单是否比以往增加，内心充满了期待。

在新年的马拉松接力赛上，茂木备受瞩目，陆王也应该会获得认可，一定能得到好评吧。但是——

"社长，快看呀。"

上午在公司休息室召开了简单的新年会，随后安田把在便利店买来的体育报递给宫泽。分别是《体育时报》和《体育新闻日报》。

"新年马拉松接力的后续报道出来了。"

安田翻开了《体育时报》中登载的那一页给宫泽看。

**毛塚因身体不适错过区间赛奖**

《体育新闻日报》则是：

**毛塚身患感冒，仍坚持出场，荣获区间赛亚军**

"真是太气人了。"安田愤慨地说，"这么一写，好像说毛塚身体不好才输的。输了就是输了。输了还要找借口，真是不要脸哪。"

新闻报道中写着：比赛前一天，因为准备上场的选手突然患病，教练委派毛塚参加第六程的比赛，毛塚身体并非在最佳状态，还是强忍下来临危受命，最终却痛饮苦果。

"这好像说的是毛塚身体好，就一定能赢茂木似的。"安田失望地歪着脑袋说，"村野，你怎么看呀？"

"觉得窝火也是没办法的事。阿安，媒体就是这个样子。"

"但这样，茂木怎么办呀？"

"毛塚是田径界的大明星。"村野说，"茂木并没有赢，只是毛塚失败了——这就是现在媒体的论调。考虑到他们两个人的名气大小，也是没有办法的事。这一年里，毛塚早已顺风顺水地成为赛跑界明星，这和他的努力也是分不开的。茂木之前却是因伤离开赛场，早被世人遗忘，媒体会这样区别对待也是当然的。"

"村野说得对啊。"饭山干脆地说，"世上的事啊，都是那么残酷的。如果想要受人瞩目，只有靠我们自己也成明星啦。不是有句老话嘛，'布谷鸟不鸣则已，一鸣惊人'。我们就偏叫给他们听听。"

饭山这句话不是对着安田讲，而是直接对着宫泽说的。

## 2

"前几日拜托您的事，考虑得怎样啦？社长。"

亚特兰蒂斯的中畑端着架子，十分自负地说。他身边的佐山一脸得意的微笑看着橘。

"非常感谢贵公司的提案，但说真的，还是难以决断。"

橘带着沉重的表情，又看了一下中畑拿来的提案书。

亚特兰蒂斯公司开发的新产品想使用橘·拉塞尔的面料。这就是他们两人的来意。

的确是非常让人高兴的事情。但这个提案还带有一个附加条件。

这是和亚特兰蒂斯的独家合约。在给亚特兰蒂斯供货的时候，不能向其他竞争的企业提供原料。

"用不着再犹豫啦，橘先生。"佐山把脑袋微微一斜，伸过来凑近说，"新产品是'RⅡ'的市场版，是我们亚特兰蒂斯的拳头产品。我们能确保订单数量向您订货。"

订单的数量就写在面前的资料上了。

"我们公司现在还在给其他制鞋工厂供货。"

"您说的是小钩屋吧，社长。"佐山不知道是从哪里得到了消息，"您和那样的小企业合作有什么好处。只不过是家一吹就倒的足袋工厂。让它做贵公司的合作伙伴一点都不够格呀。"

"不，不，我们也只是刚起步的创业公司。"橘毫不夸大地回答。

"讲诚信是对的。橘先生，但这对您的生意真的好吗？"中畑说。

中畑戴了一副银边眼镜，一脸知性斯文的样子，直勾勾地看着橘。

"我们公司有三十年生产跑鞋的历史。您是知道的，现在已经是全球数一数二的跨国制鞋大公司。作为制鞋工厂，我们会一直存在发展下去。贵公司一旦成为我们的贸易伙伴，就必须建立一个持续性的供给体制。冒昧地说，一旦建立关系，我们就可能会成为贵公司收入来源的支柱，对吧？"

"嗯，的确是这样。"橘犹豫地答道。这些话不明说也是知道的。和谁合作对眼前的生意有好处，是不必多想的事情。

"但是和贵公司合作，真的能保证长久吗？我也听说你们曾经有过订了非常严格的条款，最后却终止合同的事情。"

同行业的其他公司、供货厂商，还有社长之间的传言，即使不想听，难免也时不时会听到一二。

的确，给亚特兰蒂斯供货是笔大生意，但亚特兰蒂斯的名声却不怎么好。

亚特兰蒂斯把成本压得很低，同样的材料即使有盈利，每年的利润也会不停地被挤压。但他们对交货期却盯得很紧，一旦突发的订单不能应付，订单马上就会被削减，而且动不动就会在短时间内终止交易。若要成为亚特兰蒂斯的长期业务伙伴，就必须做好为它牺牲的准备，并且只能依赖薄利多销。

并非如佐山和中畑花言巧语说的那样，尽是好处。

"但至少新产品上市后一年时间里，可以保证。"

中畑说了一句话，橘陷入了沉思。

"新产品预计什么时候开始生产？"

"马上开始生产。我们也要确保生产新产品的原料啊。"

亚特兰蒂斯的情况了解了，但橘和小钩屋之间的信赖关系，也令他不能轻易答应。前几天新年马拉松接力赛时，看到宫泽他们投入的热情，橘甚至后悔去观赛。一旦和亚特兰蒂斯签约，就意味着背叛那些人的信任。

"橘先生，我向您请教个事。"佐山把身子挺直，以郑重的语气说，"您和小钩屋的贸易量到底多大呀？我们公司的量大概是他们的十倍，不，也许是上百倍的量吧。"

"但是——"

"我说的也许有些夸张了。但这机会对您的公司发展是绝好的机会。"佐山打断了橘想反驳的话，"为了蝇头小利，放走大好机会值得吗？"

橘把想说的话又咽了回去。

"我保证没有问题啦。"佐山起劲催促，"请一定让我们的产品用上你们的材料。我们的目标可不仅仅是新年马拉松接力，而是奥运会。"

这句话一举击中了橘的心底。"若用贵公司的原料生产的产品夺得奥运会金牌，那是多大的宣传呀。公司一定能一下子发达起来。那时候，上市也是指日可待了吧。"

上市——

一听这个词，橘就完全没法吱声反对了。

"鞋面的材料？"小原靠着椅背，听了佐山的报告后惊讶地问道，"你是想封了小钩屋的采购渠道吗？"

小原稍微考虑了一下，随即说了一句"挺有意思的"。

"如果小钩屋从橘·拉塞尔公司那儿采购不到原料会怎么办？会从别的地方进材料吗？"

"没那么容易找到合适的。"佐山的脸上露出了不怀好意的笑容，"据我搜集的消息来看，他们本来就是被关东人造纤维拒绝了才向橘·拉塞尔求助的。"

佐山也是偶然间听说小钩屋曾向关东人造纤维采购原料的。关东人造纤维的人曾来公司询问，他们旗下的分公司能不能拒绝村野介绍的采购。佐山问起关东人造纤维的负责人，才知道后来小钩屋是向橘·拉塞尔购买了原料。打听这些事对佐山来说简直小菜一碟。

"那就马上和橘·拉塞尔公司签约，我也会加紧催一催采购部的部长。"

小原雷厉风行地拍板，让佐山吃了定心丸。

本来新年接力赛的失利让小原很不高兴，但媒体并没有像他担心的那样把目光都聚焦到茂木身上，因此小原渐渐息怒了。

媒体依然盛赞毛塚是最优秀的长跑运动员。这对给毛塚提供跑鞋的亚特兰蒂斯来说是再好不过的事了。

到这一步，佐山都是如有天助。

小钩屋、茂木，再加上村野——

对于佐山来说，他们一个个都是碍眼的家伙。

"马上有你们好看。"

佐山回到自己的座位后，嘴里低声嘲讽说。


3


"今天来是有件特别的事想跟您谈谈。"

一月上旬，门松还没有被摘下，埼玉中央银行的大桥就如往常一样，一脸面无表情地前来拜访。

"呀，刚刚过新年您就来谈融资的事，出了什么问题了？"宫泽端正了姿势。

"不，不是。"大桥摆了摆手，"实际上我想说的是关于橘·拉塞尔的事。"

"橘？"出现了令人意外的名字。

"昨天，我因为有笔生意去了分行。您有听说过什么吗？"

"没有。"宫泽摇摇头。大桥露出了犹像的神色。

"是吗？我先要说一声，这种事本来不该由我来告诉宫泽社长您的。但是还是早点知道可以做更好的预防措施。"

宫泽看着大桥拐弯抹角的样子有些着急，他等着接下来的话。

"事实上，那种鞋面的材料……也许橘·拉塞尔会停止供货。"

"什么！"

听到这话，原本整个人埋坐在扶手椅里的宫泽，顿时坐不住了。

大桥接着说："有制鞋的大公司开发新产品想用橘·拉塞尔的材料。从橘他们公司利益考虑，这样一来能使公司生意兴隆。"

宫泽听了大桥的话，仿佛晴天霹雳。

"开玩笑！这么做我们怎么办？橘他也是知道我们处境的。"

说什么都没有用。

新年长跑接力赛后，陆王开始市场销售，正要上轨道的时候，原料却停止供应了，真是胡扯。

"制鞋的大公司到底是哪一家？"宫泽愤然地问。

"呀，这个嘛。"大桥回答得很吞吞吐吐，"是——亚特兰蒂斯。"

宫泽"咚"地大力敲了一下椅子的扶手，"什么！那真是——"脸上露出了愤怒的表情。

"那要怎样？橘先生不和我们做生意了，要投靠到我们竞争对手那儿。是这么一回事吗？"宫泽一边说，一边心中又有了新的想法，

"亚特兰蒂斯明明知道我们和橘·拉塞尔在合作,是故意搞鬼提出这样的生意方案的吧。"

"也许是的。"大桥用一贯的慎重口吻说,"只是这些事情橘先生也未必清楚。就算知道了,这对橘·拉塞尔公司也是十分让人动心的提案。"

"为了大批的订单,难道就可以轻易地放弃我们之间建立的信赖关系吗?"宫泽气愤不平。

"呀,橘先生也是很难做,所以我才来商量的。"

虽然是冬天了,大桥还是拿手帕在额头上擦了又擦。

"说到底,把橘·拉塞尔公司介绍过来的就是你。你也有责任说服他们。"

"我也想呀……"大桥露出了为难的表情,"社长,真是对不起。您能和橘先生面对面再谈一谈吗?"

"亚特兰蒂斯也真是不择手段,用那么下流的手段。"

安田看似平静,口气里却满是愤怒。

"亚特兰蒂斯到底是怎么知道我们和橘·拉塞尔公司在做生意的?"

听了富岛的一句话,宫泽突然想到了。

"可能是关东人造纤维透露的。"宫泽说,"去年年末关东人造纤维的营业负责人来电话,问我们后来有没有进到原料。"

"那个时候你就明说了橘·拉塞尔公司的名字?"

富岛有点生气地把眼睛朝上一翻。

"嗯。当时我还在想对方干吗还打电话来,就脱口而出了——"

宫泽后悔不已。

"那么,还和橘·拉塞尔谈谈吗?"

富岛一边点香烟，一边问。制作工厂的后面有一块吸烟区。大地也在那里。

"呀，刚刚打了橘社长的手机，他没接。"宫泽说。

"若是这样，就算继续从他们那儿进原料，条件也不太可能和原先的一样了吧。"安田说，"成本肯定会上涨。"

"最后还是拼谁的后台硬啊。"饭山冷静地说出了结论，"不是凭生意开出好的条件就能赢。"

"拼不过后台，还有什么出路吗？"

"这时候就要看看有什么其他办法了。"

饭山的口气很干脆，锐利的目光紧盯着一点。他非常清楚，说是要看看有什么其他法子，其实也是困难重重。

能对公司业绩的不安睁一只眼闭一只眼，又能答应提供数量不大的订单；技术和品质上出色，成本上也没问题。真的还能再找到这样的供应商吗？

"比起另起炉灶，还是说服橘·拉塞尔公司更容易些吧。"大地说。

宫泽心中也冒出了同样的念头。

"先和橘推心置腹再谈谈看。"

又过了几天，才和橘联系上。约了当天下午三点会面，安田开车，提前一个小时从公司出发了。

4

"前几天新年长跑接力赛跑上没能好好聊一聊，真是抱歉啊。"

宫泽被迎进接待室，寒暄时感到自己的表情有些不自然。

"不，是我要说抱歉。正好，我也想和您谈一谈。"

橘的声音硬邦邦的，脸上没挂一丝笑容，看样子早就料到了宫泽的来意。

"承蒙关爱，陆王得以顺利亮相。这都是靠橘先生的大力协助才能完成。非常感谢呀。"宫泽低下了头说，"请继续关照我们，让我们能生产出更优秀的鞋子。"

对面没有答复。

橘沉默地把茶杯放在了托盘上。

"关于这件事，"橘换了个口气说，"和小钩屋的生意，就只能做到三月份了。"

虽然预先有准备，一旦遭到拒绝，再往下谈就会越发沉重。

这一刻起才是胜负的关键。

"是亚特兰蒂斯要求中断和我们合作的吗？"

宫泽想讨个说法。橘抬起头，视线却躲开了。

"橘先生——"宫泽继续说，"我们如果没有来自贵公司的原料，就不得不停工。虽说能找到替代品，但像贵公司那样高质量的材料很少。就算找上门去，别的公司也未必会同意和我们这样的小公司合作。能不能再帮帮忙，收回这个决定呢？"

"您说的情况我明白。"橘也露出苦恼的表情，高声说，"可是我们也有我们的难处……"

安田在旁边问："是什么情况？"

"今年是公司创业第四个年头，眼下业绩不佳。"橘皱起了眉头，表情变得异常严肃，"因为将来我们想上市，股东们都是冒着风险资本投资的，眼下为了能获得他们的同意，迫切需要亚特兰蒂斯的大额订单。"

"亚特兰蒂斯是我们的对手企业，橘先生，您是知道的吧。"宫泽单刀直入地说，"您是想抛弃我们，转而投靠咱们的对手企业，对吗？"

橘略微皱了下眉头，看向宫泽的一刹那，扯着嗓子喊出了一句出人意料的话："那您就做些什么帮帮我们吧。小钩屋为了研发陆王有多努力，这些我都知道。我也不想做背信弃义的事。但是公司要是没活路，什么都白搭。为了家人和公司员工，我不得不求生存。您说的这件事，我也一直很苦恼，反复衡量、再三考虑过。但是亚特兰蒂斯的提议很难得，说不定以后会成为我们主要的利润来源。我们把公司的希望都押在这上面了……"

"押给我们就不行吗？"宫泽膝盖往前靠了靠，"您不选择同我们一起成长壮大吗？"

与陆王项目有关的人、公司，都为了同一个目标，大家像一支队伍。当然这也包括了橘·拉塞尔。宫泽一直坚信这一点。但是——

事实上，大家各自分属不同的公司，各自都有难念的经，也有陷入两难的时候。在世间大风大浪的挟卷下，各自付出了许多不为人知的辛劳。

看着橘憔悴的神情，宫泽也能猜出几分内情，沉默地垂下了眼帘。

"真是对不起……"

听到橘低到听不见的这句话，宫泽的心中猛受一击，心想"这下完了"。

"这是我反反复复苦恼了很久得出的结论。"橘说，"我们的原料只能提供到三月之前，给宫泽先生您添麻烦了。"

"请等一下，橘社长。"安田忍不住开口，"贵公司与亚特兰蒂斯可以合作，为什么不能继续与我们做生意。这是怎么回事？"

"亚特兰蒂斯的条件中有一条，就是不能向其他竞争对手提供原料。"

"亚特兰蒂斯一贯会开这种条件吗？"安田替宫泽发问。

"我也不清楚……只是，到我们这里就定了这规矩。我们没办法，也只有接受。"

"亚特兰蒂斯准是知道了您与我们有生意来往。"

"这谁清楚呀。"橘含糊其词地说。

安田看了宫泽一眼，又说："亚特兰蒂斯为了破坏我们之间的生意，居然提出这种合作方式。他们看中的不是橘先生您公司的技术和质量。这样的买卖会有前途吗？"

"我也知道。"橘扯着嗓子争辩。他闭了一下眼睛又睁开，表情坚毅，带着不可动摇的决心和意志，"但是为了我们公司的存活和发展，这个决定没有错。"

双方相对凝视，一片沉寂。

"好吧。我明白了。"宫泽轻轻叹了口气，"咚"地捶了一下膝盖，"只是橘先生，你的决定对我们来说是天大的麻烦。虽然你们有难以拒绝的理由，但这在生意场上是无法原谅的。到了三月，我们的生意就终止吧。而且从此以后，不管有什么事，我们再也不合作了。"

向来温和的宫泽当着橘的面，断然说出了决绝的话。


5


"我不太清楚，不过是不是能请别的公司做？"

明美提了个问题，也不知道是在问谁。

"事情不是那么简单，明美。"

问题看似简单明了，村野的表情却很复杂。

"首先，一旦鞋子样式确定，就不可能轻易改变。更何况，因为公司合作关系而不得不做改变，会引起很大的问题。我看情况很严重啊。"

已经确定将和橘·拉塞尔终止合作，研发团队紧急开会磋商。

"亚特兰蒂斯的手段真是下流。"安田忍无可忍地抱怨。

"只有失败者才这么叫嚷。"饭山毅然地告诉他，"向竞争对手的主要供货商提供更好的条件，让对方反水倒戈，这是非常聪明的手法。做生意不是吞掉别人就是等着被人吞掉。橘先生也是顺应形势。我们不能抱怨。确实是我们自己开不出比他们更好的条件。"

会议室里鸦雀无声，气氛凝重。

"饭山顾问说得对。"富岛冷静地接上话头，他环视所有人，徐徐地讲了一句重话，"这是一次失败。"

宫泽像是被人狠狠扎了一下脊背，仰起脸，体会着这句话的分量和痛感。富岛又继续说："光痛恨亚特兰蒂斯没用。时间只会一眨眼过去，落得个心情沮丧。现在只有行动起来。"

"的确像阿玄说的那样。"

宫泽终于开口，他环视了一下围坐着会议桌的全体人员。

"三月之前必须找到替代橘·拉塞尔的厂家。我们从头再来。"

"有目标了吗？"明美问。

"我做了个名单。"宫泽分发的是网络上查到的纺织企业的清单。

"就以这个顺序试着找找看。"

"三月合作结束前，从橘·拉塞尔拿到的材料还能用多久？"饭山问。

"大概可以撑到夏天。"安田回答。

"若是在这之前找不到新的供货商——就只能停工。"

饭山表情严峻，瞪眼看着列表上公司的名字。

陆王需要既结实又柔软的高品质纺织品材料。如果不拘泥于这些要求，其他的材料随处可见，不过宫泽不想妥协。当然，这里其他人也没提别的折中方案。

"社长一人按这份名单上的公司一家一家去找很费劲，不好办吧。"安田说，"要不我们两人分头找？"

"等一下。股长最好是一天也不要离开公司。不能没人负责现场的工作。"

明美的话很在理。安田负责材料的筹措、计划安排，还要检品，是分配现场作业的核心人员。从某种程度上说，他一走，比宫泽离开都麻烦。

"找新公司的事就由我负责。阿安，拜托你看着现场。"

"这样啊……"安田抱着胳膊，答得并不痛快。

"我也来帮忙吧。"有人说了句意外话。

原来是大地。

全场所有人都吃了一惊。

说话的当事人很认真，双目瞪得滚圆。

"怎么了，希尔可乐的制作已经走上正轨，我也稍微有点空，而且——"

"谈生意你能行吗？"宫泽疑惑地问。

"能行呀。"大地反驳说，"到现在为止，我一直和大家一起制作陆王。我先去跟客户谈，谈得顺利了，接下去就交给社长您好了。社长忙着拜访客户，有时照样也会吃闭门羹，这个办法更好。而且，不是自夸，我面试都被拒了不知道多少回了，早习惯了。"

"这两个不是一回事好吧。"宫泽惊讶极了，"这可是和我们的新事业生死攸关的大事。还是我来负责。交给半桶水的你，哪里能成？是吧，阿玄？"

宫泽向富岛寻求同意，不过，就在此时——

"让他试试看，怎么样？"

"哎，阿玄，你怎么——"

富岛的回答出人意料。宫泽刚想开口就被富岛打断了。"大地一直帮着开发研制希尔可乐，论到技术方面，也许比社长还懂呢。这也是谈判的武器。照大地说的办，一有些苗头，就交接给社长。"

宫泽硬着头皮咽下了想说的话，抱着胳膊仰望天花板，过了好久，才转过脸来，大地正紧盯着他。

"好吧，那就试试。"

大地一反常态带着严肃的表情，点了点头。


## 6


"你今后打算怎么办？最后还是去老爸的公司继承家业吗？"

广树的问话似乎略带嘲讽，大地把喝了一半的酸味鸡尾酒玻璃杯搁在吧台上。

广树在一家制造公司的开发部门工作，他和大地从初中时就是朋友，又进了同一所大学，都是足球队的成员。现在每个月也会像这样见一两次面。

"我是不打算接手。"

"那就更加要认真找工作呗。"

"我是很认真呀。"大地注视着自己紧握玻璃酒杯的手,"可是一点也不顺利。"

"那是因为你还不够拼命呀。"

广树总是这样,虽然人很好,批评起大地来毫不留情面。不过,其他人若是这么说,大地肯定会很生气,换成广树却能坦然接受,因为他完全没有恶意。

"如果你不表达出迫切要加入公司的想法,面试官也不会拉你一把。公司雇用一个人,要投入大量的时间和金钱,培育一个人一辈子,恐怕要花上几亿日元呢。投资额非常大,不是你想象的那么简单啦。"

从晚上七点来到这家小酒馆碰面已经一个多小时了,广树和大地都有些醉醺醺的。

"我也没把找工作想得那么简单。"大地说。

"你就是经常半途而废。"广树无视大地的反驳继续说,"一边说求职不顺利,一边乐呵呵地跑去自家足袋屋帮忙不是吗?最后找不到工作也没事似的。面试的时候,一看就知道是靠不住的家伙。你没危机感吗?"

广树提到了去年他参加应聘录取的相关经验,并不是什么美好的回忆,他说的时候鼻子都皱起了褶子。

大地被说到这个份上,也开始心头冒火。

"没有办法呀。我也不是开开心心去帮忙。我想着在工作定下来之前,一天到晚游手好闲总归不太好。"他反驳道,"我也很努力的。"

"好好好,你今天是想问我什么事?"广树也不想听大地回嘴。

其实今天是大地约广树来喝酒的。

"我投给梅特罗电业的简历通过了。"

"啊，真的？"

广树放下正准备夹关东煮的筷子，抬头看大地，表情里带着吃惊和些许羡慕。

梅特罗电业是一家制造有色金属的大企业，旗下还广泛涉及信息通信、汽车相关的零部件和工业原料等多个领域，实力雄厚，业绩蒸蒸日上。

"看到他们招聘有工作经验的人，就去试了试。通知下周面试，这家公司氛围怎么样？"

广树上班的公司和梅特罗电业从事的是相同的行业。

"梅特罗比我们不知道要好多少倍，非常可靠。"广树说着，脸色变得黯淡，他拿了个烟灰缸。

"企业文化嘛——行事光明磊落，属于正统派。很重视公司的员工，待遇也很优厚。"

广树说话时脸上露出懊恼的表情，大地默默地看在眼里。

"要是能去梅特罗，我愿意从现在的公司辞职。"广树不经意间说的肯定是真心话。

"你们公司怎么样啦？"大地问。

"唉——"广树靠着椅背看向天花板，点了根烟，吐出一个烟圈，"各种各样的事儿，一言难尽。"

"各种各样，到底是什么样呀？"大地笑着问。

"公司里会有各种各样的烦心事。"

大地看见广树说这句话时眼里暗藏着阴影。

广树慢悠悠地抽着烟，在烟灰缸里按灭了香烟。

"世上没有轻松的工作。"

他小声嘀咕，就好像是在劝说自己。

"公司总归不会倒闭吧。"大地想要鼓励广树一番，"我家的公司很小，所以非常不容易。一直都是脚踩在悬崖边上。"

"你懂公司到底是干什么的吗？"广树的脸上泛起寂寞的微笑。

"懂呀，当然懂。"大地说。

"我也没你想的那么轻松，现在新产品刚开始销售，就碰上麻烦。那才是一言难尽啊。啊，说起来——"大地从椅子上挂的挎包中取出了跑外勤时介绍陆王的小册子。

"哦，原来是这个呀，看起来像足袋。"

"是名叫陆王的跑鞋。这个，很厉害的哦。鞋底是新开发的材料希尔可乐，轻巧耐久的精品，表面部分是用拉塞尔编织法的高级材料制成。我是负责帮忙开发希尔可乐的，这个相当相当困难啦。"

大地侃侃而谈开发鞋底的艰苦卓绝过程。

"就是这样造出来的。现在鞋面的材料要重新找，下周我负责采购那一块。"

沉默的广树开口了："你好像有点不一样了。"说着又取出一支新的香烟，也没点火，就在指尖撮弄，好像想了一番，接着来了一句，"你这次的面试大概能成。"

"这事你就别取笑我了。"大地安静了下来，"我没抱什么期待，否则会太累。"

大地觉得，接连受挫的心情，只有当事人才深有感触。

不过现在大地的情绪和之前求职时截然不同。这是事实。

他发现，安安稳稳待在大企业上班当然很好，与此相反，小钩屋的工作也十分有趣。

"不好意思。"广树向陷入沉默的大地道歉,"好了,我不说了,你就尽情按自己想的去做就是了。也别觉得错过了这个村就没有下个店了,大地。世上公司到处都是。"

　　大地默默观察了一下广树脸上的表情,觉得这些话好像是说给广树自己听的。

第十五章　小钩屋的危机

# 1

"前几天您在新年接力赛第六程跑得相当出色。这是受伤复原回来的首场比赛吧。您如何评价自己的表现？"

《运动员月刊》的女记者身着保罗衫配牛仔裤，隔着咖啡店的桌子向茂木采访提问。茂木面前放着喝到一半的咖啡和一张名片，上面印着"写手岛遥香"几个字。

录音笔像是用了很久，表面几处漆都剥落了，录音口朝向茂木摆放着。

"的确也有些担心，不过最后成绩还不错。"茂木回答说。

"您把同一程区间赛的强有力竞争对手毛塚远远甩在了后面。您对毛塚的印象怎样？"

到头来问的还是这些。

《运动员月刊》以前曾经来询问过，想做一期茂木和毛塚的对谈，后来取消了。原因是主角毛塚没有选茂木当对谈对象。认为茂木根本算不上是自己的竞争对手——毛塚本人的态度透过杂志企划的形式，就一清二楚了。

"您觉得这次毛塚跑得有些不寻常吗？"

"不。没觉得。"茂木实话实说，"只是——"

"只是什么？"

"看到他跑完后就倒地，有些在意。"

"也就是说他身体状态不佳，但跑的时候没有表现出来吗？"

"啊，这个嘛。"

茂木模棱两可地点了点头。

"如今同一年龄层的赛跑选手中，茂木先生您最关注谁？"明显一个算计好的诱导问题。

"是毛塚吧。"

茂木回答后有些发愣，惊觉自己还真是个烂好人，有圈套就乖乖钻进去，他咕咕地一口喝掉早已冷了的咖啡。

"此次是自箱根对决之后非常值得一看的比赛，之后若能在别的赛场再看到您二人的较量就好了。茂木先生，您接下来的目标是什么呢？"

"京滨国际马拉松。"

岛露出了明显好奇的神色。

"您是去年在京滨国际马拉松上受伤的吧。这次想一雪前耻？"

这是采访，也许理当这样发问。

一雪前耻吗？茂木想的并不是这个。

"上次弃权，没能跑，的确是事实。但想参加这场比赛并不是为了平复上次的悔恨，还是有些不同。"

"有些不同？"岛有些意外，抬了抬右边的眉毛。

"也许是想为新的自己而跑。"茂木平静地凝视着自己的内心，斟酌了一下说，"之前我受了伤，那时甚至觉得可能今后都不能跑了。但是在很多人的帮助下，我又重新回到了这里。那次受伤后，我调整了跑法，鞋也换了。接下来的比赛是想找到新的自我。比起一雪前耻——"

茂木寻思了一下符合现在情形的词，最后挑了"重启"。

"我想重启人生，回到赛跑选手最初的原点。"

"重启啊。"岛好像在斟酌似的小声嘀咕，望着一脸认真的茂木说，"这需要很大的勇气。放弃以前熟悉有效的跑法非常不容易吧，您是想和过去来个彻底告别？"

茂木内心深处的想法被说中了，他又望了一眼这位杂志记者。

"是想这样。因为也没有其他更好的选择。"

岛颔首点头，像在思考着什么，然后把视线落在手边的笔记本上。

"也许现在下结论还为时尚早，您坚信这个选择正确吗？"

"到底对不对，跑了才能找出答案。"茂木谨慎地回答，"能拿到车站接力赛的区间奖我非常高兴。我从高中时代就开始憧憬马拉松，目标就是跑好马拉松。马拉松非常能考验长距离选手的真正价值。体力、技术缺哪个都不行。只有在这种极限比赛中，才能找到真正的答案。"

"那么，这次京滨国际马拉松赛或许会是茂木先生重大的转折点？"

茂木仔细掂量这话语中沉重的分量，点了点头说："我认为——我已经赌上了我的田径人生。"


## 2


上午十点，大地来到约好面谈的公司总部，在新横滨车站附近。

一位二十几岁的年轻男业务员出来接待。

"我们想找这种鞋面材料。"生硬的问候和自我介绍之后，大地直接切入正题，给对方看了陆王的样品。那名叫尾村的男子有些稀奇地接过去看。"这鞋子真奇特。"

随后扫了一眼放在桌子上的大地的名片，惊奇地问："贵公司不是生产足袋的吗？"

"去年开始生产跑鞋。"大地说,"大和食品的选手茂木裕人,您知道吗?就是前几天荣获新年接力赛第六程区间奖的选手,他穿的就是我们这款鞋子。您能不能帮帮我们?"

"哦。"尾村显得并不是很感兴趣,"已经投入生产了,那么现在这个材料是谁提供的?"

"是从琦玉的橘·拉塞尔公司进的货。因为对方的原因,从三月开始就不能供货,所以要找新的供货商。"

你是原料的买方,要挺起胸膛——这是早上从公司出来时饭山叮嘱的话。但是看着眼前尾村的态度,大地很难端起买方的架子,倒是有种"求求您卖给我吧"的感觉。

"啊,橘·拉塞尔。我知道。但是,怎么说呢?"尾村感到疑惑,"中途停止做生意,这种事一般不太可能会发生呀,到底怎么回事?"

"因为他们要和亚特兰蒂斯合作。"大地说,"据说是签订了特别条款,不得与我们来往。"

尾村靠着椅背,不带感情地看了一眼大地。

"这种事也有啊。"尾村有些怀疑,"橘·拉塞尔也应该清楚贵公司没了这种原料会很麻烦。这样还要断了供货,真是难以置信。是不是还有别的什么理由?"

"别的理由?"大地有些摸不着头脑。

"比如付款上的问题啦,这一类的事。"

总之,尾村推测是小钩屋出了什么状况。

"没有那样的事。我们——"

"具体的事情就算了。听了也没用。"正当大地打算反驳时,尾村像是怕被纠缠上,干脆利索地下了结论,"很抱歉,我们公司可能办不了。"

连在公司内部讨论的机会也不给，当场拒绝。

"请问是为什么不行？"

大地感觉被愚弄了，但仍是装作心平气和地问。

"理由有很多啦。"尾村若无其事地说，"贵公司虽然制作出了优秀的产品，但是离大批量生产还很遥远吧。也就是说不能大量生产。而且若是正式做生意，还必须调查资信状况。需要全部满足这些条件才行。我们的贸易条件很严格。"

富岛也曾提过对方可能会需要资信调查。总之就是认定了小钩屋不太可靠，没有信用。

"如果是这样的话，我们不介意您来调查。"

"贵公司是不介意，我们的成本就上去了。调查贵公司的事，又没经上司同意。这又不是什么有利可图的事。"

因为不知如何应答，大地一言不发，他还是想尽一切可能。

"用现金支付货款这样能行吗？"若是谈判陷入僵局，父亲说可以试试这个法子，死马当活马医。

"我们公司不做这种零散的小生意。就是这样。请回吧，我们也很忙。"

尾村的回答冷冰冰的，冷漠得让人无法再搭话。


3


宫泽坐在社长室的椅子上，一副黯然的神情，他出神地望着窗外工厂内的情景。

这一天是二月下旬，马上就是三月，但冰冷刺骨的北风还在呼呼地刮。

对面的仓库如今关着门，要是到了夏天就会敞开所有的窗户，在那里干些轻活，现在看不到这景象。

公司里的气氛到底为什么这么沉闷压抑？

一直到新年接力赛的时候，公司里都冒着一股微热的兴奋劲儿。那之后，类似颓败的寂静和疲劳像是一层皮膜，裹住了小钩屋。

茂木虽然拿到了第六程的区间奖，但人们对他的评价依然低于宫泽的期望，对陆王的关注更是像那次赛事从没发生过一样。

事情就是这般扫兴，却又无可奈何，照理说不该如此呀。失望在宫泽的心头挥之不去。虽然也知道现实就是如此，必须冷静下来，但自己的内心却怎么都无法平静地接受。

还有橘·拉塞尔的事。

材料难找，不如意的事每天层出不穷。

不顺心的时候所有麻烦事都会接踵而来吗？

以前因为资金周转不稳定，过得胆战心惊是常有的事，但那时却没有现在这样无能为力的感觉。

"从这个意义上说，也许现在面临的才是最大危机吗？"

宫泽遥看着一阵小旋风卷起了飞扬的尘埃，心中嘀咕。

他知道为了打破现在的僵局，需要些引爆的"燃料"。

不一定要找到新的原料供应商，让陆王重新受到关注也好，三月召开的京滨国际马拉松赛上茂木的活跃也好，不管怎样，现在急需一个契机。

"人生总有高潮和低谷。不可能总是倒霉。总会有好运。"

宫泽这样单纯地鼓励自己。

那时"啪嗒啪嗒"的脚步声响起，"社长——！"安田门也不敲飞奔进来，脸色都变得异常慌乱。

"社长，快过来看。"

一见他的脸色，就知道肯定出了什么乱子。

他快步和安田去了开发室。

"怎样啦？"宫泽问。这时饭山从制造希尔可乐的机器对面露出了沾满油污的脏兮兮的脸。

饭山没有马上回答，站起身，盯着机器，他的手套黑乎乎的，仍然捏着把扳手。

由于开着窗，房间里的温度让人想要缩成一团。关东平原的寒风直往里灌，刮得写字台上的笔记本纸头"哗哗"地响。一阵风停后，宫泽就闻到一股烧焦的味道。

"还是——坏掉了……"饭山垂下双臂，失魂落魄地说。宫泽也绕到机器的背后，看到机器内部，顿时屏住了呼吸。

那里被烟熏得黑乎乎的，受热扭曲变形的零部件暴露出来，白花花的灭火剂将里面弄得一片狼藉。

"饭山——"宫泽说。

眼睛已然充血的饭山终于转过身来："终于到头了，真是他妈的可恶！"

"砰"的一声，饭山双手捶打着机器，脸颊都在颤抖。

风的声音让周围显得更加寂静。

宫泽以前从来没感受过像现在这样沉闷压抑的寂静。唯有北风在肆无忌惮地猛刮，仿佛在张牙舞爪地发出嘲笑。


深夜两点多，饭山还在继续修机器。

明晃晃的开发室里，宫泽也专注地守在那里。

饭山开发的制造希尔可乐的机器，这几个月来没日没夜地连续工作，是小钩屋的顶梁柱，对业绩的贡献非常大，若是停工，这半年的飞速发展也要急刹车。

这时传来"哐当"一声响。

工具滚到地板上发出单调的声音，饭山慢慢地从地板上站起来，看着地上分解下来的机器零件。大地一脸苍白地站在旁边，他跑外勤回来就加入修复工作。饭山注意到了宫泽询问的目光，仍然闭口不言，他带着满身疲惫，缓缓脱下手套搁在桌上，随后一屁股坐在旁边的椅子上。

"怎么样了？"

饭山听到宫泽问他，终于把毫无生气的脸转了过来。因为灯光的关系，他眼窝深陷，一双像是日本古代陶俑的眼睛暗淡无光。

"倒不是没有替换的零件，是最核心的部位被烧了。修不好。已经不是换个零件能解决的问题了。老实说，这个东西现在就是堆废铁。"

回头看机器的饭山下了断言。

宫泽一听这话，就像是听到骨肉至亲离世的消息，大受打击，跟跄地倚靠在附近的写字台上。

"啊，那么，这个机器——"安田也十分惊愕。

"已经不能用了。"饭山明确说，他用一只手扶着额头，人却动弹不了。

大家都无力再说话，寂静深深笼罩着这个房间。

"社长……"安田发出求救般的声音，一脸被彻底打垮的表情，等待宫泽发话。

"大家今天都先回去吧。"宫泽强撑着说。

"都清醒冷静一下，明天，阿玄来了再一起讨论，看看有没有什么更好的办法——这样可以吗，顾问？"

饭山愁容满面的脸轻微地动了一下，表示同意。

4

"这下麻烦了。"

富岛听了情况汇报后，表情凝重严肃。

但是当饭山低头说"万分抱歉"时，他明确地说："不，我认为这不是顾问的问题。它最初只是一台试验用的机器，并不适合大规模生产，而我却睁一只眼闭一只眼拿来用作生产，我应该估计到这一点。这是我分内的事。"

"哎，我也想得太简单。"

饭山露出悔恨的表情。

"不，阿玄说得对。"宫泽说。

会议室里，饭山、富岛以及开发团队成员都在桌边围坐着。

"被竞争对手挖了墙脚，我也有责任。"

宫泽向所有人低下头道歉，然后继续讨论。

"我想先确认一下，饭山顾问，这台机器还能不能再修？"

"我也想只要还有一丝可能就努力修好它，可惜一点没办法。不光是驱动坏了，最主要的控制面板也烧坏了。修复这两样，那就和从头开始重新组装一台新的一样。考虑到将来，还是造新的更划算。"

"但是那台机器是饭山顾问您的财产呀。"明美说，"我们弄坏了，怎么赔？"

"正好相反。"饭山直截了当地说，"我拿了机器的租赁费还给小钩屋添麻烦，这才是问题。"

"造一台适用于大规模生产的机器需要多少钱？"宫泽提出了关键问题。

"也许要将近一亿日元。"

听到饭山的回答，会议室的空气越发沉重了。

"一亿……"安田望向了远方。

每个人都知道这笔钱对小钩屋来说数额庞大。

"如果真要做，还需要重新设计。一亿能打住就已经相当好了。"饭山继续说。

"如果我能准备一亿日元——需要多久能造出来？"宫泽问。

"依生产企业接收订单的情况而定，至少也要三个月。"

宫泽筋疲力尽地靠在椅背上。现在是二月。换句话说，即使立刻下订单，顺利完工要等到五月。

"'足轻大将'的鞋底库存还能用多久？"他问阿安。

"一个月左右。"

宫泽听了答复抱紧了脑袋犯愁。富岛紧紧地咬住嘴唇，垂头丧气地抱着双臂。

"陆王的鞋底呢？"这回是村野发问，"还剩几双？茂木型号的呢？"

"二十双左右——真抱歉。"

听完安田的回答，村野盯着宫泽。

"宫泽，我想问一句，你觉得有可能上新设备吗？"

上新设备，说得轻松，小钩屋的年销售额才七亿日元，而且利润微薄，投资新设备是一个巨大的难题。

手头没有这么多现金，能做的就只有去借，这一来每月背负的还款极其沉重，光支付利息就会吃不消。

不，之前根本就不会考虑背那么多债。光是筹集运营资金就已经费尽周折了。

"我们会尽快商量好，拿出一份报告，所以请耐心等候一段时间。"宫泽绞尽脑汁，避免正面回答。

会议结束后，宫泽回到社长办公室也静不下心做任何事，他把身体埋进了接待客户用的扶手椅中。

门外有敲门声，居然是富岛，他进来后也不等宫泽回话，就直接坐在对面的沙发上，点了一支烟。

宫泽知道他是来谈设备投资的事情。

"你觉得怎样，阿玄？"宫泽问。

"一亿日元，能借到吗？"

富岛没有立即回答，他眯起眼睛，看着从烟头冒出的烟雾飘向的地方。

"从会计的立场来看，不该讨论能不能借得到。"

宫泽抬起头，等待富岛继续说。

"而是最初就该讨论是不是应该借。"

宫泽不言语，思索着这些话。富岛用嘶哑的声音继续说："我们的年销售额你是知道的。虽然利润有所增加，但量也不大。在这种情况一下子背上一亿日元的债务，这简直是乱弹琴。"

"你是说要我们放弃希尔可乐相关的业务？"

"这样更稳妥。"

"你就不考虑考虑我们投进去的大量金钱和时间吗？"

宫泽反问时，富岛露出半是惊讶的表情，瞪大了眼睛说："这点钱用掉也就算了——你就不能这么想吗？"

宫泽闷声不响，最后终于开口："好吧，阿玄，我明白你的意思了。"

然后富岛就默默地离开了房间。

<br>

## 5

"机器着火了？哦，幸亏没造成火灾。"

这是家长分行长开口说的第一句话。

他们一起在埼玉中央银行行田分行的接待室里，商议投资设备的可能性。

"如果闹成火灾，就要做现场调查，会很麻烦。甚至还可能遭遇关停。"

的确，若是起火时公司没有人在，很可能会连公司的房子都连带烧起来。一想到这种情况，宫泽就深深地垂下头。

"的确是这样。我们会彻底加强危机的管理意识。"

家长旁边负责业务的大桥问："那么设备怎么样了？什么时候能修复？"

"事实上，今天我们就是来和贵行商量这件事。"宫泽再次郑重面对家长说，"设备起火，如今已是不能用了，为了恢复希尔可乐的生产，就必须要有新的大规模生产的专用机器。"

"所以呢？"

家长似乎已经预见到接下来宫泽要说什么，清醒地催促道。

"设备的投资需要近一亿日元，对我们来说是一笔巨款。虽是巨款，但若是不投资设备，陆王和'足轻大将'等商品都没法生产。你们能否讨论一下，在资金上帮助我们。"

分行长室里的气氛骤然变得沉默而疏离。

"一亿啊。一个亿……"家长说。他边从身边的大桥那里拿过小钩屋的信用档案看。

纸页不断被翻动，发出的单调响声使宫泽感到压力，似乎连胃都受了挤压，不得不强忍着难受。他不禁想：老天，这到底还要持续多久啊？

"宫泽先生。"家长从文件中抬起头看宫泽，意兴索然地说，"这个——压根不可能。"

宫泽不由自主地咽下话。家长对他漠然地说："首先，如果您接受了这笔融资贷款，贵公司的财务状况就会维持不下去。这大大超过了您公司承受能力的巨额贷款，会拖垮您的企业。投资了一亿日元，还不确定项目是否会成功，这笔投资风险太大。"

"我会努力让它成功。"宫泽反驳说，"这种事不试一试，怎么知道结果。"

家长不留情面地说："被事业的魔力迷惑住的企业家都是这么想的，而且必定都会失败。"

"听我说，分行长，我们公司有一款热销商品叫'足轻大将'。陆王也已经被日本知名的运动员认可。如果现在退出，就是背弃客户呀。"

"不是我斤斤计较，您刚才提到的客户源根本不能帮忙撑起小钩屋。宫泽先生，我说得明白点，您考虑的发展计划——也就是设备投资的事情，完全行不通，请放弃吧。"家长像是要用三寸不烂之舌说服沉默的宫泽，继续说，"咱们银行里有一句话，'借也是为您好，不借也是为您好'。这句话就是针对小钩屋现状的精辟警句。银行的工作可不光是贷款。有时也要阻止客户因得意忘形而失败，重新审核企业的规划也是银行的工作。"

"怎么求您都不行吗？"宫泽再次问。

家长默默地摇了摇头："我不能为这些设备提供融资贷款。这是为了保护小钩屋。"


6


"现在你在帮家里的生意对吧？是怎样的工作？"

梅特罗电业负责的面试官名叫内山，是一位三十几岁的男子。面试开始已经过去十分钟了，聊了入职的期望、动机等话题，但大地并不知道内山心里到底是怎么想的。

"我在生产研发的现场待了约一年时间，现在在做采购的工作。"

听到大地的回答，内山有些惊讶。

第一次在例行的无聊面试中有意外的发现——内山的脸上露出了一丝惊喜。

"采购什么呢？"

"我在到处寻找合适的公司，希望它能提供我们新研发的跑鞋鞋面用的材料。"

"鞋面……是什么部分？"

"就是鞋面。哦，就是——这个。"

大地从带来的包里取出来了一直带在身边的陆王样品。

"嘿。真是有趣的鞋子。"内山问，"让我看一下好吗？"说着接过鞋子仔细观察起来。

"很轻。"他说了一句。

"鞋底里藏着秘密。"大地指着内山手中的鞋底说,"这个部分是我们开发研制的,名叫希尔可乐的材料。它比其他任何跑鞋都更轻、更结实,而且也更环保,因为是用蚕茧做成的。"

"这个是蚕茧?"

这时内山的脸上露出大吃一惊的表情。

"是的,以前就有蚕丝固化的技术,后来成了闲置专利。首先制成名叫希尔可乐的固态物质,然后加工成最适合鞋底的硬度,就成了这个样子。"

内山看着手头的档案问:"你们是一家足袋生产商,居然能开发出这样的产品,真厉害。这是几个人做的?"

"就两个人。一个是拥有希尔可乐专利技术的顾问,一个就是我。当然,我只是助手。我们连日连夜搞研发,每天干到深夜。"

内山在手边的记事板上写下了什么。大地继续说:"这款定名为陆王的跑鞋已经出了成品,大和食品的茂木裕人选手就穿它参加过比赛。现在我正在努力寻找适合鞋面材料的新供货商。"

"接下来,我个人有个感兴趣的问题,这是足袋厂家第一次做跑鞋。今后你们还有其他的发展计划吗?"

"没有。"大地回答说,"社长——就是我父亲——这是他发起的事业。在过去的一年里,我们有研发团队——虽然规模很小,我就是在那里帮忙的。起初我也以为这只是个遥不可及的梦。但是后来,拥有希尔可乐专利技术的人加入了,业界知名的跑鞋顾问村野尊彦也加入了,还有赛跑咨询师、银行工作人员等等,甚至最初强烈反对的会计主管兼常务也开始支持这个项目,这梦想中的事业居然慢慢实现了。这是我的一点心得体会。我十分渴望能把这些宝贵的经验带到贵公司，让它起到作用。"

讲述时，大地一直在犹豫，要不要告诉对方希尔可乐的生产已经风雨飘摇，不过最后还是没有提。

"真是很棒的经历。"内山脱口而出自己的感想，"你可能现在还没有找到一份好工作，但也因此有了这样很罕见的宝贵经历。能和你相遇，咱们还真是有缘。"

然后大地听到了前所未闻的话。

"这之后我们会在公司内部商量一下，如果有缘，我们会很快与你联系，告知第二轮面试的日程。今天真是非常感谢你，辛苦啦。"

最后大地站起来，深深地鞠了一躬。一直以来，他的每一次面试都不得要领，但就在这一瞬间，他第一次有了踏实的感受。


7


"不是自夸，我能理解那些从银行借不到钱的经营者的心情。"

饭山盯着茶杯看，好像杯子里映出了他的过去。当天傍晚村野来公司拜访，饭山也被叫去参加，一起聊聊今后的事情。

"不管你的业绩有多糟糕，只要你有钱，就不会破产，也不用放弃任何东西。"饭山坐在社长室沙发的一侧，继续说，"但世上没有这样的公司。没有可以无限使用的钱。嗯，我说得好听，可惜呀，意识到这一点时，自己的公司已经关门了。"

"原来没有可以无限使用的钱啊。"这句话回响在宫泽心中。

的确是这么一回事。

即使是大公司，也不可能为了新项目无限制地投入资金。像小钩屋这样的小企业更是如此，必须将有限的资源灵活使用。

"话虽这么说，但是生产希尔可乐的机器是这项业务的核心部分呀。没钱就要放弃它吗？"村野的话虽然说得很有礼貌，但他身为热血男子汉的不甘心非常明显，"和亚特兰蒂斯的对决怎么办？就这么不战而败了？"

他从来没这么严肃地问过："不，亚特兰蒂斯的问题随它去，可是相信我们、穿着我们鞋子的运动员要怎么办？这是否意味着我们将中止给茂木提供跑鞋？"

宫泽咬着嘴唇。

当然，他也不想这样做。但是这事情根本没有那么容易，又不是单凭满腔热情可以解决。

"如果都照社长想的那样，做生意就太简单了。"饭山看到宫泽犯愁，就帮他宽心，"但实际上并非如此。事实是夹在理想与现实之间的。村野先生，这一点你能理解吧？"

"这个我理解。"村野十分认真，"但是绝不能给选手们添麻烦。他们都在拼命，在生死存亡的紧要关头拼搏，可以说是为了人生而跑。同他们来往，我们也要和他们一样的觉悟，拼了命求生存。要是没做好心理准备，以为只是简单轻松地提供鞋子就行，这就大错特错了。钱的事先不说。现在我想问您，宫泽先生，您有这样的觉悟吗？"

宫泽的心头像是有一把利刃刺入。

他感到呼吸都困难，因此无言以对。

一亿日元的设备投资，小钩屋的负担很沉重。这么做很可能倾家荡产，员工和家人都要沦落街头。

宫泽顿时觉得如山的责任一下子都压在自己的肩膀上了。

"当然，如果能行的话，我想支持。"宫泽竭尽全力回答。

"如果能行的话？"

村野"啪"的一下把手中的圆珠笔搁在桌面上，随后双手往膝盖上一放，坦率而毫不含糊的视线"唰"地射向宫泽："不行的话，就要放弃选手吗？"

"我要对茂木说声对不起。"宫泽打心眼里这么想。

"但我作为社长必须保护员工，绝不能让他们流落街头。"

"好吧……"村野说，"看样子我们的使命就到此结束了。"他转向饭山问道："饭山顾问，您今后有什么打算？"

"嗯……是呀。这么就结束的话，就只好找下一份活了。"饭山靠着沙发抱着双臂说，"我能理解你的感受，但我也能理解宫泽先生的立场。这倒不是因为机器坏了我有责任才这么说的。不能责怪宫泽。他是真心想支持选手和员工的，但他做不到。为了生存的需要，我们都必须放弃些什么。被逼无奈做出选择的人的悲伤，希望村野你也能理解。"

村野目不转睛地看着饭山，忽然站起来说："我先告辞了。"

"我不能这样保持沉默。茂木那里我去转告。就这样吧。"

他语气坚决，不容分说。宫泽仿佛是要说服自己似的，轻轻地连着点了几下头。

村野的位子现在空着，空虚而寂寞。

宫泽看见它，觉得那就像是自己心中一个挖开的大洞。

"真没办法啊。经营者的烦恼最后也只有经营者才懂。"饭山深有体会地说，"希望别人理解，就要求太多了。"

"也许是这样。但我希望他能体谅……"

饭山没有马上作答，宫泽只好盯着墙上的一点出神。

"村野完全站在运动员的立场考虑问题，他就是这么一个一根筋的男人。所以他这么想也没关系。如果他是一个轻易就能理解这些事的家伙，你觉得能信得过吗？"

的确如此。但是——

"他那么努力支持陆王，现在却搞成这副样子。团队说散就散了。"

饭山又没有立刻接话。

"——大概是吧。"

过了好一会儿，才来了极其简短一句。

"我们要对所有事情负责。无论好的时候还是坏的时候，都必须正面接受。虽然很困难，但经营公司就是这样。你要能请来菩萨当救兵，也许还有转机。说什么因为银行里借不来钱而散伙，责怪别人很容易。但这些都是借口，没有说服力。"

所以必须行动起来战斗——也许饭山是想这么说。

如果可以，宫泽也想这么做。

但是——怎么战斗呢？宫泽为此苦恼不堪。


8


"喂，这个，送来了。"

练习后，城户教练"砰"地把《运动员月刊》递给茂木。茂木前几天接受了这家杂志的采访。

"谢谢。"茂木道了谢。城户临走时"嗯"地低声回应，随后立刻走向教练室。以前城户常会拿报道的材料开玩笑捉弄茂木，这次却没那么做。

刊登的部分已经贴了便签标记。

这篇简短的采访附有茂木一张很小的照片。虽然那天聊了近一个小时，但实际登在上面采访的内容很少，茂木读了之后，深深地怀疑那究竟是不是自己当时说的话。

——我的目标是同一时代速度最快的选手毛塚。之所以能在新年接力赛中赢了毛塚，是因为他病了，我也是后来听说才明白的。

——我希望在京滨国际马拉松赛上从头再来。要成为让毛塚刮目相看的对手，奋力再创佳绩。

茂木手拿杂志，怒气蹿上脖子，烧得火辣辣的。

那位姓岛的女记者把提问和茂木的回答，按她的意图糅在了一起，同茂木本来想要表达的意思很不一样。

文章还这样收尾：

"曾在箱根马拉松与毛塚展开生死决斗的茂木，因运动损伤脱离了一线。如今他复原归队，燃起斗志，决心向毛塚发起挑战。"

同一页上，除了茂木，还登载着同一年龄层另外两名选手的报道。那一页的标题竟然是"毛塚直之——这一代的赛跑健将"。原来自己只是毛塚的陪衬。

"这算是什么？"

茂木忙翻到上一页，上面登着一张巨大的毛塚的照片。

杂志用整整三页的篇幅盛赞毛塚，热捧称颂他是肩负日本田径界希望的明日之星。

城户肯定也读了这篇文章，刚才那么冷淡，说不定他真的误会了茂木。

"真是开玩笑！"

茂木抓起杂志慌慌张张冲向教练的房间，敲了门。

"对不起。教练——！"

茂木开口时，城户正在读桌上摊着的一堆文件，他抬起头来。

"就是这篇文章，我可没那么说。内容被篡改了，嗯——我想抗议。"

城户双肘支着桌子，直视着茂木的眼睛。

"把它扔到一边吧。"教练居然说了这么一句。

"但是，我参加京滨国际马拉松赛的初衷被歪曲了，传开后——"

"这种事随便他们怎么说。"城户干脆地说，"听好了，这是常有的事。世上的事就是这样子的。若是不甘心就拼尽全力打倒对手。跑好了给别人瞧。跑出好成绩，超过毛塚——管他是不是身体不好，让他再也不能找到那种借口，彻底打垮他！"

茂木看到了城户眼中燃烧的熊熊怒火。

"若有时间去抗议这该死的杂志，还不如赶快去跑，茂木。要想让环境有利于你，就只有靠你的实力去争取。不管是我还是其他人都帮不上忙。拼命去跑！"

茂木感到，一直遮蔽自己视野的一层膜被城户投出的飞镖戳开了一个大洞。

他呆呆地看着城户，猛地吸了一大口气，又退了两三步，鞠了个九十度的躬，转身走出了教练室。

他直接就去跑步了。

他沿着住宅区人少安静的街道一直奔跑。一边听鞋子发出有规则的沉重的脚步声，一边心无旁骛地跑着——一直跑到心中的杂念消散殆尽。

在返回宿舍的路上，茂木看到前方黑暗中有一个人影，他渐渐放慢了速度。

灵魂仿佛从另一个世界被拉回现实，他一边跑一边辨认着站在街灯下的那个人。

那名男子递给他一块毛巾。

"你辛苦啦。"村野说。

茂木简短地回了一句"谢谢"。然后从对方手中接过一瓶运动饮料喝了起来。

"您是什么时候在这里等我的？"

"一小时前吧。"

茂木一听对方等了这么长时间，相当惊讶。

"我请你吃饭。"村野邀请说，"快去换衣服。"


9


村野带他去的是附近商店街上的大众食堂。那是他家人开的，偶尔他会请茂木去吃一顿，提供营养搭配均衡的食品是那里的特色。

"我有话要说。"村野点完菜后对茂木说，"也许今后陆王会供不上货。"

"啊。"茂木叫了一句就不吱声了。似乎在他仔细琢磨话里的含义之前，大脑早就已经停止思考了。

村野继续说："他们面临两个问题。一是一家叫橘·拉塞尔的为鞋面提供原料的公司被亚特兰蒂斯挖走了。亚特兰蒂斯的条件是停止供货给小钩屋，只给他们公司供货。"

"这样的条件也能开？"茂木一听亚特兰蒂斯这个名字就变了

脸色。

"通常是不会这样。"村野拥有多年在制鞋企业工作的知识和经验，"但橘·拉塞尔是一家刚刚成立不久的小公司，急需提高营业额，因此答应了全部条件。现在小钩屋正在寻找可以替代的供货商，但好像很困难。"

"有可能找到吗？"

"也许最终能找到，但是不知道猴年马月。这也就算了，另外一个悬而未决的问题更严重——"

村野郑重地坐直了身体。

他们坐的是餐厅角落的一张桌子。这周才过了一半，也许是与此相对应似的，来的顾客也才占了一半位子，店内电视上正播放着综艺节目。

"现在，小钩屋无法生产鞋底了。"

茂木的表情有些僵硬，他沉默了。

"机器发生故障——引起了火灾，非常惨重，设备没法修复了。为了恢复生产，需要投资新设备。但是，投资的金额对小钩屋是很大的负担。我觉得很难。"

"需要——多少钱？"茂木提心吊胆地问。

听到村野居然说要一个亿，茂木又停了一会儿问："宫泽社长怎么说？"

"他很苦恼。"村野回答，他拿了一大杯生啤正要喝。

"现在他被逼面临要做出二选一的情况。"

"二选一？"茂木困惑地问。

"——到底是继续现在的新事业还是放弃。"村野说，"如果要继续开展现有的事业，就必须投资设备。但是这对企业的负担实在太重，甚至有破产的风险。如果不投资设备，只做老本行，继续生产传统的足袋，还能勉勉强强维持企业。"

茂木见村野停顿了一会儿，好像是在说服自己。

"简言之，这是小钩屋最稳妥的选择。"

"那么陆王就不做了。是这样吗？"

"还没决定——但是这种可能性很大。"村野的手指用力抓住啤酒杯，"虽然没最终决定。也许我说这话不太好，但是一想到你的未来，我就认为有必要告诉你这些信息。我不想做任何不公正的事情。"

茂木没有应声，一直盯着桌面，过了一会儿抬起头。

"……这样啊。"他的脸上浮现出孤独无奈的笑容，"原来亚特兰蒂斯佐山的消息没错。他说小钩屋是家小公司，所以不靠谱，很危险。居然被佐山说中了。"

"我也没料到会发生这样的事。"村野很坦率地说，还向茂木低头道歉，"非常对不起。让你那么为难困扰。京滨国际马拉松比赛上穿什么鞋还是重新考虑为好。"

茂木的内心动摇了。

10

"我觉得自己好像走进了死胡同。"

宫泽深深叹了口气。他在常光顾的那家"蚕豆"店里喝酒，喝得比平时快，还没过三十分钟就已经灌了两大杯生啤酒，现在又换成了烧酒。

坂本坐在桌子的另一边，面朝宫泽，表情严肃，他很久没来拜访小钩屋了，正好今天来拜访。

"行田分行的负责人家长总是把我们当眼中钉，让贷款频频受阻。这个男人这回说'不借给您也是为您好'，真是好笑。他还是一本正经说这句话的呢。"宫泽有些自暴自弃，喝了一口酒说，"坂本，你怎么想的？是不是也认为不借为好？"

坂本给他的回答是沉默。

也许他是在思索怎么回答。宫泽想再抿一口酒的时候，发现对方用极其严肃的眼神盯着自己，就又把端起的酒杯放回桌上。

"谈借不借钱这个问题之前，难道不是还有更重要的事情吗？"坂本的语气比平常要强硬，"社长您到底决定往哪个方向走？贷款过度、担保之类的事我们暂且搁到一边。社长，您到底是怎么想的？您还想不想继续这新的事业？想还是不想，这才是最大的问题。"

对方的口气如此强硬，宫泽不禁暗自吸了一口气。虽然表达方式迥异，但坂本和村野说的几乎是同一个问题。

"当然想继续新的生意。"宫泽说。

这个想法从没改变。

"但是这有很大的风险，也许公司会倒闭，没干这个新项目还能勉强糊口，但若是公司破产了，员工和家人是会潦倒到流落街头讨饭的。"

"如果您这样想，就只能放弃。"坂本冷淡地说，"走这条路，也没什么烦恼。只需向茂木道个歉，跟村野和饭山解除合同，宣布一下解散研发团队，不就完事了吗？"

宫泽没料到他会这么说，沉默了。

坂本继续说："现在，新的项目正处在存亡的紧要关头。但世上没有什么事业的发展会是一路平坦的。跨过了这个坎，也许还会面临类似的紧迫状况，依然必须做出艰难的决断。其实，公司的经营就是这样周而复始的过程。不管到什么时候，都没有个尽头。这和您一直在做的传统足袋生意是一样的。同样都要背负风险，宫泽先生，您就是考虑到了这一点才想做新业务的，不是吗？"

宫泽一瞬间甚至忘了眨眼，认真地盯着坂本看。

的确如此。

仅仅局限于传统的足袋行业很闭塞，市场在不断缩小，业绩平平，利润微薄——

当时是觉得它已经走到尽头了，才想挑战一下的。但不知什么时候，反而觉得老本行更稳当了。

"我到底在干什么！"宫泽有些嫌弃自己，他咂了咂嘴，仰望着天花板。

"无论怎样，到底还有没有什么好办法？"

面对宫泽的哀叹，坂本的表情仍很严肃，但换了个语气："我正好有一个提议，您想听听吗？"

坂本倒吸了一口气，他的眼神非常坚定，说出了一句让人瞠目结舌的话：

"您想过卖掉这家公司吗？"

第十六章　飓风的名字

"卖掉公司？"

宫泽一脸混乱，坂本继续认真地说："您可能以为卖掉公司就等于完全放弃，其实收购并不是这么一回事。引入资本后，可以获得收购公司的保护，您还可以当社长，员工也能继续工作，条件嘛，可以到具体谈判时再商议。"

"要我做一个被聘用的社长吗？"宫泽打断了坂本的话。

"要是有所冒犯，我给您赔不是。"坂本俯首致歉后继续说，"但是您再想想看，归到大公司旗下，资金问题迎刃而解，希尔可乐得以继续生产。成了大公司投资的企业，信誉度会提升，员工能安心工作，到时小钩屋就不仅仅是一家拥有百年历史的足袋制造商了，还会有属于自己的新品牌。至少值得考虑考虑吧？"

坂本用挑战般的眼神望着宫泽。

"社长，这个问题很重要，请至少听我讲完。您务必认真考虑考虑，想清楚了再拒绝也不迟。"

"想收购我们公司的到底是何方神圣？"

针对宫泽的问题，坂本回答说："是和我们有业务往来的一家公司，这里不方便明说。明天我再到贵公司拜访，您能签个保密协议吗？到时候我一定一五一十全告诉您。"

"明白了。"宫泽拿出手账确认了一下明天的安排，"明天下午四点以后有空。"

"我到时过来。"

第二天——

到了约定的时间，坂本从包里拿出保密协议放到了宫泽面前。

签上名盖上章之后，宫泽拿到了一本小册子。

"对小钩屋有兴趣的是这家公司。"

"菲利克斯……"

宫泽念了一遍公司的名字。这是一家总部设在美国的新兴服装企业，企业的名字也是他们的品牌名，专门生产户外用品。

这样的公司，为什么会看上小钩屋呢？

"您知道吗，菲利克斯的社长也是日本人。"坂本说，"他在日本的大学毕业后去了美国，在当地公司工作了一段时间，后来成立了自己的公司。"

宫泽看到宣传册上写着社长的名字叫御园丈治，一看出生日期比自己还小五岁，才四十出头，略感惊讶。

这家公司创立不久，就想吞下老字号企业，与其说是资本，不如说是社长的手腕，更让宫泽感到望尘莫及。

照片上御园身着白衬衣，外面是深蓝色的西装，没扎领带。他嘴角坚毅，目光犀利敏锐，一看就是位精明能干的创业者。

宫泽看到这张脸，总觉得之前不知在哪本杂志上见到过。

杂志报道的具体内容早已忘记，印象中御园是一位锐意进取的创业公司老板，还有就是自己和他的差距仿佛天壤之别。

"为什么选我们公司？"宫泽提出心中的疑问，"总部设在美国的跨国大企业，干吗要收购我们这种埼玉县乡下的小公司？"

"因为他需要呀。"

"需要？"宫泽问。

"菲利克斯能销售更多的陆王。御园就是这么想的。"

"也就是说，不是小钩屋的产品，而是要作为菲利克斯的商品卖？"

宫泽想，公司一旦被吞并，百年的老字号招牌也就不复存在了。

他轻声嘀咕，闭目陷入沉思，这时只听耳边传来了安田的喊声："可以了，可以了。"卡车倒进厂内发动机隆隆的轰鸣声，盖过了明美和大地的说话声。

这一个是悠长的、极其平淡普通的工作日下午，忽然间，宫泽觉得这一切是如此的珍贵。

员工只有三十来人，小钩屋是一家寒酸的小足袋厂。

这是宫泽从祖辈们手里继承来的家族企业，员工也都像亲人一样，一下子把这个公司卖给陌生人，大家听了之后会怎么想呢？

"我绝对不会为了钱把公司卖掉。"

"我能理解。"坂本带着微妙的表情点了点头，"您能否与御园社长见一面，听听他的提议？御园社长让我转告，他想见见您。"

"这纯粹是浪费时间。"

面对宫泽的否定，坂本并不畏缩。

"不会的。御园社长想和陆王研发的负责人面谈。你们都是企业家。就算把这件事搁在一边，见面谈谈也有好处。"

真的是这样吗？

一个是服装业跨国大企业，一个只是微不足道的足袋生产商，实在是无从比较。

"御园社长经常到日本视察企业。也许下周周二到周五有时间，如果方便，他说一定想请您吃个饭。"

宫泽稍微考虑了一下说："吃饭没问题，但收购的事不太乐观，请你转告他。"

宫泽就这样答应了饭局。

公司收购的事暂且放一边，他对真实的御园是怎样一个人有些好奇。

"好的，我明白。我会联系对方的。非常感谢您抽出宝贵的时间，谢谢。"

坂本说着，郑重地低下头行礼致谢，随后就回去了。


## 2


"坂本有什么事吗？"

宫泽开车送完坂本去车站，回到公司时，富岛从文件中抬起头。

"哦，有一点跟陆王相关的事要谈。"宫泽含糊其词地说。

"他这么忙还过来呀？"

富岛的脸上微带疑惑，之后又忙着去办公了。

坂本来公司的原因，无论如何都不能告诉富岛。不，不仅是富岛，不能和公司里任何一个人说这件事。这只是坂本、宫泽，还有菲利克斯的御园三个人之间的秘密。因为这个秘密，宫泽觉得自己与员工之间像是隔了一堵无形的墙。这个秘密让他承受着前所未有的苦闷和压力，像是连心脏都被压迫住了。

"社长——"

正当宫泽要返回自己的办公室，半途被安田叫住，于是便停下了脚步。

"有一件事想和您商量。"

安田面露难色，宫泽就招手让他去办公室一起聊。

"下一届京滨国际马拉松赛，您看怎么办好？"

"怎么啦？"

宫泽不再想坂本提出的收购一事。

"明美她们说想去给茂木加油，但是公司有设备投资的事，这时候去合适吗？"安田考虑到要问的事有些微妙，语气很谨慎，"上次新年接力赛，我们说过不论茂木穿不穿陆王，大家都支持他，为他加油，现在还要这样吗？"

听了这话，一股苦涩的滋味在腹中扩散开来，宫泽沉默不语。

他很想说——那就拜托你们啦，一定要去。但是这句话却哽在喉咙里，怎么都说不出口。

也许就快不能继续赞助这位选手了，连鞋子都提供不了还去给他加油，这妥当吗？对方会不会误解，认为这只是面子工程，走个形式？这对茂木来说会不会太失礼了？

"嗯。阿安，关于继续项目这事情——"

"您是想说继续做很难，对吧？"宫泽才说了一半，安田就抢过话去。

"明美她们也是知道这一点的，但依然想去加油。他们对茂木很有感情，寄予了厚望。大伙都很一根筋，一旦下了决心，就不会轻易退缩。"

宫泽双目低垂，叹一口气。

这些小小的尴尬都是由于自己经营能力不足造成的。

"大家若是想去加油，那就去吧。"宫泽说着便抬起了头，"但是，下次比赛茂木大概不会穿陆王了，大家要有这样的心理准备。"

村野已经把小钩屋的现状告诉了茂木，也和宫泽说过，茂木大概会重新选择穿亚特兰蒂斯的鞋。

"明白了。社长——"安田担心地看着宫泽说，"真的没有其他办法了吗？确实一亿日元的投资对我们公司来说也许负担实在太重。但若不投，就怎么都不会往前发展了。"

说这话时他的口气一反常态，变得非常严肃。

"是呀。"宫泽挺直了身子，抱着胳膊仰望天花板，"若是有可能，我也想做呀，可总是困难重重，很不顺利。一旦陆王不能按计划销售出去，就会导致公司的资金链马上断裂。这非常可怕。"

安田更加认真地看着宫泽说："您为了我们大家费心费力，真是对不起啊。"

"不是光为了你们，我才这么想的。"宫泽连忙说。但当他看到安田苦恼地咬着嘴唇，就把原本还想说的话都咽了下去。

"啊，因为公司小，所以才比较辛苦。"

宫泽含糊其词地说。他本想说"所以才要决一胜负，把公司壮大起来"，这种自相矛盾的想法冲撞着他的内心。

他知道，事情能否做成先不说，首先必须决定到底干还是不干。但实际上，自己深陷于不安和负面情绪的泥潭之中，很难再积极地去思考问题。

坂本说的菲利克斯的社长御园，这名男子一手创建了跨国服装公司。小钩屋这边虽抱着百年老字号的金字招牌，业绩却逐年下滑，经营不善。自己只不过就是躲在传统的名号下逃避，给自己找借口罢了。

管理公司需要才能，宫泽想。

有才华能力的经营者不管是什么样的公司都能使它发展壮大。

那么不能使公司成长又不愿放弃，只是勉强维持家族企业的自己到底算什么呢？不就是个经营无能的人吗？

"是我对不起你们啊，小安。"想到这里，宫泽说了这么一句，"你们摊上我这么一个社长，总是退缩。抱歉啊。"

苦苦的思索使宫泽愁眉苦脸。

若是真的没有才能，干脆就放手交给御园算了，他的经营手腕的确高明。

只满足于做个小企业的小钩屋，归入菲利克斯旗下，也许会一飞冲天，飞速发展。该怎么搭上这条路，是自己作为经营者的分内工作。若是觉得自己真的没有才能，就该引退让贤，这倒也是一个办法。

最重要的是生存下去。

家族企业，百年的老字号，这些东西到底有什么意义呢？

紧紧守着家族企业不放，珍惜老字号的名声，这些听起来很动人，但是业绩却不振，这样的经营状况能让员工和家人感到高兴满意吗？

"这又不能怪社长您。这次的事是真的没办法呀。"安田真是一个心地善良的好人，"那么，我就去告诉明美，可以去给茂木加油。"说完安田就走了。

他一关上门，宫泽就趴在办公桌上，痛苦地抱起了头。


3


坂本说的那家店是靠近新宿站的一家日式餐厅。

从车站出来，步行大约七八分钟。走进嘈杂的半地下商业区的店内，一进包厢，已经有两个男人在等候宫泽。其中一位是坂本，另一位在宫泽一进来时就站起身来说：

"初次见面，我是御园。"他鞠了个非常标准的躬。

他就是菲利克斯的社长御园丈治。这位年轻有为的服装企业老板，给人的第一印象完全没有耀眼夺目的感觉。他穿着得体整齐，丝毫没有装腔作势的架子。

"我是小钩屋的宫泽。感谢您今天邀请我来。"

宫泽也非常郑重地低下头回礼，然后坐到留给自己的位子上，桌子对面坐着御园。

"我通过坂本先生向您提出了一个万分冒昧的建议，真是对不起。"御园又一次低下了头。

"我们这边发生了很多事。这些坂本都很清楚，所以才会走到这一步。之前我曾读过杂志上采访您的报道，能见到您我很荣幸。"

"不知道是什么样的报道，来采访的人都有点居心叵测。"御园苦笑着说，"记者和作家都带着先入为主的想法来听我说话。因此不管讲什么，最后都把我写成了一个手段强硬的企业家。"

三人一起喝生啤干杯。确实如御园所说，许多报道并不真实。宫泽一边想，一边默默地接着听他说。

"我是一个受过挫折的人。"御园的话出乎意料，"高中时就到向往的美国留学了一整年。回国后在日本的大学毕业，之后进了一家总部设在纽约的服装公司工作。"

御园提到的公司名字，宫泽也知道。那是一个高端服装品牌，每件衣服要售价数十万日元。

他在这家奢侈品品牌公司干了五年，年纪轻轻就被提升为经理。公司被并购后，因为和新的管理者在经营战略上有分歧，萌生退意。辞职后另辟蹊径选择了在当时的美国迅猛发展的超市行业。

从面向富裕阶层的奢侈品公司跳到经营日常用品的超市，这次跳槽着实胆大。

"不过我一直对之前放弃的奢侈品行业念念不忘。"

御园回想当时的事情，历历在目，感触颇深。

"记得在超市工作时，我曾被派去参与新店开业的项目。要调查潜在的开店地点，在商圈附近的住宅区来回跑，调查竞争对手，然后还要与当地政府打交道。我不认为应该一刀切，直接开一个大型超市就完事了，而是认为不同地区要配合不同的商品需求，例如八成的商品各店都一样，但其他两成都必须根据当地特色体现出差异性。这一点很难。"

宫泽不知不觉被御园的话吸引。

"假设当地有个很受欢迎的汉堡包店。找到这家店就请他们开新店，一般他们都会说自己没有开新店铺的费用等，总之有各种各样的理由。一旦解决了这些问题，就能开出一家颇受好评的店来。但是同样的餐厅，根据地区不同，菜单也要有所变化。这种针对细微之处的营销战略我很拿手。最初也是沉浸其中，一干就是三年。之后恍然觉得这工作虽很有意思，但还是想回到奢侈品行业工作。换工作的时候，我也在考虑，自己拥有在超市工作的经历，还获得了前所未有的流通行业的经验、知识以及人脉，不如索性自己创业。"

"这时创办的就是菲利克斯吗？"宫泽看到桌上摆着的名片问。

"不是。"又是一个令人意外的答案，"是另一家公司。公司的名字叫珍妮丝。"

"珍妮丝？"

突然间，御园的表情像是乌云笼罩，充满了阴霾。他继续说："三十岁时，我在前一家公司里结识了做设计师的妻子，夫妻俩一起创办了一家公司，就开在佛罗里达州自己家里，制作销售我妻子设计的箱包。公司的名字珍妮丝也是一个品牌，珍妮丝是我太太的名字。"

御园的声音变得阴郁沮丧，声音也很低落，像是在图书馆里和宫泽小声交谈。

"当时我对销售高级箱包无比自信，坚信自己拥有不输给任何人的专业知识。第一份工作我学到了品牌策略，第二份工作掌握了流通行业中市场分销的技术诀窍。我坚信产品一定能热销。我们进行了周密的准备。最初，我和妻子两人到德国去采购高品质的皮革做好样品。我们的最终目标是开出直营店。因此首先必须要让高级百货公司的进货商喜欢，引起他们的注意。通过这种方式加强销售渠道，然后在品牌形象上下功夫。这个战略取得了成功，珍妮丝的手工包瞬间销售一空。客户的量虽然很少，但都很信任我们，这一步是相当成功的。然后终于进入下一阶段，我从银行贷款开设了一家小工厂，迈出了大规模生产的第一步。到这一步都还很顺利。但是后来却碰到了难以逾越的困难和障碍。"

御园连汤都没喝，深深地叹了口气。

"珍妮丝作为设计师，有不同的想法。公司成立大约一年后，她告诉我，她要改变设计风格。她认为之前的产品都是根据我的想法制作的，不是她的原创。我当然反对。好不容易才蒸蒸日上的品牌，设计和风格都已经吸引到了稳定的客源，这时贸然改变设计和概念，就是背弃现有的顾客，会把好不容易建立起来的东西全毁掉。但珍妮丝不肯听我的话。当时我们每个月还要还债，不能停止生产销售。最后我只好低头了——因为那是以她的名字冠名的品牌——最终采用了她新的设计。我们下了一个很大的赌注。但是结果正如我所料，新设计过于前卫。"

巨大的沉默压了下来。御园说着他藏在心中的失败往事，眼底却蕴含着一种想要讲述的决心，他认为倘若不说这些，对方就无法真正了解自己。

"那么，后来那家公司怎么样了？"宫泽屏住呼吸问。

"最初的老顾客再次回购的非常少，非常惨。没有顾客的支持，就无法获得进货商的支持。结果我不得不飞到美国各地寻找新的销售渠道和合作者。没过多久就出事了。世上的事，真是变幻莫测，难以预料。"

御园再次深深地叹了口气。

"我妻子——去世了。她为了寻找新的设计方案到墨西哥出差，遭遇了五级飓风。那次事故造成了数百人伤亡，我妻子就是其中的一个。那时候我失去了一切，掉进了人生中失意潦倒深渊的最深处。"

御园现在的心情好像又沉浸在了当时的极度痛苦之中，连脸都有些变歪了。

"拯救我的是我在聚会上认识的一位风险投资家。他深知我的处境，他说，如果我想从头再来的话，他来提供资金。他投资公司不是投在事业项目上，而是投资在人身上。这一句话非常难能可贵。我就又一次出发面对挑战，这时创立的公司就是菲利克斯。"

短短十几年，御园将公司发展成为一家大公司，他的经营手段的确非常高明。

"人生从来不会是一帆风顺的。"御园深有感触地说，"特别是企业家。任何时候都是痛苦煎熬的。现在我仍是如此。但是我拥有失去过一切的经历，知道绝望的滋味。这一蜕变成了我的长处。还真是讽刺啊。"

为了平息激动的心情，御园拿起了店员端来的冷酒喝了一口。

宫泽听御园讲过去的经历，被他的气势所震撼，心无旁骛，听得出神且频频点头。

同时宫泽想：自己的人生与他真是截然不同啊。御园只身漂洋过海去美国实现了自己的梦想。而自己呢，五十多年人生中的大部分时光都是在行田度过的，并且从来也没有挑战过自我，干出些什么名堂。

因为宫泽面前的路早就都铺好了。学校毕业后，就到百货商店实习，然后继承家族企业。他在早已预备好的轨道上，没做任何出格的事，安安稳稳地前进。这就是宫泽的人生。

从出生到成为社长，小钩屋的招牌就一直守护着他，但同时，这块招牌也是一道樊篱，限制着宫泽，迫使他远离挑战。

宫泽想跨越樊篱的限制，到新的天地去迎接新的挑战，所做的第一次尝试就是制作陆王。

可如今，这仅有的一次尝试也不能如愿，怀揣着的梦想在严峻的现实面前失去了光泽，变得暗淡无光，仿佛要消失了。

到底自己缺少的、御园身上具备的是什么呢？

是知识、才能，还是志向、耐心？

也许这些方面宫泽都比不上御园。但是宫泽觉得还有什么决定性的因素导致两人如此的迥然不同。

那是一种觉悟吧。

而且是一种向死而生的清醒觉悟。

"您说的我都明白。"宫泽调整了下语气说，"您能成功地将菲利克斯经营成一家大企业，真是成绩卓越，我真是远远不及您啊。"

这也不是什么恭维的话，宫泽只是直接说出了心里话。

"我想问一句，菲利克斯的公司名字是怎么来的？"

当被问到这个问题时，御园的目光像是投到了宫泽背后很遥远的地方。

宫泽觉得他在眺望一处并不存在的地方，就在短短的一瞬间，这个男人的心底深处，好像有什么东西在翻腾。

"夺走我妻子生命的飓风名字就叫菲利克斯。"御园说，"我永远不会忘记。不会忘记我人生的起点，这就像我生命中的一块墓碑。我特意把公司取为这个名字。经营公司时我屡屡遭受阻碍，有时几乎快被击垮。但是，我绝不低头服输。我给公司起菲利克斯这个名字，就是要提醒自己，勇于接受命运的挑战，唤起愤怒的力量去战胜命运，这就是我的原动力。"

此时此刻，御园的眼底里最初的那股温和的感觉消失了，它被一股沉甸甸的情感席卷吞噬。

宫泽觉得，这个男人身上不但有非同凡人的远大情怀，还带有一种令人恐惧的逼人气势。

"您真是个厉害的人。御园先生。"

宫泽轻声地说，说完自己也觉得很惊讶。

这个男人总是在和过去抗争，用成功来否定过去。但是，这肯定是一场永远无法胜利的战斗。因为他的心里有一个巨大的阴影。

宫泽禁不住这么想。

"有什么厉害的？我不过就是一个企业家。"说话间，御园刚刚脸上灰暗的表情也一扫而空，又恢复了之前爽朗的表情。

"通过您讲的这一番话，虽然我对御园先生的为人处世还不熟悉，但至少有了点了解。"宫泽说，"但是来说说关键的事情吧，贵公司收购我们公司有什么好处呢？"

刹那间，御园脸上平和的表情骤然消失了。

"单刀直入地说，我们是对贵公司的技术感兴趣。"

对方特意要买的肯定不是足袋的缝纫技术。

"技术"具体指什么并不需要多问。

"希尔可乐对贵公司的事业能有很大帮助？"

"是的。"御园一说完，坂本就从椅子旁边的信封中取出了什么，交给了他。原来是公司的产品目录。御园打开的页面上印有户外服装的照片。

"打造高品质产品是敝公司成立以来一贯的宗旨。这本目录包含了其中一部分产品，我们有适用于各种用途的鞋子。例如耐磨性极佳的徒步登山鞋，可以防止在潮湿的岩石上打滑；还有底部贴了毛毡，适用于垂钓的鞋子。同样是跑鞋，我们还有适合山地越野的鞋子，此外还有凉鞋、靴子等。共同点都是追求穿着舒适、轻便结实的鞋子，并且还要环保。我从一开始就没想卖便宜货。菲利克斯不是这样的品牌。我们的客户群是针对真正喜爱自然的人们，他们的消费观念是即使价格稍微高一些也要买到真正好的东西——贵公司的希尔可乐完全符合这一需求。"

御园顿了顿，好像是想稍稍让长篇大论且热情洋溢的话头冷却一下，顺手拿起玻璃杯喝了口水，靠着椅背看向宫泽。"这样说有些不好意思，不过我本人非常热衷于钻研。一直在观察市场，寻找适合敝公司产品的材料。当时有朋友告诉我，有一双很有趣的鞋子，就是贵公司生产的。因此前几天来日本时，我在专卖店里买了一双，然后交给R&D——研发部门的研究人员做评测。当我询问对它的印象时，他们的那股兴奋激动的劲儿就别提了，我真想请您也看看。"

宫泽看到御园的眼中带着光芒。

"老实说，我最初命令他们在公司内部研发出比这种材料更优质的东西。日本的乡下小公司——不好意思，失礼了——能做出来，我们怎么会研制不出来。然而R&D的技术负责人说了，研发需要花费大量的时间和金钱，也许至少需要五年时间。从经营战略的角度来看，还是买更快。"御园收购小钩屋是为了争取时间，"我当场就拍板讨论收购计划，组建了一个由工程师、营销、财务组成的团队，收集信息，从各个角度进行审查，最终得出结论。"

御园伸直身体，换了一种口气说："宫泽先生，您是否愿意加入我们公司？如果您同意，我立刻就投资。我还想请宫泽先生您继续担任社长，您若想继续目前的足袋生产业务也可以。不，也可以只为敝公司的奢侈品提供缝纫技术。如果您愿意考虑一下，我们将为您提供具体方案。"

宫泽非常困惑，不知如何回答。

"请等一下。"他伸出右手，拦住了御园，"刚才听说贵公司在收集信息。也许御园先生您知道，我们正面临着一个困难——"

"机器出故障是吗？"令宫泽惊讶的是，御园早就知道了。

或许是坂本说的。

宫泽看看坂本，发现他也一样惊愕。

"您是从哪儿知道这个消息的？"

"我不能透露从哪儿知道的。只是偶然听说了。"

不可能是从小钩屋的员工那里知道的。难道是村野？但菲利克斯收集情报的手也不可能伸得那么长。如果是这样，早就该传到宫泽的耳朵里了。

"我说机器故障的事，真是有些多嘴了。但我认为贵公司单独出资负担太重。"御园的意见非常明确，"如果要大规模生产，至少需要两台，不，至少三台大型机器做生产线。这需要投资好几亿日元，而且是要一下子拿出这笔钱。要让希尔可乐大量生产再销售到市场上去，现有的生产规模缺乏影响力。可以把希尔可乐作为我们公司鞋类的专用材料，大量投入使用，并让这项技术闻名于世界。就像戈尔特斯[1]，它本身就像是一个独立的品牌了。小钩屋的王牌就是希尔可乐，今后要在全球的菲利克斯的商店销售。在竞争者出现之前。"

说到最重要的一点时，御园竖起右手的食指："任何一种材料都不可能永远位居首位。作为革新技术，它可以获得领先的收益，但几年后，就未必是最先进的材料了。我们的竞争对手每天都在开发新材料，他们看到希尔可乐，也会做彻底的研究，有可能做出更好的东西，传递到世界各处。为了与此相抗衡，这就又需要投资新设备了。贵公司和我们合作的好处就在于此。我听说亚特兰蒂斯是你们的竞争对手。说实话，现在你们两家企业就好比是大象和蚂蚁。但是您若是和我们一起，实力立刻就会变得旗鼓相当，或者更胜一筹。我们有比他们公司更出色的市场营销和开发能力。只要用宫泽先生的制鞋面料打开市场，就能拥有下一步迅速行动的资金实力。"

宫泽被御园的话震撼了。确实没错，的确言之有理。

自己原本是来拒绝的。

但是现在，他心中的想法却开始动摇了。

眼前这个男人的性格中有一些让人难以触及的禁地。宫泽觉得那些未知的部分还不少。

但是宫泽又认为，他的言论中有一些值得倾听的做生意的道理。

宫泽的心中，似乎连百年的招牌都在摇晃了。

宫泽反复回味着御园的话，一个疑问很快浮现出来。

"您对希尔可乐的评价如此之高，我真的非常高兴，也很感激。"

---

1　戈尔特斯：美国的戈尔公司独家发明和生产的一种轻、薄、坚固而耐用的面料，具有防水、透气和防风功能，能突破一般防水面料不能透气的缺点。在宇航、军事及医疗方面广泛应用。

宫泽说，"但是，您误会了。希尔可乐的技术不是我们的。那是别人的专利技术。您最好和他本人联系交涉，那么贵公司就能够制造希尔可乐。这样，效率不是一下子提高了吗。"

"我知道谁拥有希尔可乐的专利。"御园调查到了这一点，"但是我们公司并不想拥有希尔可乐的专利，而是需要制造它的技术。这个技术在你那里。是贵公司将希尔可乐变成了具体的产品，我对这项业绩评价非常高。"

"好吧，御园先生，既然您这么说，就让我们考虑一下。"

宫泽的大脑中不知何处，仍觉得有些想不通的地方。御园让人端来新的冷酒，恭敬地高高举起酒杯，表示谢意。


4


那天深夜，宫泽回到家，看到大地坐在客厅沙发上，面前放着罐装啤酒。通常这个时间大地都是待在自己房间里，边听音乐边玩电脑，因此宫泽感到有点惊讶。

"哥哥面试好像很顺利哟。"

女儿茜对脱着外衣的宫泽耳语道。大地怡然自得地看着从晚上十一点就开始播放的新闻节目。

"面试怎么样？"宫泽问大地。

"还不错吧。"

大地虽然装作满不在乎的样子，但是已经流露出了得意的神情。宫泽瞥了一眼他的脸，说：

"那可太好了。"

"今天有一家公司说可以供给我们材料，你打算怎么办？"

大地的目光仿佛要窥伺父亲的真实想法。

宫泽收起笑容问："哪里？"

"竖山纺织品公司。"

"真的吗？"

宫泽不由得确认道。竖山纺织品公司虽然只是一家中等规模的纺织公司，但技术实力却广为人知。不过听说这是一家严格挑选客户的优秀企业，所以宫泽曾断定它不会搭理小钩屋。

不无担心的宫泽问道：

"喂，跟他们说了我们公司的设备停产了吧？"

"当然说了。"

大地一副嗔怪的表情回答道。他讲了当时的情形。


"鞋面的材料，是吗？"

那人不停地翻看着大地递过来的小册子。这个叫作桧山和人的材料部销售部长，三四十岁，似乎很能干，所以才年纪轻轻就当了部长吧。面对小钩屋这样的小公司，没有一点架子，说话客气，措辞礼貌。

"销路怎么样？"

"才刚开发的新产品，一切才刚开始呢。"

大地对情况毫不隐瞒地做了说明，也讲了小钩屋是否决心要进行设备投资的现状。

"总之，设备搞定能开工后，想从我们这里采购原材料，是吧？"

那么等生产准备就绪再过来——大地估计桧山会这样说。

桧山沉默了片刻，把大地递过来的样品陆王拿在手上问：

"这是实物吗？"

接着又说："真有趣。用这个和亚特兰蒂斯竞争是吧？"

"实际上，我们和大和食品的茂木选手签订了赞助合同。桧山先生喜欢接力赛和马拉松吗？"

"是的，我喜欢，非常喜欢。"

桧山的回答让大地很高兴，就问：

"您看过今年的新年接力赛吗？第六程，茂木选手与对手毛塚交锋获胜，获得区间奖。那时他穿的就是陆王。"

桧山一边听着，一边把手伸进鞋里，用指尖触摸着鞋面材料，确认其质量等级。

桧山一边把鞋子还给大地，一边说：

"嗯，我知道了。"

桧山的这句话听上去好像是拒绝。

会回绝吗？

做好心理准备的大地却收到了意想不到的答复。

"我们会积极讨论这件事的。这双鞋在某种程度上具有突破意义。我们先在公司内部讨论一下。但作为我个人，非常希望和贵公司合作。"

大地不由得低下头连声道谢。

"你们的设备问题一旦解决，我们就谈谈具体的合作条件，好吗？"

"当然好啊。太感谢您了。"

"期待与你们的合作。"

大地喜出望外地握住了桧山伸出的右手。

"桧山看上去是个很能干的人。"

"你真是个白痴。"听大地这么说,宫泽不禁为他的无知惊叹了。

"桧山先生恐怕是桧山家族的人,就是这个家族的人创立了竖山纺织品公司。做生意的时候,对方公司的信息应该事先了解一下啊。"

"是吗?"大地听了父亲的话惊讶得几乎站起身来。

宫泽拍了拍他的肩膀,说:

"先不说这个了,总之你干得不错!"

按理说,这时候应该是高兴的。但现在宫泽心里沉甸甸的,想起几小时之前和御园的谈话,宫泽对陆王,不,对小钩屋的前途不禁又忧心忡忡起来。

"但是怎么办啊,老爸?"大地问道,"我觉得大家对陆王的评价很高。资金的问题就没什么办法解决吗?"

安田也问了同样的问题。宫泽还不想说有人想收购小钩屋,因为自己也不知道如何评价这件事。

"我正在考虑。"宫泽说,又把话题转到大地身上,"先不说这个,你面试顺利太好了。"

"啊,下次是最后一轮面试。梅特罗电业的董事也会来的。"

宫泽在厨房的日历上确认了下日期,发现大地已经在日期旁写下了"最终面试"。一周后是京滨国际马拉松赛。这场小钩屋的人去为茂木加油的比赛上,茂木会穿着亚特兰蒂斯的"RⅡ"上场吧?这是无可争辩的败北时刻。

但是另一方面,宫泽手里也有东山再起的一张牌,那就是加入菲利克斯集团。这样果真好吗?宫泽很苦恼。

第十七章　小钩屋会议

# 1

"社长，可以进来吗？"

富岛来到社长办公室敲门。早上八点半，他算好了宫泽来公司的时间。

"啊，请进。"看到苦着脸的富岛，宫泽已经预感到有什么事。但是看到他递给自己的文件后，还是倒吸了一口凉气。

这是上个月的试算表。

"是赤字吗？"

试算表上出现了数百万日元的赤字。单月就达到这种程度的额度是很少见的。理由不用说，是因为希尔可乐的生产中断了。生产计划虽然受挫，但之前进货的材料现在还堆在仓库里。生产销售停滞不前，变成赤字是理所当然的。

"照这样下去，这个月也会亏损。上个月前半个月的销售额多少还有些，但是这个月的销售额是零，所以赤字幅度还会扩大。"

宫泽担心地问："运营资金方面呢？"

富岛回答说："前些天借的钱还有些，所以暂时还能挺过去。"

宫泽这才松了一口气。这个时候要向银行筹措资金，交涉起来一定很困难。

"这个先不说了。社长，您有在考虑吗？"富岛拐弯抹角地问宫泽。

"考虑什么？"宫泽无法判断其本意。

"关于今后的事业发展。"

布满皱纹的眼窝深处，富岛的目光咄咄逼人。

"新产品怎么办？希尔可乐的生产停止了，自然也就无法生产陆王和'足轻大将'了。那么，我们该怎么处理多余的花销呢？"

"对不起，关于仓库里的材料——"

"不是，那个就算了，我知道的，"富岛说起了出乎宫泽意外的事，"我说的是人工费。"

宫泽抬头望着富岛，不知如何作答。

"你指的是顾问啊。"

看到老总管点了点头，宫泽靠在椅子背上，瞪着天花板。

富岛说："他应该签订了生产希尔可乐顾问的合同吧。"

"如果不生产希尔可乐的话，我觉得没有必要再续签了。顾问费、宿舍费用、生产设备使用费，仅仅这些每月也要一百万日元。另外还有和村野先生签订的顾问合同，对我们来说，这绝不是小数目。"

宫泽低声叹息。

道理他明白。但是这两人都是对宫泽的梦想有共鸣的伙伴。寻求帮助的是宫泽，现在却因为单方面的原因，要背叛他们的诚意。

"阿玄，真的不能筹集一亿日元的设备资金吗？"宫泽再次问道。

富岛露出无可奈何的神情，但他察觉到宫泽的心思，不由得闭上了嘴。两个人之间交互着沉默，富岛与其说是在考虑，不如说是在琢磨怎么对宫泽解释。

富岛说："我理解你的心情，但还是算了吧。"

过了一会儿又开口说道："埼玉中央银行的分行长的意见和前几天的一样。"

宫泽问："其他银行呢？不是偶尔会有新的上门兜售服务的银行吗？能从这些银行筹集资金吗？"

富岛说："银行这个地方，还是认准了那套死理呢，社长。尤其地方银行就更是这样。按照银行业的死理，设备资金由主要合作银行资助。除非你是一家业绩很好的公司，否则像我们这样的公司，没打过交道的银行是不会借给我们设备资金的。"

"那他们来干什么？"宫泽有点生气。像小钩屋这样的公司，也有拿着银行名片的销售人员来访，这并不稀奇。大多时候他们会遭遇闭门羹，但有时富岛也会接待他们。

"他们的想法都一样。首先从小金额的融资开始，要是没有问题，再观察两三年，扩大交易额。招牌虽然不同，但那一套生意经和埼玉中央银行没有两样。既然想法都一样，融资的规则也没什么差别。"

宫泽转向了一边，气呼呼地说："真是不像话。"

富岛说："就是这么回事啊。银行没法预测这家公司将来是否能发展壮大，正因为如此，他们才不会用'成长空间'来评价公司。他们的评价基准只能是已经积累下来的业绩。"

"我还想再问一次，你能断定我们绝对不可能在银行筹集到资金吗？阿玄？"

面对认真询问的宫泽，富岛斩钉截铁地回答道："不可能。按照我们公司的业务规模和财务内容，没有哪家银行能给我们融资一亿日元。"

宫泽沉默了一会儿，他凝视着富岛，心里咀嚼着铺天盖地砸过来的残酷现实，努力让自己消化它，理解它。努力让自己放弃曾期待的可能性。

宫泽终于叹息般地回答道："是吗？"

"对了，社长。刚才跟您说的建议，请您考虑考虑。"富岛留下了这句话，离开了房间。

在社长室里，宫泽一个人苦恼着。不，虽然很苦恼，但是心里的某处还是知道答案的。唯一可能的办法就是接受来自御园的收购提案，以便继续制造陆王。正如御园所说，这不是坏事。不，这个建议可能正是千载难逢的机会。

"百年的招牌算什么？"宫泽对自己说，"活下来不是更重要吗？"

宫泽从裤兜里掏出手机打给坂本。

"经过慎重考虑，提案的事我愿意做进一步的探讨。能否请你帮我转告一下御园先生？"

电话的另一头静了一会儿，回答道："知道了。我会转告御园社长的。那就拜托您了。啊，对了，还有一件事。"坂本对正要挂断电话的宫泽说，"实际上，我发现了一件奇怪的事。"坂本好像沉思了一会儿，继续说道：

"前些日子御园社长说的有一点我不太明白，所以就问了他本人。"

"哪里不明白？"宫泽问。

"希尔可乐的事。御园社长说是为了得到希尔可乐的技术想收购小钩屋。这点我不明白。"

这也正是宫泽自己在意的地方。要想得到希尔可乐的技术，根本不必收购小钩屋。把饭山一个人挖走不就行了吗？那应该更便宜，而且更省事。御园的话没能解释清楚他们为什么没有这样做。

"御园社长好像刚开始向饭山顾问提出过这样的建议。把希尔可乐的专利卖给他。但是据说顾问拒绝了。"

"拒绝了。真的吗？"

"没错，"坂本回答道，"顾问说如果自己卖了专利的话，会给小钩屋带来麻烦。现在自己受到小钩屋的关照，不能这么做。拒绝了对方。"

"原来如此。"

这就对了。那时御园已经知道希尔可乐的生产设备发生了故障。宫泽本来还奇怪这到底是听谁说的，但如果御园和饭山直接接触过的话，可能在说话时不经意说到了设备故障吧。

"御园先生是什么时候对顾问提的这个建议？"

"据说是一个月之前。"

宫泽知道饭山这样替小钩屋着想，非常感动。御园的提案，对饭山来说应该是好事。但是饭山却拒绝了。

为了小钩屋拒绝了。饭山这样做需要相当大的决心。但是——

宫泽眼前浮现了饭山一如既往一脸若无其事地在小钩屋工作的样子。

"我知道了。谢谢你告知我。"通话结束后，宫泽因为这件出乎意料的事，半天没有动弹。

## 2

"饭山先生，我们出去吃饭吧。"那天傍晚，宫泽邀请饭山说。

饭山说："今天我老婆不在家，正好。"

宫泽和饭山晚上六点多出了公司。目的地不是平时常去的"蚕豆"，是宫泽偶尔用来招待客人的离行田车站较近的日式料理店。

饭山本以为是随意小酌一下，在公司附近打车时听宫泽一说店名，就好像察觉到了什么，话也少了。他看上去粗枝大叶，其实是个内心细腻的人。

饭山等寒暄的话说完之后问道："你是不是有什么话要说？"

宫泽停下正要伸向端上来的烧烤的手，饭山像是已经了解了对方心思一般问道："是和我签约的事吗？我知道你也差不多该说这个了。要是想终止合同，可不用客气。我也觉得这样下去不好。"

由于希尔可乐的生产停工了，现在饭山在帮安田做一些劳务、工程管理等的工作。当然，这对于公司来说是很有帮助的，但这与支付给饭山的合同劳务工资并不相称。

"正相反。我希望您能继续给予帮助。今后也请多多关照。"宫泽深深地低下头，接着说："话虽如此，今后的事情可没那么简单。"

饭山抬起眉毛，喝了一口手中的酒。酒微温。

"你打算怎么办？如果不能继续生产希尔可乐，和我签约就没有意义了。"

"我考虑了很久，想听听您的意见。"宫泽郑重地说，"我希望能继续开发这个新产品。为此，正如顾问所说，我们需要超过一亿日元的设备资金。这么大数额的资金，我们公司筹措不到。"

饭山默默地等着宫泽说下去。宫泽继续说道：

"有件事，我只在这里跟您说。其实，有人要收购我们。有个公司说想买小钩屋。"

宫泽停顿下来，将视线移向饭山，仿佛在探寻什么。饭山应该能猜到那家公司是谁吧？但是，饭山却不动声色，直视着宫泽。

"然后呢？"

饭山自己斟满酒杯。

"接受收购，资金短缺问题就解决了，希尔可乐的设备投资也没问题了，又可以继续研发新产品。"

"顺便说一句，还可以继续和我签约。"饭山说着，把酒杯"哐"的一下放在桌子上，说："太好了。"他语气里有些许焦躁，用仿佛被触怒了一般的目光盯着宫泽。

宫泽迎着他的目光问道："您怎么看？我正想要接受这个收购案。"

饭山的眼中浮现出愤怒的神色。

"你是为了听我的意见才邀请我的吗？那可是作为社长你应该考虑的问题啊。"

"您说得对。但是，我们得到了您的许可生产希尔可乐。而我又听说您拒绝了菲利克斯的提议。"

饭山毫无表情。

"这不重要吧？"他最后说道。

"不，这很重要。"宫泽摇了摇头，"您本来也可以把专利卖给菲利克斯，卖个大价钱。但是您没有这么做，而是把机会让给了我们。承蒙您的关照，真是感激不尽。我也想了很多。我不想浪费这难得的机会，我想抓住它。"

宫泽认为饭山应该也是同样的想法。

这时饭山问："这真的是经过考虑之后得出的结论吗？"

"前几天我和御园社长聊了聊。"宫泽说起当时的情景。

"我也想过拒绝收购，再做回足袋厂家的老本行。不过，我还是想把新产品开发继续下去。想看到和您、村野先生以及开发团队一起追求的梦想的结果。为此，接受收购建议是唯一的选择。当然，这也会增加希尔可乐的适用品目，届时当然会支付给您专利费用。"

饭山目光如炬，突然说了一句意想不到的话，打断了宫泽：

"你真是个笨蛋。"

饭山继续对哑口无言的宫泽说道：

"这么容易就卖了这百年的老铺吗？你们公司就是这个水平？你这个经营者就是这个水平吗？"

辛辣的言辞瞬间就冒出来。

"但是，要是不接受这个提案，我们的新产品就……而且对于顾问来说，这样做也更好些。"

"不是的。"饭山毫不顾忌地厉声说道，"你为什么人那么好？为什么这么一本正经，死脑筋？为什么不再多折腾折腾？"

"折腾折腾……"宫泽喃喃自语地重复着。

"听好了。对方的目标是希尔可乐。"饭山把食指指向宫泽，接着说，"我把希尔可乐的专利给了小钩屋做跑鞋。也就是说，现在除了小钩屋之外，没有商家能制造希尔可乐的鞋底，对吧？御园要的是你拥有的这个权利。那么，也许还有别的办法。"

宫泽凝视着饭山，甚至连呼吸都忘了，说不出话来。

饭山在说什么？宫泽的头脑中逐渐浮现出了饭山这些话背后的意思。

是这么回事吗？

到现在为止，完全没有注意到的新的选择之门，在宫泽的眼前打了开来。


3


坐在中间的一个有些上了年纪的男人从文件堆里抬起头，把老花镜摘下，望着大地问：

"我们对你的评价好像相当高啊。你现在做什么工作？"

"家里的公司是生产足袋的，近一年来在研发新产品，我在帮忙做这件事。"

"足袋商的新产品是什么样的？"

男人的左右各有一个人。根据事先掌握的信息，现在发问的是人事部部长川田董事，左边坐着的是制造部部长南原，右边是企划部长桐山。这三人可以说是实质上左右着这家公司的重要人物。最终面试的会场是位于大手町的梅特罗电业的会议室。只在电视剧和电影里看过的椭圆形会议桌旁，大地正和董事们相对而坐。桌子的右端，还坐着前几天在面试中将大地带到这里的人事部部长代理内山。

"是跑鞋。"正所谓百闻不如一见，大地从带来的纸袋里拿出一双陆王给他们看，"父亲作为社长想看看能否进入跑鞋这一行业，经过反复试验，经历了不少挫折，做出了这双鞋。这双鞋的独到之处在于这个鞋底。这个材料叫希尔可乐，原料为蚕茧。这种新材料有很强的耐久性，却又薄又轻。这双鞋子拿在手上，您会发现它比看起来更轻。"

内山站起来，从大地的手中接过陆王，交给了三人。顿时传来了一片惊叹声。

"这个叫什么来着——希尔可乐？这个技术是专利吗？你们的专利？"

对此感兴趣的是制造部部长南原。

"不是。我们公司有位叫饭山的顾问，专利是他的。原本是他压箱底没什么用的专利。后来父亲和他探讨用它来做鞋底是否合适。再后来就把他聘来做顾问，开发这双鞋。"

企划部部长桐山问："也就是说，到现在为止，还没有跑鞋厂家知道这种材料吗？"

"是的。另外，能否将其转用为鞋底这一构想本身就是创新。话虽这么说，这毕竟是久已不用的专利，虽然曾经有样品，但它如果不能满足跑鞋鞋底所需的两种相反的特性——合适的硬度和柔软性，也是不行的。"

大地热情洋溢地讲述了当时的开发经过。虽然这其中的大半都能猜测得到，三名董事还是聚精会神地听着。他们时而点头，时而浮出笑容，专注的表情虽然各不相同，但还是能感觉到他们对大地所说的都抱有好感。

大地如此详细地叙述，并非因为这是就职面试。在自己的人生中，做过这样的工作，能让人兴致勃勃地倾听，对此大地不由得感到很高兴。

他还讲了请来大师级跑鞋顾问村野的经过、与亚特兰蒂斯的竞争关系、派生产品"足轻大将"的开发，以及与在新年接力赛中活跃的茂木签订了赞助合同的事。

"作为新产品，能够做到这一步，就相当于成功了。"制造部部长南原带着满意的口气说，"销售额也涨了很多吧。一帆风顺啊。"

"并非如此。"

听到大地的回答，南原瞪大了眼睛，闭上了嘴巴。

"后来发生了意想不到的问题。起初是鞋面材料的供应商拒绝供货。这个问题因为前些天终于找到了代替的公司，有了解决的希望。不过，还有一个重要问题，到现在都没能解决。"

"这是什么问题，能说来听听吗？"人事部部长川田问道。

大地点了点头，说："是生产希尔可乐的机器发生了故障。因为筹措新的设备需要超过一亿日元的资金，所以希尔可乐的生产暂停了。"

川田兴致勃勃地问："你对此有什么看法？既然已经参与到这个地步，你一定也有自己的想法吧。能讲给我们听一听吗？"

"当然。如果可以的话，我想继续做下去。但是，要做到这一点，必须解决各种各样的问题。比如筹集资金。目前，从我们公司的实力来看，银行是无法融资给我们的。我现在充分感受到了新产品开发的艰辛。虽然看起来是暂时成功了，但企业的风险却隐藏在各个地方。有的可以预测，有的不可预测。如果复盘，我应该事先考虑机器可能发生故障的风险。"

川田对咬着嘴唇的大地说：

"恕我冒昧，你的这些经历很棒，对贵公司来说虽然是不幸的，对于想录用你的我们来说，却是幸运的。因为这些经历让你成长了。现在为了以防万一，我还想问你一句话。"川田停顿了一下，接着说，"说实话，你是不是还想继续做这个工作？"

这句话对大地本身来说也出乎意料。

"不。我积累的经验已经足够了。"大地说，"我想在贵公司实践这些经验。"

经过四十分钟的面试，大地出来了。

"面试表现得不错啊，宫泽先生。"内山露出了满意的笑容，对大地说，"结果一出来，马上通知你。今天辛苦了。"

"谢谢。"大地弯下腰向他鞠了一躬。走出大手町的公司，向东京站方向走去。他此刻的心情本该如做梦一般，但现在他一门心思想的，却是刚才川田的问题，"你是不是还想继续做这个工作"。

那的确是一份很有趣的工作，和饭山一起废寝忘食地埋头开发鞋底的每一天，看到穿着陆王的茂木在新年接力赛上奔跑时的激动心情，以及寻找鞋面材料时跑客户的艰苦日子。

从孩提时代开始，大地只把自家小钩屋当作一家普通的公司。

但是，一旦成了员工，小钩屋却展现出与他小时候所熟知的截然不同的面孔。看上去安稳的百年老字号足袋工厂，因为资金周转的问题，每天都竭尽全力拼命奋斗，努力地想要生存下去。就像在狂风巨浪中颠簸着却还勉强漂浮在水面上的船只一样。大地就如同一名水手。

在每一天的战斗中，大地学到的是工作的意义所在，也是真正的快乐。那就是一门心思做些东西，为别人做贡献。从默默地全神贯注的工作中，他品尝到了挑战的乐趣。

我在小钩屋里有过这样的经历啊。现在，我要离开这个公司，走上新的道路。

大地望着车窗外面，也许到新公司上班后，这是他每天都会看到的风景。但他心里又涌上了新的疑问：这样果真好吗？

"人生仅此一次。"不知何时，饭山曾对大地说过这种话，"干点喜欢的事吧。因为好面子、装酷，而不去做自己真正喜欢的事情，没有比这更让人后悔的了。"

虽然现在还没有亲身感到这句话，但是大地也明白饭山想说什么。

这样就够了。我已经选择了自己喜欢的路。

大地这样告诉自己。在大地眼里，三月都市的景象有些太过萧瑟。


4


"阿玄，我有话要对你说。"

宫泽指了指背后的社长室，富岛从文件堆里抬起头，手里拿着老花镜站了起来。为了不让人听见，宫泽关上门，等待着富岛在沙发上坐好。

宫泽说："我想想办法继续生产希尔可乐，你觉得怎么样？"

富岛露出了厌烦的表情。虽然只是瞬间，又是微乎其微，本人也努力不让它流露出来，但似乎无论如何也没办法控制住，还是在脸上浮现了出来。

"不管怎样，目前资金是绝对筹措不到的。前几天我跟您说过了。"

宫泽说："那找一下给我们提供资金的地方不就行了吗？"

"没有这样的银行。"富岛断言说。

宫泽说："也不一定非要跟银行借。"

富岛突然表情僵硬，警告说："商工贷款是不行的。"

商工贷款比银行利息要高得多，是金融公司提供的融资。薄利多销的小企业，充其量也不过是暂时借个小额贷款而已，借久了，光是利息，就能把所有的利润榨干。借商工贷款是一种自杀行为。

"如果银行知道我们对商工贷款出手了，就会被盯上，不会再借钱给我们了。"

宫泽仿佛想让富岛安心一般，探出身子，压低声音说：

"我可不想碰那种东西。实际上，有一家大公司对希尔可乐感兴趣，也许我们可以从那里拉到资金。"

富岛没有立即答复。他眯起的眼睛里，发出了冷冷的警戒的目光。

富岛的姿态是彻底保守的。尤其是涉及资金时，更是丝毫不动摇。

"借钱就得从银行借"，这是富岛的信条。从其他地方借，就算是跟自己的父母借，富岛也是反对的。

富岛面带僵硬的表情问："那个大公司是哪家？"

"你可能知道。是做户外运动纺织品业务的菲利克斯，总部在美国。"

"谁跟你说起的？"

"是坂本先生。他们当初想收购我们。"

听到"收购"二字，富岛睁大了眼睛，嘴唇翕动，却没有说话。但是无言之间可以看出他内心的激动。

"他们的目的是在菲利克斯产品上使用希尔可乐，由此可以与竞争对手的产品拉开差距。那就不必收购我们，只要和我们进行业务合作就行了。让他们独家承包希尔可乐的生产，作为回报，他们要资助我们的设备投资。我觉得这并非不可行。"

"资助的事跟对方说了吗？"

宫泽摇了摇头，说："在那之前，我想先跟你说说。"

富岛无力地靠在沙发的背上，深深地叹了一口气，眼神游移。

"我和社长见过面，觉得他是个值得信赖的人。"

不知道富岛听到没有，没有反应。是生气了吗，还是有其他什么别的想法？富岛的表情好似自己投出的感情被漂白了一般。宫泽看到富岛这副表情，才发现富岛的心情并非上述的任何一种。

硬要说的话，富岛的表情里流露出的是失望。

"说实话，这件事我参与不了意见。"富岛慢吞吞地回答，似乎有些悲伤，"不管我说什么，社长都打算继续推进自己的计划吧。那么，我没有什么好说的了。这可能听起来很不负责任，但我不赞成也不反对。因为我无法做出判断。这是社长该自己考虑自己判断的问题。我是这样想的。"

"我打算先和菲利克斯的社长御园谈一谈。"宫泽说。

"就算和他谈了，对方不答应的话，您怎么办呢？"

这是最重要的一点。

富岛问道："您也会同意他收购我们吗？"

宫泽很明确地回答："有这个可能。但是要保留原来的员工是最低条件。不会给大家添麻烦的。"

富岛好像要说什么，但只是默默地站了起来，默默地行了个礼，走出了房间。

——我不是想听阿玄赞同的话。不管阿玄反应如何，我还是想和他说清楚。对于把人生的大半辈子都贡献给小钩屋的阿玄，我认为这是最低限度的礼节。但是——

不管别人怎么说，最认真地考虑小钩屋将来的那个人始终是自己。宫泽有着这样的自负。

"拍板的人是我。"宫泽对此铭记于心。


5


已经是三月了，却像隆冬一样寒冷。蓝天像是涂了清漆一般澄澈，冬日的微弱阳光洒落在北风呼啸的行田街道上。

宫泽午后出了家门，大地把他送到了车站。乘高崎线花了一个小时左右来到上野。从那里坐地铁到坂本公司所在的日本桥。

宫泽坐电车时一直在想，如果见到御园该如何说，但是到了车站，思路仍然没有厘清。无论怎么想，他也不清楚到时候局面是否会不由自己控制。那么，就只能和御园面对面坦诚交谈了。

他坐电梯上楼，在接待处报了姓名。在充满了市中心办公室气氛的静谧中等待着，坂本很快就出现了，他带着宫泽去了接待室。虽然比约定时间早到了十分钟，但御园已经来了。

"我听坂本先生说，您正在积极地推进这件事。非常感谢。"

握手时，宫泽感到有点紧张。御园满面笑容，接下来要谈的想法对御园来说，很难说是有积极意义的。但宫泽没有流露出这种不安，说："今天要占用您宝贵的时间，和您谈谈那件事。"

宫泽马上进入正题。

"首先，我完全赞成把希尔可乐用在贵公司的鞋部件上。请务必这样做。这双鞋不仅可以提供明显的竞争优势，从功能性和环保角度来看，它也一定会在世界范围内赢得众多粉丝。使用希尔可乐鞋底的户外鞋上市，创立品牌，在我们看来就像在做梦一样，感谢御园先生的眼光。"

御园满意地点了点头。宫泽说出的是真心话，没有半点虚伪。但接下来才是问题的核心。

"前些日子听了您的那番话之后，我认真地考虑了一下。今天就想坦率地说说自己的想法，包括我提出的另一个建议。"

"您想提收购的条件？"

"不。"宫泽摇了摇头，继续说，"您的提议是收购敝公司，但我从头开始考虑了一遍。恕我直言，收购对我们和贵公司来说，真的是最佳方案吗？"

没有回答。御园将视线投向宫泽的脸，沉默了几秒钟，催促他讲下去。

"如果您的目的是在贵公司的鞋部件上使用希尔可乐，那么您不必进行收购。真要进行收购的话，公司内部审计要花费不菲的金钱和数月的时间。如果敝公司成为子公司，就必须遵照作为美国上市公司的贵公司的会计制度，更换我们所有的系统。而贵公司增加一个子公司，也增添了对股东的说明义务。而且，这样做会经常被问及合并效果。无论是对敝公司，还是对贵公司来说，这不都是负担吗？"

御园靠在扶手椅上，把手指按在眉间不作声。

"与收购相比，我认为业务合作更简单，也能满足您前几天提到的愿望。我们和贵公司签订合同，向贵公司专供户外运动鞋零部件上使用的希尔可乐。这样就可以充分实现贵公司的预期目标。怎么样？"

"我也曾这样想过。"过了几秒钟御园就回答了，"确实，如果能签订这样的合同，我觉得既合理又方便。但是，如果从做生意的角度综观全局，仅仅靠这样的合同是不行的。因为我们无法解决关键问题。"

御园指出："首先阻挡在我们面前的是贵公司的设备问题。还有，恕我冒昧，这个生意以后做得越大，贵公司的财务状况就越令人担心。能确保百分百的供货吗？——当然，我不是在怀疑您。这是另当别论的事情。世界上不是有很多事想做也做不成吗？因为各种状况或者意外，难以为继的情况也是有的。我们之所以建议收购，也是为了消除这些风险。"话虽温和，但他的发言句句在理，能看出御园确是一个天才经营者。

"我明白您的意思。但是我斗胆问一句，能让贵公司和我们一起冒这个险吗？"

御园望着宫泽的目光，在忖度他的意图。

"那么，是贵公司进行设备投资吗？"

"不，仅靠我们自己，无法完成满足贵公司需要的设备投资。"

宫泽直视着御园，说："能否请贵公司支援我们这笔投资，以什么形式都行。也可以由贵公司购入设备再借给敝公司。能否请您考虑一下？"

御园没有马上答复。不，头脑灵活的御园或许心中早就有答案了，也许只是在考虑应该如何说服宫泽。坐在桌子另一侧椅子上的坂本屏住呼吸。坂本也好，御园也好，都应该有宫泽无法想象的金融实务经验，以及与之相伴的价值观和判断基准。对照那个评价标准，自己的提案到底怎么样，宫泽完全不清楚。也许是值得考虑的，也许根本就不屑一顾。

"坦白说，我不太喜欢融资这个方式。"不久，御园开口了，"我们准备设备，然后委托贵公司生产的话，就等于是融资给小钩屋，然后还要自己还清资金。与其那么麻烦，不如收购它，简单易操作。"

御园的话是对的，但如果不能在这里反驳的话就输了。

"我承认御园先生的提案是合理的。"宫泽明确表示，"但是，我背负着百年老字号的使命坐在这里。从曾祖父那一代传承下来的公司是不能这么轻易卖掉的。"

"我想确认一件事，宫泽先生想继续推进新事业对吧？"

仿佛想起了一件遗忘了的重要事情一样，御园说。

"是的。我无论如何都想让陆王成功。加入贵公司的旗下，也许会简单一些。但正因为太简单了，让我有点迷茫。虽然只是足袋，但已经做了一百年了，小钩屋的招牌分量可没那么轻。"

宫泽语气变强硬了。平时沉睡在内心深处的对小钩屋的热爱和自尊心交织在一起，溢于言表。

御园脸色阴沉。

"你对老字号的招牌这样执着怎么行？"御园显得有些焦躁，"听好了，宫泽先生，"御园一下子把上半身向前探去，盯着宫泽继续说道，"招牌、老字号，听上去可能好听，但如果它有价值的话，它在现阶段就会让公司有所成长和发展。所谓的公司价值是什么？"

御园话中暗指小钩屋的捉襟见肘。另外，菲利克斯是创业十几年便取得飞跃性发展的新公司，在否定历史这一点上，它的存在很有价值。历史悠久的公司有那么伟大吗？招牌有那么尊贵吗？御园的质疑无声地传达给宫泽，又回到"公司的价值是什么"这一根本性问题上来了。

"虽然敝公司是一家小公司，但是在这世上，还有客人喜欢我们家的足袋，一直穿着它。"宫泽继续回应道，"我们现在正准备进入跑鞋行业，但是我不会忘记做足袋。这才是我们小钩屋的生存意义。百年的时间不能计算价钱。但是，不能计算价钱的东西也是有价值的。虽然获利不多，但我们却在这个世界的一角，得到了虽然狭小却能够生存下去的空间。这没有价值吗？"

"既然您这么说了，那一定有什么价值。"御园不否认。但是，这句话似乎暗含讽刺。他之所以能这样说，可能是名朝气蓬勃的经营者身上的叛逆精神使然。

"但守住传统和同意收购是毫不矛盾的。"

"您说过收购之后让我继续任社长，并且可以继续做足袋，是吧？"

宫泽看到御园点了点头，便问道："那么，我想问一下，它在多大程度上是真实的呢？当老本行足袋的处境艰难，或者希尔可乐的独特价值消失，或者有人开发出代替它的新材料，对于贵公司来说，小钩屋还有什么价值呢？那时，在贵公司中，小钩屋的地位会变成什么样呢？当我们变成不能达到目标利润率的包袱公司，您还能保证不会干脆关闭它或者把它出售吗？"

"将来的事我不知道。"御园面无表情地低声说道，"努力不变成那样才叫经营企业。您也不认为小钩屋维持现状是好的吧？如果不想因为盈利问题倒闭的话，就应该努力提高利润率。"

"我是说，如果把提高利润率放在首位的话，小钩屋就只能停止足袋生产了。因为生产足袋的利润率与贵公司标榜的高收益相差甚远。唯独这一点，我无能为力。也正是因为小钩屋远离了盈利竞争，才有一些东西得以传承。"

"那您就一直待在那里吧。"御园嘴里突然冒出这种话来，"既不追求盈利也没有发展，要是把这美化为历史啦，招牌啦，您留在那里就好。我们对此无权说三道四。但是，宫泽先生，您是想从那里解脱出来，才想开发跑鞋的吧。"御园说到了问题的根源，"但是遗憾的是，这个行业没有宫泽先生想象的那么简单。这是速度和经营资源，还有企划和销售力说一不二的世界。既然要在这个行业一决胜负，不论出自什么理由，我都觉得不看重收益的公司不值一提。"

这就是御园的真心话吧。

"当然，我并不是否定追求利润。"宫泽静静地反驳，"但是，我们的存在意义不仅在于营利。不知您是否能理解这一点。"

沉闷的沉默降临了。坂本也不想插嘴。因为知道即使参与讨论，也没有意义。

宫泽继续说："当然，您的提议对我们来说是件好事。但是，只凭经济合理性这一点就能马上成为合作伙伴吗？并没有那么简单。"

御园是否把收购企业的事情想得太简单了——昨晚，宫泽直到很晚还坐在电脑前，在网上收集关于菲利克斯和御园的一切信息，这令他意识到了这一点。

顶多只有十几年历史的菲利克斯，以日美为中心开拓了市场，发展迅速。宫泽对菲利克斯和御园了解得越多，就越了解御园的经营理念。

御园熟悉品牌战略和流通，利用创业前建立的各种人脉关系发展起来的创业初期，他的资本并不雄厚。为了弥补资金不足，他进军冷门行业，成功地渡过了这一困境。并且他还多次收购小公司弥补自己的不足，用金钱解决了时间和发展的问题。

宫泽看到一份清单，记载了菲利克斯在最近几年收购了什么样的公司。他注意到上面记载的公司数量之多，想到小钩屋也要成为上面的公司之一的事实，不禁不寒而栗。

如果以宫泽的方式解释御园的经营理念，那就是"缺什么吗？那就去买吧"。

缺失的部分，用灰泥补上，以此来建立理想的公司形象。御园的这种经营方法，从某种意义上来说，证明御园本身是优秀的进货商。不是购买商品，而是购买公司。宫泽感觉御园已把收购公司当作家常便饭。

对御园来说，收购小公司的行为也许并不稀奇。但是，对于被提议收购的宫泽来说，那意味着公司到了他这一代要发生转型，对于员工们来说，是可能左右人生的大问题。

即使提案的内容合理，只要存在无法填平的鸿沟，被收购的公司最后只会被吸收。在最初的条件中，即使宫泽能担任一段时间的社长，不知不觉中菲利克斯的人也会占据这个位子，用菲利克斯的合理主义来评价小钩屋。

按照他们的评价标准，做足袋肯定是没有什么价值的。传承着日本服饰文化的使命感和对顾客的责任感——在盈利的计算公式面前，会不会被当作无用的东西而遭到排斥呢？

宫泽必须守护的"招牌"不是单纯的时间积累得来的，也不能单纯地以经济合理性的维度来评价。

这时，抱着胳膊的御园发出了长长的叹息。

"看来，我们对经营的想法大不相同啊。"御园说。这句话在某种程度上可以理解为谈判破裂。

宫泽静静地回应道："当然会有不同。迅速成长起来的贵公司和十年如一日般生存下来的敝公司不可能相同。但是，敝公司就是这样的公司。而正因为想法不同，我才觉得不用您提议的收购这种方式比较好。"

宫泽说完又郑重地对着御园说："您能帮助我们吗？作为回报，我将为贵公司提供足够多的希尔可乐。"

"融资嘛，没什么意思。"御园的回答很冷淡，"这样的话，远不如我们自己投资设备好。"

这时，宫泽终于正面问道："贵公司可以这样做吗？要是这样，对敝公司来说是最好的。但是，贵公司能做到吗？"

御园带着愤怒的目光说道："如果可以的话，我就不用费这么大力气了。"

他用右手轻拍了一下膝盖，接着说，"那么，收购的事就当没有过吧，这样可以了吧？"

谈判破裂了。

御园一看没有如愿以偿，就想早早结束谈判，宫泽对他说道：

"御园先生，正如我刚才说过的，我认为向贵公司供应希尔可乐是没有任何问题的。立刻下结论很容易，但还是请您好好考虑一下这样做到底合不合算吧。"

"我们自有我们的想法。"御园一步也不退让，"如果您不能理解，那就没办法了。贵公司已经错过了大好机会，后悔也来不及了。"

宫泽凝视着对方，静静地说道："做生意本来就是要对等。希尔可乐的价值和对我们公司的收购建议也应当对等。只有对等才能成立。您觉得我会后悔，是不是因为敝公司面临资金困难的问题，被您轻视呢？"

"实际上贵公司的设备……"

"希望您不要小瞧我们。"

宫泽斩钉截铁地说道，瞪着御园。"的确，现在没有资金进行设备投资。但是，希望我们供应希尔可乐做原料的，还有其他地方吧。生意对象不仅仅有贵公司。我们一定会找到那个合适的选择。到那时后悔的会是您吧。"

御园沉重的目光射向宫泽。初次握手时表面的平静与优雅已经荡然无存，御园现在以责备的目光望着宫泽。

"我想说的就是这些。"宫泽说着，站起来，伸出右手，说，"今天谢谢您了。能见到您，我也学到了很多东西。"

御园敷衍地握住宫泽伸过来的手，只简短地说了一句"那真是太好了"，就把视线从宫泽身上移开，百无聊赖地站起来。宫泽还没离开那个房间，御园却也没打算掩饰自己的不高兴。

刚一走出房间，宫泽就小声说："完了。"这和御园说的后悔稍有不同。宫泽的内心某处，的确潜藏着希望得到御园救助的念头。但是现在他清楚地知道，自己不应该抱有这种幻想。

陆王无论如何都想继续研发下去——不，一定要继续研发下去。但是为了实现这个目标，菲利克斯不应该是唯一一个答案。

"对不起。"宫泽对来到电梯大厅送行的坂本表示歉意，"我还以为可以互相让步呢，没想到谈判破裂了。"

坂本说："您不必道歉。"他按下下行的按钮，说，"听了社长您的话，我也能理解您的选择。为了资金周转而同意收购是完全错误的。"

"不过，陆王的再生产已经遥遥无期了。本来这也许是个能让陆王研发顺利进行下去的机会。"

坂本安慰道："不要悲观。正如您说的，菲利克斯肯伸出手，这就是最好的证明。一定还有其他公司同样承认希尔可乐的价值。听了你们二人的谈话，我感觉自己明白了这一点。"

宫泽说："但是这是一场与时间的战斗，我们得快点找到这样的公司。"


回到公司后，饭山突然出现，问道："怎么样？"

宫泽摇了摇头，只说了一句"很遗憾"。

饭山在社长室的入口处目不转睛地注视着宫泽，停顿了几秒，说："没有什么事总是一帆风顺。"说完就消失在门的那一头了。

这是饭山独特的安慰人的方式。话虽如此，宫泽有过一帆风顺的记忆吗？好像从来没有过。

宫泽坐在社长办公室的扶手椅上，闭上眼睛。这时传来了卡车到达工厂的引擎声，柴油发动机的声音以及倒车警示器的声音重叠在一起，不久之后，这些声音停了下来。这时，宫泽发现设置为静音的手机正在震动。

是一个来自陌生人的电话。宫泽只看了一眼显示的号码，就按下通话按钮，把手机放在耳边接听。

"我是御园。"宫泽屏住呼吸，"刚才谈的事情，我有一个新想法，想和您到时再探讨一下。"

6

再次到坂本公司去见御园听他的提案是一周后的事了。之所以过了那么长时间，是因为菲利克斯公司内部需要研究和调整那天御园想到的点子。

"那么，御园社长的提案是什么呢？"饭山用严厉的目光看着宫泽。

天完全黑下来了，从社长室的窗户可以看到照亮外面工厂院子的夜灯。这天的工作结束后，缝制部的员工们正要下班回家。宫泽瞥了他们一眼，又把视线转回饭山。

"首先，作为设备的投资资金，融资三亿日元给我们，这个设备要能跟上菲利克斯生产计划。"

看着饭山的目光中流露出细微的紧张情绪，宫泽继续说道："贷款期限为五年。利率等同于菲利克斯自己的借贷利率。也就是说，利息非常低。"

"然后呢？"饭山催促道。

宫泽说："三年之内，可以保证来自菲利克斯的订单。他们承诺了最低订购数量。可以认为，在那段时间里，只要有来自菲利克斯的生意，就应该能偿还贷款。"

"那之后呢？"

面对这个问题，宫泽直视饭山的眼睛答道：

"没有保证。之后的订单，由之前的三年的销售业绩来决定。卖得好就会增加，卖不好就会减少，也有可能接不到订单。"

"那就看希尔可乐有没有真正的价值了？"饭山问。希尔可乐的真正价值，世间果真能接受吗？它是否能作为高性能的环保材料为世间认可并生存下来呢？

宫泽回答："对。"

"三年后，如果订单中断，万一不能偿还，会怎样？"饭山问了这个关键的问题。

"那就不偿还贷款了。"宫泽回答道。

饭山抬起头来，脸上浮现出清晰的疑问的表情。

"如果我们无法偿还的话，就把还贷余款原封不动地变成我们公司的资本金。"

饭山一动不动地凝视着宫泽，可以看出他的脑海中各种各样的想法在旋转着。

饭山说："我想问几个问题。假设三年后的还贷余额有一亿日元，到那时无法偿还的话，就把它作为资本金收下。这就意味着我们要加入菲利克斯，对吗？"

宫泽说："对。现在，小钩屋的资本金是一千万日元。如果接收一亿日元的资金作为资本金，小钩屋将完完全全成为菲利克斯的子公司。"

"说不定三年的订单保证期过后，他们可能会有意地减少订单，你想过这点吗？"

宫泽说："只能信任御园社长了。他明确表示，绝对不会有意减少订货。我想相信他。"

靠在椅背上的饭山提出了自己的疑问："这也太奇怪了。他不会有意减少订货，如果三年后没有订单，这相当于市场对希尔可乐的需求没有了吧。菲利克斯会买一个没有用处的公司吗？"

宫泽也考虑过这个问题，问了御园。御园的想法极其简单——这种做法和一开始就收购是一样的。他又理所当然似的补充道："做生意就是这样的。"

饭山终于点了点头，然后问："我的专利费是多少？"

宫泽在手头的便条上写上金额交给饭山，说："先签三年的合同吧。"

饭山戴着老花镜看了几秒宫泽写下的金额，小心翼翼地把那张纸条对折放在胸前口袋里。

"可以吗？"宫泽严肃地问道。菲利克斯的御园提出的这个建议，只要饭山不点头，就不能实现。

"稍微有点便宜，但就这样吧。"

听到饭山式的避开正面的回答，宫泽终于放下心来。

但这时饭山又问："话说回来，如何说服公司其他员工呢？这并不是社长你一个人决定好了就可以的事情吧。"

确实如此。

"我打算和阿玄先谈谈。在此之前不问您的意见，没法和他谈。"

从社长室门的镶嵌玻璃上，可以看到办公室的灯光。富岛还留在那里，恐怕在等着宫泽。

"尽量努力说服他吧，毕竟还关系到我的专利费。"

饭山抬起身，缓缓地走出房间。宫泽目送着饭山，深深地吐出一口气，打开门喊道"阿玄"。富岛从手头的资料中抬起头来，手里拿着老花镜走进社长办公室。

宫泽之前跟富岛说过，前些日子的谈判不顺利。为了听取新的提案，今天又去拜访御园。

"今天我见了御园社长。"

两人分坐在客厅的桌子两旁，宫泽详细地讲解了提案的内容，然后对默默地听着的富岛说："我想接受这个提案。"

富岛仍然保持着沉默，异常澄澈的目光一动不动地盯着宫泽，然后突然移开了视线，挑战似的说："我反对。"

两个人沉默了一会儿，好像要互相理解对方的意思。

宫泽问："为什么啊？"

富岛仿佛看穿了一般说："最终还是会被吸收合并的，那时候老字号就没了。"

宫泽反驳道："为什么这么早下结论？如果不做怎么会知道。我觉得可行。如果希尔可乐没有价值，御园先生不会和我们联系的。因为它有价值，也就是说能满足社会的需要，他才愿意帮助我们。不对吗？"

"想想要是事情不顺利，您该怎么办？"富岛像个会计师一样顽固，"如果小钩屋进入菲利克斯集团，采用美国式的经营方式，足袋生产业务马上就会被卖掉对吧？不仅是我，一直为小钩屋拼命工作的缝制部的明美她们也会伤心难过吧？您打算怎么跟她们解释？"

虽然大致预想到了富岛要说什么，宫泽还是对这没有出路的交涉感到疲惫。

"我打算由我来和她们谈。"

富岛强压着怒气口气强硬地说："请您务必这样做。并且体谅她们的心情。支撑着这个公司的，正是她们这些人。"


7


"今天下班后要开个全体会议。工作到四点半后到休息室集合。拜托了。"

这天早晨，安田对缝制部等各部门的全体员工宣布了通知，但议题是什么，依然没有公开。这是理所当然的举措，当时连安田也不知道。

五点过后，社员们纷纷走进休息室。曾经有数百名员工的时候，休息室是作为食堂使用的。宫泽等着大家在各自的位子上坐好，这时看到刚走进房间的人，慌忙低下了头。

村野来了，大概是饭山叫来的。村野轻轻地向宫泽举手打了个招呼，就拉过饭山旁边空着的椅子坐下了。

确认全体集合后，宫泽徐徐站起身来。

"百忙之中把大家叫过来，对不起。事实上，有件事想征询一下大家的意见，就把大家聚在这里了。"

社长宫泽以这种形式召集全体员工，这是前所未有的事。大家不知道发生了什么，带着感兴趣的目光，注视着宫泽。宫泽继续说道：

"大家都知道，去年我们公司开始的新事业，现在由于设备故障无法继续下去了。设备投资非常昂贵，我们力所不及。老实说，连我也一筹莫展。但是，'足轻大将'一眨眼就成了人气商品，主打产品陆王赞助给了茂木裕人选手，在新年接力长跑中实现了正式亮相。我们的好日子才刚刚开始。我想接受设备投资，继续推进事业。为此做了种种努力，最近找到了一个解决办法。今天想跟大家谈谈这件事。"

宫泽将手头准备的资料分发给大家。

"现在分发的是介绍菲利克斯公司概况和产品的小册子。这家公司总部设在美国，在世界十二个国家有自己的业务。这样有名的商家，应该有人知道吧。实际上，菲利克斯和我们公司之间，正在商谈用希尔可乐换取资助设备资金。金额为三亿日元，期限是五年——"

这个金额引起了一阵骚动。坐在正中间的明美一脸的难以置信：

"全世界有名的大公司，会对我们有兴趣吗？太神奇了。"

听到这句话，缝制部的员工们都点了点头。

"但是，这是有条件的。把大家都召集来，是想说明这一点。"

宫泽说完，在背后的白板上写上"三亿、五年"，接着说：

"借了这笔钱，如果不能在期限内偿还的话，我们就要进入菲利克斯的旗下，就是说要成为子公司了。"

一片哗然。室内更加嘈杂，大家彼此互视。有人露出不安的表情，有人陷入了沉思，有人看着宫泽目瞪口呆，反应各式各样。

"社长，假设啊，假设我们成为子公司的话，到时候我们会怎么样呢？大家都会被开除吗？"安田脸色变得苍白地问。

"不，我不这么认为。如果大家都不在了，这个公司就只是个空壳子了。"宫泽说，"但是也许不能再像从前那样了，我也不知道那时是否还能当社长。"

"社长，您要辞职吗？"明美露出了惊讶的神情。

"如果成为子公司，他们也许会让我不要辞职继续干下去，也许会让我马上辞职。我也不知道。实际上，最重要的是我们这百年的老字号可能就没有了。"

这句话引起的震动像波浪一样在室内荡漾开来。

明美皱了皱眉头说："也就是说，到时候小钩屋有可能不再是小钩屋了，对吗？"

宫泽说："也许吧。到底会变成什么样，不到那时我也不知道。那就得看菲利克斯怎么想了。他们觉得有必要，就会把我们保留下来，如果觉得没有必要，就有可能把我们处理掉。成为子公司就是这么回事。"

缝制部年轻的仲下问："能不能不要设备投资，继续做足袋？有没有这个选项？"

"如果像现在这样继续做足袋，我们公司是不会有发展的。销售额在逐年减少，也许总有一天会到头，那时公司是否能活下去也不得而知。所以要把这新事业培养成将来的支柱，为公司今后十年、二十年的发展奠定基础。但是这需要巨额资金，按照我们公司的现状，银行是不会借钱给我们的，所以我们现在在考虑是否接受菲利克斯的资助。"

"这是想把小钩屋的招牌暴露在危险之下吗？"缝制部的村井问，"常务您怎么看？"

所有人都回头看坐在最后一排的富岛。大家的目光都集中在富岛身上，他感觉有点招架不住了，把放在下巴上的手垂下来，说："无论如何，都要把招牌继承下去。我能说的就只有这些了。"

他表面上没有反驳宫泽。小钩屋是个小公司，一旦公开表示反对，人际关系就会变得不和谐。富岛说话很委婉体贴，但大家都心知肚明，这句话就是表明他不赞成。

"社长，这件事已经决定了吗？"安田问，宫泽摇了摇头。

"我还没有正式答复。在回复他们之前，我想听取大家的意见。怎么样，大家要不要撸起袖子，一起为了新事业努力？"

沉寂笼罩着室内。失败了就会成为子公司——大家似乎都对这个事实感到胆怯。这时富岛慢悠悠地说："大家还是喜欢这家百年老厂。传下来一百年的老字号了。大家都想像以前那样工作吧。"

宫泽继续呼吁道："我理解大家的心情，但是大家能不能帮我这个忙，在五年内，把新事业做起来？"

安田说："这家公司是社长的公司，所以没有必要特意问我们吧。我觉得社长按照自己的意思去做就可以了。"但是，宫泽摇了摇头，说："我不认为这个公司是我一个人的，实际上，我从来没有以这种想法经营过公司。"

宫泽说的是真心话。

"虽然以前也有过难关，但正因为有大家在，所以才顺利渡过。我对此非常感激，把大家都当作家人。所以我想听听大家的意见。不必客气。如果大家绝对不同意，我会改变主意的。所以请告诉我你们的真心话。"

"我绝不愿意让小钩屋的招牌消失，社长。"就在这时，明美站起身说，"大家也是一样的吧？"

周围的缝制部的伙伴们都纷纷点头。果然不行吗？宫泽这样想的时候，明美继续说：

"但是我们也觉得缝制部的工作比以前少好多了。我想，伙伴们辞去工作，就好来填补这个窟窿了吧。但也并没有这样。不过，总有一天会这样的吧。这就是说工作量在不断减少。社长要求我调去开发团队的时候，大家都很赞成。"明美的这些话有点出乎意料，"大家都对我说，加油哦，让公司壮大起来。在开会的时候，我的那份工作大家都帮忙代做了。陆王的设计草图，富久子也画了好几张，询问我们每个人的意见。没有一个人脸上带着不高兴。阿玄——"

明美回头看了看富岛，接着说："阿玄想保护招牌的心情，我们也是一样的。但是照现在这样下去，能守住这块招牌吗？我非常担心这一点。所以我赞成开发新产品，要是不行动起来就完蛋了。刚才社长说的那件事，一想到要失败了可怎么办，我就害怕得不得了。但要是因此就逃避，就只能维持现状。工作渐渐变少，伙伴们一个一个减少，也许总有一天会一个人都不剩了。我可不愿意看到这个情景。"

明美铿锵有力地说着，这个不服输的缝制部的负责人放出了豪言壮语：

"现在有人借钱给我们，我们就来大干一场如何？借的钱还给他不就行了吗？大家一起努力工作还回去吧。大家觉得怎么样？"

掌声响起。富久子一边不停地点头，一边拍手。

"是啊，我们会努力的。"

"大干一场吧！"这样的声音一个接一个地响了起来。

"阿玄，怎么样，我们一起干吧？"

明美的声音有些颤抖。

富岛的视线先是落在桌上的指尖上，又投向天花板。然后，他突然摇摇肩膀，笑着说："哎呀，连那么顽固的大姐都这样说了，那我还有什么好说的。"

他脸上露出了带着几分落魄的笑容。

"社长，我们会努力的。"

明美站起身说，又把头转向伙伴们，高声说："这百年招牌，大家来全力守护吧。我们不会输的。"

欢声四起。宫泽想对员工们说些什么，却没有说出来。

因为胸中有什么涌上来，堵住了嗓子，让他说不出话。

这就是小钩屋。

每个员工都积极向上，虽然有些笨拙，但是温暖热情。这就是我们的公司。

小钩屋的招牌，我会守护到底。

宫泽在心里坚定地——坚定地发誓道。

最终章　公路赛的狂热

# 1

上午七点半，气温八点五摄氏度。湿度百分之三十七。

抬头仰望，天空万里无云，风很大。

"听说风速是五米。"

品川站前是起跑点，那里有一个特设会场。安田拿着装有热咖啡的杯子走了进去。虽然不是狂风，但路边的树枝不停地摇摆着，扎好的帐篷下摆也晃个不停。

"或许是一场艰难的比赛啊。"宫泽心里预想着。

"明美她们人呢？"

为了这一天，以缝制部的成员为核心成立了啦啦队，全部共有十四人。对于小钩屋来说，算是一个"大"啦啦队了。

"刚才还在附近的咖啡馆喝茶，现在去找给选手们加油助威的地方去了。"

比赛预计九点十分开始。由于普通人都能参加，因此不仅有争创纪录的一流选手，会场上也挤满了一般参赛者。参赛者人数多达两万名。每次电车到达，都会有人不断地从品川车站走出来，拥挤的会场喧哗声中混杂着手持麦克风的引导员的声音。宫泽等人像游泳似的穿过那个会场，前往品川车站前的酒店大厅。这里除了有特邀选手们的休息室外，也给实业田径队分配了房间，还配备了与一般参赛者不同规格的热身场所。这里洋溢着扣人心弦的紧张气氛，与一般参加者会场里的节日气氛截然不同。

"怎么样？"在相关人员熙熙攘攘的大厅里发现了村野的身影，宫泽跟他打了招呼。

村野为了收集信息早早来到这里，他过来时脸上表情很严肃，举起右手向宫泽打了个招呼。

"我看见茂木了，但没叫他。"

"亚特兰蒂斯的那些人会很高兴吧。"安田说。

"这场比赛，无论他穿什么，都无关紧要。这是小事。"宫泽有一半是说给自己听的。

"但是社长，我们好不容易请他穿上了陆王，您不觉得不甘心吗？"

"很不甘心。但是——今天我是来认输的。"宫泽斩钉截铁地说，"也许这听起来像漂亮话，但如果茂木君能开开心心地跑完这场比赛，就足够了。而我不会因为这次输了就一直认输的。"

"那倒也是。"安田说这话的时候，宫泽注意到人群对面有人往这边看，原来是亚特兰蒂斯的佐山。

佐山笑眯眯地缓缓走过来。

"你好。"佐山对村野而不是对宫泽说，"今天是什么风把你吹到这儿来了？"

"为了给选手们加油助威。"村野毫无笑容地回答。

佐山脸上浮现出稳操胜券的骄傲神情，说："我听说你们不能生产跑鞋了。还有材料的供应也断货了。"

他在说橘·拉赛尔吧。

安田抗议道："就是你们在背地里搞鬼吧。太卑鄙了。"

佐山瞟了他一眼，低声说："不要说得那么难听嘛！我们是和橘·拉赛尔签订了正式合同的。当然，是合法签订的。不管后来你们公司怎么样了，这不都是你们自己的责任吗？"

"你是认真的吗？大企业可以这么做吗？"

佐山在安田面前摆了摆手，否定了他的抗议。

"所以说乡下的公司不好对付啊。"

宫泽制止了想要上前去理论的安田，说："我们期待精彩的比赛吧。我们是为了这个而来的。"

佐山轻蔑地微微一笑，转过身去，又消失在人群中。

"什么东西！"安田一脸愤愤不平地说。

村野朝佐山消失的方向瞥了一眼，对安田说："这种人不少呢。他们躺在大公司的招牌下，比起工作的内容，对公司名头和头衔更感到自豪。比起工作质量和诚意来，更注重利益。这样的人在社会上绝不是少数。毋宁说这样的家伙可能还是多数派。"

"算了。"安田唾弃似的说道，"他们完全不懂得我们的辛劳。"

村野说："所以这帮家伙是不行的。没有比不懂得辛劳的人更难缠的了。就是为了选手们，也不能输给这种人。我们是做鞋的，但我们真正的目的不是卖掉它，而是帮助那些穿着它的选手，和他们一起追逐梦想。有人理解这一点，也有人不理解这一点。这两种人之间有天壤之别。他还没有意识到这一点。"

村野用下巴指了指佐山不见的那个方向。他虽然说话口气很平稳，但脸上的表情却紧张万分。


"怎么了？"看到佐山的脸，小原似乎感觉到了什么。

"没什么，小钩屋那帮家伙也在。"

小原的眼神好像要询问什么，佐山就继续说道：

"正如我们预测的那样，陆王的生产好像暂停了。听到这个，就连茂木也惊呆了，就换成我们公司的'RⅡ'了。"

"太爽了。"小原露出了坏笑。

"选手们对小钩屋的信任荡然无存了。不能生产跑鞋，这比产品性能问题更严重。"

"不过，那帮家伙还有脸来这里。"

佐山也对惊呆的小原表示同感："真不知道他们到底在想什么？我怀疑他们神经有问题。"

"看到毛塚的状态了吗？"小原改变了话题。

京滨国际马拉松的看点之一是人气选手毛塚的出场。赛前就已经能基本确定，他跑步的场面会占据电视画面很长时间，这对亚特兰蒂斯来说是最好的宣传。

佐山说："状态好像不错。他向媒体宣告过'要扳回新年接力赛的面子'，所以好像也很有自信。"

小原之所以那么神经质是有原因的。因为"RⅡ"的销售业绩不够好，销售部内部也有意见，认为是误判了市场。但因此就辩称达不到销售目标也实属无奈，这是站不住脚的。就算鞋有窟窿，你既然是销售，让你卖你就得去卖。这些成绩全部会作为小原的业绩，是他今后调动职位和报酬的判断依据。当然，人事评价不只是针对小原一个人。

亚特兰蒂斯总部对"RⅡ"的热情相当大，反过来说，这无疑是说明投入了相当多的研发资金。面对绝对不允许失败的现状，小原和佐山都不得不实际行动起来。选手是为公司而存在的。不管用什么手段都得打倒对手，提高业绩。

"村野先生，你现在哭也来不及了！"佐山伫立在人群中，目光沉着，宛如一道昏暗的阴沟。

2

在充当休息室的酒店大厅的角落里，茂木置身于比赛前独特的喧闹声中，正在做着拉伸运动。今天马拉松特辑的晨报标题是"毛塚旨在打破京滨国际马拉松的日本人纪录"。沸沸扬扬的报道中没有同辈选手的名字，当然也没有茂木的名字。

如果不算争夺冠军，这场比赛可以说是自己和毛塚在许多方面的对决。

这也没什么，茂木心里想。一切都肇始于两年前的这场大赛。自己最痛苦、最需要帮助的时候，很多人离开了。茂木无可奈何地望着那些离去的背影，学到了绝望是怎么回事，也明白了孤独的真正含义。从那时的最低谷爬上来，才有了现在的自己。跑步不是为了赢得人气，也不是为了获得世人的称赞，而是因为它就是自己的人生。最重要的是——我喜欢跑步。茂木再一次把这铭记于心。

自己今天还能跑步，是件幸福的事。茂木打开背包，把之前穿的鞋子脱掉，拿出了自己为这次比赛挑选的满意的鞋子。

这时佐山正在和实业团长跑队的人谈话，视线尽头突然捕捉到了上司小原。

选手休息室大厅的门大开着，不是参赛人员的记者和企业家们都站在外面，等着和里面出来的选手和教练说话。

小原刚才还在和实业团的教练站着谈话，现在却是一个人站着，望着休息室。

佐山之所以注意到小原，是因为小原的侧脸浮现出阴沉的表情，并且眼看着越来越阴沉。顺着小原的视线望去，佐山瞬间察觉到小原不高兴的理由，他的脸色也变了。

"不好意思，失陪一下。"佐山对站着和自己闲聊的人说。他瞪着在休息室的角落里慢慢地穿鞋的茂木。

不是"RⅡ"。茂木脚下穿的偏偏是一双色彩鲜艳的深蓝色跑鞋。

这时小原走过来，朝佐山逼近。

"喂，茂木的鞋——！这是怎么回事？"他压低了声音，尖锐地问。

"对，对不起。"

佐山被锐利的目光盯着，慌慌张张地道歉。但是在他的心底，也是怒火中烧。

茂木到底在想什么！如果可以的话，真想冲进休息室对茂木大喊大叫。穿那种小公司的鞋是没有前途的，自己不知跟他说了多少遍。不仅如此，前几天，还特地亲手交给他一双专门为他定做的跑鞋。

茂木的选择，简直就是辜负并践踏了这番好意。

"茂木怎么没有穿'RⅡ'？你说的话到底哪些是真的？"

小原的话语中，流露出了对部下无法掩盖的不信任感。

佐山哀求一般地说："都是真的，当然都是真的。"他的脸因屈辱和焦躁而涨得通红，"我已经和茂木说过小钩屋的现状，也说过小钩屋已经不能再生产跑鞋了。"

"那他为什么没有穿'RⅡ'？"佐山也想知道答案。茂木为什么会做出这样的举动，他想不出一个合适的理由。

系好鞋带的茂木慢慢地站起来，离开休息室，来到佐山和小原所在的楼层。佐山将人群拨开，冲向茂木，喊道："喂，茂木。你搞什么呀！"

茂木停了下来，有点吃惊地看着佐山。现在，佐山的脸变得通红，耸起肩膀，挡住茂木的去路。小原也来了，站在佐山旁边。

"你把我们的'RⅡ'放到哪儿去了？"

茂木直视着质问自己的佐山，回答道："我不会在比赛中穿它。"

"你知道这意味着什么吗？"佐山高亢的声音把周围人的目光都

吸引了过来，但他毫不在意，继续说道，"不是跟你说过了吗？你穿的那双鞋以后会停产。穿那双鞋不但不能成全你的职业生涯，反而会造成负面影响。"

茂木用冰冷的目光轮番看着佐山和小原。

"够了！"茂木嘴里说出来的是冷冰冰的一句，"在过去的两年里，我见识了好几个见风使舵背叛我的家伙。我辉煌的时候就贴过来，落魄的时候一下子就没影儿了。贵公司不正是这样吗？之前不是我终止了赞助合同，是贵公司终止的，对吧？一听说我回到赛场，态度就又大变，来接近讨好我。我已经受够了。"

佐山说："受够不受够是你的自由。确实，我们可能对你的评判有误。我道歉。但是，小钩屋这家公司已经不能再做跑鞋了。即使这样你也觉得没关系吗？"

"当然了，如果签约的鞋子不能生产了，那可确实不妙。"

茂木镇定下来，接着说："但是现在的小钩屋，和两年前的我一样。陷入困境，拼命挣扎着想爬出来。如果因为这个不穿这双鞋，那我和那些在我痛苦的时候背叛我的人有什么区别？我可不想那么做。我想一直相信自己想要相信的东西。如果我不穿这双鞋，就等于是背叛自己。"

"喂！你们几个！"

佐山正想要说什么，一个嘶哑的粗嗓门喊了这么一嗓子，堵住了他的嘴。是城户。他站在佐山面前，怒目而视。

"这里是战场，不是做生意的地方。"城户好像要扑过来撕咬他们一般，咬牙切齿地说，"如果再碍手碍脚，我就把你踢出去，滚开！"

因为城户太过气势汹汹，佐山说不出话来，呆呆地站着。四周说话的声音一下子静下来，城户和佐山的交谈令周围的人都屏住了呼吸。

"对不起。"小原代替惊慌失措的佐山道歉，"对不起。比赛前打搅您了。喂，我们走吧。"小原向佐山喊了一声，转过身去，快速离开了。

"啊，部长——"佐山向城户低头道歉，追赶着远去的上司，像逃跑一样跟在后面，一会儿就没影了。

宫泽和村野二人在稍远的人群中围观了事情的整个经过。

宫泽咬着嘴唇，挤在人群中，只是呆呆地伫立着。身旁的村野目光追寻着为了热身向外走去的茂木。不久之后，茂木的身影消失在人群中，村野慢慢地转过身向宫泽看去。

"不能辜负茂木的期待啊。我们没有别的选择了。"被村野这么一说，宫泽只能点头。迄今为止，他从来没有如此深厚、如此明确地感受过对人的信赖。

生意是建立在双方信赖基础之上的，虽然这么说，但之前宫泽以为这只是口头上说说而已。他也只经历过这样的事，表面上的生意往来还不错，一旦业绩恶化，有些人瞬间就离开了。

宫泽见识过的信赖，充其量不过如此。他一直以为，在生意上，他人的信赖是靠不住的。但是现在，他亲眼看见了真材实料的、不掺杂质的信赖。

"我没法背叛你啊。怎么可能背叛你呢？"宫泽神情恍惚地喃喃自语，"我一定不会辜负茂木的期待——一定不会。"

村野轻拍了两下宫泽的肩膀，走了出去。


3


起点处的沉默仅维持了数秒。

白线背后挤挤挨挨的两万名选手屏住呼吸。某种心无杂念的感觉化为看不到的块状物体迅速膨胀，即将达到极限的时候，清脆的发令枪声响了。

在路边观众的欢呼声中，无数脚步声雷鸣般响起，震动着空气。排在最前排中间的邀请选手们像子弹般冲了出去，简直让人怀疑他们是在进行短跑比赛。

茂木没有想到大家起跑速度如此之快，和他想象中的有些不同。他预感到这场比赛会非常激烈，不知鹿死谁手。为了不脱离飞奔的第一梯队，茂木紧贴着他们起跑，但很快就被大队人马吞没。穿过品川大厦的强劲北风，从选手们旁边直吹过来。茂木眼前，日本马拉松纪录保持者——日本田径队的田中的背部号码晃来晃去。他的斜前方是队友立原。芝浦汽车的彦田跑在队伍前列，在彦田和立原之间奔跑的是亚洲工业的毛塚。

三名肯尼亚选手领跑，他们在起跑时就与大部队拉开了距离。经过二十分钟左右，茂木与他们相距约十五米，按时间来算是不到三秒，他冷静地分析着。

现在令人担心的是速度。一公里用了不到二分三十秒。作为非下坡的平地速度，这似乎有点太快了。他们到底打算保持这个速度到什么时候？茂木望着跑在自己前头的那群人想。以这个速度跑完全程马拉松是无论如何都不可能的，应该在某个地方一定会减速的吧？到底是在什么地方？——他在心里盘算。

"啊，茂木啊——"明美发出绝望的喊叫，紧握着手帕的手伸向嘴边。小钩屋啦啦队在距离刚才起跑处五十米左右的地方拉着横幅，目送选手们出发后，在会场悬挂着的大屏幕上观看比赛。

转播画面中，处于第二梯队中间的茂木开始渐渐地被落下了。

"才十公里，前面的路还很长。"饭山悠悠地说。

为了给茂木助威，小钩屋的员工们坐着面包车来到东京。也是因为这天是休息日，啦啦队里甚至有被明美强拉过来的富岛，他板着脸抬头仰望着屏幕。

"难得你穿了我们家的陆王，我可不想让你输给毛塚。不要输给穿着亚特兰蒂斯跑鞋的选手。"

面对摩拳擦掌的明美，安田苦笑着说："又不是明美你在跑。茂木也不想输啊。而且，他的表情还挺从容的嘛。这才刚刚开始。"

说完，他"啪啪"地鼓掌，窥视一旁观战的村野的侧脸。就连村野，也应该没有料到比赛一开始茂木就会处于这样的劣势吧。每切换一次画面，各个梯队选手们的身影就会被交替着放映出来，村野默不作声地观察着他们。

"速度确实过快。"这时，村野说，"如果按这个速度继续挑战肯尼亚选手的话，也许冲刺时会有问题。"

"话是这么说，但大家都在同样的条件下跑呢，在这里被落下可不妙吧。"

面对明美的提问，村野解释说："选手们都有自己的比赛计划。在哪里一公里跑几分钟，在哪个下坡处提速，在上坡处保持什么样的速度，在哪个地方全速跑——我觉得现在很多人都没按自己的计划跑。在比赛初期，这个速度太快了。"

"为什么这样想？如果就这样跑完会怎么样？"明美又问了一句。

"没有人能以这种速度跑到最后。"村野单刀直入地回答。

"毛塚就是人啊。肯尼亚选手也是嘛。"安田说。

"我们也是。"明美接着又问，"那么人要以怎样的速度奔跑才好呢？"

村野说："最快是一公里平均不到三分钟。如果按照这个速度跑的话，就能争夺冠军了。"

"这些人为什么要以这样的速度跑呢？"明美提出了简单的疑问，"看他们都快喘不过气来了。"

"这就是比赛，明美姐。"村野给她解释，"你别看他们现在这样跑，在心里都有自己的算盘：应该提速进入第一梯队吗？还是继续留在第二梯队等待他们降速被落下呢？"

"那茂木呢？不会已经在较量中输掉了吧？"

"当然不是。"村野把视线投向已经看不见选手们的方向说，"茂木明显意识到自己速度过快。所以，他在把速度放慢到自己能控制的程度。他觉得现在还不到一决胜负的时候。能冷静地判断正是茂木的长项。不仅仅是稳定的速度，我认为他适合长跑还在于他有解读比赛信息的能力。"

"一边跑一边思考吗？"饭山摩挲着下巴，"太有趣了。还有选手从一开始就采取了捣乱战术。"

"从某个角度来看，确实如此。"村野没有否定饭山的想法，"不管怎样，比赛在一开始就很有看头。第一梯队到底能领先到什么时候，精力会持续到什么时候？第二梯队的较量也很有趣。看看谁在第二梯队中间。"

毛塚出现在屏幕上的选手正中间。

"虽然也有大肆宣传的关系，现在连资深选手也都意识到了毛塚的存在。"

安田说："因为毛塚创下了一万米长跑的好成绩嘛。要是按一般速度跑的话，他在这里面是顶尖选手，警惕他也是可以理解的。"

"跑道上一万米的纪录确实很重要，但马拉松是另一个世界。"村野断言道，"与平坦的跑道不同，这里是真实的现场。沥青马路有上坡和下坡，而且既没有观众席也没有屋顶，无法挡住直接吹过来的风。最显出效果的是超过三十五公里的时候，从那里怎么跑能一决胜负。"村野注视着画面上的第二梯队。毛塚粉红色的跑鞋很显眼，是亚特兰蒂斯的"RⅡ"。还有其他选手和他穿着同样的跑鞋。

而茂木脚上穿着陆王，鲜艳的深蓝色不时在他们身后闪现。

"茂木，能再往前来一点吗？"安田说，"我想看到陆王打赢亚特兰蒂斯的场面。"

这是在场所有人的共同心愿。

"茂木知道的。"村野的话听上去像是在对自己说，"那双鞋里包含着多少心意。所以，我们必须理解他现在奔跑的心情。"

两年前，在这次大会上，茂木的脚出了毛病，经历了第一次挫折。

"茂木不是为了获胜而奔跑的。"村野瞥了一眼天空说，"不夸张地说，他把这场赛跑当作了自己的人生。不逃避，从正面挑战，要战胜过去两年的不甘。我们现在看到的，是一个人赌上自己人生的挑战。他独自一人面对着这场考验。"

"不是一个人哦。"这时明美说话了，她对着大屏幕喊道，"茂木！加油！我们都支持你！"


4


在十五公里附近，大部队逐渐分散开来。跑在最前头的外国选手们仍然保持着飞快的速度，领先第二梯队三十米左右。现在的速度应该是每公里三分三十秒。迎着强烈的逆风跑上缓上坡时，密集的第二梯队出现了缝隙。马拉松日本纪录保持者田中瞄准了这个时机。

等到在第二梯队后方观察情形的茂木注意到时，田中已经超过了之前跑在队伍前面的队友立原，并领先了他好几米。

沿途的欢呼声响起，无数小旗挥舞着，如汹涌的波涛。田中在全速奔跑。

公路赛的热潮席卷了跑道。

就在这时，又有一名选手从第二梯队中跑了出来，是毛塚。也许他意识到，被落下再多些，就很难追上了。刹那间，茂木打算紧随其后，却立刻有意识地压制了步伐。现在提速为时过早。

茂木没有加快步伐，而是一直跟在前面选手背后，尽量避免逆风的冲击。他跑到坡道顶端，在接下来的缓坡下来时慢慢提速。大约二十米的前方，毛塚背上的号码在摇晃着。体力的消耗没有想象中那么大。在长跑中按照别人的速度跑，本身就是冒险。但是只按照自己的速度，也没那么容易获胜。

获胜就是打败别人。

但是，要想战胜别人，首先要赢得另一场比赛——与自己的比赛。

茂木凝视着前方的人群，观察着他们的跑法，一边确认自己的速度，一边调整在起跑阶段差点被打乱的比赛计划。

他看到自己与毛塚的距离越来越大，差一点就跟不上了，于是稍稍加快了步伐。

在一条直线道路上，茂木看清了自己与前面队伍的距离，还发现了一个新的事实。

前方梯队的速度开始下降。本应全速奔跑的田中也放慢了速度，再次融入队伍之中。

风也在影响比赛。更糟的是，起跑阶段过快的速度开始显示出恶果。

三月的风虽然强劲，却不像隆冬那样凛冽。茂木从正面迎着风，甚至感受到一丝弹力。他透过太阳镜望着阳光照射下闪闪发光的道路。

现在比赛到了势均力敌的阶段。二十五公里附近，立原再次加速，在茂木前面和毛塚你追我赶。无论哪一方跑到前面，沿途都是一片欢呼，又夹杂着一片哀叹。

在他们二十米的后方，茂木从背后观察了很长时间。他加快步伐，保持与二人的间隔。保持着这个速度，茂木眼睛余光扫到了三十公里处的标志牌。这时正是痛苦的时刻，也是迷茫的时刻。

气温上升，体感温度急剧变化。茂木拿到供水瓶，喝了一口就扔掉，直视着前方，开始直面自己。

疲劳侵蚀着茂木的体力。虽然慎重地制订了比赛计划，但也不一定就能顺利实现。马拉松比赛中，必然存在失去体力、不得不去面对自身极限的时刻。在这样的时刻，不得不重振要被消磨殆尽的意志力，挥舞手臂，向前迈开脚步。

从这里开始，赌一把吧。

也有跟在毛塚和立原后面冲刺的选择。自己负伤后第一次参加马拉松比赛，作为复归战，这也许会是个不错的结果。但是，那样的话就没有任何改变。茂木对自己说：我是为了改变才奔跑的。要用自己的力量去实现它。

摇摆不定的视野中，立原再次跑到了毛塚的前面。毛塚加快了步伐，正要赶超立原。茂木不理会身体深处传来的大大小小的叫嚣，只想一味地向前迈腿，头脑中一片澄静。

自己残留的体力到底有多少，意志力的极限到底在哪里呢？

能相信的，不，必须相信的，是自己。

这时，茂木听到鞋踏在地上的声音。这声音快要被欢呼声淹没了，但是一直都那么轻盈，那么有力，那么温柔。

茂木想起自己因负伤而被人们遗忘，在最痛苦的时候主动赞助自己的宫泽。想起小钩屋员工一心一意的、率真的支持。想起满腔热忱支援自己的村野。

现在他们的陆王踏在地面上。这一声声闷响，就是支持自己的人们的助威声。

自己不是一个人。这个强烈的念头推动着茂木——我不是一个人。

即便筋疲力尽倒下了，也不是只为了冲刺而奔跑，而是在为自己、为他们而奔跑。

为了获胜而奔跑。为了重新寻回失去的东西而奔跑。

风突然猛烈地刮过来，把欢呼声扩散到三月的天空。

"好耀眼啊。"

茂木透过太阳镜瞥了一眼正面射来的阳光，闭紧嘴唇。

迎面吹来的风改变了方向，从斜后方吹过来。北风变成了南风。

"好风。"

茂木提高了踏地的速度，激励着自己："冲啊！"


"开始了！"村野喃喃自语般地说出这句话时，远方的欢呼声仿佛被风儿传了过来。宫泽带着小钩屋的啦啦队全员移动到三十五公里处，把横幅打在前面等待着茂木的到来。

现在宫泽等人都在看安田手中的平板电脑上的电视直播。

即使在那个小画面中，也可以看到茂木渐渐跑近了。他昂着头，笔直地注视前方，视线朝向毛塚的背部、立原，或者是更远的地方。

跑道上那双深蓝色的跑鞋分外鲜明。欢呼声沸腾起来，像是在催促茂木提速。这在三十公里附近飒爽飞奔的英姿，不禁让人想起曾在大学长跑接力赛中一举扬名的茂木的身影。

茂木猛然加快速度，眼看着追上毛塚和立原两人，并且超过了他们。

大伙紧张得鸡皮疙瘩都起来了。

"加油！"宫泽用力握紧拳头。

"茂木。快跑！茂木！"明美大叫，啦啦队纷纷发出了加油的喊声。

"决一胜负！"饭山大叫，这时，形成先头部队的外国选手们从眼前跑过。

宫泽目送着肯尼亚选手大步流星地往前跑。这时气温上升，有一瞬间，风停了，路面上升起了三月的热浪。就在这时，那缥缈的视野尽头的另一端浮现出一个人影。

"来了！"安田从护栏上探过身喊道。大家目不转睛，眼见着那鲜艳的深蓝色跑鞋铿锵有力地踏在地面上。

是茂木。

是陆王。

"大家看啊！在前面跑呢，茂木。"

兴奋的明美带着哭腔："我们的陆王跑过来了。"

宫泽看到，茂木确实出现在毛塚和立原的前面。虽然没有显露在脸上，但他应该已经达到疲劳的极限了。

村野说想在三十五公里附近给他助威，原来是因为这个。这是最痛苦的时候。

"茂木！"安田大叫。

"加油茂木！茂木！"明美声嘶力竭地喊着。

"茂木君！"缝制部女工们的加油声接二连三地响起。

"茂木！"

"茂木，加油！"

等待的时间很长，路过却只是一瞬间。

"太快了。"饭山惊叹不已。茂木的速度之快，令人想象不到他已经跑了三十五公里。

他从宫泽面前跑过，接着又从毛塚和立原两人前面跑了过去。

"五秒之差啊。"村野读了手边的秒表，喃喃自语。

差距开始拉开，紧接着，茂木又开始提速。

大家坐上停在附近的小型公交车，匆匆赶往终点，车内的电视继续直播着茂木的奔跑。他跑得真快，快得像要飞起来了。

"还有余力吗？"饭山瞪大了眼睛也是理所当然的。

村野也没掩饰自己的惊讶。

现在茂木一直跑在日本选手的前头。

深蓝色跑鞋，蜻蜓图案——茂木穿的跑鞋陆王在画面中跃动、闪耀。

"茂木真是个了不起的长跑运动员。"就连村野都兴奋得尖叫起来。

"快点。"宫泽对大家说，"我们去迎接茂木君。大家一起来见证陆王的冲刺吧。"

"宫泽先生。这是难得一见的精彩比赛哦。"村野百感交集地轻声说道。

宫泽站在终点，在员工们的包围中，看到欢呼声中浮现出茂木的身影，内心深处隐藏的感情仿佛决堤之水般喷涌。他仿佛落入几乎令人麻木的感动旋涡中。

这是茂木裕人精彩而激烈的复归之战。狂欢中的小钩屋啦啦队员互相抱着肩膀，又蹦又跳，爆发出欢乐之情。宫泽在他们中间看到此情此景，幡然领悟：这个终点将成为新的起点。

此刻，向着欢声狂烈的公路长跑赛，向着无穷无尽的经营之战，宫泽开启了新的挑战。


## 5


那天早上，宫泽上班后不久，大地来到社长室。

他神情微妙地敲开了社长室的门。宫泽让他坐在沙发上，自己坐在对面的扶手椅上，问道：

"有什么事吗？"

在大地开口之前，宫泽就猜到是工作的事。

宫泽猜想，大地可能在考虑去新单位入职后由谁来填补自己的空缺，今天是来和自己商量这件事的。

"我想拒签梅特罗电业。"大地的话让宫泽目瞪口呆。

"你不是辛辛苦苦找了那么长时间才定下来这份工作的吗？"

"我多方考虑了一下，想继续在小钩屋工作。"

宫泽盯着大地说："我们可是一家很小的公司——"

"公司大小都无关紧要，"大地打断了父亲的话，"我参加了好几家公司的就职考试，每次都在面试中谈到自己一直以来在做什么工作，想在对方的公司做什么工作。但是，最近我开始想，我是不是真的想做那样的工作呢？嘴巴上说得好听，但实际上，还有比开发陆王、进军跑鞋界更有趣的工作吗？"

宫泽不知该说什么，默默地凝视着大地。

"我想继续在小钩屋工作，我要是溜了，饭山先生也会很为难吧。以后要开始忙了嘛。"

宫泽很高兴。这是对自己的工作最高级别的赞扬。菲利克斯的融资已经确定，现在小钩屋正在饭山带领下制订新的设备投资计划。大地已经成长为公司的重要战斗力量，接下来的繁忙时期，大地要是在，会对公司事业有巨大的贡献。但是——

"不。"宫泽说，"你去梅特罗电业吧。"

大地原以为父亲一定会同意自己，听到父亲这么说，仿佛当头一棒，脸上露出了惊讶的表情。

"你在小钩屋工作过，肯定知道，我们家的公司太小了，很多地方都不完善。坦白说，我都不知道有什么地方不足，即便知道了，也不知道该如何弥补，我可没有这方面的专长。"

宫泽将平日感受到的自己的欠缺之处和盘托出。

"过去的三年里，你一直在小钩屋工作。如果你去了梅特罗电业，肯定会知道家里的公司有什么不足的地方。小钩屋是你任何时候都可以回来的地方。但是，在梅特罗电业这样的优秀公司工作的机会却很难得。在那里好好干，积累一些在我们家无法得到的经验和知识。去看看外面的世界吧，大地。然后，把它广博丰富的经验传授给我们。我会一直等到那个时候的。"

大地久久没有回答，他失望似的低着头，咬着嘴唇沉思。不久，他站起身来说："我知道了，去看看外面的世界。尽我所能地学习。但是，我一旦出去，就不打算回来工作了。否则，对梅特罗电业来说就太失礼了。"

宫泽点了点头说："好。你要加油！即使失败了，努力工作过，也会留下些什么。就是这个道理。"

大地慢慢地站起来，深深地低下了头："一直以来承蒙您关照了。"

大地什么时候变得这么坚强了？宫泽惊异地看着儿子，也站了起来。

"你一直很努力，谢谢。"这是宫泽的真心话，"从今往后才是真正的战斗。对于我，对于你都是一样。无论何时，都要相信胜利的可能。"

# 尾声

　　会议室里响起了小原的怒吼。他用资料狠狠敲击着桌面，资料滑落下来，他的脸因为气愤变得苍白。大家都默不作声，僵在那里，一动不动。室内弥漫着令人窒息的紧张气氛，佐山脸色紧绷，咽了一口唾沫。

　　芝浦汽车的彦田刚才发布消息，宣布提出停止接受赞助——

　　本来这就足以触怒小原了，其实除了彦田之外，这个月还有七名主要赞助选手要和亚特兰蒂斯解约。这是很异常的事态。

　　亚特兰蒂斯从来没遭遇过这么多的背叛。而且他们更换合约的对象，都是那个小钩屋。

　　"理由是什么？"小原追问道。佐山又被逼入绝境。

　　"好像是村野在背后搞鬼。"

　　一提起这个名字，佐山就发现小原的脸色由白变红了。

　　"他也许在背地里说'RⅡ'的坏话了。"

　　佐山想逃避责任，他的言外之意是，运动员停止赞助合同不是因为自己，而是因为村野。

　　小原突然问："说什么坏话了？"

　　"啊，不，那个——这一点我并不清楚。"马上佐山就支支吾吾起来。

　　他也听说过，在前几天的董事会议上，小原的上司——日本分公司社长对他提出了这样的疑问：炒掉村野是不是你的判断失误？

不就是一介足袋商吗？起初小原也看不起小钩屋。但是，如今，小钩屋受到菲利克斯的帮助，一下子就增加了在业界的存在感。希尔可乐这一新材料备受瞩目，村野做顾问的陆王，如今已是顶级运动员人人关注的跑鞋了。虽然这么说并不甘心，但是尊敬和崇拜村野的运动员不在少数。估计今后转向陆王的运动员将会进一步增加。

"听好了，一定要把赞助合同给我拉回来。一定！"

小原情绪激动，佐山吓得连连点头。但在他的心中，空虚的败北感已经在蔓延。


"才六月，怎么这么热啊？"

家长和部下大桥一起离开客户的公司，一坐上停在客户门口的分行长的车，就随意地发了一句牢骚。正值盛夏，行田的气温超过了三十摄氏度，即使什么都不做，也会汗流浃背。

"冬天冷，夏天热。因为这里是行田。"大桥从副驾驶座向坐在空调车后座的家长说道。车子发动起来，大桥透过车子的前窗看了看天空。

带着下属去跑融资客户，是家长的主要工作之一。汽车在行田市内慢慢行驶，朝着下一个客户开去，正要经过住宅街后街时，沉默了一会儿的家长，好像突然想起来似的问道：

"对了，那个小钩屋现在怎么样了？最近没见他们来说过周转资金的事，但也差不多快不够了吧？"

"那也无所谓啦。"副驾驶座传来大桥的声音，有些懒洋洋的。他虽然是小钩屋贷款的负责人，但并不想积极地和对方合作。

家长接着问："他们说过要开发跑鞋吧。叫什么？"

"您说的是陆王吗？"

"没错，就是它。怎么样了？"

"哦，因为资金不足，碰到困难了。"大桥想起来，回应家长说。

说起来，大桥已经好几个月没去小钩屋了。

"本来就是业绩不佳的公司嘛。"这是大桥和家长谈话时找的理由，但是和小钩屋关系变得疏远还另有原因。大桥介绍的橘·拉赛尔突然中断了和小钩屋的交易。从那以后，大桥觉得不好意思，就不去小钩屋了。他有时也担心，弄不好对方要拜托自己追加贷款，那可就麻烦大了。家长对小钩屋的融资态度一贯是消极的，要通融周转资金也很不容易。

"我记得那家公司就在这附近。"

听家长这么说，大桥不情愿地回答说："就是那个拐角的地方。"他有点担心，家长会不会说顺便去一下。他心里祈祷家长不要这么说，这时，眼前看到了小钩屋的招牌。

家长喊："停下。"

分店长的话让大桥暗自叹息。但是，从停着的车窗向外看向公司门口，那光景让大桥迷惑不已。

"喂。那是什么？"家长疑惑地问。大桥也只是目瞪口呆，默不作声。

"能开过去一下吗？"

家长命令司机把车开进小钩屋的工厂，从后座向强烈阳光照射下的车外望去。大桥急急忙忙打开副驾驶座的门，仍然无法相信自己的眼睛，怀疑自己是不是在做噩梦。

不知是什么时候修建的，小钩屋的工厂里建了一座双层楼的厂房。从窗户可以看见忙碌的穿着工作服的工人们。最令大桥吃惊的是，那里耸立着一台全新的巨大机器。

"喂，该不会是——"家长开口要说些什么。但不说也知道，之前埼玉中央银行拒绝设备投资的融资拨款，小钩屋想方设法办成了。宫泽虽然说过需要一亿日元的资金，但看眼前的新厂房就不难想象，这笔投资将远远超过一亿日元。

"这是怎么回事？"惊讶的大桥喃喃自语，这时，他在厂房里发现了宫泽的身影。对方好像也注意到了自己。家长向厂房门口走去，宫泽走了出来。

"哎呀，社长，真是吓了我一跳。"

家长高兴地说着，夸张地显示自己的吃惊。

"是怎么搞来的，这个设备？"

"我以前没说过吗？是生产希尔可乐的设备。"宫泽的语气淡淡的，透着轻蔑。

"我当然知道。但它应该是需要大笔资金的。"

到底那笔钱是怎么来的？家长有这样的疑问很正常。

"筹来的。"面对宫泽理所当然的回答，家长和大桥都不禁沉默不语。

"筹来的？"家长的表情阴沉，质问的目光投向大桥。

大桥慌慌张张地问道："我没有听说过啊。您是从哪里借来的？"

宫泽继续回答道：

"知道菲利克斯公司吗？是一家经营户外服装的公司。那里的社长对希尔可乐给予了很高的评价。所以后来就和他们合作了。"

太出乎意料了。

"我们提供菲利克斯专用的鞋部件，作为回报，该公司给予我们资金援助。这样，设备投资的事就办妥了。"

家长用难以掩饰惊讶的口吻问道："有这样的事？"

"俗话说得好，世道就像一团乱麻绳啊。"

宫泽没有正面回答，然后就目前的订货量做了简单的说明。

大桥听说销售额超过了之前的五倍，大吃一惊，脸上失去了血色，变得苍白了。

"那个，社长，恕我冒昧，贵公司的销售货款似乎并没有进入我们公司的存款账户啊？"大桥问道。如果有很大的进款，银行应该会注意到的。

"菲利克斯给我出主意了。所以我们在东京中央银行总行开设了账户。"

宫泽回答，又接着说："对不起，以后那里是我们的主要账户了。"

"您太见外了，社长。"家长立刻堆出了假笑，显示他完全改变态度了。

"主要的银行客户不是我们家吗？和菲利克斯合作了，那您就跟我们说一声嘛。我们给您贷多少都行。"

"那太感谢您了。"宫泽露出了讽刺的笑容，说，"不过，您的好意我心领了。我还忙着呢，就此告辞，分行长。"

宫泽轻轻挥了下右手，回到有巨大机器的厂房里。

夏日的阳光毫不留情地照射着家长，他面露不悦，懊悔不已。

"喂，走了。"

大桥慌慌张张地追在家长身后，回到分行长车上，坐进空调凉爽的副驾驶座。

小钩屋工厂旁边的引水渠里，绽放着荷花。

啊，快到荷花盛开的季节了。

这是怎么一回事呢？大桥想着这些互不相关的事，隔着挡风玻璃仰望天空。耀眼的阳光使他眯起了眼睛。

# 文治

磨铁图书旗下子品牌

更好的阅读

出 品 人　沈浩波

特约监制　潘　良　于　北

产品经理　单元皓　烨　伊

特约编辑　刘　烁

版权支持　冷　婷　郎彤童

营销支持　金　颖

装帧设计　瓜田李下Design

关注我们

官方微博：@文治图书

官方豆瓣：文治图书

联系我们：wenzhibooks@xiron.net.cn

图书在版编目（CIP）数据

陆王 /（日）池井户润著；励立蓉，安素译 . -- 杭州 : 浙江人民出版社 , 2020.5
ISBN 978-7-213-09629-7

Ⅰ . ①陆… Ⅱ . ①池… ②励… ③安… Ⅲ . ①长篇小说－日本－现代 Ⅳ . ① I313.45

中国版本图书馆 CIP 数据核字 (2020) 第 007241 号

浙江省版权局
著作权合同登记章
图字：11-2019-274 号

# 陆王

LUWANG

[ 日 ] 池井户润 著　　励立蓉　安素 译

| | | |
|---|---|---|
| 出版发行 | 浙江人民出版社（杭州市体育场路 347 号　邮编　310006） | |
| 责任编辑 | 张世琼 | |
| 责任校对 | 杨　帆 | |
| 印　　刷 | 三河市冀华印务有限公司 | |
| 开　　本 | 880 毫米 × 1230 毫米　1/32 | |
| 印　　张 | 16.5 | |
| 字　　数 | 390 千字 | |
| 版　　次 | 2020 年 5 月第 1 版 | |
| 印　　次 | 2020 年 5 月第 1 次印刷 | |
| 书　　号 | ISBN 978-7-213-09629-7 | |
| 定　　价 | 55.00 元 | |

如发现图书质量问题，可联系调换。质量投诉电话：010-82069336